Moon Notes

Mercedes Helnwein

(NOT SO)

AMAZING GRACE

Moon Notes

Kleine Anmerkung zum Text: Im Laufe der Handlung haben zwei der Figuren ungeschützten Sex. Wir konnten sie nicht davon abhalten. 😔 Das ist immer eine schlechte Idee. Deshalb: Macht, was auch immer euch Spaß macht. Aber bitte nie ungeschützt. 🤞

Dieses Buch wurde klimaneutral produziert. Dadurch fördern wir anerkannte Nachhaltigkeitsprojekte auf der ganzen Welt. Erfahre mehr über die Projekte, die wir unterstützen, und begleite uns auf unserem Weg unter www.oetinger.de

1. Auflage
2022 Moon Notes im Verlag Friedrich Oetinger GmbH,
Max-Brauer-Allee 34, 22765 Hamburg
Alle Rechte vorbehalten
© Originalausgabe: *Slingshot*, Wednesday Books, an imprint of
St. Martin's Publishing Group, New York
Copyright © 2020 by Mercedes Helnwein
Dieses Werk wurde vermittelt durch die Paul & Peter Fritz AG, Zürich.
Aus dem Englischen von Rita Gravert
© Einbandgestaltung: FAVORITBUERO, München
unter Verwendung von shutterstock.com: © Cadmium_Red (Frau)
Satz: Sabine Conrad, Bad Nauheim
Druck und Bindung: GGP Media GmbH,
Karl-Marx-Straße 24, 07381 Pößneck, Deutschland
Printed 2022
ISBN: 978-3-96976-024-6

www.moon-notes.de

*Für all die Idioten und
Seelenverwandten meiner Jugend*

Es war der letzte Schultag vor den Weihnachtsferien, und ich saß als Hexe verkleidet in einer der Toilettenkabinen der Schule. Der lange, schwarze Stoff meines Kleides lugte aufgrund seiner absurden Ausmaße unter der Kabinentür hervor. Ich weinte. Die Knie bis zum Kopf hochgezogen und die Arme um die Beine geschlungen, hatte ich mein Gesicht in den schwarzen Stofflagen vergraben. Mein gesamter Körper fühlte sich steif an, und jeder Muskel war so angespannt, dass ich mir sicher war, schon eine leichte Berührung würde mich entzweispringen lassen. Mein Gesicht war heiß und glänzte vor Rotz und Tränen, und ich musste mir ein bisschen Stoff in den Mund stopfen, damit meine Schluchzer nicht durch den ganzen Raum hallten.

Noch nie hatte ich so geweint. So heulten Frauen in Fernsehschnulzen, während sie sich an die Beine irgendeines Typen klammerten, der gerade versuchte, zur Tür hinauszugehen. Ich war das genaue Gegenteil davon. Ich war immer eines dieser beinharten kleinen Arschloch-Kinder gewesen, die nicht weinten – weder, wenn mir jemand wehtat, noch, wenn mich jemand anschrie oder hänselte. Und wenn ich doch mal weinte, dann kurz und effektiv, eine Tat, begangen im Geheimen, ohne Zeugen oder Spuren zu hinterlassen. Ich hatte mich immer für ziemlich unzerstörbar gehalten, und das war ich auch. Oder war es zumindest *gewesen* – bis zu jenem Moment auf der Schultoilette.

Einfach so wurde der Panzer meiner Kindheit zerstört, und alles, was es dazu brauchte, war mein Seelenverwandter, der mir ein Buttermesser ins Herz rammte.

Er hieß Carl Sorrentino. Eigentlich Mr. Sorrentino, mein Biolehrer. Es stimmte, er war gut zwanzig Jahre älter als ich, und ich sah ein, dass das für manche Leute ein Thema war. Engstirnige Leute. Es gab Hindernisse, die es zu überwinden galt, klar, aber was waren schon Hindernisse, wenn man es mit Schicksal zu tun hatte? Und das hier *war* Schicksal. Ich dachte nicht bloß, wir wären Seelenverwandte, ich *wusste* es. Ich *wusste* es einfach. Wenn man Dinge dieser Größenordnung weiß, dann müssen sie nicht zwangsläufig Sinn ergeben. Schließlich ist Liebe eine höhere Wahrheit als Logistik, und im Grunde konnte mich jeder mal, der damit ein Problem hatte. Liebe ist *Liebe*. Dagegen ist alles andere unwichtig. Was hatte Alter schon damit zu tun? Gar nichts.

Auch Mr. Sorrentino spürte unsere besondere Verbindung, das wusste ich ganz genau. Ich wusste, dass ich keine Wahnvorstellungen hatte, weil es, obwohl wir unsere Gefühle füreinander nicht direkt öffentlich zum Ausdruck brachten (was de facto total illegal gewesen wäre), Hinweise gab, auf die sich meine unweigerlichen Schlussfolgerungen gründeten. Echte Dinge, die Mr. Sorrentino getan oder gesagt hatte. Zeichen.

Zum Beispiel die Smileys, die er mir auf meine Tests kritzelte, unter Sätze wie: »Du hast es drauf, Gracie!«, oder: »Das Grace-Monster hat wieder zugeschlagen!« Außerdem zeichnete er kleine Augen in die Zahlen auf den korrigierten Tests. Als er zum Beispiel 99 Prozent unter einen Test setzte, verwandelte er die Kreise der Neunen in Augen. Das war natürlich übelst kitschig, aber darum ging es schließlich nicht. Sondern darum, dass es unglaublich süß war.

Außerdem gab es da noch die Momente, in denen sich unsere Blicke trafen, wenn er einen seiner Biologiewitze erzählte, die niemand außer mir checkte. Dann lächelte ich ihm quer durchs Klassenzimmer wissend zu, und er erwiderte mein Lächeln. In diesen Momenten blieb für einen Augenblick die ganze Welt stehen.

Und in den Mittagspausen ließ er mich manchmal im Klassenzimmer abhängen, wo ich ihn mit detaillierten Fragen zu was zum Teufel auch immer wir gerade durchnahmen löcherte. Ehrlich gesagt, war mir der Stoff ziemlich egal, aber meine Noten waren hervorragend, weil ich jede Menge Energie in meine Bioaufgaben steckte. Mr. Sorrentino war so geduldig. Er sah mich an, während ich redete. Er saß da und wartete, während ich meine Fragen formulierte und versuchte, dabei möglichst witzig und tiefgründig zu sein. Dann nickte er immer und sagte: »Weißt du, das ist eine verdammt gute Frage, Gracie. Hier, ich zeig dir mal was.« Und dann zeichnete er Schemata für mich an die Tafel. Er zeichnete detaillierte Querschnitte von Tier- oder Pflanzenzellen, das gesamte Atmungssystem oder DNA-Stränge – komplexe Zeichnungen mit Pfeilen und Beschriftungen. Alles nur für mich.

Außerdem gab er mir *sehr oft* High-Fives. Bei allen anderen hätte ich es zum Kotzen gefunden, aber bei ihm funktionierte es irgendwie. Immerhin war es praktisch die einzige Berührung, die uns erlaubt war, und darum verstand ich, warum er es tat.

Es gab noch viel mehr Dinge. Und ja, ich war nicht dumm. Ich wusste, dass das alles kleine Dinge waren, die man als unbedeutend hätte abtun können. Aber es ging um das große Ganze. Man brauchte bloß die vielen kleinen Hinweise zusammenzuzählen. Und das große Ganze lag glasklar auf der Hand: Mr. Sorrentino und ich hatten eine starke, welterschütternde Verbindung. Eine, die sich allen Regeln und Traditionen entzog. Eine, die das Spiel neu erfindet. Eine Verbindung, die zu stark ist, um den ausgelatschten Pfaden irgendwelcher Prototypen zu folgen.

Aber wie auch immer. Am Ende stellte sich heraus, dass ich anscheinend doch unter Wahnvorstellungen litt.

Es geschah bei der letzten Aufführung des Schultheaters von *Macbeth*, in der ich eine der drei Hexen spielte. Ich hasste Theater, aber ich hatte für die Rolle vorgesprochen, nachdem Mr. Sorrentino mich eine Hexe genannt hatte, weil ich hundert Prozent beim Pop-Quiz erreicht hatte. Ich dachte, vielleicht machte ihn die Vorstellung an, und es konnte ja nicht schaden, seine Fantasie real werden zu lassen – mit schwarzem Kleid, Hut, dem ganzen Drum und Dran. Als ich nach meiner zweiten Szene von der Bühne ging, kam Mr. Sorrentino auf mich zu und zog mich zu einer brünetten Frau hinüber.

»Gracie, ich würde dir gern meine Verlobte Judy vorstellen. Sie wird im nächsten Schuljahr ein paar Vertretungsstunden geben.«

Judy hatte voluminöses Haar und lächelte so breit, dass es aussah, als hätte sie ungefähr viertausend Zähne. Sie hatte Sommersprossen, buschige Augenbrauen und trug eins von diesen weihnachtlichen Kleidern, die es bei *Dillard's* zu kaufen gibt, und kleine Weihnachtsbaumschmuckohrringe. Wegen ihres breiten Lächelns waren ihre Lippen zu schmalen Linien über das ganze Gesicht gezogen, und ihre blasspinke Lipglosssschmiere glitzerte im Licht. Ich schüttelte ihre ausgestreckte Hand. Ihre Fingernägel waren genauso blasspink angemalt wie ihre Lippen und perfekt maniküert.

»Schön, dich endlich kennenzulernen!«, verkündete sie. »Ich habe schon viel von dir gehört. Beste Schülerin in Bio, was? Nicht schlecht!«

Ich starrte sie mit leerem Blick an. Sie redete noch eine Weile von all den tollen Dingen, die Mr. Sorrentino ihr über mich erzählt hatte. Meine Noten schienen sie ernsthaft zu begeistern. Ich starrte sie einfach nur an. Wenn man zum ersten Mal verletzt wird, spürt man es zunächst oft gar nicht, weil man unter Schock steht. Der Schmerz ist da, aber du bist wie betäubt, weil er so unerwartet kam.

Judy lächelte immer weiter. »Oh, und Carl hat mir erzählt, dass du nach der Schule vielleicht Biochemie studieren willst!«

»Mhm«, machte ich.

»Wie toll ist das denn bitte?«, sagte sie, und ihre Zahnwand glänzte.

Ich wandte mich an Mr. Sorrentino. »Mr. Sorrentino, kann ich Sie für einen Moment sprechen?«

Er sah Judy fragend an. Sie lächelte.

»Natürlich, Gracie.«

Ich führte ihn in den nächsten leeren Raum im Flur, das Büro der Krankenschwester.

»Was ist los?«, fragte Mr. Sorrentino lächelnd. »Ach, und übrigens, du warst toll. Shakespeare ist wahrlich kein leichter Stoff. Diese Sprache auswendig zu lernen – das kann nicht jeder.«

»Sie haben mir nie gesagt, dass Sie eine Verlobte haben«, sagte ich.

Sein Lächeln verschwand nicht direkt von seinem Gesicht, doch es gefror auf eine Weise, die ihn verloren wirken ließ. »Nun ...« Er hielt inne, sah für einen Moment hinunter auf seinen Ellbogen und fuhr dann fort. »Judy war bis gestern noch nicht meine Verlobte, aber offen gesagt ist das mein Privatleben, Gracie. Ich verstehe nicht, was ...«

»Vor gestern hat sie nicht existiert? Dann ist sie also einfach so aus dem Nichts aufgetaucht? Ich wusste gar nicht, dass das möglich ist – also, wissenschaftlich betrachtet.«

Er sah mich verblüfft an, und sein Blick zuckte vor Verständnislosigkeit ohne Fokus hin und her.

»Was ist los?«, fragte er nach einer kurzen Pause.

Ich drehte ihm den Rücken zu und wischte eine Träne fort, die sich in meinem rechten Auge gebildet hatte. »Sind Sie wirklich mit dieser Frau zusammen?«, fragte ich. »Ist das eine ernste Sache?«

»Wie bitte?«

Ich wirbelte zu ihm herum. »Wollen Sie sie ernsthaft heiraten? Die ist doch ein verdammter Witz. Ich meine, haben Sie sich die mal angesehen?«

»Hey, hey, hey!«, sagte er und wich einen Schritt zurück. »Das geht nun wirklich zu weit, Grace!«

»Sorry, aber das ist die Wahrheit.«

»Das reicht!«

Ich fuhr zusammen. In diesem Ton hatte er noch nie mit mir gesprochen. Es war ein seltsames Gefühl, mit ihm nicht einer Meinung zu sein. Ich spürte, wie mein Gesicht heiß wurde, und obwohl das schräg klingt, war ein kleiner Teil von mir definitiv angeturnt.

»Würdest du mir bitte sagen, was hier los ist?«, fragte er.

»Lieben Sie sie?«

Eine gefühlte Ewigkeit stand er einfach nur da und brachte keinen Ton raus. Dann erschien ein *Oh Scheiße*-Ausdruck auf seinem Gesicht. Erst jetzt schien ihm der Ernst der Situation bewusst zu werden. Oder zumindest ein *bisschen* was von dem Ernst. Wahrscheinlich dachte er, ich wäre in ihn verknallt. Ich bezweifle, dass er verstand, dass er mein Seelenverwandter war.

Er holte tief Luft. »Setz dich einen Moment, Gracie.«

Ich setzte mich.

»Okay, hör zu. Das Leben kann verwirrend sein. Das weiß ich. Glaub mir, es kann für uns alle verwirrend sein, aber wenn man jung ist, kommt einem vieles umso sonderbarer vor. Ich will, dass du weißt, dass ich dich für eine sehr intelligente, talentierte junge Frau halte. Ich sehe in dir jemanden, der es noch weit bringen wird. Du bist jemand ganz Besonderes, Grace, und das meine ich wirklich so. Ich hoffe, du weißt, wie sehr ich dich respektiere. Du wirst mal eine Wahnsinnsbiologin.«

Mein Abendessen begann mir die Kehle hochzuwandern. Das Letzte, was ich jetzt hören wollte, war, dass er mich respektierte, weil ich mal eine beschissene *Wahnsinnsbiologin* werden würde.

»*Jetzt* fahren Sie vielleicht noch auf sie ab«, sagte ich. »Aber wenn Sie glauben, dass mehr hinter diesem Affentheater steckt, machen Sie sich was vor.«

Ihm blieb der Mund offen stehen. Für einen Moment fehlten ihm die Worte.

»Oh, warten Sie, stimmt ja«, fügte ich hinzu und verdrehte angesichts seiner Reaktion die Augen. »Ganz bestimmt ist das, was Sie und Judy füreinander empfinden, *wahre Liebe*.«

Mr. Sorrentino verschränkte mit einem Ausdruck grimmiger Entschlossenheit die Arme. »Tut mir leid, dieses Gespräch ist hiermit beendet, Grace.«

Einzig und allein die Tatsache, dass ich in voller Hexenmontur steckte, gab mir den Mut, mich gleichgültig zu geben. »Wie auch immer. Glückwunsch, Mr. Sorrentino, Sie haben da einen echten *Schatz* gefunden.«

Damit drehte ich mich auf dem Absatz um und rauschte hinaus, wobei die langen Falten meines Polyesterkleides theatralisch hinter mir herschleiften. Mit aller Haltung, die ich aufbringen konnte, lief ich den Flur hinunter. Krampfhaft klammerte ich mich an die Reste meiner schusssicheren Fassade, doch zu dem Zeitpunkt waren selbst ihre kläglichen Reste vorgetäuscht. Ich war bereits zerstört.

Noreen kam mir entgegengelaufen, verkleidet als Baum.

»Heilige *Scheiße*!«, rief sie. »Wir waren so verdammt gut! Keiner hat seinen Text vergessen! Das war der Wahnsinn!«

Sie hatte einen der rappenden Bäume gespielt. Sie und ein paar weitere Bäume sangen am Ende des zweiten Aktes einen Rapsong. Ein Versuch, die Spinnweben von dem Stück abzustauben, nehme ich an. Ich persönlich war stets dagegen gewesen, war aber auch kein derartiger Theater-Nerd, dass es mich ernsthaft interessierte.

Ich ignorierte Noreen und bog in die herrliche Stille der Mädchentoilette ab. Drinnen steuerte ich geradewegs die letzte Kabine an, warf die Tür hinter mir zu und brach kurzerhand zusammen.

Ich fühlte mich wie ein Kadaver, als ich für die Weihnachtsferien nach Hause fuhr. Soweit ich das beurteilen konnte, war meine Seele vom Schicksal verdaut und wieder in meinen Körper erbrochen worden, wo sie nun ziel- und willenlos vor sich hin dämmerte. So hatte ich meinen Zustand zumindest in meinem Tagebuch festgehalten.

»Hallo, Liebes«, begrüßte mich meine Mutter, als ich an der Bushaltestelle auf sie zukam.

Ich war die einzige Schülerin an meiner Schule, die mit dem Bus nach Hause reiste. Wer sein Kind auf das fast-aber-nicht-ganz-renommierte weiterführende Internat schicken konnte, auf das ich ging, der konnte sich auch ein Flugticket in der Economyclass leisten. Aber bei mir lag die Sache anders. Ich stammte aus einer anderen Gehaltsklasse – eher eine Mobile-Home-Community-Gehaltsklasse, die normalerweise nicht viel mit den Schulgebühren von Privatschulen zu tun hat. Es kam mir nach wie vor ziemlich bizarr vor, dass ich auf eine private Highschool ging, doch mein Vater zahlte für meinen Unterhalt und die Gebühren und ließ sich nicht davon abbringen. Seiner Meinung nach war eine solide Ausbildung alles, was ich brauchte, um im Leben klarzukommen. In Wahrheit war es wohl mehr etwas, das *er* brauchte, um klarzukommen – damit, dass er mich aus Versehen gezeugt hatte und jetzt nicht mehr viel dagegen tun konnte. *Irgendwas* musste er ja tun, um nicht als kompletter Dreckskerl dazustehen, und seine Lösung bestand darin, mich mit einer aufgeblähten Ausbildung vollzustopfen. Wobei er nie ein Dreckskerl durch und durch war – vielleicht eher ein Sackgesicht. Immerhin meinte er es gut. Wie auch immer, das ist die Kurzversion der Geschichte. Mehr dazu später.

»Hi, Mom.« Ich war bei ihr angelangt und blieb einen Moment mit hängenden Armen vor ihr stehen.

»Komm her«, sagte sie und zog mich in eine Umarmung. »Wie war's in der Schule?«

»Wie immer.«

»Oh, gut. Ich find's furchtbar, dass du so viel fort bist«, murmelte sie in meine Haare. »Es ist schrecklich einsam ohne dich.«

Ich drückte sie fest. Bei meiner Mutter lief einiges schief. Und damit meine ich ernste Probleme und nicht so melodramatische Teenagerfantasien. Aber sie war die einzige Person, die ich umarmen konnte, ohne mich zu schämen. Ich brauchte ihr noch nicht mal einen Grund zu nennen. Sie stellte nie Fragen.

»Ich hab gedacht, wir essen Donuts auf dem Heimweg!«, verkündete sie. »Was meinst du? Hast du Lust?«

Allein beim Gedanken daran, jetzt einen Donut zu essen, wallte erneut Übelkeit in mir hoch, doch ich lächelte und sagte: »Ja!« Mit Ausrufezeichen und allem.

Die Ferien verbrachte ich damit, mich an diese neue, verkrüppelte Existenz zu gewöhnen, die offenbar mein Schicksal war. Wie immer las ich viel. Ich konnte nichts gegen meine Sucht nach Büchern tun. Sosehr ich auch versuchte, cooler zu sein, es klappte einfach nicht. Ich schrieb außerdem Tagebuch, Gedichte und Romane, was die Sache auch nicht gerade besser machte. Zuletzt hatte ich mich mit großem Vergnügen durch *A Clockwork Orange* gearbeitet. Der totale Mindfuck. Jetzt ging ich über zu Stephen

Kings *Es*. Ich dachte mir, dass es besser war, bei den gestörten Themen zu bleiben. Das beruhigte meinen Magen.

Nachts las ich, hörte Musik und weinte. Tagsüber verbrachte ich viel Zeit mit meiner Mutter, was sich als anstrengender denn je herausstellte. Während wir vor dem Fernseher saßen, legte ich gern meinen Kopf in ihren Schoß, und sie fuhr mit den Fingern durch mein Haar. Doch um mit ihr zu reden, musste ich so viel Energie und Geduld zusammenkratzen, dass es unter den gegebenen Umständen richtiggehend wehtat.

Meine Mutter war ein ganz besonderer Mensch. Sie war jung, gerade mal 34. Außerdem war sie schön, und das nicht auf eine Trailer-Park-Art. Sie war auf unverdorbene und natürliche Weise schön. Sie verfügte über dasselbe Farbspektrum wie ich – dunkle Haare, blasse Haut, blaue Augen –, nur dass es bei ihr irgendwie harmonierte. Während der Kontrast an mir hart wirkte und mich käsig aussehen ließ, wirkte sie dadurch entrückt und faszinierend. Draußen zog sie alle Blicke auf sich. Und obendrein (oder trotzdem) war sie auch noch wahnsinnig nett. Sanft, liebevoll und freundlich. Sie wollte für jedes Lebewesen auf dem Planeten jederzeit nur das Beste, und ihre Güte und ihre Frieden-auf-Erden-Vibes waren echt. Sie meinte es ernst. Sie hatte ein Herz für alles und jeden, sogar für Pflanzen, Möbel und andere unbelebte Gegenstände. In ihrer Welt gab es keine bösen Hintergedanken, und sie fand für jedes Verhalten eine Entschuldigung.

Das Problem war, dass sie auch verrückt war. Wirklich verrückt. Ich glaube, am treffendsten beschreibt das Wort *wahnhaft* ihren Zustand. Sie ignorierte die Welt um sie herum genauso rigoros, wie Kinder es tun, wenn sie Astronaut, Cowboy oder Prinzessin spielen und in ihrer Fantasiewelt leben. Meine Mutter hatte sich eine eigene Welt geschaffen. Die Wirklichkeit verdrängte sie, so gut sie konnte, und wenn das nicht möglich war, wenn die Realität zu laut wurde und zu viel Druck auf die Märchenwelt ausübte, in der sie lebte, dann brach sie zusammen. Und man mühte sich mit den vielen kleinen Einzelteilen ab, um sie wieder zusammenzusetzen. Die Strategie war stets mehr oder weniger die gleiche: Man musste ihr versichern, dass die Wirklichkeit nicht echt und ihre verzauberte Spinnerwelt die Wahrheit war.

Meistens nahm ich ihr das nicht übel. Sie wollte einfach nur glücklich sein, und da Glück in ihrem Leben nicht vorgesehen war, trickste sie das System aus und entschied sich für eine Abkürzung mithilfe ihrer Fantasie. Sie war nicht dumm, und es klappte. Ich verstand ihre Logik und versuchte, sie nach Kräften zu unterstützen. Manchmal ist Wahnsinn die bessere Option. Es konnte riesigen Spaß machen mit meiner Mutter – wie sie die Welt in einem Sammelsurium aus absurden Pastelltönen und einhornmäßigem Glitzerbullshit malte. Manchmal war das nach einem schlimmen Schultag genau das, was ich brauchte. Der Nachteil war, dass man es komplett vergessen konnte, jemals irgendwas Reales, was einen beschäftigte, mit ihr zu besprechen. Denn Realität = versteckte Mine = nuklearer Holocaust der Gefühle. Ihre Abkürzung konnte nicht viel ab, bevor die Sicherung durchbrannte.

Dieses Weihnachten war hart. Ich war noch nie zuvor verliebt gewesen. Ich hatte noch nie zuvor ein gebrochenes Herz gehabt. Diese ganze Scheiße nicht durchblicken zu lassen, fiel mir nicht leicht.

»Es macht dir doch nichts aus, dass dein Vater dieses Weihnachten nicht kommen konnte, oder?«, sagte meine Mutter und tätschelte mir das Knie, während wir vor dem Fernseher saßen. »Weißt du, er wollte wirklich gern, aber ihm ist die Arbeit dazwischengekommen. Seine Anwaltsfirma fusioniert im Januar mit einer anderen, und er muss eine Menge vorbereiten.«

»Ja, mir egal.«

»Liebling, sag nicht, dass es dir egal ist. *Ihm* ist es nicht egal, dann sollte es dir auch nicht egal sein.«

»Nein, ich meine, ich versteh's. Ich weiß, dass er viel zu tun hat.«
Sie lächelte. »Ist die Kette, die er dir geschickt hat, nicht hübsch?«

»Ja, sehr hübsch.«

Und hier kommt die wahre Geschichte:

Dass mein Vater an Weihnachten nicht bei uns war, lag schlicht und ergreifend an der Tatsache, dass er eine Ehefrau und drei Kinder in Kalifornien hatte, die nichts von meiner Mutter und mir wussten. All das Gerede über eine Firmenfusion im Januar war frei erfunden. Meine Mutter und ich waren ein geheimer Ausreißer in seinem ansonsten stinknormalen Leben. Ich kann's ihm nicht verübeln, dass er vor all den Jahren meiner neunzehnjährigen Mutter auf einer Geschäftsreise nach Florida nichts entgegenzusetzen hatte. Er musste sich einfach in sie verlieben. Sie war außergewöhnlich und grenzenlos schön. Kein Wunder, dass er sie nie aus dem Kopf bekam, auch wenn das noch so bequem gewesen wäre. Ihre Affäre hörte nie auf, sondern wuchs wie ein Schimmelpilz in einem feuchten Keller. Ich war das Nebenprodukt, und da standen wir nun alle. Meine Eltern liebten sich wirklich, das will ich gar nicht bestreiten. Vielleicht gab es mehr wahre Liebe zwischen ihnen als zwischen ihm und seiner eigentlichen Familie, und vielleicht »funktionierte« es deshalb. Was auch immer die Gründe für die unerschütterliche Liebe meiner Eltern waren, meine Mutter und ich stellten jedenfalls sein Alternativuniversum dar, das mit seinem Hauptuniversum koexistierte, Seite an Seite. Wir wussten von »ihnen«, aber sie wussten nichts von uns. Die einzige Regel lautete, nie ein Wort über die ganze Sache zu verlieren.

Ich trug den Nachnamen meiner Mutter: Welles. Mein Vater schickte über ein komplexes System, das seinen besten Freund und Geschäftspartner beinhaltete, jeden Monat ein bisschen Geld. Auf demselben Weg bezahlte er mein Internat, und er besuchte uns ein paarmal im Jahr unter dem Deckmantel von Geschäftsreisen. Wir alle hielten uns an die Regeln, und wie schon gesagt, es funktionierte.

Es war noch nie anders gewesen, und deshalb war es für mich nie was anderes als Normalität. Wenn mein Vater für ein paar Tage oder ein bis zwei Wochen vorbeikam, freute ich mich immer, ihn zu sehen. Er brachte Geschenke mit, und wir gingen jeden Abend essen. Wenn er wieder fuhr, war das für mich auch okay. Dachte ich zumindest. Manchmal saß ich nach einem seiner Besuche auf dem Bett und untersuchte meinen emotionalen Zustand auf irgendwelche Verletzungen. Ich war mir nie zu hundert Prozent sicher. Es hing ganz davon ab, welche Musik ich während dieser Innenansichten hörte, aber größtenteils hatte ich das Gefühl, alles war in Ordnung, bis ich eifersüchtig auf irgendwas Seltsames wurde. Zum Beispiel auf ein Mädchen auf der anderen Straßenseite, das von ihrem Dad angeschrien wurde, sie solle sich von ihrem Loser-Freund fernhalten. So was traf mich manchmal wie aus dem Nichts. Ich könnte wahrscheinlich den ganzen Tag lang mit jedem noch so fragwürdigen Typen schlafen, und keiner würde mich daran hindern.

Das Einzige, was ich an diesem ganzen Szenario überhaupt nicht verstand, war, warum meine Mutter sich ausgerechnet in meinen *Dad* verliebt hatte. Das war der Teil, der überhaupt keinen Sinn ergab. Auf mich wirkte er so unglaublich normal. Es gab nichts Aufregendes an ihm, außer dass niemand so recht wusste, wann er auftauchte und wieder verschwand. Er war sechzehn Jahre älter als sie, hatte einen überschaubaren Bauch und war schon ziemlich kahl. Mir wollte das einfach nicht in den Kopf. Klar, er hatte Geld. Er war Anwalt in der Musikindustrie und wohnte in Beverly Hills (oder zumindest hatte seine Anwaltsfirma da ihren Sitz), aber das machte ihn in meinen Augen kein bisschen interessanter, und er überschüttete uns ganz sicher nicht mit Geld. Das konnte er gar nicht, weil es viel zu gefährlich gewesen wäre.

Meine Mutter hätte jeden haben können. Sie hätte mit dem Leadsänger jeder Band durchbrennen können, die durch Florida tourte. Sie hätte einen brillanten Wissenschaftler treffen oder die Muse irgendeines Schriftstellers werden können, dem sie als Inspiration für seinen mit dem Pulitzer-Preis ausgezeichneten Roman diente. So außergewöhnlich war sie. Mindestens mal hätte sie einen absurd reichen Mann heiraten können, oder meinetwegen auch einfach nur einen ganz normalen Typen, der sie genug liebte, um bei ihr zu bleiben.

Sie hätte jeden in ihren Bann ziehen können, aber stattdessen zog mein Vater sie in *seinen*.

Ich sah zu meiner Mutter hinüber und fragte mich, ob ich wohl so enden würde wie sie. Gefangen in einer Art Liebeshölle. Wahrscheinlich, dachte ich. Wahrscheinlich war ich am Arsch.

Die Midhurst School war 1973 gegründet worden. Sie war ein weiterführendes Internat irgendwo im niedrigeren Privatschulen-Segment. Sie wäre gern renommiert, aber dafür war sie zu zugänglich, hatte zu wenig Mittel zur Verfügung und befand sich noch dazu in den Sümpfen Floridas.

Sie lag im mittleren Teil des US-amerikanischen Blinddarms, wie wir diese Region gern nannten – näher am Atlantik als am Golf von Mexiko, aber zu weit weg von beiden Küsten, um einen Strand in der Nähe zu haben. Die Landschaft rund um die Schule war dicht bewachsen, flach und grün. Louisianamoos hing von den Bäumen, Eidechsen flitzten über die Gehsteige, Schlangen verkrochen sich in den Büschen, und überall wuchs dieses dicke, kräftige Gras, das sich unecht anfühlt, wenn man es anfasst.

Ich mochte die Vegetation hier in Florida schon immer, selbst als ich noch ein Kind war. Sie hatte etwas Entrücktes und Prähistorisches an sich. Sie war fruchtbar und romantisch. Alles hing und tropfte. Und ich liebte die Gefahren, die in ihr lauerten – die Tatsache, dass du dich an Seen vor Alligatoren in Acht nehmen musstest, die Warnungen vor Hurrikanen und Tropenstürmen, und die Klapperschlangen, die sich manchmal in den Büschen rund um die Schule versteckten.

Aber abgesehen von ihrer Vegetation hatte die Gegend rund um die Schule wenig zu bieten. Die nächste Ortschaft lag ein Stück die Straße hinunter. Sie war klein, es herrschte tote Hose, und es fehlte einem dort an so ziemlich allem.

Die Schule selbst bestand aus einem großen, weiß verputzten Bau im spanischen Kolonialstil, der in den 30er-Jahren ein Krankenhaus beherbergt hatte. Das war das Hauptgebäude. Darin befanden sich die Büros, die meisten Klassenzimmer, die Aula und der Speisesaal. Wie der Großteil der Schule war das Gebäude ein bisschen heruntergekommen, in seiner stillen Schlichtheit jedoch nach wie vor beeindruckend. Die restlichen Gebäude erstreckten sich dahinter. Die Wohngebäude, die Turnhalle, die restlichen Klassenräume, die im Hauptgebäude keinen Platz fanden, die Kunsträume – eine bunte Mischung aus 70er- und 80er-Jahre-Bauten, die über die Jahrzehnte hinzugekommen waren.

Die meisten Kinder auf der Midhurst kamen aus Familien der gehobenen Mittelschicht. Ihre Eltern waren nicht direkt *reich*, aber sie hatten genug Geld, um die Gewohnheiten der Gesellschaftsschicht über ihnen zu imitieren. Es gab nur ein paar wirklich wohlhabende Schüler. Ich nehme an, ihre Eltern hatten versucht, sie in bessere Schulen zu stecken, waren aber an unzureichenden Noten oder fehlenden Verbindungen zu diesen Schulen gescheitert und hatten ihre Ambitionen eine Stufe nach unten korrigiert.

Die Midhurst School führte keine Warteliste, und es gab keine strengen Aufnahmeprüfungen. Man konnte sogar angenommen werden, wenn die Noten nicht über dem Durchschnitt lagen. Konntest du die Schulgebühr zahlen, war dein Kind dabei. Dementsprechend groß war auch die Bandbreite an unterschiedlichen Schülern. Ein Haufen kluger Köpfe, die später einmal auf renommierte Colleges gehen würden. Ein paar Faulpelze ohne jegliche Ambitionen, die sich treiben ließen, wie sie es auf jeder drittklassigen öffentlichen Schule auch getan hätten. Dann gab es da noch Schüler, deren Eltern sie zu Hause nicht haben wollten. Viele kamen aus anderen Regionen in Florida oder benachbarten Bundesstaaten, ein paar aus der Gegend, und es gab sogar eine kleine Gruppe internationaler Schüler – vor allem deutsche, warum auch immer.

Wie alle anderen Schulen hatten auch wir einen dämlichen Schulslogan (*Wir halten den Schlüssel zu einer helleren Zukunft*) und ein Wappen, bestehend aus einem mittelalterlichen Turm in der Mitte, links und rechts einer Palme und einem Kelch darüber. Bis auf die Palmen machte es überhaupt keinen Sinn. Midhurst behauptete von sich, »in der Tradition verankert« zu sein, und unternahm alle möglichen Versuche, in den Schulrankings möglichst weit oben zu erscheinen – ein Sprungbrett zur Ivy League. Der Turm auf dem Wappen war zweifellos ein Versuch, aus nichts ein bisschen Tradition zu wringen. Weiß der Himmel, was der Kelch bedeuten sollte.

Auf der Internetseite der Schule sah man lachende Schüler, denen die Sonne durch die Haare schien, während sie auf dem Rasen ihre Hausaufgaben machten. Es gab Fotos von Schülern, die Tennis spielten oder ritten. Schüler vor Computern, die wahrscheinlich gerade Programmieren lernten. Schüler, die in sonnendurchfluteten Schlafzimmern abhingen und Gitarre oder Schach spielten. Ein Schüler spielte Saxofon. Oberstufenschüler schmissen ihre Hüte in die Luft, und die Lehrer sahen aus, als hätten sie gerade ein großes Abenteuer zusammen erlebt, aus dem sie mit jeder Menge Insiderwitzen wieder aufgetaucht waren.

In Wahrheit war die Midhurst jedoch eine dieser Schulen, in denen Kaugummis unter den Tischplatten klebten, altmodische Möbel herumstanden, Lehrer klapprige Autos fuhren und seltsam muffige Gerüche in wahllosen Ecken der Korridore hingen. Wir trugen zwar Schuluniformen, aber selbst die waren bescheuert. Lediglich blaue T-Shirts mit dem Schulwappen groß auf die Brust gedruckt und dazu dunkle Hosen oder Faltenröcke. Sie sahen eher aus wie ein Trikot oder irgendwas, das man in einem Sommercamp trug.

Und dann gab es da noch die Schulregeln. In dieser Hinsicht konnte Midhurst es ziemlich gut mit anderen Internaten aufnehmen. Nachtruhe, Kleiderregeln, Vorschriften zu Frisur, Make-up, Socken und Schuhen. Eine Null-Toleranz-Regel, was Rauchen, Alkohol und Drogen anging. Versammlungen in den Schlaftrakten nach 21:00 Uhr verboten. Jungs im Mädchenflügel und anders herum strengstens verboten. Keine Handys im Speisesaal oder im Unterricht. Auf keinen Fall während des Unterrichts ohne Erlaubnis auf die Toilette gehen. Kein Essen in der Wäscherei, in den Klassenzimmern und auf den Fluren. Kein Kaugummi. Niemals ohne Erlaubnis das Schulgelände verlassen. Keine Sportgeräte im Hauptgebäude. Keine Musik nach 21:00 Uhr. Musik generell niemals lauter als »angenehme Zimmerlautstärke«. Keine Kartenspiele oder Bälle in den Schlaftrakten oder auf den Fluren. Kein Geld von anderen Schülern leihen. Kein Rennen in den Fluren. Und so weiter. Internate sind echt gut darin, sich Wege auszudenken, wie sie dein Leben auf klaustrophobische Weise einschränken können. Allerdings wurden 75 Prozent dieser Regeln regelmäßig gebrochen, und im Grunde wussten das alle, auch die Lehrer.

Es war ganz in Ordnung. Wenn man sich erst mal zurechtgefunden hatte, war es ganz in Ordnung.

Die Schule ging in der zweiten Januarwoche wieder los. Ich kam am Abend vorher an und fand in meinem Zimmer meine Mitbewohnerin vor, die ihre Sachen bereits ausgepackt hatte und *Mamma Mia!* (ja, das Musical) über ihren Lautsprecher hörte.

Ich schmiss meine Tasche auf den Boden. »Oh nein. Verdammt noch mal, bitte nicht das.«

»Hi, Grace. Schön, dich zu sehen«, erwiderte sie und zeigte mir den Stinkefinger.

»Mach den Scheiß aus!«

»Das hier ist auch mein Zimmer.«

»Meine Ohren!«

Sie saß auf dem Rand ihres Bettes und sah zu, wie ich meinen Koffer auspackte. Ich sortierte meine Klamotten ein und reihte meine Notizbücher neben meinem Nachttisch auf. In diesen Büchern hatte ich bereits gut fünfzehn Romane angefangen. Ich fing über so gut wie alles an einen Roman zu schreiben, aber mir fiel es schwer, bei auch nur einem über das erste Kapitel hinauszukommen. Der einzige andere Gegenstand von Bedeutung, den ich mitgebracht hatte, war meine Steinschleuder. Einen Moment lang starrte ich sie an und ließ sie dann in die Sockenschublade fallen. Ich hatte sie mit sechs bekommen und jahrelang beinahe jeden Tag benutzt. Auf eine gewisse Art handelte es sich um den stichhaltigsten Beweis meiner Kindheit – ein Gegenstand, der mehr als alles andere für diese Jahre meines Lebens stand. Ich fragte mich, warum ich die Steinschleuder mitgebracht hatte, und kam zu dem Schluss, dass es wohl darum ging, einen Beleg aus einer Zeit zu haben, in der ich mich nicht neben Toiletten in den Schlaf geweint hatte und mich nichts einschüchtern konnte. Ich wollte mir in Erinnerung rufen, dass ich mal ein Rückgrat gehabt hatte.

»Also, was ist los?«, fragte sie, während ihre Augen weiterhin jede meiner Bewegungen aufsogen.

»Abgesehen von der Tatsache, dass deine Musik meine Trommelfelle vergewaltigt, während wir hier reden?«

»Ohne Witz. Du siehst übel aus. Ungesund irgendwie«, stellte sie fest. »Dein Gesicht ist ganz verquollen und an komischen Stellen fett.«

»Danke.«

»Das sollte nicht gemein klingen. Ich sag nur die Wahrheit.«

»Das weiß ich sehr zu schätzen.«

Trotz unserer vielen Meinungsverschiedenheiten kamen Georgina Lowry und ich ganz gut miteinander aus. Wir waren keine Freundinnen, aber wir waren auch nicht tief genug in das Leben der jeweils anderen involviert, um Feindinnen zu sein. Tatsächlich würde ich so weit gehen, zu behaupten, dass irgendwo zwischen den vielen Schichten nach außen getragener Gereiztheit ganz schwach eine gewisse Loyalität pulsierte. Wie eine feine Vene, tief vergraben in einer Masse aus überschüssigem Fett. Natürlich wären wir lieber gestorben, als es offen zuzugeben, dennoch wussten wir beide, dass es da war – die unvermeidliche Verbindung, die entsteht, wenn man auf engstem Raum zusammengesteckt wird.

Georgina hatte dunkelblonde Haare, ein breites Gesicht und ultrahelle Augen. Dieses Kristallblau, das als schön durchgehen kann, einem aber auch furchtbar auf die Nerven geht. Ihr Körper war sportlich, stämmig und wirkte irgendwie kompakt, aber nicht durch Fett, sondern wegen der vielen Muskeln. Ich erwischte sie oft dabei, wie sie auf dem kleinen Streifen Fußboden zwischen unseren Betten eigenartige Bein- und Bauchmuskelübungen machte. Sie kannte all die Atemtricks, wann man bei den Übungen ein- und wieder ausatmen musste, und während sie trainierte, stieß sie die Luft professionell in kleinen, aggressiven Stößen aus. Ich musste ständig um sie herumbalancieren, während sie mit erhobenen Beinen auf dem Boden herumturnte und ihr Abdomen in kleinen Drehungen nach rechts und links hüpfte. Sie war im Volleyballteam und nahm die Sache so ernst, dass es beinahe schon einer Religion gleichkam.

Außerdem war sie reich. Unser Zimmer war vollgestopft mit ihren Sachen: Klamotten, Schuhe, Sportkram, Dekokissen, Glätteisen und Lockenstab, gerahmte Illustrationen mit inspirierenden Zitaten, ein Luftentfeuchter, ein Minikühlschrank, Familienfotos, kleine Schmuckkästchen, Haarbänder und so weiter. Ich besaß einige wenige Kleidungsstücke, ein paar Bücher und einen Laptop, der jedem Schüler zu Beginn des Schuljahres ausgehändigt wurde.

Eigentlich war es viel mehr *ihr* Zimmer als meins, und obwohl sie nicht boshaft dabei war, gab es ihr einen Kick, dass ich *unterprivilegiert* war, wie sie es nannte. Allein das Wort fand sie lustig. Exotisch. Sie fand es faszinierend, dass ich mir nicht einfach Dinge kaufen konnte oder dass ein erheblicher Teil meiner Klamotten aus Kleiderspenden stammte. Wenn sie sah, wie ich mit mir rang, ob ich ein paar Cents in den Snackautomaten steckte, konnte sie nie widerstehen, einen Witz darüber zu machen. Jedes Mal. Sie war immer spielerisch dabei, meinte es humorvoll, aber es mangelte ihr an jeglichem Taktgefühl. Manchmal kriegte sie mich damit. In der Abteilung für Witze und gesellschaftliche Umgangsformen war Georgina ein Riesentrampeltier.

Doch trotz unserer Streitigkeiten und Diskussionen konnte ich nie wirklich meine Wut an ihr auslassen. Sie hatte etwas so verzweifelt Uncooles an sich, dass mich die Art Loyalität für immer an sie band, wie man sie nur einer Mitbewohnerin, einem dummen Geschwisterkind oder einem Landsmann an einem fernen Ort entgegenbringt. Da waren ihr grellpinkes Sportstirnband, das sie jeden Tag im Haar hatte, ihr unmöglicher Musikgeschmack und die Art, wie sie ihre Klamotten trug. Ein Mädchen, von dem die ganze Schule wusste, dass sie ein hoffnungsloser Fall war. Die Jungs würdigten sie keines Blickes, und die Mädchen ließen sie links liegen. Selbst das Volleyballteam war kein großer Fan von ihr. Sie war nicht direkt eine Außenseiterin oder jemand, der herumgeschubst oder gehänselt wurde – dafür war sie zu reich, und Wohlstand hatte Gewicht an unserer Schule –, aber sie war ganz eindeutig uncool. Geradezu quälend uncool.

»Was hast du zu Weihnachten bekommen?«, fragte Georgina, nachdem ich geduscht hatte und mich bettfertig machte.

»Hauptsächlich Bücher.«

Sie wartete darauf, dass ich ihr die gleiche Frage stellte, und als ich es nicht tat, sagte sie: »Ich hab Klamotten gekriegt und diese

Cowboystiefel, die ich schon seit einer Ewigkeit haben wollte. Ah, und das Allerbeste: Meine Eltern fliegen in den Osterferien mit mir nach Paris.«

Ich sah sie nur an, zu erschöpft, um Interesse zu heucheln.

»Paris, wie geil ist das bitte!«, quiekte sie.

»Ja.«

»Mann, du bist manchmal echt 'ne Spaßbremse«, sagte sie, löschte das Licht und wälzte sich heftig in ihrem Bett herum.

Ich erwiderte nichts. Ich dachte an den kommenden Tag und wie unwirklich mir alles vorkam. Ich würde Mr. Sorrentino sehen. Ich hatte keine Wahl. Dabei konnte ich mir keine Realität vorstellen, in der Mr. Sorrentino und ich uns je wieder in derselben Zeit und demselben Raum aufhielten. Ich hatte in den Ferien so viel an ihn gedacht, dass er sich von einem normalen Menschen in eine Kreatur mythischen Ausmaßes verwandelt hatte. Er war nicht mehr sterblich. Nicht mehr der charismatische, freundliche Mann aus Fleisch und Blut, der mit mir über Mitochondrienwitze lachte und mir Zwinkersmileys auf meine Tests malte. Nein, er hatte sich in eine schreckliche Gottheit verwandelt, die mein ganzes Leben in ihren Händen hielt. Ich war nicht mehr Herrin meiner selbst. Ich gehörte jetzt ihm.

Ich knipste das Licht wieder an, um diesen Gedanken in meinem Tagebuch festzuhalten, aber da Georgina Stunk machte, knipste ich es wieder aus.

Biologie war meine erste Unterrichtsstunde nach dem Mittagessen. Voller Angst stand ich mit dem Rücken gegen die gegenüberliegende Wand gepresst im Flur vor Mr. Sorrentinos Klassenzimmer und starrte auf die Tür. Meine Steinschleuder klemmte im Bund meines Rocks. Als emotionale Stütze sozusagen. Als ich sie am Morgen aus meiner Schublade gezogen und in meinen Rock geschoben hatte, hatte ich es für eine super Idee gehalten, aber als ich nun hier stand, musste ich feststellen, dass sie überhaupt keine Stütze war. Keine Ahnung, wie lange ich vor Mr. Sorrentinos Tür wartete. Schüler strömten mit geröteten Gesichtern und dem üblichen Lärm hinein. Ihre Augen entweder mitten im Witz aufgerissen oder unsagbar gelangweilt und mit lustlosem, schlurfendem Gang, einem Montagmorgen angemessen.

Als die Glocke zum letzten Mal läutete, stand ich immer noch reglos mit meinen Büchern gegen die Wand im Flur gelehnt. Ich hörte, wie Mr. Sorrentinos Stimme begann, die Namensliste zu verlesen, und wandte mich zum Gehen.

Wohin, wusste ich nicht, aber das war auch nicht weiter wichtig. Ich schlüpfte durch den Hintereingang aus dem Schulgebäude, ging an den Tennisplätzen vorbei und machte erst halt, als ich am Ende des Schulgeländes angelangt war. Dort hinten gab es nicht viel außer einer Mauer, die um das gesamte Gelände verlief, und ein paar Geräteschuppen. Ich ließ mich neben einen Baum fallen, schloss die Augen und genoss das Gefühl warmer Tränen, die über meine Wangen strömten. Wenn man traurig ist, hat Weinen etwas für sich. So gern ich mir auch eine dafür verpasst hätte, dass ich so ein rückgratloser Loser war, so schön war es auch, sich in der herrlichen Schwärze meiner Gefühle zu suhlen. Darum ließ ich es einfach zu. Dann grunzte ich und zog die Steinschleuder aus meinem Rockbund, weil sie sich ziemlich unangenehm in meinen Rücken grub. Ich ließ sie neben mir ins Gras fallen, nahm mein Notizbuch heraus und blätterte bis zu einer leeren Seite. Ganz oben schrieb ich *Mitternacht in meinem Herzen* und darunter: *Kapitel 1*. Ich holte tief Luft und dachte einen Moment nach. Doch dann wurde ich von lauten Rufen und schnellen Schritten unterbrochen, die durch das Gras hasteten.

Hektisch wischte ich mir die Tränenspuren aus dem Gesicht, klappte mein Notizbuch zu und drehte mich um. Eine Gruppe Jungs kam quer über den Schulhof in meine ungefähre Richtung gerannt. Genauer gesagt, drei Jungs, die einen vierten jagten, der etwas jünger aussah. Ich meinte, ein paar von den älteren zu erkennen – alle aus der Oberstufe –, aber der andere musste neu sein, denn ich hatte ihn noch nie gesehen. Als ihm klar wurde, dass er in einer Sackgasse gelandet war, verlangsamte er seine Schritte. Vor ihm erstreckte sich die Mauer – er saß in der Falle. Er blieb stehen und drehte sich schwer atmend zu den anderen um. Sie kreisten ihn langsam ein. Jetzt erkannte ich sie ohne Zweifel. Der große war Derek McCormick – ein Typ aus der Oberstufe, dem alle Mädchen wegen seines Aussehens und seiner Arschlochqualifikationen nachrannten. Die anderen beiden waren Neal Gessner und Kevin Lutz. Ein berühmt-berüchtigtes Trio, das zusammenhielt wie eine chemische Verbindung.

Als ihnen klar wurde, dass ihr Opfer in der Falle saß, ließen sie sich Zeit, um voll auskosten zu können, wie ungleich dieser Kampf war. Zur Eröffnung gab es einen Schubs, der den Neuen zurück-stolpern ließ, bevor er sich wieder fing. Derek, ganz offensichtlich der Anführer des Trios, trat mit einem harmlosen Grinsen vor, das sich über sein ganzes Gesicht erstreckte, als würde er gerade in einer Werbung Frisbee spielen oder so was. In dem Moment wirkte er wie ein so krasses Stück Scheiße, dass es schon fast fas-zinierend war. Wie aus dem Nichts unterbrach der Neue Dereks Auftritt, indem er ihm einen überraschend soliden Kinnhaken ver-passte. Damit überrumpelte er alle, mich eingeschlossen. Nachdem er ein paar Schritte zurückgetaumelt war, richtete Derek sich auf und schlug zurück – in den Bauch, und die anderen beiden stiegen sofort ein, quasi mit Schaum vor dem Mund. Der Neue ging zu Boden. Ohne nachzudenken, hob ich ein paar Schottersteine vom Boden auf. Die kleine Gruppe hatte mich nicht bemerkt. Sie waren zu beschäftigt damit, den Jungen zu umringen und abwechselnd auf ihn einzutreten. Als ich nahe genug war, platzierte ich einen anständig großen Stein in meine Steinschleuder, zog das Gummi zurück und spannte es so, dass der Stein gerade fliegen und der Schuss eher soft ausfallen würde. Dann zielte ich auf Dereks Ge-sicht. Genauer gesagt, auf sein linkes Ohr. Er hatte sich gerade auf-gerichtet, um Luft zu holen. Der Stein traf ihn hart, genau dort, wo ich hingezielt hatte, und Derek sprang mit einem Schrei zurück.

Sein Kopf fuhr herum, und als er mich entdeckte, starrte er mich mit einer Hand auf dem Ohr völlig perplex an. Ich bezweifle, dass er verstand, was geschehen war. Sein Mund stand leicht offen vor Verwirrung, und sein Gesicht war vollkommen reglos. Ein per-fektes Ziel. Ich schoss erneut.

»Was zur Hölle!«, heulte er auf, als der zweite Stein seine Wan-ge aufriss.

Ich hatte zwar irgendwie gewusst, dass ich noch schießen konnte, aber als ich ihn zum zweiten Mal an exakt der Stelle traf, auf die ich gezielt hatte, war ich begeistert. Es musste mindestens ein Jahr her sein, dass ich zuletzt auf irgendwas geschossen hatte. Früher hatte ich es irgendwann so draufgehabt, dass ich alles im Schlaf hätte abschießen können. Aber das war noch in meiner Grundschulzeit zu Hause gewesen. Mein Atem wurde schneller. Ich verspürte ein befriedigendes Gefühl der Vollendung und erinnerte mich wieder, wie sehr ich den Adrenalinrausch nach einem perfekten Schuss immer genossen hatte.

Niemand wusste, was als Nächstes zu tun war. Alle vier starrten mich an und ich sie. Ich war kein Junge und sie keine Mädchen, deshalb konnten wir die Sache nicht auf die übliche Art regeln. Sie wollten sich bewegen, aber wohin und zu welchem Zweck? Ehrlich gesagt, wusste ich auch nicht so recht, was ich tun sollte. Meine letzten Schulhofauseinandersetzungen lagen schon eine Weile zurück.

»Hey, was zur Hölle!«, rief Derek erneut und massierte sich das Ohr, während er mich anstierte wie ein verletztes Nashorn – erschrocken und empört, als wären die Gesetze des afrikanischen Buschs auf den Kopf gestellt worden.

»Hat sie dich gerade getroffen?«, fragte Neal mit einem Ausdruck formvollendeten Unverständnisses. »Ist das eine Steinschleuder?«

Währenddessen hatte der Neue sich aufgerappelt und nutzte die allgemeine Verwirrung, um Derek hart in die Kniekehlen zu treten. Beinahe wie von selbst ging Derek zu Boden. Für einen kurzen Moment standen seine Kumpels verwirrt da, dann jagten sie dem Neuen nach, der direkt auf mich zurannte. Ohne anzuhalten, packte er meine Hand und riss mich beinahe um, so viel Schwung hatte er drauf.

»*Komm schon!*«, schrie er mir zu, ohne meine Hand loszulassen.

Wir rannten. Ich hatte keine Ahnung, ob wir verfolgt wurden oder nicht. Ich drehte mich nicht um. Stattdessen heftete ich meinen Blick auf den Jungen, der mich über das Gelände zog. Den freien Arm um die eigene Mitte geschlungen, hielt er sich die Seite, und seine Schritte waren unregelmäßig, doch er rannte. Als wir richtig Geschwindigkeit aufgenommen hatten, schaffte ich es, meine Hand aus seiner Umklammerung zu ziehen. So fiel mir das Laufen leichter, und außerdem war seine schwitzige Hand der Körperteil eines x-beliebigen Menschen und umklammerte meine Finger viel zu fest. Wir rannten weiter, bis wir den Hintereingang erreicht hatten und ins Gebäude stürzten, wo wie aus dem Nichts Mrs. Gillespie, eine der Englischlehrerinnen, mit einem Stapel Papiere unter dem Arm und einer Kaffeetasse in der Hand im Flur auftauchte. Urplötzlich stand ihre unförmige kleine Gestalt direkt vor uns – grelle Blümchenbluse, passende Blazer-und-Rock-Kombi und eine frische Schönheitssalon-Frisur, die auf ihrem Kopf saß wie ein flauschiges Vogelnest. Für einen kurzen, schrecklichen Moment schien es, als würden wir sie mitreißen, doch es gelang mir, wenige Zentimeter vor ihr schlitternd zum Stehen zu kommen, und der Junge tauchte in letzter Sekunde zur Seite ab, sodass er lediglich ihre Schulter streifte, bevor er zu Boden stürzte. Mit einem spitzen Schrei sprang Mrs. Gillespie zurück, und ihre Kaffeetasse flog durch die Luft, um dann an der Wand zu explodieren. Es regnete Kaffee. Der Junge lag am Boden, und ich stand wie eingefroren ein Stück hinter ihm, in der Hand noch immer meine Steinschleuder. Ich drehte mich um, um zu sehen, ob die anderen uns gefolgt waren, doch keine Spur von ihnen.

»Ich heiße übrigens Wade«, sagte er.

Widerstrebend nannte ich ihm meinen Namen und starrte dann demonstrativ in die andere Richtung. Wir saßen im Sekretariat und warteten darauf, dass der Schuldirektor, Mr. Wahlberg, uns zu sich rief.

Ich war an der Schule zwar nie ernsthaft in Schwierigkeiten geraten, aber ich hatte aufgrund von Mathematik und Sport eine beständige, wenn auch harmlose Beziehung mit Mr. Wahlberg. Es handelte sich um zwei Fächer, für die ich wenig bis gar keinen Aufwand betrieb, weil sie für mein Dasein vollkommen irrelevant waren. Daher hatte ich keine Einwände, wegen ihnen regelmäßig in sein Büro geschickt zu werden. Tatsächlich zog ich das Sekretariat dem Sport- oder Matheunterricht bei Weitem vor, und mit der Zeit war mir der Ort vertraut geworden. Die Topfpflanzen, die schlechten Ölgemälde von Mr. und Mrs. McCleary, die die Schule im Jahr 1973 gegründet hatten, das Aushangbrett, das Personalfoto, der hellgraue Teppich und der Fleck an der Decke neben der Tür zum Flur. In gewisser Weise mochte ich das Sekretariat. Seine Vorhersehbarkeit hatte etwas Beruhigendes. Außerdem war es voller Erwachsener, und manchmal musste ich dem hormonellen Blutbad, das einen Großteil des Schullebens ausmachte, mal für einen Moment entfliehen. Erwachsene waren so viel lethargischer. Das konnte entspannend sein.

Diesmal war es jedoch anders. Während ich darauf wartete, in Mr. Wahlbergs Büro gerufen zu werden, spürte ich, wie sich in meinem Nacken kalter Schweiß sammelte und mir flau im Magen wurde. Wir hatten uns in eine ordentliche Menge Scheiße manövriert, aber das war es nicht, was mich nervös machte. Es waren die sozialen Begleiterscheinungen, in denen ich gelandet war: dieser Mensch, der mit seinem auf und ab hüpfenden Knie nur Zentimeter von mir entfernt saß und mit mir zu reden versuchte, als stünden wir nun auf der gleichen Seite von irgendwas. Darum hatte ich nie gebeten. Alles, was ich gewollt hatte, war gewesen, Derek ins Gesicht zu schießen, weil er ein Wichser erster Klasse war. Es hatte mich von Mr. Sorrentino ablenken sollen – etwas, wodurch ich mich besser fühlte. Aber das war gründlich in die Hose gegangen. Irgendwie war ich nun mit diesem schwitzenden, atmenden Fremden, der ein Junge war und dessen Ellbogen bereits zweimal in meinen Arm gestoßen waren, weil er nicht still sitzen konnte, in einem Team gelandet. Allein bei der Vorstellung wurde mir schlecht.

»He!« Blind für meine Versuche, ihn durch nicht gerade subtile Körpersprache abblitzen zu lassen, tippte Wade mir auf die Schulter.

Ich warf ihm einen nervösen Blick zu.

»Hey, das war der Wahnsinn – das mit der Schleuder«, sagte er. Er hielt die Stimme gesenkt, damit Mrs. Martinez hinter ihrem Schreibtisch nichts mitbekam, stieß jedoch jedes einzelne Wort voll atemloser Aufregung aus. »Wie kommt's, dass du mit so einem Teil schießen kannst?«

Ich wandte mich ab und richtete den Blick auf das Lehrerfoto – auf die linke obere Ecke, um genau zu sein –, wo Mr. Sorrentino stand und mich mit seinem Wen-zum-Teufel-kümmert's-Haar anlächelte, das ihm in die Stirn fiel.

»Ich habe viel geübt, als ich jünger war«, erklärte ich.

»Warum?«

»Keine Ahnung.«

»Krass. Ich wusste nicht, dass Steinschleudern wirklich *funktionieren* – also, dass man mit denen echt Dinge gezielt treffen kann.«

»Dafür sind sie da.«

»Ich dachte immer, das sind nur so Spielzeuge.«

»Sind sie nicht.«

»Ja, das glaub ich dir«, sagte er lachend.

Seine Art zu lachen traf mich vollkommen unerwartet. Er hatte eine unbekümmerte Wärme an sich. So lachten Jungs nicht – zumindest nicht die coolen mit ihren übertrieben selbstsicheren, höhnischen Sprüche-Arschloch-Vibes. Selbst als ich ihm einen verstohlenen Blick zuwarf, konnte ich nicht sagen, ob Wade cool war oder nicht. Dort saß er mit hängenden Schultern und schmutzigen, abgeknabberten Fingernägeln. Keine erkennbare Frisur, einfach nur etwas zu lang herausgewachsene Haare, wahrscheinlich weil es ihm einfach egal war. Offene Schnürsenkel. Das Veilchen unterm Auge war ein Geschenk von Derek. Noch ein bisschen Babyspeck im Gesicht.

»Danke übrigens«, sagte er. »Dass du mir geholfen hast.«

Sein Blick ruhte mit derselben anziehenden Unschuld auf mir, die in seinem Lachen gelegen hatte. Es hatte wirklich allen Anschein, als wäre es ihm scheißegal, dass ich mich wie ein Arschloch verhielt.

»Ja. Ich hab's aber nicht gemacht, weil ich dir helfen wollte«, sagte ich.

»Warum dann?«

Ich konzentrierte mich wieder auf Mr. Sorrentinos Lächeln. »Einfach nur wegen Derek. Schätze, ich kann seine blöde Fresse nicht leiden.«

»Damit kann ich leben«, sagte er mit einem weiteren Lachen.

Ich bog meinen Körper ein wenig weg von ihm und versuchte, ihm auf diese Weise klarzumachen, dass wir, nur weil uns das Schicksal Mrs. Gillespie in den Weg geschleudert hatte, noch lange nicht zu einer Art Duo mutiert waren.

Wir warteten eine halbe Ewigkeit. Wade saß neben mir und zappelte herum, während die Minuten dahinkrochen. Er machte ein oder zwei weitere Versuche, ein Gespräch anzufangen, doch ich stopfte sie ihm zurück ins Gesicht. Irgendwann stand er auf, um Mrs. Martinez dabei zu helfen, ihre Brille wiederzufinden, die sie verlegt hatte. Mrs. Martinez war die Sekretärin. Eine ausladende Frau (eher Körpergröße als Umfang) Ende vierzig mit einer Vorliebe für gemütliche Klamotten (zum Beispiel übergroße Pullis mit Katzenmotiven und Schlappen, die eher aussahen, als würde man sie zu Hause auf der Couch anziehen als zur Arbeit). Für ein Mitglied des Schulpersonals war sie ganz in Ordnung. Sie und Wade wühlten sich ungefähr fünf Minuten lang durch das Chaos auf ihrem Schreibtisch und redeten dabei ununterbrochen über die zwei verrückten Katzen, die Mrs. Martinez wohl hatte und die andauernd ihre Brille wegschleppten und an den seltsamsten Orten versteckten. Wade lachte über die Story und erzählte ihr von irgendeinem Hund, den er als Kind gehabt hatte. Es war bizarr. Was stimmte mit ihm nicht?

»Hier«, sagte Wade und hielt die Brille in die Höhe.

»Grundgütiger!«, rief Mrs. Martinez erfreut aus. »Wo war sie?«

»Unter dem ganzen Kram«, erklärte er und zeigte auf einen chaotischen Papierstapel. »Räumen Sie eigentlich nie Ihren Schreibtisch auf?«

»Oh, ich bin schrecklich, nicht wahr?«, erwiderte sie verlegen, als er ihr die Brille reichte. »Das sind alles alte Programme für die Weihnachtsspendenfeier. Was machen die denn noch hier? Sei so gut und gib mir die mal bitte.«

Er nahm den Stapel und reichte ihn ihr.

»Die gehören in die Papiertonne.«

»Soll ich sie reinschmeißen?«, fragte er.

Sie hielt in ihrem geschäftigen Papiergeraschel inne und musterte ihn erstaunt. Ihre kleinen Augen verengten sich konzentriert, so als versuchte sie, ein noch unentdecktes Lebewesen zu verstehen. »Du bist ein Schatz, weißt du das?«, sagte sie. »Deine Eltern haben wirklich was richtig gemacht.«

Wade ließ ein kurzes, spöttisches Schnauben hören.

»Ich mein's ernst«, beteuerte sie. »So ein höflicher junger Mann.«

Sein Spott verwandelte sich schnell in Unbehagen. »Ist doch keine große Sache«, sagte er und kratzte sich den Arm. »Ich kann das kurz wegbringen.«

»Danke, mein Lieber, aber Tara wird sich gleich darum kümmern, und ich glaube, Mr. Wahlberg ist auch fast bereit für euch.«

Wade kam zurück und ließ sich wieder in den Stuhl neben mir fallen. Ich sah schnell zur Seite, und wir warteten wieder schweigend.

Mr. Wahlberg war ein drahtiger Mann. Groß, dünn, wahrscheinlich in den Fünfzigern und mit einem überschaubaren Rest an Lebensenergie. Er trug blassgelbe Hemden und kämmte sich das Haar an dem immer weiter nach hinten verschwindenden Ansatz zurück. Heute trug er eine Krawatte mit Musiknoten, was mir bizarr vorkam. Ich konnte mir beim besten Willen nicht vorstellen, dass er Musik hörte. Dafür wirkte er einfach viel zu miesepetrig.

»Das geht als Waffe durch«, sagte Mr. Wahlberg und hielt die Steinschleuder in die Höhe.

Er machte eine bedeutsame Pause.

»Eine *Waffe* würde ich das per se nicht nennen«, erwiderte ich schließlich und musterte eingehend mein Knie.

Mr. Wahlberg seufzte. »Ich wäre Ihnen sehr verbunden, wenn wir das Trara diesmal überspringen könnten, Miss Welles. Unsere

Regeln und Ordnungen sind sehr eindeutig, was Gegenstände angeht, die als Waffen verwendet werden können.«

»Klar. Total. Ich find's nur superschwammig«, entgegnete ich. »Wenn es nach der Regel geht, könnte praktisch alles als Waffe verwendet werden. Ich könnte jemanden mit einer *Socke* erwürgen. Ich meine, wer entscheidet, ob eine Steinschleuder oder eine Socke als Waffen durchgehen?«

»*Ich*«, erwiderte er bestimmt.

»Ja, aber das ist ja genau mein Punkt – es ist total willkürlich. Als bräuchte die Schulordnung per se keine richtige Logik. Letzten Endes zählt eh nur, was Sie entscheiden. Aber egal, mehr wollte ich auch gar nicht sagen.«

Wenn ich nervös bin, sage ich ständig *per se*. Man konnte es mit Leichtigkeit in jeden Satz einbauen.

Mr. Wahlberg schloss die Augen und begann, sich die Augäpfel zu massieren. Das tat er immer, wenn er Leuten zu verstehen geben wollte, dass er es in seinem Job nicht leicht hatte. Wade und ich saßen da und beobachteten die Augapfelmassage. Nach einer Weile ließ Mr. Wahlberg seine Hände zurück auf den Tisch fallen und riss sich zusammen.

»Wir sind nicht hier, um zu diskutieren, warum ich in die hohe Position des Schuldirektors aufgestiegen bin, wo meiner Macht offensichtlich keine Grenzen gesetzt sind und alles nach meiner Pfeife tanzen muss. Betrachten wir die Sache ganz einfach: Ihr beide wurdet dabei erwischt, wie ihr heute Vormittag während des Unterrichts durch den Flur gerannt seid, Mrs. Gillespie dabei fast um die Ecke gebracht hättet, und Sie, Miss Welles, hatten eine Steinschleuder bei sich. Damit sitzen Sie in der Patsche.«

»Das ist meine Steinschleuder«, wandte Wade ein.

Mr. Wahlberg sah ihn mit leerem Ausdruck an, und für einen kurzen Moment dachte ich, er würde sich wieder die Augäpfel massieren. Aber das tat er nicht.

»Mein Dad hat sie mir als Kind geschenkt«, erklärte Wade. »Sie funktioniert nicht mal richtig – das Gummi ist total ausgeleiert. Außerdem ist das doch nur ein Spielzeug. Ich hab sie bloß bei mir, weil, Sie wissen schon, Erinnerung an zu Hause und so. Ich wusste nicht, dass das so ein Riesenproblem ist. Tut mir leid.«

Mr. Wahlberg musterte Wade eine ganze Weile. Dann zogen sich seine Augenbrauen zusammen. »Leben Sie sich gut ein?«, fragte er Wade.

»Sehr gut, um ehrlich zu sein.«

Mr. Wahlbergs Miene blieb ungerührt. Seine Augen hingen an den äußeren Enden minimal nach unten, und sein Mund bildete eine fast perfekt waagerechte Linie der Emotionslosigkeit.

»Ich weiß, dass Sie es an Ihrer letzten Schule nicht leicht hatten«, sagte er dann.

Wade antwortete nicht, schien aber völlig unbeeindruckt. Höflich, aufmerksam, geweitete Augen.

»Ihre Eltern hatten gehofft, ein Neuanfang würde Ihnen helfen«, fuhr Mr. Wahlberg fort. »Dies ist Ihre – wievielte? – Ihre vierte Schule innerhalb von zwei Jahren?«

»Ja …« Mit leicht zusammengekniffenen Augen sah Wade zur Decke, so als zählte er im Kopf die Schulen. »Ja, vier.«

»Zwei davon waren Verweise.«

Wade nickte und verzog das Gesicht zu einer beschämten Grimasse, die auf mich ziemlich unecht wirkte. Mr. Wahlberg betrachtete ihn einen Moment lang eingehend.

»Ich würde zumindest gern glauben, dass diese Schule Ihnen alle Möglichkeiten bietet, um das Blatt zu wenden«, sagte er schließlich. »Ich sage Ihnen, wir haben bisher gute Erfolge mit Kindern erzielt, die es vorher schwer hatten und sich hier fangen. Das habe ich selbst erlebt. Es interessiert mich nicht, wer Sie an den vorigen Schulen waren. Mich interessiert nur, wer Sie hier an der Midhurst sein wollen.«

»Ja. Ja, das ist tatsächlich auch das, was mich interessiert.«

»Ist das so?« Mr. Wahlberg schien es ihm nicht abzukaufen.

»Ja, kein Witz«, versicherte Wade. »Ich weiß, das alles klingt, als hätte ich nur Sch… äh … als wäre ich manchmal unehrlich und so, aber das bin ich nicht. Es geht mir echt darum, das Blatt zu wenden und so.«

Himmel, er war entweder so gut oder so schlecht darin, sich aus der Klemme zu reden, dass ich noch nicht ganz verstand, was von beidem es war. Und ich glaube, Mr. Wahlberg auch nicht. Er verschränkte die Arme vor der Brust und fuhr mit sorgsam gewählten Worten fort.

»Gut, hören Sie. Ich gebe Ihnen dieselbe Chance wie allen anderen auch. Keine Vorverurteilungen. Blütenweiße Weste. Ich werde hier nicht sitzen und nur darauf warten, dass Sie es vermasseln, weil das der einfachste Weg für uns alle wäre. Ich fürchte, ich erwarte von Ihnen, dass Sie Erfolg haben, genau wie ich es auch von meinen Einserschülern erwarte. Das ist mein Versprechen an Sie: Sie erhalten eine faire Chance. Aber was Sie daraus machen, liegt bei Ihnen. Und ich will ehrlich zu Ihnen sein: Es bereitet mir Sorgen, dass das Schuljahr gerade erst angefangen hat und wir schon hier sitzen. Das ist kein guter Anfang, Mr. Scholfield.«

Einen Moment lang herrschte Schweigen. Wade hatte ein kleines bisschen seiner uneingeschränkten Coolness eingebüßt. Er sah Mr. Wahlberg zwar immer noch aufmerksam an, doch sein rechtes Bein hüpfte wieder auf und ab.

»Ich würde nur sehr ungern Ihre Eltern anrufen müssen und ihnen sagen, dass wir ein Problem haben.«

Nach so einem Satz eine Pause zu machen, war ein besonders unterirdischer Move, fand ich.

Mr. Wahlberg fuhr fort: »Sagen Sie mir eines: Möchten Sie gern hierbleiben?«

Wade nickte.

»Sind Sie sicher? Denn wenn das nicht der Fall ist, will ich keine Zeit verschwenden, weder Ihre noch meine.«

»Ja, weiß ich«, erwiderte Wade. Er rieb die Lehne seines Stuhls. »Das versteh ich. Es wäre blöd, wenn irgendjemand mit mir seine Zeit verschwendet, aber ich mag es hier. Wirklich. Es ist mir ernst damit, dass ich's nicht vermasseln will.«

Mit einem nachdenklichen Stirnrunzeln lehnte Mr. Wahlberg sich in seinem Stuhl zurück, zweifellos noch immer unsicher, ob aus Wades Stimme Reue klang oder erstklassiger Hohn. Eine ganze Weile saßen wir da, lauschten dem Ticken von Mr. Wahlbergs Armbanduhr und warteten auf sein Urteil. Im Sekretariat klingelte das Telefon, und Mrs. Martinez' liebenswürdige Stimme ertönte. Dann zog Mr. Wahlberg eine seiner Schreibtischschubladen auf und zog ein Blatt Papier heraus, das er vor Wade legte.

»Das sind die Regeln und Verordnungen der Schule. Ich möchte Sie bitten, die übers Wochenende dreißigmal abzuschreiben und mir am Montag auszuhändigen. Meinen Sie, das schaffen Sie?«

Ein Lächeln breitete sich auf Wades Gesicht aus. »Ja, kein Problem.«

»Wenn Sie wirklich hierbleiben wollen, Mr. Scholfield, dann bin ich mehr als bereit, mich von Ihnen überzeugen zu lassen.«

Als wir aus dem Büro traten, war Wade unendlich erleichtert und ich mächtig schlecht gelaunt, weil Mr. Wahlberg uns noch eine Strafe aufgebrummt hatte: eine Woche lang nach dem Abendessen den Speisesaal putzen. Das kam in der Beschissenheitsskala direkt auf Rang zwei nach den Klos.

»Puuuh!«, sagte Wade und wischte sich mit einer übertriebenen Geste über die Stirn, während wir den Flur entlangliefen. Seinem Schauspiel nach hätte man denken können, für ihn sei das alles nur ein großer Spaß gewesen, doch seine zitternde Hand verriet ihn.

»Du hättest nicht so tun müssen, als wär's deine Steinschleuder gewesen«, sagte ich und konnte nichts dagegen tun, wie herzlos ich klang.

»Kann ich ja nichts dafür, dass ich so einer bin«, erwiderte er leichthin.

Ich lächelte noch nicht einmal ansatzweise. »Außerdem war's komplett sinnlos, weil es mir eh egal ist, ob ich fliege oder nicht. All die leeren Drohungen hätten mich persönlich nicht gekratzt.«

Er sah mich neugierig an. »Warte mal, glaubst du, er hat nur geblufft?«

»Klar hat er das. In Wahrheit braucht er deine Schulgebühren. Glaubst du echt, Mr. Wahlberg gibt einen Scheiß darauf, ob sich ›dein Blatt wendet‹?«

»Na, kann doch sein. Ich kenn den Typen ja nicht.«

»Tut er *nicht*. Er hört sich einfach nur gern reden.«

Tatsächlich wusste ich nicht, ob Mr. Wahlberg sich einfach nur gern reden hörte, aber ich sagte es, weil mir nichts anderes einfiel, und außerdem wollte ich Wade nicht dafür danken müssen, dass er für mich in die Bresche gesprungen war. Es war so ritterlich gewesen, dass ich nicht damit umzugehen wusste.

»Hey, warte mal 'ne Sekunde«, rief er mir hinterher, als ich mich schon umgedreht hatte und dabei war, in die entgegengesetzte Richtung zu gehen.

Widerstrebend blieb ich stehen. »Was?«

»Ich kann nicht sagen, ob du mich hasst oder ob du einfach nur so bist«, sagte er. »Also, was heißt, *so bist*, aber – du weißt schon – dich so verhältst, wenn du dich unwohl fühlst. Mein bester Freund an meiner alten Schule hat vor Leuten immer die Nerven verloren und so blöde Sachen gesagt, dass alle glaubten, er wäre ein Volltrottel. Ich dachte, bei dir ist es vielleicht genauso. Oder hasst du mich wirklich? Wenn du das tust, schon okay, aber ich will keine voreiligen Schlüsse ziehen – nur für den Fall, dass du mich *nicht* hasst, meine ich.«

Ich zögerte. Unsicher, was er eigentlich genau wissen wollte, sagte ich: »Ich bin so.«

Er lächelte, sichtlich erleichtert. »Okay, super.«

Mir stieg wieder die Hitze ins Gesicht. Ich hätte kotzen können, wie mühelos er mich durchschaut hatte. Auf diese Weise unter die Lupe genommen zu werden und meine nicht so attraktiven Charaktereigenschaften entgegengeschleudert zu bekommen, machte die ganze Sache noch erniedrigender.

Ich machte mir nicht die Mühe, zu antworten, drehte mich um und ging.

Und dann war da noch Derek McCormick. Ich wusste nicht mehr, warum ich ihn eigentlich abgeschossen hatte. Vielleicht war ich eine Psychopathin.

In dieser Nacht träumte ich, dass ich mit Mr. Sorrentino komischen Sex in einem sehr kleinen Auto hatte. Dabei nahmen die technischen Details, wie wir in das Auto gelangten, viel Raum ein, doch als wir einmal drin waren, gab es ganz klar ein paar ziemlich schräge sexuelle Aktivitäten. Da ich noch Jungfrau war, waren fast alle sexuellen Aktivitäten in meiner Fantasie ausgefallen und unrealistisch, doch seit Mr. Sorrentino in mein Leben gekommen war, waren meine Träume völlig außer Kontrolle geraten. Dieser zügellose Fantasieüberschuss wurde unweigerlich durch meinen Mangel an Erfahrung hervorgerufen. Es war ziemlich übel. Ich hatte beinahe jede Nacht *sehr* viel unorthodoxen Sex mit Mr. S, und zugegeben, wenn die Träume nicht sexuell waren, dann waren sie noch viel schlimmer. Zum Beispiel probierten wir mal eine ganze Nacht lang, einen riesigen Salzstreuer in einen Koffer zu bekommen, und solche Sachen.

Wie auch immer, dann kam jedenfalls das Wochenende. Am Samstagnachmittag, als Georgina bei irgendeinem Volleyballtreffen oder -training war und ich das Zimmer für mich hatte, schnitt ich mir einen Pony. Er war krumm und schief, aber ich hatte Angst, ihn gerade zu schneiden, weil er eh schon ziemlich kurz war. Da ich keinen zwei Zentimeter langen Pony haben wollte, legte ich die Schere zurück in Georginas Schreibtischschublade. Draußen lief der Regen in Strömen die Fensterscheibe hinunter. Es war einer dieser subtropischen Regenfälle, bei denen der Himmel seine Schleusen öffnet, das Licht eine seltsame Farbe bekommt und man elektrische Spannung in der Luft spürt.

Ich las ein paar Seiten von *Es*, legte das Buch dann aber beiseite und starrte an die Decke. Ich konnte mich nicht konzentrieren. In diesem Moment hasste ich jeden Aspekt meines Lebens.

Nach einer Weile stand ich auf und schrieb Stephen King eine E-Mail. Anfangs ging es noch darum, wie sehr ich *Es* liebte, aber dann wurde sie schnell zu einem detaillierten Bericht über die ganze Sache mit Mr. Sorrentino.

Es ist verdammt schwer, ihn zu hassen, und trotzdem tue ich es. Aber noch mehr, als dass ich ihn hasse, liebe ich ihn. Oder vielleicht hasse ich ihn mehr, als ich ihn liebe. Ich weiß es nicht mehr. Ich dachte echt, wir wären seelenverwandt. Das gibt es doch, oder? Einen Seelenverwandten zu haben? Ich war mir so sicher, dass Mr. Sorrentino mein Seelenverwandter ist. Nicht dass er es mir gesagt oder irgendwas Besonderes getan hätte, aber ich fand, solche Beweise braucht man nicht. Spürt man nicht einfach, wenn jemand dein Seelenverwandter ist? Aber jetzt heiratet er eh diese Frau. Judy. Das ist echt ein Witz …

Ich speicherte die Mail unter Entwürfe und schälte mich aus dem Bett. Dann entschied ich, ich könnte genauso gut nach unten gehen und meine Flasche im Gemeinschaftsraum auffüllen. Es gab einfach nichts Besseres zu tun.

Der Gemeinschaftsraum lag neben der Eingangshalle des Gebäudes, in dem die Schüler untergebracht waren, und war sowohl vom Jungs- als auch vom Mädchenflügel aus leicht erreichbar. Es gab ein paar Snackautomaten, eine Mikrowelle, einen Fernseher, einen Billardtisch und eine alte Sofagarnitur. Außerdem gab es einen Hahn mit gefiltertem Wasser, an dem man seine Wasserflasche auffüllen konnte. Wegen des Regens war der Raum voller

Schüler. Ich blieb im Türrahmen stehen und entschied mich gegen das Wasser. Zu viele Leute. Es herrschte ein lautes Durcheinander an Bewegung und animalischer Energie, wie sie nur durch pubertierende Langeweile hervorgerufen wird. Nicht dass ich älter gewesen wäre als die anderen, aber das hielt mich nicht davon ab, sie in ihrem Streben nach Zeitvertreib für kindisch und schwachsinnig zu halten. Mein neu entdeckter Liebeskummer machte mich weltverdrossen, und ich glaubte mich weit entfernt von diesem Meer aus Kleinkindern, die offensichtlich keine Ahnung hatten, wie schmerzhaft das Leben war. Es kam mir nie in den Sinn, dass irgendjemandem von ihnen womöglich auch schon mal jemand das Herz pulverisiert hatte. Ich meine, nicht wirklich. Nicht wie meins. Unmöglich.

Wie auch immer. Ich machte, dass ich rauskam, und lief wieder in Richtung Mädchenflügel. Dabei dachte ich an Mr. Sorrentino. An seinen Bauch, der ein bisschen weich war. Nicht direkt eine Plauze, nur weich auf eine Art, die ihn als Mann von einem Jungen unterschied. Die kleinen Fältchen, die sich um seine Augen bildeten, wenn er lächelte, gehörten auch dazu. Und die warme, geduldige Aufmerksamkeit, mit der er sprach und mir zuhörte. Ich glaubte nicht, dass ich je in der Lage wäre, einen Jungen zu mögen – was könnte ein Junge mir schon geben? Ihnen fehlten alle Attribute, die die männliche Spezies anziehend machten. Einen Freund im gleichen Alter zu haben erschien mir in etwa so, wie auf ein zweijähriges Kind aufzupassen, das die ganze Zeit versucht, den Finger in eine Steckdose zu stecken. Oder bestenfalls, wie einen Leguan zu hüten. Jungen waren grob und laut und hatten es nötig, sich ständig vor ihren Freunden zu profilieren. Sie rissen kindische Witze über Mädchen, hatte schreckliche Haarschnitte und die Aufmerksamkeitsspanne einer Stechmücke. Und ja, es gab da auch die ruhigen, introvertierten – aber die nahm ich die meiste Zeit nicht wahr, und wenn sie mir doch wieder einfielen, dann war mein erster Instinkt, Mitleid mit ihnen zu haben. Nicht gerade antörnend.

Das Ding mit Mr. Sorrentino war, dass er es irgendwie geschafft hatte, dass ich mich gut damit fühlte, wer ich war. In einer Welt, in der ich fast dauerhaft am Ende der Nahrungskette baumelte, hatte er mir das Gefühl gegeben, Anspruch auf eine Zukunft zu haben. Judy brauchte ihn nicht, wie ich ihn brauchte – sie war mit dem Anspruch auf eine Zukunft *geboren*. Es war nicht fair. Sie schien geistig überhaupt nicht ausreichend ausgestattet zu sein, um wirklich zu verstehen, wie besonders Mr. Sorrentino war. Mit irgendeinem Versicherungsmakler, Buchhalter oder Gebrauchtwagenhändler wäre sie bestimmt genauso glücklich gewesen, da war ich mir sicher.

Gerade als ich langsam begann, ernstlich Selbstmitleid zu entwickeln, und bereit war, mich dem Gefühl den ganzen Nachmittag lang hinzugeben, rannte ich in jemanden hinein. Erschrocken wich ich einen Schritt zurück, und da stand er. Neal Gessner, einer von Dereks Freunden. Er durchlief gerade eine Unterlippenbartphase und hatte noch dazu einen dieser schrecklichen Haarschnitte, von denen ich gesprochen hatte. Sein Sidekick Kevin war auch dabei. Und hinter ihnen tauchte natürlich Derek auf, mit einem Heftpflaster auf der Wange, wo ich ihn mit meiner Steinschleuder getroffen hatte. Ich musste beinahe lachen, nur war die Situation nicht komisch genug.

»He, wenn das nicht die kleine Schlampe mit der Steinschleuder ist!«, verkündete Neal hocherfreut.

Neal und Kevin trieben mich langsam gegen die Wand.

»'tschuldigung. Kann ich mal *durch*?« Ich tat unbeeindruckt und versuchte vergeblich, den Unterlippenbart-Typen zur Seite zu schieben.

»He, he, wozu die Eile?«, fragte er. »Wir wollen uns nur ein wenig über neulich unterhalten. Du hast den guten Jungen hier traumatisiert – siehst du? Wegen dir ging es ihm ziemlich schlecht.

Findest du nicht, wir sollten uns zumindest für eine Sekunde darüber unterhalten?« Er zeigte auf Derek, der den Kopf schüttelte, als wären seine Freunde ein paar niedliche Idioten.

»Ich glaube, du musst dich erst mal mit deinen Gehirnzellen unterhalten, bevor du dir noch wehtust«, erwiderte ich.

Kevin fing an zu lachen. Neal lächelte ein wenig.

»Das ist ja alles ganz lustig«, sagte er. »Aber weißt du was? Wenn du uns fickst, dann ficken wir dich. So läuft das hier. Uns bleibt gar nichts anderes übrig. Das ist ein Naturgesetz. Kann man nichts gegen tun.«

»Man nennt das auch Karma«, warf Kevin freundlich ein.

Neal ignorierte ihn. »Und was dein kleines Sackgesicht von Freund angeht – grüß den mal von uns. Wir vermissen den kleinen Scheißer. Sag ihm, wir kümmern uns bald um ihn, okay?«

Im nächsten Moment traf mich ein Schwall kalter Flüssigkeit mitten ins Gesicht. Sie lief mir in die Augen, den Rücken hinunter, in den BH und ein bisschen was auch in den Mund. Ich schmeckte den widerlich süßen Geschmack von schaler Gatorade. Neil hielt mir die Flasche über den Kopf. Als sie leer war, ließ er sie fallen. Sie traf meinen Kopf und kullerte dann über den Fußboden.

»Pass lieber auf, Kleine«, sagte er mit einem breiten, freundlichen Lächeln.

»Sonst *was*?«, fragte ich und wischte mir mit dem Ärmel die Gatorade aus dem Gesicht. »Hast du noch 'ne Flasche 7 Up, die du mir als Nächstes über den Kopf schütten willst?«

Unruhig trat er von einem Fuß auf den anderen. Aus seinem Gesicht sprach Ärger, und seine Hände suchten nach einer Beschäftigung, doch viel mehr, als mir Flüssigkeiten über den Kopf zu schütten, konnte er nicht tun.

»Pass einfach auf, Schlampe«, wiederholte er.

»Wie auch immer, Arschloch. Viel Glück mit dem Unterlippenbart.«

Er stieß mich so hart gegen die Schulter, dass ich gegen die Wand prallte.

»Okay, okay«, mischte Derek sich ein und zog ihn zurück. »Lass uns gehen, bevor das noch ausartet. Vielleicht finden wir ja einen Vorschüler, mit dem du dich prügeln kannst.«

Begleitet von Kevins schrillem Gelächter schob er seine Freunde zurück in Richtung Gemeinschaftsraum. Dabei warf er mir über die Schulter einen Blick zu, den ich nicht richtig deuten konnte.

Ich lehnte mich gegen die Wand und holte tief Luft. Nicht dass ich keine Angst gehabt hätte. Es war nur so, dass all der Mut und die sozialen Fähigkeiten, die mir auf anderen Gebieten fehlten, für gewöhnlich in Situationen wie diesen ziemlich solide ineinandergriffen. Ich hatte keine Ahnung, wie ich mit einem Jungen reden sollte, der nett zu mir war, oder wie ich reagieren sollte, wenn eine Gruppe Mädchen mich einlud, mit ihnen befreundet zu sein. Dafür wusste ich mit jeder Sorte von Arschgesichtern umzugehen. Adrenalin hatte etwas Tröstliches an sich. Oder vielleicht war es auch das Gefühl, nichts zu verlieren zu haben. Wenn Leute versuchten, nett zu dir zu sein, gab es jede Menge zu verlieren. Wenn sie dagegen eh schon Arschlöcher waren, dann konnte man nichts kaputt machen, egal was man tat oder sagte. Weniger Druck und viel mehr Freiheit.

Ich schob mir das klebrige, tropfende Haar aus dem Gesicht und machte mich auf den Weg zurück zu meinem Zimmer, mein Herz klopfte laut und heftig in meiner Brust.

Im oberen Stockwerk kam ich an einem Zimmer vorbei, aus dem laute Musik schallte. Es gehörte Angela und Chandra. Darin hatte sich eine Gruppe Mädchen aus meiner Stufe versammelt. Lachend und quatschend lagen und saßen sie auf dem Boden und den Betten und sangen zur Musik mit. Ihre Beine baumelten von verschiedenen Möbelstücken oder ruhten lässig auf ihnen. Sie erweckten den Eindruck, als wäre es einfach, am Leben zu sein. Sie hatten ihre Idole, ihre Songs und ihre bezaubernden Gefühle. Ihre

Instagram-Accounts, um die sie sich kümmern mussten, und die Jungs, die sie mühelos bei der Stange hielten. Außerdem konnten sie alle flirten. Das war noch so eine Sache. Sie waren süß und cool und wussten aus irgendeinem Grund, wie man kein trampelndes Arschloch war. Sie hatten ihr Make-up und ihre Eltern, gegen die sie rebellieren konnten, und ihren Tisch beim Mittagessen und ihre eigenen Zimmer zu Hause, die ich mir voller Kissen, Plüschtiere, Kerzen und Poster von irgendwelchen heißen Typen vorstellte.

»Hi«, rief eine von ihnen, als sie sah, wie ich sie musterte.

In dem Moment konnte ich nicht anders, als die Einsamkeit meiner Existenz in voller Härte zu spüren. Ich hatte klebrige Gatorade in Haaren und Gesicht und niemanden, dem ich mich anvertrauen konnte. Wirklich niemanden. Außer vielleicht Stephen King. Aber ich bezweifelte, dass er meinen Brief jemals lesen würde, selbst wenn ich seine E-Mail-Adresse herausbekommen sollte. Ich nickte den Mädchen kurz zu und machte, dass ich weiterkam.

»Meinst du, die Haut von Augenlidern ist die gleiche wie die von Penissen?«, fragte Georgina mich am Abend vorm Schlafengehen.

Wenn es darum ging, meinen Tag noch absurder zu machen, konnte ich mich voll und ganz auf meine Mitbewohnerin verlassen.

»Nein«, antwortete ich. »Ich glaube, die ist anders.«

Wir hatten bereits das Licht ausgeknipst und den Teil des Abends eingeläutet, in dem philosophische Gedankengänge für gewöhnlich zuschlugen.

»Aber schon komisch, wie ähnlich die sich sind, oder?«

»Ja«, sagte ich.

Der Gedanke, dass Georgina wusste, wie Penishaut aussah, verstörte mich. *Ich* hatte jedenfalls keinen blassen Schimmer. Wobei ich sie mir von da an vorstellte wie die Haut von Augenlidern.

»Gute Nacht«, sagte sie, und ich hörte das Rascheln der Laken, als sie sich zum Schlafen umdrehte.

Montag, Abendessen. Lasagnetag. Knallgelb tropfte der Käse von einem Block aus Nudelteig und Fleisch auf meinen Teller und bildete einen kleinen See. Man konnte beobachten, wie das Fett im Käse herumfloss. Das Kranke daran war, dass es ziemlich lecker schmeckte. Ich tauchte meine Gabel in den Käsesee und zog sie wieder raus. Ein dünner Faden verband sie nun mit dem Teller.

Der Speisesaal war einer meiner meistgehassten Orte im gesamten Universum. Mehr als alles andere an der Schule definierte er, wer du warst. Wo du sitzt, wie du gehst, wie du deine Schuluniform trägst (oder noch schlimmer: deine richtigen Klamotten am Wochenende), für welches Essen du dich entscheidest und mit welchen Leuten du redest. Im Speisesaal bist du Freiwild. Und während man sich an normalen Schulen mittags vor der Cafeteria drücken konnte, war das an Internaten keine Langzeitoption. Selbst wenn man das Frühstück ausließ und das Mittagessen schnell hinter sich brachte. Irgendwann musste man ja schließlich essen. Um am Leben zu bleiben, musste man sich abends wohl oder übel mit dem Speisesaal auseinandersetzen. Jeden einzelnen Tag musstest du da rein und dich, lediglich mit einem Tablett bewaffnet, dem Lärm und dem Chaos stellen.

Und logisch, dass man als Mädchen nicht einfach das essen

konnte, worauf man Lust hatte. Lasagne, Pizza oder irgendwas Frittiertes auf den Teller häufen? Vergiss es. Wer nicht als Schwein durchgehen wollte, musste sich mit Salat zufriedengeben. Immer. Manchmal konnte man mit Ofenkartoffeln als Beilage davonkommen (natürlich ohne Butter), aber allgemein gesprochen wurde von den Mädchen, auf die es ankam, nur als Mädchen ernst genommen, wer heimlich aß.

Ich aß immer das Falsche. Scheiß drauf. Wenn mein Leben eh schon zum Kotzen ist, esse ich nicht obendrein auch noch Salat.

»Hi!«

Ich sah von meiner Lasagne auf. Wade Scholfield stand mit einem Tablett vor meinem Tisch.

»Ich hab letzte Nacht von dir geträumt«, sagte er. »Du hast um die 150 Kilo gewogen und hast versucht, in den Greyhound-Bus zu steigen. Vielleicht warst du auch Australierin. An den Teil kann ich mich nicht mehr so genau erinnern, aber ich glaube, du hattest einen australischen Akzent.« Als ich nicht antwortete, zuckte er mit den Schultern. »Keine Ahnung, was das zu bedeuten hat. Wahrscheinlich nichts. Aber … ich dachte, ich erzähl's dir lieber.«

Ich hatte keine Ahnung, was ich sagen sollte. Also nickte ich und schnipste ein unsichtbares Fitzelchen Dreck vom Tisch.

»Egal. Wie war dein Wochenende?«, fragte er.

»Ähm … scheiße. Würde ich sagen.«

Er lächelte leicht. »So ein Zufall. Meins auch. 27 Schulregeln mal 30 macht 810. Ich hab 810 Regeln abgeschrieben. Und ein paar davon gehen über einen ganzen Paragrafen.«

»Oh, stimmt ja.«

Ich sah wieder hinunter auf den Tisch und hoffte, er würde sich in Luft auflösen. Tat er nicht.

»Und? Bist du bereit, nach dem Abendessen hier sauber zu machen?«, fragte er.

»Bleibt mir ja nichts anderes übrig.«

Er stand immer noch da. »Kann ich mich zu dir setzen?«, fragte er nach einer kurzen Pause.

Mir drehte sich der Magen um. Erschrocken richtete ich mich in meinem Stuhl auf. »Oh, Scheiße. Ich weiß nicht. Normalerweise sitz ich alleine.«

»Also … ja oder nein?«

Er brachte mich tatsächlich dazu, es auszusprechen. Warum? Da stand er ungerührt mit seinem Tablett und seinen vor Unschuld glänzenden, dummen Augen und wartete darauf, dass ich mich wie ein Arschloch verhielt.

»Nein«, sagte ich laut und fühlte mich sofort komisch. »Mir wär's lieber, wenn du dich woandershin setzt. Oder wenn du hier sitzen willst, kann ich auch gehen. Ich bin eh so gut wie fertig.«

»Nee, bleib sitzen. Schon okay. Ich setz mich woandershin. Wir sehen uns ja eh später.«

»Ja.«

»Okay, bis gleich«, sagte er, blickte sich im Saal um und ging davon.

Er war selbst schuld, redete ich mir ein. Er hatte all meine Hinweise ignoriert. Ich hatte ihm glasklar gezeigt, dass aus uns kein Team werden würde. Ich war mir ziemlich sicher, dass ich abweisend genug gewesen war. Wenn er die Zeichen nicht verstand, musste er eben mit den Folgen klarkommen. Ich würde mich deshalb nicht schlecht fühlen. Dummerweise tat ich aber genau das. Als ich ihm nachsah, wie er zögernd durch das Meer aus Tischen schlenderte, hätte ich mich am liebsten ausgeschaltet. Um das alles zu ertragen, musste ich endlich aufhören, ich selbst zu sein. Leider ging das nicht. Ich schnappte mir mein Tablett und steuerte den Mülleimer an.

»Weißt du eigentlich, wie schädlich die Kombi aus Gluten und Milchprodukten ist?«, sagte ein Mädchen, das urplötzlich mit ihrem Tablett neben mir aufgetaucht war.

Sie beäugte kritisch, wie die Reste meines Essens in den Mülleimer tropften.

»Aha«, machte ich.

»Das sind so ungefähr die beiden entzündungsförderndsten Lebensmittel, die es gibt.«

»Okay, danke für die Info.«

Was für eine Klugscheißerin, dachte ich, obwohl ich ahnte, dass sie wahrscheinlich recht hatte.

Eine Stunde später hatte sich der Speisesaal geleert, und nur noch ich und Wade standen inmitten einer Wüste aus danebengekleckertem Essen, fragwürdigen Flüssigkeiten und dem alles überlagernden Gestank nach frittierten Socken. Aus der Küche hörten wir das Küchenpersonal herumklappern, während sie grottenschlechte Musik hörten. Sie hatten uns bereits mit Putzutensilien versorgt. Wade hielt in einer Hand einen Eimer und in der anderen eine Flasche Industrieallzweckreiniger. Über seinem Arm baumelte eine Auswahl verschiedener Putzlappen. Ich hielt einen Wischmopp in der Hand.

»Wenn du willst, wische ich«, sagte Wade. »Dann kannst du die Tische machen.«

Wischen galt gemeinhin als das Allerschlimmste.

»Schon okay. Ich kann wischen«, sagte ich.

»Ich weiß, dass du das kannst. Ich sag ja nur, wir können tauschen.«

»Ich mach das schon.«

»Gib mir einfach den Mopp, okay?«, sagte er und streckte mir seine Hand entgegen.

»Meinetwegen.«

Ich gab ihm den Mopp und nahm ihm seine Putzmittel ab. Natürlich hätte *ich* diejenige sein müssen, die wischt. Als kleine Wiedergutmachung. Aber das ließ er nicht zu. Stattdessen nahm er den Mopp und schob den großen Wassereimer auf Rollen davon, um ihn aufzufüllen. Ich dachte, er würde vielleicht noch was sagen oder noch ein bisschen bleiben oder einen Witz reißen. Irgendwas. Aber er sagte nichts weiter. Vielleicht war er angepisst. Ich hoffte es sehr.

»Keine halben Sachen, hört ihr?«, hörte ich eine der Küchenangestellten rufen. Sie lehnte sich aus der Tür zur Küche und sah uns streng an. »Wehe, ich sehe nachher, wie die Essensreste nur auf den Tischen verschmiert sind. Ich unterschreib hier gar nichts, bevor der Saal sauber ist. Verstanden?«

»Verstanden«, rief Wade zurück.

Langsam ging ich in die hinterste Ecke des Saals und sprühte eine Ladung Industriereiniger auf einen mit Fett bekleksten Tisch. Fasziniert beobachtete ich, wie die Chemikalientröpfchen sich durch das Fett fraßen. Dann wischte ich mit einem nassen Schwamm darüber, schien aber lediglich zu erreichen, was die Küchenfrau vorhergesagt hatte: Alles verschmierte zu einer Fettschicht mit geleeartigen Klümpchen. Ich versuchte mich zu erinnern, wer hier heute gesessen hatte.

In der ganzen Zeit wechselten Wade Scholfield und ich kein Wort. Mechanisch und ohne den Kopf zu heben, bedeckte ich Tisch für Tisch mit Chemikalien und schrubbte Fett und Essen runter. Ich sah mich nie nach ihm um. Als wir fertig waren, verstauten wir die Putzmittel, dann ging jeder seines Weges.

8

»He, warte mal!«

Ich drehte mich um und hätte beinahe das Gleichgewicht verloren, als ich Beth Whelan auf mich zukommen sah.

Inzwischen musste es Donnerstag sein, denn jeden Donnerstag setzte Mrs. Rendall uns für den Sportunterricht ein paar Meilen entfernt am St. Angela's Trail für den Cross-Country-Lauf ab. Selbst wenn es regnete. Für den Rückweg brauchte man durchschnittlich eine Stunde. Die Idee dahinter war, dass man den ganzen Weg zurück zur Schule joggte, wo Mrs. Randall mit ihrer Stoppuhr wartete und die Zeiten in einer Bestenliste notierte. Einigen Mädchen war es tatsächlich wichtig, wie sie beim Cross-Country-Lauf abschnitten. Sie machten sich warm, dehnten sich und stoppten ihre Zeit mit ihren eigenen Spezialsportuhren, um dann später mit Mrs. Rendall über ihre Leistung zu diskutieren. Ein paar von ihnen hatten außerirdisch professionell wirkende Laufschuhe und flochten sich die Haare eng an den Kopf, um aerodynamischer zu sein oder so was. Ich hingegen ließ mich normalerweise, so weit es ging, zurückfallen und genoss die Einsamkeit, während ich als Letzte hinter den anderen herschlenderte. Ich liebte es, alle anderen für eine Weile los zu sein. Manchmal stellte ich mir vor, es hätte eine Alien-Invasion gegeben, die 80 Prozent der Bevölkerung ausgelöscht hatte, und ich war eine der wenigen, die noch über die Erde streiften. Ich stellte mir vor, dass es niemanden vor mir gab, niemanden hinter mir. Niemanden in der Schule. Nichts.

Doch Beth Whelans plötzliches Auftauchen riss mich unsanft aus meinen Tagträumen.

Sie ging in die Oberstufe. Ich erwähne an dieser Stelle nur die offensichtlichen Dinge über sie. Sie wirklich akkurat zu beschreiben, ist nämlich so gut wie unmöglich. Rotblonde Haare, lang und seidenweich. Sie haben fast die Farbe von Pfirsichen und fallen von einem Seitenscheitel auf der rechten Seite über ihre linke Schulter. Sie riechen immer frisch nach Shampoo, aber sehen zerzaust aus, als hätte sie keinen großen Aufwand betrieben. Sommersprossen. Haselnussbraune Augen. Kurven. Lippenstift, perfekt aufgetragen. Ansonsten keine weitere Schminke. Um den Hals trug sie mit geradezu religiöser Hingabe ein Samthalsband. Mehr ein Talisman als ein Schmuckstück. Selbst auf Cross-Country-Läufen nahm sie es nicht ab.

Sie war nicht hübsch, sie war umwerfend schön, und zwar auf eine Art, die nichts mit ihren einfachen Gesichtszügen zu tun hatte. Mehr mit der Art, wie sie sich bewegte und redete. Eine Mischung aus jugendlicher Nachlässigkeit und der erwachsenen Eleganz zwielichtiger Film-noir-Damen. Eine Kombination aus Präzision und Trägheit: Jede Bewegung war genau bemessen und brannte vor Selbstsicherheit und einer Unvorhersehbarkeit, die ihr aus allen Poren tropfte.

Sie war in der Lage, eine Atmosphäre gefährlicher Schönheit zu kreieren, um sie dann wie einen unwichtigen Nebeneffekt dessen erscheinen zu lassen, wer sie wirklich war. Ein Trick, der mich immer wieder umhaute. Als hätte sie keine Lust, sich mit ihrer eigenen Perfektion herumzuschlagen oder mit der Begierde, die sie so mühelos bei der männlichen Bevölkerung auslöste. Während alle anderen Mädchen an der Spitze der Nahrungskette ihre gesamte Existenz auf diese Dinge ausrichteten, schob sie sie achtlos beiseite. Der Begehrtheitsquotient, der für die anderen überlebenswichtig war, kümmerte Beth überhaupt nicht. Das machte sie unberührbar. Hinzu kam, dass sie Zigaretten rauchte und Bücher las, auf deren Buchrücken *Kafka*, *Camus* oder *Isaac Bashevis Singer* stand. Es war vollkommen sinnlos, in ihrer Sphäre mitmischen zu wollen, egal wie viel man von sich hielt.

Verblüfft starrte ich sie an. Die Tatsache, dass Beth Whelan auf einmal aus heiterem Himmel aufgetaucht war und auf mich zukam, entbehrte jeglicher Logik. Wie eine Störung im Universum.

»Hallo«, sagte sie.

»Hi …«

»Gott, wie ich diese Cross-Country-Läufe hasse!« Sie überwand die letzten Meter zwischen uns und zauberte eine Zigarette und ein Feuerzeug aus den Tiefen ihres übergroßen T-Shirts hervor. »Ist Folter nicht eigentlich illegal?«

»Ich glaub schon«, sagte ich einfallslos.

Sie warf mir ein kleines Lächeln zu, als hätte sie mich jetzt erst bemerkt. »Wie heißt du noch gleich?« Ihre Stimme war dunkel, heiser und melodisch.

»Gracie. Welles.«

»Ah, richtig! Gracie. Du bist in der Unterstufe, oder?«

Nie im Leben hatte sie schon mal meinen Namen gehört. »Mittelstufe.«

»Oh, ja. Stimmt ja.«

Sie zündete sich die Zigarette an. Ihr Haar war zu einem hohen Pferdeschwanz zusammengebunden, aber eine Strähne hatte sich gelöst und hing ihr ins Gesicht.

»Danke, dass du mit mir läufst«, sagte sie. »Normalerweise laufe ich dienstags mit, aber da konnte ich nicht. Deshalb bin ich heute hier. Kenne die Leute nicht wirklich.«

Mit *Leute* meinte sie die Mädchen der Unter- und Mittelstufe.

»Ja«, sagte ich wieder wenig einfallsreich.

Nach einer längeren Pause sah sie mich neugierig an und blies mir eine Wolke aus blauem, durchsichtigem Rauch entgegen. »Ich dachte gerade«, sagte sie langsam, »und sag mir, wenn das völlig bekloppt ist – aber ich dachte, wir könnten uns auf dem Weg zurück zur Schule unterhalten. Du weißt schon, so ein gegenseitiger Austausch von Wörtern, bei dem wir beide etwas sagen. Nicht nur ich. Was meinst du?«

»Okay«, erwiderte ich mit brennendem Gesicht.

Mehr Schweigen. Während wir weiterliefen, ruhte ihr Blick weiterhin auf mir, doch sie sagte nichts, und ein unerträgliches Vakuum entstand.

Es wirkte. Nach einer wackeligen Räuspereinleitung rieb ich mir die Stirn und sagte: »Sorry, ich bin nur gerade … ich muss gerade auf eine Reihe Scheiß klarkommen. Deshalb bin ich ein bisschen neben der Spur.«

»Aha, da haben wir's doch«, sagte sie. »Lass uns darüber sprechen. Was für Scheiß?«

Ich sah mich um, als suchte ich nach einem Ausweg. »Nichts so richtig. Nur dämlicher, komplizierter Scheiß.«

»Wie, hat irgendein Junge dein Herz zu Staub getreten?« Sie klang enttäuscht angesichts der Möglichkeit, dass es nur darum ging. »Und jetzt, da es kaputt ist, weißt du nicht mehr, wie du Blut durch deinen Körper pumpen sollst, und stirbst einen langsamen und qualvollen Tod?«

»Was?« Mein Entsetzen musste mir deutlich anzusehen gewesen sein.

Mit einem leichten Lächeln verdrehte Beth die Augen und gab mir eine Zigarette. Obwohl ich gar nicht rauchte, nahm ich sie entgegen. Beth schnipste gegen das glänzende Rädchen des Feuerzeugs und hielt mir die Flamme hin. Unsicher, wie ich vorgehen sollte, streckte ich ihr die Zigarette entgegen.

»Nimm sie in den Mund und zieh dran«, befahl sie mit einem amüsierten kleinen Schnauben. »Du weißt schon. Tief einatmen.«

Ich gehorchte, und während ich inhalierte, zündete sie die Zigarette an. Als der Rauch meine Lunge erreichte, erschütterte mich der obligatorische Hustenanfall, dann wurde mir schwindelig. Ich blieb stehen und grub meine Füße fester in den Sand, um das Gleichgewicht zu halten, während ich die Schultern hochzog und einen kleinen Buckel machte.

Beth war ein paar Schritte vorausgegangen und beobachtete mich. »Nimm noch einen Zug«, sagte sie. »Der Schwindel geht vorüber.«

Ich nahm noch einen Zug und inhalierte, so tief ich konnte. Dabei konzentrierte ich mich darauf, wie der Rauch in mir verschwand und durch meinen Körper bis in die tiefsten Zweige meiner Bronchiolen oder Alveolen, oder wie diese Dinger auch immer hießen, gefiltert wurde. Ich versuchte, mir die schematische Zeichnung einer Lunge ins Gedächtnis zu rufen, die Mr. Sorrentino mir vor den Weihnachtsferien an die Tafel gemalt hatte. Seine gesamte Mittagspause hatte er dafür geopfert. Wir hatten allein in seinem Klassenzimmer gesessen, und außer uns gab es nur das Geräusch des Regens, der gegen die Scheiben prasselte, den Duft seiner Gemüsesuppe und seine weiche Stimme. Mir wurde wieder schwindelig, doch es war nicht mehr so schlimm wie beim ersten Mal. Ich sah zu, wie der Rauch aus meinem Mund strömte. Seltsam, der stechende Schmerz, der diese Erinnerung begleiten sollte, überkam mich nicht richtig. Er war zwar da, aber gedämpft. Wie von einer komischen Schicht aus Stille bedeckt.

»Irgendwie bin ich davon ausgegangen, dass du rauchst«, bemerkte Beth, während wir weitergingen. »Du siehst aus, als wäre Rauchen noch die harmloseste deiner schlechten Angewohnheiten. Nicht negativ gemeint.«

»Danke.«

»Also, wer ist es?«, fragte Beth.

»Wer ist was?«

»Wer ist der Junge?«

Ich schwieg für einen Moment.

»Wir *müssen* darüber reden«, sagte sie bestimmt. »Bei dem Tempo, das wir draufhaben, stecken wir hier draußen noch mindestens eine Stunde lang fest.«

Das Letzte, was ich wollte, war, Beth Whelan in die erbärmlichen Einzelheiten der ganzen Mr.-Sorrentino-Geschichte einzuweihen. Sie bewohnte schwindelerregende Höhen, die glänzten und denen nicht zu trauen war. Wie jeder normale Mensch hatte ich *Carrie* gelesen und wusste ganz genau, was ich *nicht* tun durfte: Vertraue niemals schönen Menschen. Ihnen gegenüber musste man dichtmachen. Vor allem, wenn schöne Menschen nett zu dir sind, musst du dichtmachen. Auf der anderen Seite – scheiß drauf, ich wollte so gern über Mr. Sorrentino sprechen, dass es wehtat. Ich musste aus mir herauskommen. Als ich ihr einen Seitenblick zuwarf, spürte ich, wie all meine Geheimnisse in mir hochkamen und nur darauf warteten, herausgesogen zu werden.

»Es ist kein Junge – per se«, begann ich versuchsweise.

Sie sah mich abwartend an, und ich zögerte.

»Wer oder was ist es dann?«, fragte sie ungeduldig.

»Ein Mann«, sagte ich. »Ich meine, ein richtiger. Also ein erwachsener Mann.«

Beths Miene hellte sich auf. »Wie alt, fünfzig?«

Ich schüttelte den Kopf. »Oh mein Gott – nein!«

»Älter? Oh, bitte sag, er ist älter!«

Ich lachte ein bisschen, obwohl ich immer noch erschrocken über alles war, was sich unter den angenehmen Schichten der Nikotinruhe ereignete.

»Er ist bloß … ein normaler Erwachsener«, erwiderte ich. »Vielleicht 29? Oder, keine Ahnung, 35?«

»Verdammt, mir wär's lieber gewesen, er wär der Opa deiner besten Freundin oder so was. Dann wären wir auf einem ganz anderen Level«, sagte sie und legte den Arm um mich. »Aber egal. Schon okay. Wenigstens keiner in deinem Alter. Teenager, die sich ineinander verlieben, das hat einfach so was Lächerliches.«

Ausnahmsweise war ich ihrer Meinung. »Ja, total.«

»Kenne ich ihn?«, fragte sie und blies mehr Rauch aus.

Ich zog kurz in Erwägung, sie anzulügen, indem ich sagte, es sei unser Nachbar Norman Dressler (den es überhaupt nicht gab), aber stattdessen antwortete ich: »Mr. Sorrentino.« Jetzt war ich ohnehin schon so weit gegangen, und außerdem war es schön, mit ihr zu reden.

Ich wartete darauf, dass sie sich auf ihre abgehobene, coole Art über mich lustig machte, doch sie nickte, immer noch breit lächelnd: »Nicht übel. Mein Typ ist er nicht – seine Knöchel wirken zu zart, und seine Haare sind einfach so wahnsinnig perfekt, aber ich sehe durchaus, dass Mr. Sorrentino in der Lage ist, deine Seele zu zerstören. Keine schlechte Wahl.«

»Er hat zarte Knöchel?«

»Ja, ein bisschen. Und seine Zähne sind echt klein.«

Bei den Knöcheln und den Zähnen war ich mir nicht sicher, aber Mr. Sorrentinos Haare waren ganz ohne Zweifel wahnsinnig perfekt. Darum ging es ja gerade!

»Okay, und was machst du jetzt?«, fragte sie.

»Nichts.«

»Wie proaktiv von dir.«

»Na ja, er ist verlobt. Er heiratet diese Frau – Judy.« Nachdem ich ihren Namen gesagt hatte, machte ich eine Geste, als müsste ich kotzen. »Und sie sieht noch schlimmer aus, als sie sich anhört. Wie jemand, die Unterhosen bei Dillard's verkauft oder so. Echt deprimierend, wenn du mich fragst.«

Beth lachte. Es fühlte sich so gut an, über die Sache zu reden, dass ich völlig vergaß, wie sehr ich es verabscheute, mit Leuten zu reden. Außerdem schien sie alles, was ich sagte, unterhaltsam zu finden. Sie sah mich interessiert und vielleicht sogar verständnisvoll an. Noch nie hatte sich jemand so sehr für die kleinen Details meiner beschissenen Existenz interessiert. Ganz sicher niemand wie sie. Ich fühlte mich bestärkt und gab alle möglichen überflüssigen Details über Mr. Sorrentino und unsere angebliche »Verbindung« zum Besten.

»Wie auch immer«, sagte ich schließlich mit einem Seufzer. »Ich glaub, damit ist die Geschichte zu Ende.«

»Geschichten enden niemals, weißt du das denn nicht?«, entgegnete sie und zeigte mit dem Finger auf mich.

Ich starrte auf den Finger in meinem Gesicht. Mit ihm schien mich ein schwacher Hoffnungsschimmer zu erreichen. »Was meinst du damit?«

»Geschichten hören nicht einfach so auf«, sagte sie. »Selbst das letzte Wort des letzten Satzes in einem Buch ist kein Ende. Die Geschichte geht weiter, egal ob der Autor darüber schreibt oder nicht. Und erst recht im echten Leben. Man denkt, die Dinge enden, aber das stimmt nicht. Das Leben ist eine endlos lange Wurst an Ereignissen.«

Sie steckte sich die Zigarette zwischen die Lippen, nahm einen Zug und schloss dabei auf eine wunderschön poetische Art die Augen. »Was ich damit sagen will«, fuhr sie fort und blies den Rauch aus. »Männer sind dauergeil, und wenn du willst, dass die Geschichte mit Mr. S weitergeht, wäre es die einfachste Sache der Welt, weil du ganz klar im Vorteil bist.« Als sie meinen ungläubigen Gesichtsausdruck sah, lachte sie. »Ich meine, der männliche Körper ist definitiv auf deiner Seite, Gracie. Jungs holen sich ungefähr dreißigmal am Tag einen runter. Mr. Sorrentino natürlich ein bisschen weniger, weil er erwachsen ist, aber du verstehst, worauf ich hinauswill.«

»Ja, glaub schon.«

Beth stieß mich leicht mit ihrer Schulter an, um ihr Argument zu bekräftigen. »Mr. Sorrentino ist ein Mann. Er hat einen Pimmel. Du kannst mit ihm anstellen, was du willst!«

Machtlos gegen das Wort *Pimmel* kicherte ich los.

»Ohne Scheiß«, sagte Beth.

Ich schluckte das Kichern hinunter. »Nein, ich weiß. Es ist nur … Ich glaube, ich kann das gerade nicht einfach so – also … auf mein Leben anwenden.«

»Ich sag ja nicht, dass du seine Verlobung sabotieren sollst. Mir geht's nur darum, dass du dich das nächste Mal in Bio in die erste Reihe setzt und deine Beine breitmachst, sodass er deine Unterhose ein bisschen sehen kann. Oder noch besser, zieh gar nicht erst eine an. Hol dir ein bisschen Würde zurück, und wenn du schon dabei bist, schmeiß dem Typen einen Knochen hin.«

An diesem Punkt war ich offiziell überfordert. Mein Gesicht war hochrot geworden, und ich wusste nicht, wo ich hingucken sollte. Ich konzentrierte mich auf meine Zigarette.

»Bringe ich dich in Verlegenheit?«, fragte Beth vergnügt.

»Nein«, erwiderte ich. »Ich bin nur … als ich mich endlich verliebt habe, hätte ich nicht gedacht, dass es sich so anfühlt. Ich dachte, es wäre ziemlich einfach. So von wegen, ich liebe jemanden, und derjenige liebt mich zurück. Ich dachte, so läuft das.«

Beth tätschelte mir den Rücken. »Ich weiß.«

Schweigend liefen wir weiter.

Als wir schließlich die Schule erreichten, waren wir klatschnass. Es hatte urplötzlich einen heftigen Schauer gegeben. Doch er dauerte nicht lange an, und als wir die Auffahrt zur Schule hinaufliefen, schien bereits wieder die Sonne. Der Regen war belebend und irgendwie reinigend gewesen. Wie eine Taufe. Eine Taufe in irgendeiner Religion, in der Beth die Hohepriesterin war. Mrs. Randall stand nicht mehr mit ihrer Stoppuhr an der Ziellinie. Offenbar hatte sie uns für die letzten Plätze eingetragen und Feierabend gemacht. Es war schon beinahe Zeit fürs Abendessen. Kaum zu glauben, dass ich neben Beth Whelan die Schulauffahrt entlanglief und wir redeten. Jemand rief ihren Namen. Als wir uns umdrehten, sahen wir Derek auf uns zukommen.

»Gut siehst du aus«, sagte er und musterte sie einen Moment.

Beth erwiderte seinen Blick mit einer derartigen Nichtreaktion, dass er ihm an die Substanz zu gehen schien. Verlegen fuhr er sich durchs Haar. Eine Macke von ihm. Sein Blick wanderte zu mir, und ich begann, mich in meinen nassen Klamotten, die mir an der Haut klebten und den Blick auf meinen verlotterten BH freigaben, unwohl zu fühlen. Derek hatte immer noch das Pflaster auf der Wange.

»Connie wollte wissen, ob du heute Abend kommst«, sagte er zu Beth.

Im Gegensatz zu mir schien es Beth nicht im Geringsten zu kümmern, dass ihre Kurven so lautstark zur Schau gestellt wurden. Sie konnte sich bewegen und reden, als wäre Derek lediglich ein nachträglicher Einfall der Menschheit – während sie aber gleichzeitig mit jeder Bewegung all ihre weibliche Macht subtil an den Start brachte. »Wollte sie das, ja?«

»Ja. Also, kommst du?«

Beth ignorierte seine Frage. »Was soll das Pflaster?«

Sein Blick zuckte kurz in meine Richtung. »Nichts. Also, kommst du? Heute Abend?«

»Wohin?«

»Hillsboros Zimmer.«

Sie schnitt eine Grimasse.

Derek fuhr sich wieder mit der Hand durchs Haar. »Komm schon, wenn Connie nicht kommt, wird keine von den Deutschen kommen, und Connie will nicht kommen, wenn du und Dawn euch da nicht blicken lasst. Und wir brauchen die Deutschen.«

»Alles klar, ich komme nicht«, sagte Beth.

»Warum nicht?«

»Keine Ahnung. Vielleicht wasch ich mir heute Abend die Haare oder mach ein Puzzle oder so.«

»Komm schon!«

»Ob du es glaubst oder nicht, ob Mark heute eine Deutsche flachlegt oder nicht, hat bei mir grad nicht höchste Priorität.«

»Darum geht's doch gar nicht! Wir wollen doch nur ...«

Aber da hatte Beth sich bereits zum Gehen gewandt. Es war alles so schnell gegangen, dass ich in meinem durchsichtigen T-Shirt für einen Moment allein mit Derek dastand. Wir sahen uns an, und dann wanderte sein Blick unweigerlich hinunter zu meinen Brüsten. Schnell lief ich Beth nach.

»Gracie-Schatz?«

Die Stimme meiner Mutter, die mir durchs Telefon entgegenschallte, klang wie immer, wenn sie mich endlich erreicht hatte: hell und auf kindliche Art aufgeregt. Meine Anrufe zu Hause waren zu dem Zeitpunkt, wenn sie endlich stattfanden, allesamt ausnahmslos überfällig. Ich fühlte mich schlecht dabei, aber es ging einfach nicht anders. Ich musste erst die nötige Belastbarkeit aufbauen. Nicht dass ich meine Mutter nicht liebte. Das tat ich. Und manchmal vermisste ich sie sogar ziemlich, aber das änderte nichts an der Tatsache, dass die Unterhaltungen mit ihr einem Minenfeld glichen. Der Sprengstoff war immer da, unter der Oberfläche, und die Kunst bestand darin, um ihn herumzuschleichen. Um mit ihr zu telefonieren, musste ich eine ganz bestimmte Person sein. Ich musste mir wieder die märchenhaften Regeln ihrer Existenz ins Gedächtnis rufen und mich daran orientieren. Das war zwar keine Gehirn-OP mehr zum jetzigen Zeitpunkt meines Lebens, doch es bedurfte einer gewissen Konzentration, und wenn ich es vermasselte, dann war ich nicht da, um sie wieder aufzubauen.

»Hallo, Mom.«

»Oh, Liebes, ich bin so froh, dass du anrufst! Ich habe versucht, dich am Wochenende anzurufen, aber du warst nicht da.«

»Oh, ja. Tut mir leid. Ich war … na ja, ich hab dir doch erzählt, dass ich jetzt Volleyball spiele, oder?«

»Hast du?«

»Ja, ich bin mir ziemlich sicher, dass wir letztes Mal drüber geredet haben. Egal. Jedenfalls trainieren wir viel, und ich hab kaum noch Zeit, um auf mein Handy zu gucken. Ich bin so was wie ihre beste Spielerin momentan. Weißt du, das ist eins von diesen Dingen, die dein Leben an der Schule komplett einnehmen.«

»Das hört sich nach einer Menge Spaß an!«

Ich seufzte. Zwei Sekunden vergangen, und schon war unsere ganze Unterhaltung eine einzige Lüge. »Ja, das ist es. Macht Spaß«, sagte ich.

»Hast du den Sport-BH mitgenommen, den wir dir gekauft haben?«

»Jep.«

»Sind die nicht einfach toll? Ich benutze sie für Yoga. Hab ich dir erzählt, dass ich jetzt zu einem Yogakurs gehe?«

Nie im Leben machte sie Yoga. Wir redeten beide Blödsinn. Manchmal waren unsere Gespräche wirklich jenseits von sinnlos.

»Ja, hab ich, aber hey, Mom: Als du zur Highschool gegangen bist, hattest du da jemals … so was wie einen Seelenverwandten? Oder, du weißt schon, warst du schon mal in jemanden verliebt und wusstest einfach, dass da eine Verbindung ist, auch wenn es dafür keine richtigen Beweise gab?«

Sie kicherte. »Oh, du hast ja keine Ahnung, wie gut die Jungs damals aussahen. Dein Vater war natürlich schon ein Mann, als ich ihn zum ersten Mal gesehen habe, aber, oh mein Gott, er war einfach anders als alle, die ich bis dahin gesehen hatte. Diese langen Haare. Haha! Ich hab dir doch mal Fotos gezeigt, oder? Im Gegensatz zu all diesen Jungs, die an der Schule herumrannten und damit beschäftigt waren, high zu werden und bei ihren Mathetests zu schummeln, war er ein richtiger Mann. Er war mit alldem schon durch. Er hatte sein eigenes Unternehmen. Es war total magisch – das erste Mal, dass wir uns gesehen haben. Wie im Film. Liebe auf den ersten Blick.«

Oh, Scheiße, dachte ich. Seit ich zehn Jahre alt war, langweilte ich mich bei diesen Dad-Geschichten zu Tode, aber jetzt bekam ich eine Gänsehaut. Ich war genau wie meine Mutter. Die Erkenntnis traf mich bis ins Mark. Mr. Sorrentino war quasi mein Dad!

»Hey, ich muss los, Mom!« Ich schrie fast ins Handy. »Es gibt einen Feueralarm. Mach's gut!«

Ich schwänzte wieder Bio. Wie könnte ich Mr. Sorrentino je wieder unter die Augen treten, wenn er so was wie ein psychologischer Vaterersatz für mich war? Allein bei dem Gedanken schauderte es mich. Ich erzählte der Krankenschwester, ich hätte eine Lebensmittelvergiftung, und sie erlaubte mir, auf mein Zimmer zu gehen. Eine Weile lag ich reglos auf dem Bett, dann schnappte ich mir Georginas fancy Kopfhörer und nahm sie mit in den Kleiderschrank, um *Siamese Dream* zu hören. Mein Handy war ein Relikt aus der Jungsteinzeit, und ich hatte die dazugehörigen Ohrstöpsel verloren, weswegen ich nur noch über die Handylautsprecher Musik hören konnte, aber den Smashing Pumpkins das anzutun, wäre Gotteslästerung gewesen, vor allem da ich darauf angewiesen war, dass sie mir das Leben retteten, wozu sie zweifellos imstande wären, nur eben nicht mit beschissenen iPhone-Lautsprechern.

Seit ich vor anderthalb Jahren auf YouTube auf ihr Video zu »Bullet with Butterfly Wings« gestoßen war, waren die Smashing Pumpkins die einzig wahre und todsichere Stütze in meinem Leben. Sie waren mein Geheimnis. Ich hörte ihre Musik nie laut. Warum, weiß ich gar nicht so genau. Ich glaube, es hatte damit zu tun, dass ich sie zu sehr mochte. Die Leute würden eine Meinung zu ihnen haben, und das konnte ich nicht gebrauchen. Für mich war die Band nicht irgendeine Gruppenaktivität – sie gehörte mir allein.

Mit geschlossenen Augen saß ich im Schrank, den Kopf nach hinten auf Georginas Klamotten gelegt, und als ich bei »Rocket« angelangt war, hatte ich mich bereits vollständig vom Planeten Erde gelöst. SP gaben mir das Gefühl, dass es okay war, ich zu sein. Keine Ahnung. Keine Ahnung, als wäre der Planet, auf dem sie dich absetzen, definitiv *nicht* Florida. Ihnen zuzuhören gab mir ein Gefühl von Freiheit, an das die reale Welt nicht herankam.

Consume my love, devour my hate
Only powers my escape
The moon is out, the stars invite
I think I'll leave tonight

Durch ihre Musik konnte ich einen tranceartigen Zustand erreichen, in dem es keinerlei Erinnerungen mehr an mich oder mein Leben gab. Die vollkommene Auslöschung der Welt. Die physikalischen Gesetze hatten keine Gültigkeit mehr. Schwerkraft, Zeit, Raum – nichts hatte Bestand, solange die Musik nur laut genug war.

Dann hörte die Musik abrupt auf. Ich schlug die Augen auf und sah in Georginas Gesicht, die versuchte, mir die Kopfhörer runterzuziehen.

»Oh mein Gott, weißt du, wie teuer die waren?«

»Fünf Milliarden Dollar?«, sagte ich und händigte sie ihr aus.

»Haha!«, fauchte sie und riss sie mir aus der Hand. »Du könntest wenigstens fragen, bevor du meine Sachen benutzt!«

»Kann ich nicht, wenn du nicht da bist.«

»Dann fass meine Sachen nicht an, wenn ich nicht hier bin! Darum geht's ja gerade, verdammt noch mal!«

Ich verdrehte die Augen und stieg aus dem Schrank. Jetzt würde sie wahrscheinlich *Mamma Mia!* oder *Dear Evan Hansen* voll aufdrehen. Sie liebte es, während unserer Streits ihre Musicals voll aufzudrehen, weil es die effektivste Art war, es mir heimzuzahlen. Musicals waren die beste Waffe, um mich außer Gefecht zu setzen. Mit ihnen auf irgendeine Weise in Kontakt zu kommen, verletzte meine Ohren und meine Würde. Popmusik war ja schon schlimm genug, aber allein der Gedanke, dass eine ganze Gruppe von Leuten plötzlich aufsprang und anfing, zusammen zu singen und zu tanzen – da könnte ich kotzen.

»Du musst echt mal lernen, das Eigentum von anderen Menschen zu respektieren«, bemerkte Georgina, während sie auf der Suche nach geeigneter Munition durch ihre Playlist scrollte. »Nur weil die da liegen, heißt das noch lange nicht, dass man sie sich einfach nehmen kann. Was, wenn alle das so machen würden? Es gibt schließlich nicht umsonst Gesetze.«

»Alter, chill mal. Ich hab mir nur deine Kopfhörer geliehen! Das wird die Wirtschaft schon überleben.«

»Es geht nicht nur um das eine Mal. Das machst du andauernd! Tut mir leid, aber nur weil du selbst nichts hast, gibt dir das noch lange nicht das Recht, dir einfach die Sachen von anderen Leuten zu nehmen.«

»Fick dich.«

Sie drehte die Lautsprecher auf. Ich knallte die Tür hinter mir zu.

Es war ihr gelungen, mich zurück in unsere enge, dreidimensionale Realität zu holen. Aber so was von. Und das Tüpfelchen auf dem i war der Speisesaal. Ich hatte den Überblick verloren, wie lange wir das schon machten und wie viele Tage uns noch bevorstanden, aber so langsam setzte mir die Strafaufgabe zu. Sie schien kein Ende zu nehmen, war eklig und wegen Wade – und weil ich durchgehend gemein zu ihm war, ohne es zu wollen – sozial unerträglich. Mir kam es vor, als wäre ich in diesem Albtraum aus Essensgerüchen, dahinschleichenden Minuten, meiner eigenen Dummheit und dem Speichel Hunderter Menschen gefangen.

Abgesehen davon, war ich offenbar meine Mutter und verliebt in meinen Dad. Schlimmer konnte es kaum noch kommen.

Nachdem ich etwa fünf Minuten lang mit dem Schwamm einen weiteren fettüberzogenen Tisch gewischt hatte, hielt ich inne. Ich setzte mich und starrte auf einen kleinen Hähnchenbrocken, der mithilfe einer durchsichtig grünen Soße, die wie Sekundenkleber wirkte, auf der Tischplatte festklebte. Ich gab mich geschlagen. Ich schob den Schwamm beiseite und ließ den Kopf auf den Tisch sinken.

In dieser Haltung verharrte ich reglos.

»Was machst du da?«, fragte Wade, als er sich in meinen Teil des Saals vorgearbeitet und ich mich noch immer nicht von der Stelle gerührt hatte.

Eine Weile antwortete ich nicht, doch dann setzte ich mich auf. »Nichts«, sagte ich.

»Sicher?«

Es war nicht nur ein kleiner Hähnchenbrocken, eher eine ganze Reihe kleiner Klumpen – ein Archipel, der sich über den gesamten Tisch erstreckte. Nichts Ungewöhnliches. Inzwischen schrubbte ich bereits seit einer Woche kleine Essensinseln von Tischen, doch irgendwie klatschte diese Insel mir mein Leben ins Gesicht.

»Das Hähnchen klebt mit der Spucke von irgend so einem Arschloch auf dem Tisch, und aus irgendeinem Grund ist es mein Job, das abzukriegen«, erklärte ich Wade. Ich jammerte nicht einmal. Ich zählte nur deprimierende Fakten auf. »Ich meine, warum *ich*? Warum ist das *mein* Leben? Warum nicht das von Constanze oder Chandra Carr?«

Nach einer kurzen Pause sagte er: »Wow, wer hätte gedacht, dass du so ein Baby bist.«

Ich hob den Blick und sah ihn an. Er lächelte leicht. Nicht sehr viel. Nur genug, um zu zeigen, wie sehr ihn meine Krise langweilte.

»Ich bin nicht deprimiert wegen dem blöden *Hähnchen*«, entgegnete ich gereizt. »Mich deprimiert, für was es steht – *Leben*. Das verstehst du doch, oder?«

»Ja, versteh ich. Symbolismus.«

Es nervte mich tierisch, wie wenig er auf meine Misere gab.

»Ich bin nicht melodramatisch«, sagte ich.

»Ach, wirklich?«

»Bin ich *nicht*, okay? Mein Leben ist nur der größte Witz im gesamten bekannten Universum.«

»Was ist mit dem *un*bekannten Universum?«

Ich funkelte ihn an.

Er schien sich immer noch köstlich zu amüsieren. Es machte mich wahnsinnig.

»Okay, meinetwegen«, sagte er. »Was macht *dein* beschissenes Leben denn so besonders?«

»Viele Sachen machen mein Leben besonders, okay? Mehr, als du dir vorstellen kannst.«

»Zum Beispiel?«

»Geht dich gar nichts an.«

»Siehste, hab ich mir gedacht.«

Meine normale Reaktion wäre gewesen, ihm zu sagen, dass er mich am Arsch lecken kann, aber ich war zu aufgebracht, um gleichgültig zu sein. Empört drehte ich mich zu ihm um. »Mein Vater hat eine komplette Familie in Kalifornien – in Beverly Hills –, und ich wohn mit meiner Mutter in einem Trailer Park außerhalb von St. Petersburg. Die andere Familie – die *richtige* –, die wissen noch nicht mal, dass es uns gibt. Wir müssen es geheim halten, denn Gott bewahre, dass ihre heile Welt zerstört wird. Das Leben der richtigen Familie muss perfekt sein, darum geht's. Wir sind nur die Nebenfamilie – die, die, moralisch betrachtet, eigentlich nie hätte existieren dürfen. Die in Beverly Hills sind auch noch die Opfer, kannst du dir das vorstellen?«

Sobald ich verstummte, war ich entsetzt. Meine eigenen Worte hatten mir die Sprache verschlagen. Soweit ich wusste, war mir mein Vater egal. Soweit ich wusste, war ich nicht traumatisiert. In dem Moment sowieso nicht. Und ganz sicher war mir Wade nicht wichtig genug, um ihm etwas zu erzählen, das ich noch nie irgendjemandem erzählt hatte außer einem Jungen namens Ralphie, als ich sechs war. Damals dachte ich, es sei eine coole Geschichte. Mein ganzer Ausbruch war wahnsinnig. Ich kam mir so White-Trash-mäßig vor, dass ich es kaum ertrug.

Wade presste für einen Moment die Lippen zusammen und seufzte dann.

»Tut mir leid«, sagte er.

Am liebsten wäre ich im Boden versunken. Wades mitfühlender Ausdruck machte alles nur noch schlimmer.

Er fügte hinzu: »Aber wenn dein Vater so einer ist, dann ist es vielleicht besser, wenn er nicht da ist, weißt du? Vielleicht hast du sogar Glück.«

»Es ist nicht wirklich ein Trailer Park«, sagte ich ausdruckslos und richtete den Blick wieder auf den Hähnchen-Archipel. »Eher so was wie Wohnwagen. Ich meinte nicht *Trailer Park* – zumindest nicht so, wie du dir einen vorstellst.«

Er nickte.

»Außerdem ist mir das alles egal«, fuhr ich fort. »Ich weiß auch nicht, warum ich das gesagt hab. Das ist es nicht, was mich stört.«

Wades mitleidigem Blick nach zu urteilen, musste ich höllisch elendig aussehen.

»Ich geh mal aufs Klo.« Ich sprang so überstürzt auf, dass der Stuhl hinter mir umkippte.

»Ich kann hier fertig machen, wenn du willst«, bot er mir an.

Meine gesamte Schulzeit über hatte ich mir große Mühe gegeben, meine Trailer-Park-Herkunft so gut es ging zu verbergen. Jetzt war es mir irgendwie gelungen, damit zu *prahlen*.

»Die Hälfte davon soll ich übernehmen.«

»Ich mach das hier fertig«, sagte er. »Im Ernst. Mach dir keinen Kopf.«

Ich wusste nicht, was ich sagen sollte. Einerseits wollte ich so schnell wie möglich weg, gleichzeitig wollte ich bei diesem blöden Typen aber nicht noch mehr in der Schuld stehen, als ich es ohnehin schon tat. Ich hielt es nicht aus, wie er mich ansah. Also stand ich auf. Vielleicht wäre ich ja morgen in der Lage, ein besserer Mensch zu sein und etwas Nettes wie *Danke* zu ihm zu sagen. Aber in dem Moment bekam ich kaum Luft. Ich floh ohne ein weiteres Wort und verbrachte den Rest des Abends damit, mich mit Georgina über unwichtige Dinge zu streiten, während im Hintergrund der Soundtrack zu *Technicolor Dreamcoat* lief.

Scheiß drauf, dachte ich.

Am folgenden Tag setzte ich mein Tablett beim Frühstück ungewollt heftig gegenüber von Wades auf dem Tisch ab. Der Saft schwappte aus meiner Tasse, und das Silberbesteck klapperte. Erschrocken fuhr er aus seiner Träumerei. Offenbar war er auf einem anderen Planeten gewesen. Den Kopf in die Hand gestützt und den Blick auf den Rand seines Tellers gerichtet, hörte er Musik auf seinem Handy. Sein Essen hatte er kaum angerührt.

Langsam schob Wade die Kopfhörer vom Kopf. Er sagte nichts.

»Hi«, begann ich. Beinahe hätte ich es dabei belassen und wäre wieder gegangen. Ich hatte keine Ahnung, was ich dem Wort noch hinzufügen sollte. Kaum war es heraus, erschien es mir wie das schlimmste Wort im Universum. Da hing es nun.

Schweigen breitete sich aus, und Wade wirkte allmählich verloren.

»Ich dachte, ich setz mich hierher«, würgte ich die Worte aus meiner Kehle. »Aber ich bin ... ich schätze, ich sollte dich lieber warnen. Ich kann nicht versprechen, dass es einfach ist, neben mir zu sitzen. Ich hab nicht vor, es dir schwer zu machen, aber ich bin einfach nicht gut in ... Manieren. Glaub ich. Selbst wenn ich mir Mühe gebe.«

Er schob den Stuhl gegenüber mit dem Fuß zurück und sagte: »Weiß ich.«

Ich starrte ihn eine Weile an, bevor ich mich setzte. »Ich hab Ginger Ale über Mr. Sorrentinos Schreibtisch gekippt.« Irgendwas musste ich ja sagen, und das war alles, was mir in den Sinn kam.

»Wirklich?«, fragte er. »Warum?«

»Nicht so wichtig.«

»Die Geschichte wäre aber viel cooler, wenn du sagen würdest, warum.«

»Wer hat gesagt, dass ich versuche, eine coole Geschichte zu erzählen? Ist einfach eine Sache, die passiert ist. *Meine Güte.*«

Auch wenn ich nicht wollte, dass er Teil des Problems wurde, wollte ich, dass er davon wusste – mit mir da drinsaß. Ich wollte, dass er was sagte, aber gleichzeitig wollte ich es nicht wirklich hören. Vielleicht wollte ich einfach reden, wo ich schon mal angefangen hatte. Im Grunde wusste ich nicht genau, was ich eigentlich wollte. Ich hatte einfach nur zu viel Energie, um in diesem Moment allein zu sein.

»Ich hab auch all seine Bleistifte zerbrochen. Wusstest du, dass er diese Superbleistifte benutzt?«

Er nickte.

»Ich habe sie alle zerbrochen.«

»Wahrscheinlich muss er die extra irgendwo bestellen«, sagte Wade.

»Was für ein aufgeblasener Scheißkerl.«

Wade sah verblüfft aus. »Echt? Auf mich wirkt er nicht wie ein aufgeblasener Scheißkerl.«

»Dann weißt du nicht viel über ihn.«

»Nee, aber er scheint cool zu sein.«

Ich spürte ein schwaches, empörtes Kribbeln in den Fingerspitzen. Es ärgerte mich, dass er mir so mühelos widersprach, insbesondere nachdem er so einen Aufwand betrieben hatte, mein

Buddy zu werden. Jetzt hatte ich ihm doch gegeben, was er wollte, oder nicht? Ich war durch den ganzen Saal zu seinem Tisch gegangen und hatte mich zu ihm gesetzt. Ich wäre fast dabei gestorben. Und hier war ich nun. Für einen kurzen Moment erwog ich, mich mit meinem Tablett wieder zu verziehen. Ich hatte sogar schon die Finger um die Ränder gekrallt, doch etwas hielt mich zurück. Mein Blick fiel auf den Bluterguss unter seinem rechten Auge, der inzwischen grün schillerte – blasser als zuvor, aber immer noch da. Plötzlich wollte ich unbedingt wissen, was hier vor sich ging. Wie konnte er einfach dasitzen und aussehen, als wäre bei ihm alles super? Ich meine, es war glasklar, dass sein Leben auch nicht toll war. Ich kapierte es nicht.

Für einen Moment vergaß ich, dass ich das Zentrum der Welt war, und meine Finger lösten sich wieder vom Tablett.

»Was hat Derek eigentlich gegen dich?«, fragte ich ihn.

»Nichts. Wir sind einfach so was wie Pole, die sich abstoßen«, erwiderte er.

»Das beantwortet meine Frage nicht.«

Wade spießte seine Gabel in den Essenshaufen auf seinem Teller und ließ sie wie ein Statement dort stecken. »Na schön«, sagte er. »Nicht dass ihn das weniger zu einem Arschloch macht, aber eigentlich habe *ich* die ganze Sache mit Derek angefangen. Wenn man's genau nimmt.«

»Wie meinst du das?«

»Ich meine, dass ich an meinem ersten Tag hier einen Streit vom Zaun gebrochen hab. Genau genommen habe *ich* die Schlägerei angefangen, und an dem Tag, als du auch da warst, hatten sie's dann auf mich abgesehen.«

Verwirrt sah ich ihn an. Ich hatte mein Brötchen auseinandergepflückt und das weiche Innere flach auf den Teller gedrückt. An dieser Stelle hielt ich inne.

»Ich hab ihm zuerst eine verpasst«, erklärte er.

»Warum?«

»Er ist ein Idiot.«

»Na und?«

»Findest du nicht, das ist ein guter Grund?«

»Um jemandem eine reinzuhauen? Nee. Wenn ich rumlaufen und jedem eins in die Fresse geben würde, den ich für einen Idioten halte – da wäre ich ja voll die Bekloppte. Ich meine, wer ist bitte *kein* Idiot? Ich müsste die ganze Zeit Leuten ins Gesicht schlagen.«

»Alter, mit deiner Quote ›Idiot versus kein Idiot‹ liegst du meilenweit daneben.«

»Tu ich nicht.«

»Warte mal«, sagte er. »Du bist diejenige, die Derek mit einer Steinschleuder abgeschossen hat, nur weil du *seine blöde Fresse nicht leiden kannst* – das hast du selbst gesagt. Ich würde sagen, du bist nicht in der Position, mich deswegen anzukacken.«

Ich verlor fast die Nerven. »Das war was anderes!«

»Inwiefern?«

»Entschuldigung, ich hab deinen Arsch gerettet, schon vergessen?«

»Komisch. Ich hatte den Eindruck, dass du es ausdrücklich *nicht* getan hast, um mir zu helfen.«

»Ja, *hab* ich ja auch nicht«, beharrte ich. »Du checkst es einfach nicht – ich hab's nicht für dich getan. Ich hätte es für jeden getan. Du warst einfach nur da. Eben, na ja, mega das Randelement im großen Ganzen.«

»Ich war ein *Randelement*?« Er fing an zu lachen. »Oh Scheiße, so einen deprimierenden Namen hat mir noch nie jemand gegeben.«

»Na ja, es stimmt aber. Es hatte nichts mit dir per se zu tun.«

»Ja, schon verstanden.«

Wade Scholfield kam völlig ohne Sprengfallen daher. Vielleicht war es das, was ich an ihm mochte. Er parierte all meine Haken mit

Leichtigkeit und war dabei sogar noch entgegenkommend. Er war nett. Ich verstand selbst nicht, warum ich mir so große Mühe gab, ein Arschloch zu sein.

Schweigend aßen wir unser Frühstück. Da schlängelte Michael Holt sich mit seinem Essenstablett an unserem Tisch vorbei. Michael »Pizzafresse« Holt ging in die Oberstufe. Er hatte eine bestimmte Form der Akne, die sein gesamtes Gesicht verwüstet und es in eine entzündete Landschaft aus Kratern und wütenden Bergen verwandelt hatte. Es sah furchtbar aus. Aber das war gar nicht so wichtig, denn das Phänomen Michael Holt ging über seine Akne hinaus. Er besetzte einen Platz, der an jeder ernst zu nehmenden Highschool besetzt werden muss – den heiligen Ort des ultimativen Losers. Der Aussätzige. Michael Holt entsprach den Anforderungen mehr, als sich irgendwer hätte träumen lassen. Abgesehen von seiner medizinisch hochgradigen Akne zog er sich komisch an – das T-Shirt in die Hose gesteckt, und jeden Tag trug er diesen dämlichen Cowboygürtel. Hinzu kamen seine Haare, seine Ohren, sein schlurfender Gang, seine knochigen Schultern und überhaupt alles an ihm. Es machte ihn zur idealen gemeinschaftlichen Müllhalde. Alle luden ihren Frust auf ihm ab. Unterstufler, Schach-Nerds, christliche Kinder, Cheerleader, Hipster – ganz egal. Michael Holt war Freiwild. Auf eine kranke Art war er beinahe so was wie das Schulmaskottchen. Eine feste Größe an der Schule, durch die alle anderen sich ein kleines bisschen besser fühlten. Wenn er vorbeilief, wichen die Schüler zurück, pressten sich demonstrativ gegen die Wände des Flurs und hielten den Atem an. Keiner setzte sich zu ihm. Keiner redete mit ihm – es sei denn, um ihn zu hänseln.

Einen Moment lang folgte Wades Blick Michael Holt. »Derek hat sich über den Typen da lustig gemacht«, sagte er und nickte in seine Richtung. »Über den Typen mit der Akne. Deshalb hab ich mich mit ihm geprügelt.«

»Was?«

»Derek und diese beiden anderen Trottel, mit denen er immer rumhängt, hatten den mit der Akne in die Ecke gedrängt. Er hat fast angefangen zu weinen und hatte dieses komische Wissenschaftsexperiment aus Pappe in der Hand. Er war kurz davor, es fallen zu lassen. Das musste ich mir ehrlich gesagt nicht ansehen.«

»Ach du Scheiße. Willst du damit etwa sagen, wegen *so was* prügelst du dich mit Derek?«

Er nickte.

»Sie hätten ihm nicht wirklich was *getan*. Das weißt du doch, oder?«, sagte ich verärgert. »*Alle* sind irgendwie gemein zu Michael. Das ist bloß ein Spiel – alle machen sich lustig über ihn, aber keiner *tut* ihm wirklich was.«

»Oh, *Scheiße*. Hätte ich das bloß gewusst.«

Seine Stimme triefte vor Sarkasmus. Nicht bissig, eher spielerisch. Trotzdem war das deutlich gewesen. Ich fühlte mich hilflos.

»Er hat fast geweint«, sagte Wade, als ich nicht konterte. »Es war echt deprimierend. Du hättest bestimmt auch was gemacht.«

Hätte ich nicht. Ganz bestimmt nicht, und es kotzte mich an, dass es so war.

Um meinen Mund mit etwas anderem als Reden zu beschäftigen, biss ich von meinem Brötchen ab. Unser Gespräch war mir zu ernst geworden, insbesondere seit sich herausgestellt hatte, dass Wade möglicherweise ein besserer Mensch war als irgendwer sonst hier an der Schule.

»Gut möglich, dass du in diesem ganzen Derek-Szenario der echte Derek bist«, sagte ich, nur um Blödsinn zu reden. »Ich dachte, Derek wär das Arschloch, aber vielleicht bist du es ja in Wahrheit.«

Er zuckte ungerührt die Schultern. »Trotzdem«, sagte er. »Ich glaub, auf einer offiziellen Derek-Skala wäre Derek immer noch Derek-mäßiger als ich.«

Das stimmte. Derek war der ultimative Derek von allen, aber das würde ich niemals zugeben.

»Oder, wer weiß – vielleicht auch nicht«, fuhr Wade fort, als ich nichts erwiderte. »Es gibt schließlich immer die Möglichkeit, dass alles in Wahrheit das genaue Gegenteil von dem ist, was wir denken – Paralleluniversen und so was. Vielleicht lieg ich völlig falsch. Vielleicht ist Michael im Geheimen ein richtiger Scheiß-kerl, während Derek jeden Abend im Bett liegt und sich in den Schlaf weint. Gedemütigt und traumatisiert fürs Leben. Und wir haben alle keinen blassen Schimmer, weil Michael in der Schu-le immer so tut, als wäre er dieser unterdrückte Typ, und Derek schämt sich zu sehr und tut deshalb so, als wär er der Arsch. Und wir fallen alle drauf rein.«

Was für ein Idiot. Zum ersten Mal, seit ich mich hingesetzt hatte, lächelte ich.

»Darüber hab ich auch schon nachgedacht«, gab ich nach einer kurzen Pause zu. »Ich meine, über diese Sache mit den Gegen-realitäten.«

»Fänd ich gar nicht so verkehrt«, sagte er. »Vielleicht würde die Welt viel mehr Sinn ergeben, wenn wir mit allem zu 180 Grad falschlägen.«

Es nervte mich ein bisschen, dass ich wusste, was er meinte. Aber so war es. »Ja. Wäre wohl die einfachste Erklärung für viele Dinge. Meine Mitbewohnerin zum Beispiel – ihre Welt kann nur Sinn machen, wenn ich mit allem vollkommen falschliege. Genau wie du gesagt hast.« Ich dachte einen Moment lang darüber nach und lachte. »Heilige Scheiße. Was, wenn sie recht hat? Sie sagt im-mer, dass Musicals das perfekte Protein der Musik sind. Ich meine, was, wenn das wirklich stimmt?!«

»Ja, genau«, sagte er. »Geh bloß nicht davon aus, dass du im richtigen Universum lebst.«

Von da an wurde unsere Unterhaltung leichter. Ich hörte auf, meine Sätze wie für einen Trauermarsch aufmarschieren zu lassen, und sprach stattdessen einfach aus, was mir so durch den Kopf ging. Ohne darüber nachzudenken. Wir redeten noch für eine Weile über die ultimative Realität des Lebens und welche Beweise es überhaupt gab, dass irgendetwas davon echt war. Dann gingen wir über zu Zeitreisen und landeten irgendwann bei Wurmlöchern. Wade zeigte mir, wie sie funktionierten, indem er eine Serviette doppelt faltete und dann einen Strohhalm durchsteckte. Während wir uns unterhielten, vergaß ich alles. Dass er der Typ war, mit dem ich den Speisesaal putzen musste. Dass er zappelig und rastlos war und ständig die Gefahr bestand, dass er eine Unterhaltung beginnen oder irgendwas anderes tun würde. Seine aufdringliche Freundlichkeit. Und vor allem, dass wir unterschiedliche Körper hatten. Ich vergaß einfach alles.

Die meisten Kids hatten sich Schichten über Schichten sozialer Mechanismen angelegt, um im Schulleben klarzukommen. Das galt insbesondere für ein Internat, wo man sieben Tage die Woche 24 Stunden lang aufeinanderhing. Niemand war so tough, cool, witzig oder sogar so gemein, wie ihre aufgeblasenen Schulpersönlichkeiten uns glauben ließen. Einschließlich mir selbst. Am Ende ging es ums nackte Überleben. Zu Hause konnte man getrost in seinem Zimmer weinen, während deine Mutter unten in der Küche Eintopf machte, aber in der Schule ließ man seinen Schutzschild besser nicht fallen. Ich behaupte nicht, dass das allen Kindern gelang, aber zumindest versuchten es alle. Sie versuchten, etwas Bestimmtes zu sein und etwas anderes nicht zu sein. Alle arbeiteten hart daran, und wenn jemand es nicht tat, dann fiel es auf. Ich kannte Wade nicht gut genug, um ein präzises Urteil zu fällen, wie cool oder uncool er war. Aber zumindest mangelte es ihm ganz klar an verräterischen Anzeichen dafür, dass er harte Arbeit in sich als Ware steckte. Vielleicht war er zu faul. Oder zu dumm? Ich hatte keine Ahnung.

»Was hast du da überhaupt gehört?«, fragte ich ihn.

Er schob mir sein Handy hin. Das Display hatte einen Riss, doch man konnte seine Musikbibliothek noch entziffern. *Wipers – Is This Real?* stand dort. Anhand des Covers erkannte ich die Band schon mal nicht. Es sah aus wie irgendein abgefahrenes modernes Kunstwerk.

»Was ist das?«, fragte ich.

Er hielt mir seine Kopfhörer hin.

Ich zögerte. Ich hasste es, mir Musik anhören zu müssen, die anderen gefiel. Dann warteten sie immer so gespannt darauf, dass es einen umhaute.

»Keine Sorge, du musst es nicht *mögen*«, sagte er, als hätte er meine Gedanken gelesen. »Du kannst gern alles scheiße finden, was ich höre.«

»Ich werd' keine Begeisterung faken«, warnte ich ihn.

»Alles klar.«

»Ernsthaft. Ich bin nicht gut darin, nette Sachen über Dinge zu sagen, die Mist sind. Am Ende sag ich immer irgendwas Super-gemeines, weil ich so nervös bin, dass ich's nicht hinkriege, *nichts* zu sagen.«

»Ja, hab ich schon beim ersten Mal verstanden. Ich glaub, ich bin inzwischen eh immun gegen deine Angepisstheit.«

Ich setzte die Kopfhörer auf und spielte den Song, den er gera-de gehört hatte, von vorn ab: »Return of the Rat«. Die Musik war laut und schnell und trommelte unnachgiebig auf meine Trommel-felle. Es ging um irgendwas Dämliches wie Ratten, die von irgend-woher zurückkommen, aber egal. Der Beat fraß mich sofort auf. Der Song hatte was. Anders als *Siamese Dream*, das mit seiner nu-klearen Traurigkeit und seiner Weite poetisch war und dich Licht-jahre aus dieser Welt entfernte, setzte diese Musik dich mitten in der Wirklichkeit ab. Doch zusätzlich gab sie dir die Mittel, dich in ihr zu behaupten, wenn das irgendwie Sinn macht. Sie ebnete das Spielfeld. Es war eine religiöse Erfahrung und gleichzeitig auf unerklärliche Weise orgasmisch. Ein Gefühl, das Musik in jenen Körperteilen hervorrufen kann, die in Wahrheit vielleicht gar nicht dein Körper, sondern deine Seele sind.

Wade beugte sich über den Tisch und drehte die Lautstärke auf. Dann lehnte er sich zurück und wartete auf meine Reaktion. Wie er da abwartend saß und mich beobachtete, als wäre ich ein wissenschaftliches Experiment, ging mir auf die Nerven. Also beschloss ich, dasselbe mit ihm zu machen. Ich sah ihn an. Vielleicht zum ersten Mal überhaupt. Aus irgendeinem Grund war es mir in dem Moment egal, ob ich starrte oder nicht. Scheiß auf mögliche Signale. Die hämmernde Musik auf meinen Ohren war ein guter Soundtrack für seinen Gesichtsausdruck – als würde sie ihm Sinn einhauchen. Nach einer Weile knickte er ein und sah zur Seite. Er war ein bisschen rot geworden. Triumphierend stellte ich fest, dass es mir gelungen war, ihn verlegen zu machen.

»Und?«, fragte er, als ich ihm das Handy wieder zuschob.

»Ich fand's scheiße«, sagte ich. »Richtig übel.«

Er lachte. »Ich hab noch mehr Musik, die du scheiße finden könntest. Wenn du willst, erstell ich dir eine Playlist.«

»Echt?«

»Ja.«

»Okay. Wenn du willst.«

»Lebensmittelvergiftung, wie?«, sagte Mr. Sorrentino. »Du hast drei Stunden am Stück gefehlt – muss ziemlich schlimm gewesen sein.«

Ich starrte konzentriert auf eine Ecke meines Biologiebuches. »Jup.«

Mr. Sorrentino hatte mich gebeten, nach der Stunde noch im Klassenzimmer zu bleiben. Also blieb ich an meinem Platz, bis der Raum sich geleert hatte. Langsam kam er hinüber, setzte sich auf den Tisch neben mir und verschränkte die Arme auf eine Art, die mir sagen sollte, dass mit ihm nicht zu spaßen sei. Seine Stimme war geradezu übertrieben ruhig.

»Das ist nicht lustig«, sagte er.

»Nope.« Ich wandte den Blick ab und ließ ihn auf die andere Seite des Klassenzimmers wandern.

Mr. Sorrentino seufzte. »Grace, ich erkenne dich kaum wieder. Deine Noten, diese Einstellung. Die Hälfte deiner Aufgaben gibst du zu spät ab, und die andere Hälfte kommt gar nicht bei mir an. Du hast in diesem Schuljahr schon mehr als sechs Mal gefehlt. Was ist los?«

Ich starrte noch intensiver auf mein Buch und begann, die Plastikhülle von der Ecke zu pulen. »Keine Ahnung«, sagte ich. »Biologie macht mich einfach nicht so an.«

»Biologie *macht dich einfach nicht so an*«, wiederholte Mr. Sorrentino spöttisch. »Vor nicht allzu langer Zeit schien es das noch prima zu tun. Was ist passiert?«

»Na ja«, sagte ich. »Um ehrlich zu sein, hat's mich noch nie so richtig angemacht. Nicht wirklich.«

»Dann hast du mir aber sehr erfolgreich was vorgemacht – glatte Einsen, das ganze Schuljahr über.«

Ich zuckte die Schultern. Ich würde die Sache nicht weiter vertiefen. Aber dann wurde mir klar, dass ich die Sache *sehr wohl* vertiefen würde und nichts dagegen tun konnte.

»Vielleicht steh ich nicht mehr auf diesen ganzen Bildungskram«, sagte ich und malte bei dem Wort *Bildung* Gänsefüßchen in der Luft. »Ich meine, wie soll mir das Wissen, welchen Unterschied es zwischen Tier- und Pflanzenzellen gibt, je irgendwo aus der Klemme helfen? Nie im Leben. Das ist doch alles Fake, keiner aus unserer Klasse wird je Naturwissenschaftler werden. Das Fach gibt es doch nur, damit die unseren Eltern sagen können, wir lernen Biologie. Dann kriegen Sie Ihr Gehalt und die Schule einen Naturwissenschaftspreis. Bloß so 'ne Nummer, um alle sinnlos zu beschäftigen. Tut mir leid, aber so ist es.«

Mit verschränkten Armen saß er da. Sein gesamter Körper war versteift, doch er blieb mehr oder weniger reglos sitzen. »Das ist unglaublich respektlos«, sagte er gelassen. »Mir gegenüber, gegenüber allen anderen Lehrern und den Schülern, die hier jeden Tag herkommen, um zu lernen.«

So langsam brachte er mich mit der gemäßigten Ruhe in seiner Stimme und seinem Mangel an Reaktionen auf die Palme. »Warum nehmen Sie das so persönlich?«, entgegnete ich. »Das ist nur die Wahrheit.«

»Nichts, was du sagst, ist von irgendwas die Wahrheit, das weißt du ganz genau.«

Ich verdrehte die Augen und wandte mich diesmal nicht ab.

»*Meinetwegen*. War's das jetzt? Ich komm zu spät zu meiner nächsten Stunde.« Ich machte Anstalten, aufzustehen und meine Bücher einzusammeln.

»Setz dich.«

Ich zögerte.

»Setz dich, hab ich gesagt!«

Endlich verlor er die Fassung. Ein bisschen zumindest.

Ich ließ mich zurück auf den Stuhl fallen, und mein Buch knallte auf den Tisch.

»Unterrichten bedeutet mir etwas. Ist dir das je in den Sinn gekommen?«, sagte Mr. Sorrentino und stand auf. Er kam näher, stützte die Hände auf meinen Tisch und beugte sich vor, um seine Argumente zu unterstreichen. Männerdeo wehte mir ins Gesicht. Wie einfach das Leben doch wäre, wenn er nur *ein bisschen* weniger heiß wäre, dachte ich. »Ich habe mein Leben dem Unterrichten von Naturwissenschaften gewidmet, und ich hatte Schüler, die später Medizin, Chemietechnik, Molekulargenetik oder Physik studiert haben. Ob du es glaubst oder nicht, Biologie zu unterrichten ist nicht einfach nur eine Beschäftigungstherapie, weil ich nichts Besseres zu tun habe. Und wenn ich dich ermuntere, beim Naturwissenschaftswettbewerb teilzunehmen, oder dich beiseitenehme, um mit dir deine Noten zu besprechen, die sich von einer Eins auf eine Vier verschlechtert haben, dann liegt das daran, dass ich Arbeit in den Erfolg, den Fortschritt und die Zukunft jedes meiner Schüler investiere. Ich tue, was in meinen Möglichkeiten liegt, aber für Beleidigungen habe ich keine Geduld. Wenn du hier reinkommst und beleidigst, was ich lehre oder womit ich mir oder irgendeinem Schüler die Zeit vertreibe, dann *haben* wir ein Problem.«

»Darf ich nicht *nicht* auf Naturwissenschaften stehen?« Ich war ebenfalls laut geworden. »Gibt es ein Gesetz oder so was, dass man total auf die Schule *abfahren* muss?«

Da stand er auf. Er sah nachdenklich und traurig aus, als blickte er durch meine unausstehlichen Schichten hindurch und versuchte, die Tragödie zu ergründen, die darunterlag. Ich glaube, diese Seite von ihm hasste ich noch mehr – den verständnisvollen, geduldigen Mr. S, der mich auf ein Kind reduzierte.

»Weißt du, ich dachte wirklich, wir sind auf derselben Seite«, sagte er.

»Was soll das überhaupt heißen, Mr. Sorrentino? Dieselbe Seite von *was*? Vom Äquator? Sie sagen immer so Sachen, die zehn verschiedene Dinge bedeuten können. Das hängt dann in der Luft, und kein Mensch versteht, was Sie wirklich meinen.«

Ich spürte, wie der Schmerz in mir hochblubberte. Alles, was er jemals gesagt oder getan hatte, hatte ich falsch interpretiert.

»Grace, wenn du ein Gespräch darüber führen willst, was wirklich los ist, bin ich gern bereit zuzuhören. Das weißt du. Aber du musst mir schon entgegenkommen. Du musst bereit sein zu reden.«

»Vergessen Sie's. Das verstehen Sie eh nicht.«

Er musterte mich einen Moment lang und sagte dann ruhig: »Du hast meine Stifte zerbrochen, oder? Und das Ginger Ale auf meinem Tisch – das warst du auch, richtig?«

Ich hatte von vornherein gewollt, dass er es herausfand, aber nun, da er mich damit konfrontierte, gefror mir das Blut in den Adern.

»Warum sollte ich so was tun?«, gab ich zurück.

»Sag *du* es mir.«

»Sie haben keine Beweise.«

»Stimmt.«

Einen Herzschlag lang steckten wir im Niemandsland.

Dann ertönte laut von der Tür: »*He Gracie, was zur Höl–!*«

Aus dem Moment gerissen, drehten wir uns gleichzeitig um. Wade war im Türrahmen aufgetaucht.

»Oh, Scheiße – 'tschuldigung«, sagte er schnell. »Ich wusste nicht …«

»Schon okay, Wade«, sagte Mr. Sorrentino und stand auf. »Wir sind ohnehin fertig hier.«

Ohne mich eines weiteren Blickes zu würdigen, ging er nach vorn zu seinem Aktenschrank. Ich stand auf, schnappte mir mein Buch und gesellte mich zu Wade.

»Worum zum Teufel ging es denn da?«, fragte er mich, als wir im Flur waren.

»Nichts.«

Mr. Sorrentinos letzte Worte hallten in mir nach. *Wir sind ohnehin fertig hier.* Meinte er damit, wir waren fertig mit Reden? Oder wir waren fertig miteinander? Fertig wie aus und vorbei? Hatte er mich ein für alle Mal weggeworfen?

»Alles okay?«, fragte Wade und gab mir einen Schubs.

Es war ein spielerischer Schubs gewesen, doch er traf mich so unerwartet, dass ich über meine eigenen Füße stolperte. Im letzten Moment fing ich mich. Im Gegenzug rempelte ich Wade viel härter an, und er landete an der Wand, wenn auch halb theatralisch. Irgendwann musste ich auf Mr. Sorrentino wütend sein, aber jetzt brauchte ich es gar nicht erst zu versuchen, weil es unmöglich war, Trübsal zu blasen, wenn man mit Wade abhing.

Seit der Grundschule hatte ich keine echten Freunde mehr gehabt. Daran gab ich niemandem die Schuld. Es war meine eigene Entscheidung gewesen. Als ich auf die Mittelschule gekommen war, war mir alles zu blöd geworden. Plötzlich wurden Jungs und Mädchen durch Hormone und bestimmte Körperteile in männliche und weibliche Kategorien getrennt. Nicht nur, dass Mädchen sich Jungs gegenüber anders verhielten und umgekehrt; auch die Mädchen untereinander behandelten sich anders als vorher. Auf einmal gab es da diesen ewigen Wettbewerb, ständige Vergleiche und das Gefühl, nicht gut genug zu sein, und Erniedrigungen.

Gemeine Mädchen wurden plötzlich noch viel gemeiner. Und dann kam die Highschool – definitiv der bisher schlimmste soziale Albtraum.

Die Tatsache, dass ich auf ein verdammtes Internat ging und finanziell zugleich vollkommen blank war, machte die Sache nicht gerade besser. Vielleicht hätte ich mich an einer öffentlichen Highschool mit ein paar Leuten angefreundet. Vielleicht wäre ich auf natürliche Weise mit meinesgleichen zu einer Clique zusammengeschmolzen. Aber in diesem Setting, in dem die anderen Schüler aus einer ganz anderen Welt kamen, gab es niemanden wie mich. Jeder Wandertag wurde zum potenziellen Albtraum, weil es immer Snacks und Getränke zu kaufen gab und Restaurants, in denen man aß. Alle schienen nur so im Taschengeld zu schwimmen. Mein gesamtes Geld ging dagegen für Pflegeprodukte wie Shampoo, Tampons, Deo und Rasierklingen drauf. Wenn ich nicht genau auf mein Geld achtgab, dann gingen mir essenzielle Dinge wie Zahnpasta noch vor dem Schuljahresende aus. Das hatte ich auf die harte Tour gelernt. In meinem ersten Highschooljahr hatte ich mir den ganzen letzten Monat vor den Weihnachtsferien Shampoo von Georgina leihen müssen. Das war nicht lustig. Sie hatte so ein Riesending daraus gemacht, dass ich meine Haare am Ende einfach gar nicht mehr wusch.

Würde ich jemals Freunde finden, bedeutete das am Ende nur noch mehr Stress. Allein der Gedanke an den Energieaufwand, der nötig wäre, um vor ihnen möglichst normal rüberzukommen, erschöpfte mich. Ich müsste eine Riesenshow abziehen, dass ich eine von ihnen war, mit den gleichen Problemen, Fantasien, Träumen und Möglichkeiten. Aber natürlich würde irgendwann jemand rausfinden, dass ein Müsliriegel in meinem Budget mit strategischer Präzision geplant werden musste. Und von da an würde es stetig abwärtsgehen.

Wie erklärte ich mir dann Wade? Ich konnte es nicht. Nicht

wirklich. Unsere Freundschaft funktionierte auf eine Art, gegen die ich machtlos war. Natürlich war mein Instinkt gewesen, sich da Teufel noch mal rauszuziehen, aber es war mir nicht gelungen. Eine Weile versuchte ich, ihn auf Armeslänge zu halten, doch dann erwischte ich mich dabei, wie ich ihm mitten im Unterricht Nachrichten über Mrs. Gillespies Schweißflecken unter den Brüsten schrieb. Oder ihm im Flur ein Bein stellte oder mich beim Abendessen neben ihn setzte. Es war so unglaublich einfach, sich nicht zurückzuziehen. Seine Reaktionen auf mich – auf alles, was ich sagte oder tat – machten süchtig. Ich stellte fest, dass ich abhängig davon wurde, dass man auf mich reagierte.

Vielleicht dämmerte mir jetzt erst, dass Einsamkeit kein Vergnügen war. Vielleicht war es so lächerlich einfach. Ich hatte mich zwar nie explizit für einsam gehalten, aber ich glaube, die Einsamkeit frisst einen so still und heimlich auf, dass du es gar nicht merkst. Vielleicht war es das und mehr nicht – ich war einfach verdammt einsam gewesen.

»Weißt du, was ich hasse?«, fragte Georgina.

Ich sah zu ihr hinüber. Sie lag mit einer aufgeschlagenen Zeitschrift auf ihrem Bett und aß Chips. Dabei trug sie einen himmelblauen Bademantel mit Rüschen an den Ärmeln und am Kragen. Sie war gerade aus der Dusche gekommen, und ihre Haare hingen ihr feucht über die Schulter. Draußen regnete es. Ein Samstagmorgen Anfang Februar mit tiefgrauem Himmel. Was das Wetter betraf, würde später die Hölle los sein. Die Luft war stickig. Eine geladene Ruhe, die Tornados und Blitze in sich trug.

»Gracie, weißt du, was ich hasse?«, wiederholte Georgina drängender.

»Was?«

»Pinkeln zu müssen. Vor allem, wenn du kurz vorm Einschlafen bist – oder noch schlimmer, wenn du schon eingeschlafen warst. Weil, wenn du dann nicht aufstehst und pinkelst, dann hast du den Rest der Nacht Albträume, in denen du versuchst, das Badezimmer zu finden. Aber die Badezimmer in Albträumen funktionieren nie. Du machst zum Beispiel die Tür auf, und das Badezimmer ist gerade mal so breit wie dein Fuß, oder das Klo viel zu hoch oder nur ein paar Zentimeter groß. Oder die einzige Toilette, die du findest, ist ein riesiger Saal mit Hunderten Leuten drin.«

Ich sah von meinem Bett aus, wo ich es mir mit einem Buch gemütlich gemacht hatte, zu ihr hinüber. Für einen kurzen Moment zog ich in Erwägung, ihr zu antworten, aber dann ging mir auf, dass es sinnlos war. Ich hatte keine Ahnung, wovon sie redete. Also widmete ich mich wieder meinem Buch.

»Findest du *nicht*?«, bohrte sie nach.

Ich sah wieder auf. »Ja, kann echt nervig sein, pinkeln zu müssen, schätze ich. Hab da noch nie groß drüber nachgedacht.«

»Na, dann denk jetzt mal für 'ne Sekunde drüber nach!«

»Okay, erledigt. Darf ich jetzt weiterlesen?«

»Findest du es nicht auch komisch, dass *die ganze Zeit* Flüssigkeiten durch unseren Körper fließen? Das ist wie ein Spiel, das wir nie gewinnen können.«

Ich schmiss mein Buch auf den Boden und ließ mich schicksalsergeben zurück ins Bett sinken. »Du hast recht, es ist total absurd, dass wir pinkeln müssen.«

»Weißt du, bei dir klingt das manchmal richtig aggressiv, wenn du was sagst«, bemerkte sie und blätterte weiter in ihrer Zeitschrift. »Dann klingst du wie eine Zicke, was du auch ein bisschen bist, aber nicht so sehr, wie die Leute denken.«

Es würde ein langes Wochenende werden. Wie immer, wenn Georgina nicht nach Hause fuhr, um ihre Eltern zu besuchen.

»Du solltest wirklich versuchen, netter zu sein«, schlug sie vor.

»Vielleicht will ich gar nicht nett sein.«

»Ich meine, mir persönlich ist es egal – mich kann man nicht so leicht beleidigen. Aber für dich selbst. Es sei denn, du willst irgendwann bei McDonald's landen, aber selbst da musst du zumindest so *tun*, als wärst du nett zu den Leuten.«

»Guter Punkt.«

»Das ist kein Spaß.«

»Himmel, Georgie! Ich weiß, dass ich ein Idiot bin. Was soll ich deiner Meinung nach dagegen tun?«

»Du könntest versuchen, *keiner* zu sein.«

»*Noch* arbeite ich nicht bei McDonald's. Bis du dir bei mir einen Big Mac kaufst, seh ich nicht ein, dass ich mich anstrengen muss.«

»Vergiss es.« Dann hörte ich eine Chipstüte rascheln, und das Malmen und gleichförmige Blättern der Seiten gingen weiter.

Das kurze Klopfen an der Tür rettete mir höchstwahrscheinlich das Leben. Mir war nicht wichtig, wer genau das war. Mit Georgina allein zu sein war, obwohl eine ehrliche Erfahrung, zugleich ermüdend und potenziell verhängnisvoll – das hatte ich noch nicht so ganz raus. Ohne ein *Herein* abzuwarten, stieß Wade die Tür auf. Georgina kreischte und wickelte sich fester in den Bademantel, als gäbe es etwas Anstößiges an dem dicken Nachthemd, das darunter ihren gesamten Körper bedeckte.

»Du darfst hier gar nicht reinkommen!«, rief sie.

»Sorry, ich guck nicht hin«, sagte er. Dann ging er zu mir, griff nach meiner Hand und zog mich vom Bett.

»Entschuldigung!«, protestierte ich und befreite meine Hand.

Ungeduldig nahm er sie erneut. »Los, komm schon. Hast du es nicht auch über, den ganzen Tag hier drinnen rumzuhängen?«

Georgina stand auf. »Wohin geht ihr?«

»Nirgendwohin«, erwiderte Wade und zerrte mich zur Tür. Dann hielt er inne. »Willst du mitkommen?«

Georgina schien es die Sprache verschlagen zu haben. Verwirrt und wahrscheinlich geschmeichelt, ohne es realisiert zu haben, klammerte sie sich an ihr Nachthemd. »Was? Nein!«

»Sicher?«

»Ja. Kannst du jetzt bitte gehen?«

»Okay, bis später!«, rief er ihr im Hinausgehen zu und schob mich aus der Tür.

Wir rannten den Flur hinunter. Der Rausch des Augenblicks machte mich ganz leicht im Kopf, und all die anderen Mädchen konnten mich durch ihre offenen Türen sehen und dachten vielleicht, ich hätte so was wie ein Leben. Und vielleicht hatte ich das auch. Es war schön, nicht mehr ganz so mitleiderregend zu sein.

»Schneller!«, rief Wade.

Wir stürzten die Treppe hinunter, zur Hintertür hinaus und über den Hof, der zwischen den Wohnflügeln und den Schulgebäuden lag. Dann umrundeten wir das Hauptgebäude und rannten die Auffahrt entlang in Richtung Eingang. Dort wartete ein Taxi. Wade stieß mich auf den Rücksitz, sprang neben mich hinein und zog die Tür hinter sich zu. Das Taxi fuhr los, und wir versuchten keuchend, wieder zu Atem zu kommen.

»Wo fahren wir hin?«, fragte ich ihn.

»Raus hier, verdammt noch mal! Ich hab um die 40 Dollar. Die hauen wir auf den Kopf«, sagte er und zog einen Ball zerknitterter Scheine aus der Tasche.

»Hast du eine Genehmigung?«

»Eine was?«

»Na, eine Genehmigung. Du weißt schon – um das Gelände zu verlassen.«

»Sollte ich das?«

Lachend ließ ich mich zurück in den Sitz fallen. »Wade, weißt du etwa nicht, dass das hier nur ein besseres Gefängnis ist? Hier brauchst du für alles eine Erlaubnis, selbst um dir den Arsch abzuwischen. Du hast die Schulordnung doch, wie oft, 30-mal abgeschrieben?«

»Ja, *abgeschrieben*. Nicht *gelesen*.« Er warf mir den Geldball zu. »Keiner wird merken, dass wir weg sind. Und wenn doch, was soll schon passieren?«

Bei ihm hörte sich die Zukunft herrlich einfach an.

In der Stadt sahen wir uns einen Film an, in dem eine Menge Leute auf einem Kreuzfahrtschiff ermordet wurden. Als wir aus dem Kino kamen, war es schon fast dunkel, und ein Sturm brach über uns herein. Donner, Blitze und prasselnder Regen. An einer Kirche, die zwischen den Läden einer Einkaufsstraße klemmte, hielten wir an und beobachteten, wie jemandem die Seele gerettet wurde. Der Ort sah eher aus wie das Büro eines Versicherungsmaklers, und vielleicht war es das unter der Woche auch. Ordentlich aufgestellte Reihen aus Plastikstühlen. Ein Tisch mit Kaffee und pink-grünen Keksen. Eine Frau, die vorn weinte, während der Priester ihre Hand hielt und irgendwas über ihre Seele sagte. Es hatte etwas Beruhigendes an sich, und wir waren wie gebannt. Als er mit der Seelenrettung der Frau fertig war, fing der Priester an, über ein Picknick zu reden, das für das nächste Wochenende geplant war. Enttäuscht liefen wir weiter. Das Schauspiel war vorbei.

Zu dem Zeitpunkt regnete es kaum noch, aber die Luft war immer noch elektrisch geladen, und hin und wieder wurde der Himmel von Blitzen erhellt. Wir holten uns Pommes und Cola bei Checkers und setzten uns vor der Versicherungsmaklerkirche auf den Bordstein. Ich zauberte eine Zigarette von Beth hervor und fragte Wade, ob er sie mit mir teilen wollte. Er sagte Nein, und ich war insgeheim froh, sie für mich allein zu haben. Ein Feuerzeug hatte ich auch dabei. Wade beobachtete, wie ich die Zigarette anzündete.

Eine Weile redeten wir darüber, ob die Mondlandung wirklich stattgefunden hatte. Darum gab es offenbar eine Riesendiskussion. Wade erzählte mir von einer Doku, die er gesehen hatte, doch dann wurde ich von seinen Fingern abgelenkt, als er die Cola zum Mund hob. Um einen von ihnen war ein Pflaster geschlungen, und der Zeigefinger seiner rechten Hand blutete. Rund um den Nagel war die Haut abgerissen.

»Wade, what the fuck«, stieß ich aus und nahm seine Hand, um sie mir näher anzusehen.

»Ja, ich weiß«, sagte er und entzog mir verlegen seine Hand. »Macht meine Mutter wahnsinnig.«

»Machst du das mit den Zähnen?«, fragte ich ungläubig.

Er nickte.

»Warum?«

»Bloß 'ne Angewohnheit.«

Entsetzt starrte ich ihn an. »Das ist megapsycho. Tut das nicht weh?«

»Nicht wirklich.«

Ich nahm wieder seine Hand und hielt ihm das rohe Fleisch rund um den Nagel seines rechten Zeigefingers vor die Nase.

»Wade, du ziehst dir mit deinen Zähnen die Haut vom Körper! Wie kann das nicht wehtun?«

»Keine Ahnung. Tut es einfach nicht«, erwiderte er, und sein Blick wanderte von seiner Hand zu mir. Plötzlich schien er nicht mehr ganz bei der Sache zu sein, und uns beiden ging auf, dass ich seine Hand hielt – warm und ein bisschen klebrig von verschütteter Cola.

Hastig ließ ich sie fallen. »Das ist eklig.«

»Genauso wie Rauchen«, sagte er und schnipste gegen meine Zigarette.

»Kann sein, aber das ist *normal*. Das ist eine zivilisierte Beschäftigung. Was du da machst, ist im Grunde Kannibalismus.«

»Rauchen ist wahrscheinlich schädlicher als das«, entgegnete er.

»Willst du wirklich weiter verteidigen, dass du deine Finger aufisst?«

»Nein, und weißt du, warum? Ich muss mich vor dir nicht erklären!«

Plötzlich sprang er auf.

»Hey, willst du zurück *laufen*?«, fragte er mit einem Lächeln.

»Wie lange dauert das?«

»Keine Ahnung.«

»Okay.«

»Aber wenn wir kein Taxi nehmen, dann lass uns das hier erst loswerden.« Er hielt seine letzten Scheine in die Höhe und ruckte den Kopf in Richtung Piggly Wiggly, das sich am Ende der Einkaufsstraße befand. Es dauerte fast eine Stunde, aber schließlich fanden wir jemanden, der uns Bier kaufte. Ein angepisster alter Typ tat uns den Gefallen für drei Dollar, erzählte uns aber ununterbrochen, dass er Krebs und keine Zeit mehr für so einen Scheiß habe. Er kaufte uns ein Sechserpack Icehouse und behielt zwei Dosen als »Trinkgeld«. Außerdem mussten wir uns ein paar Geschichten über seine zweite Ex-Frau anhören, und wie sie ihn bei ihrer Scheidung ausgenommen hatte. Er riet Wade, mich vor der Hochzeit einen Ehevertrag unterschreiben zu lassen, und Wade sagte ihm, das wäre ein Kinderspiel. Irgendwann ließ der alte Typ uns gehen, und wir liefen wieder auf die Straße.

»Verpiss dich mit deinem Ehevertrag«, sagte ich zu Wade und gab ihm einen Schubs.

»Tut mir leid, aber Frank hat schon recht. Ich muss ja schließlich wissen, dass du es wegen *mir* machst und nicht wegen meinem Geld.«

»Tja, tu ich aber nicht. Klar mach ich's wegen dem Geld. Sonst würde ich mich ja an jemanden hängen, der zumindest ein *bisschen* gut aussieht.«

»Autsch!«

Ich hatte keine Ahnung, ob dieser abgedroschene Dialog als Flirten durchging, und brach für einen kurzen Moment in Panik aus. Hatte ich aus Versehen ein Signal gesendet oder irgendeine Tür geöffnet? Ich warf Wade einen Blick von der Seite zu, doch zum Glück war er damit beschäftigt, sein Bier zu öffnen, und schien sich keine weiteren Gedanken über unsere Heiratswitze zu machen. Mein Magen beruhigte sich ein wenig, und ich folgte seinem Beispiel, indem ich einen Schluck von meinem Bier nahm.

Langsam liefen wir zurück zur Schule. Dabei tranken wir unser Bier und redeten über Dinge wie, dass einige Bäume nach Sperma rochen. Obwohl ich keine Ahnung hatte, wonach Sperma überhaupt roch, stimmte ich aus ganzem Herzen zu. Ich trank nicht zum ersten Mal Alkohol, aber ich tat es zum ersten Mal abends allein mit einem Jungen am Straßenrand. Das Bier schmeckte scheiße. Schal und bitter, hinterließ es in meinem ganzen Mund einen abgestandenen Belag. Aber egal. Ich hatte ewig nicht mehr so viel Spaß gehabt, und mir wurde innerlich ganz warm. Ich fühlte mich weich, rührselig und ausgelassen. Wobei das nicht nur am Alkohol lag. Ich erinnere mich, wie ich zu Wade hinübersah und wie ein Idiot lächelte, weil er so ein toller Mensch war. *Toller Mensch* – die Wortwahl ist eindeutig dem Bier zuzuschreiben. Wie auch immer, jedenfalls verspürte ich auf einmal eine mitreißende Welle Dankbarkeit ihm gegenüber, und obwohl ich irgendwo im noch funktionierenden Teil meines Gehirns wusste, dass ich normalerweise wegen der Kitschigkeit meiner Gefühle gekotzt hätte, fühlte ich mich in dem Augenblick gut damit. Es kam mir ehrlich vor. Wade *war* ein toller Mensch. Daran gab es nichts zu rütteln. Er war es einfach.

Als wir ungefähr eine Stunde später das Eingangstor erreichten, kamen wir zu dem Schluss, dass wir noch nicht bereit waren, zurück auf unsere Zimmer zu gehen. Also legten wir uns hinter dem großen Stein, in den *Midhurst School, est. 1973* gemeißelt war, ins Gras. Wade fragte mich, ob er seinen Kopf auf meinen Bauch legen könnte, und ich sagte Ja. Neben der Tatsache, dass Köpfe sehr viel schwerer sind, als man denken würde, erinnere ich mich noch daran, dass ich mich dort unter dem unbequemen Gewicht, das in mein Zwerchfell drückte, und der elektrisierten, südländischen Nachtbrise, die durch meinen Pony fuhr, seltsam mächtig fühlte. Noch nie hatte ich mit einem Jungen eine solche Intimität geteilt. In dem Moment schien es noch nicht einmal wichtig, ob er mein Seelenverwandter war, weil das hier etwas völlig anderes war. Es ging nicht so weit, dass ich Gefühle wie Liebe verspürte, eher war es, dass ich eine Wirkung auf jemanden hatte. Dass ich in seinen Gefühlen eine Delle hinterließ. Eine Macht, die ich an diesem Abend zum allerersten Mal wahrnahm.

»Wo zum Teufel warst du?«, fragte Georgina und setzte sich, kaum war ich ins Zimmer gekommen, kerzengerade im Dunkeln auf.

Für einen Moment rührte ich mich nicht. »Stadt.«

»Wir haben seit anderthalb Stunden Nachtruhe.«

»Weiß ich«, sagte ich und machte die Tür hinter mir zu.

»Hattet ihr überhaupt eine Genehmigung?«

»Klar.« Ich setzte mich auf mein Bett und zog die Schuhe aus.

»Hattet ihr nicht.«

»Doch.«

»Ich bin nicht blöd. Ich weiß, dass ihr keine hattet.«

Ich zog mich aus und tastete nach einem T-Shirt, das ich zum Schlafen anziehen konnte. »Dann verpetz uns doch, wenn du unbedingt willst«, sagte ich. »Ich halte dich nicht auf.«

Sie antwortete nicht, blieb aber aufrecht und beobachtete mich unentwegt. Endlich fand ich ein T-Shirt, zog es mir über den Kopf und legte mich ins Bett. Auch Georgina ließ sich zurücksinken, und Stille umfing uns.

»Habt ihr Liebe gemacht?«, fragte sie.

»*Liebe* gemacht?«

»Habt ihr?«

»Nein!«

»Habt ihr rumgemacht?«

»Nein.«

»Na klar.«

»Nur weil er ein Junge ist und ich ein Mädchen, bedeutet das nicht, dass sich alles bloß um unsere Fortpflanzungsorgane dreht.«

»Ich glaube, wenn mich ein Junge so behandeln würde, dann *würde* sich alles um unsere Fortpflanzungsorgane drehen.«

Ich musste ein bisschen lachen.

»Das mein ich ernst«, sagte sie.

»Na ja, wie auch immer. Darum geht's bei uns nicht.«

Wir drehten uns beide in unseren Betten um und versanken wieder in Schweigen.

»Und? Verpetzt du uns – wegen der Genehmigung?«, fragte ich nach einer Weile.

»Nein«, sagte sie leise. »Ich bin doch kein Arsch.«

»Danke, Georgie.«

»Weißt du, manchmal weißt du mich echt nicht zu schätzen.«

»Tut mir leid«, sagte ich.

Die Dunkelheit machte es mir viel leichter, nett zu sein. Ich konnte einfach Dinge genau so sagen, wie ich sie meinte. Außerdem war ich in diesem Moment voller Hoffnung. Ich spürte, dass ich vielleicht wirklich genug Raum zum Atmen hatte, um ein besserer Mensch zu werden.

13

Constanze Koch war eine der deutschen Schülerinnen und Dereks Freundin. Ein hochgewachsenes Mädchen aus der Elften mit natürlich platinblonden Haaren, die ihr bis zu den Schultern reichten, und beinahe weißen Wimpern und Augenbrauen. Ihre Haut hingegen schimmerte in einem perfekten Goldton. Am Wochenende hatte ich sie oft mit den anderen deutschen Mädchen beim Sonnenbaden gesehen. Methodisch arbeiteten sie an ihrer Bräune. Wie besessen. Geradezu religiös. Sie schmierten sich mit Lotion ein und stoppten die Zeit, wie lange jeder Körperteil der Sonne ausgesetzt war, bevor sie sich wendeten.

Ich beobachtete Constanze, wie sie mit zwei der anderen deutschen Mädchen über den hinteren Teil des Sportplatzes schlenderte. Die beiden anderen waren nicht so groß und blond wie sie, doch sie hatten alle die natürliche Schönheit eines Mädchens, das sich morgens einfach sorglos aus dem Bett rollte. Ein Mädchen, dessen Beauty-Routine ausschließlich darin bestand, sich das Gesicht mit Wasser zu waschen. Erika hatte lange braune Locken, die ihr über die Schultern fielen. Beim Gehen wickelte sie sich immer wieder gedankenverloren eine Strähne um den Finger. Kirsten hatte ihr T-Shirt unter den Brüsten zusammengeknotet, sodass ihr goldener Bauch zur Geltung kam. Keine von ihnen trug Make-up, hatte ihre

Augenbrauen gezupft oder ihre Haare gefärbt, doch sie alle waren schön. Sie mochten ein paar Makel haben, aber wen interessierte das schon? Sie hatten verstanden, dass ihr größter Vorzug die Blüte der Jugend war, und sie verstanden es, sie auf eine Art in Szene zu setzen, die an Genialität grenzte.

Fasziniert sah ich ihnen nach. Sie waren nicht so überirdisch schön und außergewöhnlich wie Beth Whelan, aber wie sie dort mit all den Sonnenstrahlen um sie herum entlangstolzierten, hatten sie definitiv das Zeug, in einem Musikvideo mitzuspielen. Okay, für ein Musikvideo waren sie vielleicht nicht cool genug, entschied ich. Aber für eine Tamponwerbung reichte es auf jeden Fall.

»Wie läuft's mit dem Herzschmerz?«

Ich unterbrach mein Spionieren nach den deutschen Mädchen und sah auf. Beth Whelan stand plötzlich neben mir und lächelte hinter ihrer dunklen Sonnenbrille auf mich herab, während sie auf einem Twizzler herumkaute. Ihre Haare schimmerten wahnsinnig schön in der Sonne – wie glühender Pfirsicheistee. Unbändig und wirr fielen sie ihr über die linke Schulter.

Ich klappte das Notizbuch in meinem Schoß zu. Ich war gerade mittendrin gewesen, ein Gedicht zu schreiben, das wie all meine Gedichte zu der Zeit Titel wie »An den Folgen der Ewigkeit ertrinken« trug.

»Oh, das.« Das Thema traf mich vollkommen unvorbereitet. »Normal, denke ich.«

»Normal?« Sie setzte sich neben mich. »Was soll das denn für ein Adjektiv für Herzschmerz sein?«

Unvermittelt hatte ich einen Twizzler im Gesicht. Beth hielt ihn mir auffordernd hin. Ich nahm ihn, sie zog einen neuen aus der Tüte, die unter ihrem Arm klemmte, und biss ab.

»Danke«, sagte ich. »Na ja, ich meine nur, ich hab drüber nachgedacht, was du gesagt hast. Darüber, Mr. Sorrentino heißzumachen und so, aber ich weiß, dass er nie auf mich stehen wird. Aus

105

irgendeinem komischen Grund ist er total besessen von dieser Frau, die er heiraten will. Judy. Deshalb, keine Ahnung, verhalte ich mich ihm gegenüber erst mal wie ein gestörtes Miststück. Das hilft ein bisschen. Ist wohl eine Art, sich gut dabei zu fühlen, wenn es einem schlecht geht.«

Die Königin des Underground zum Lachen zu bringen, machte ein bisschen high – es stärkte das Ego wie kaum was anderes.

»Das ist gut«, sagte sie. »Sich wie eine gestörtes Miststück zu verhalten, ist eine Art, sich gut dabei zu fühlen, wenn es einem schlecht geht. Kann ich das für mein Jahrbuchzitat klauen?«

»Klar, wenn du willst«, sagte ich verlegen und zufrieden.

Sie lachte noch mehr. »Du hast echt 'nen Knall. Aber das weißt du eh schon, oder?«

»Ich weiß, dass ich per se nicht normal bin«, stimmte ich ihr mit einem Nicken zu. »Das ist ziemlich verdammt offensichtlich.«

Beth riss mit den Zähnen ein weiteres Twizzlerstück ab und redete mit vollem Mund weiter: »Nichts verkehrt daran, normal zu sein, außer möglicherweise absolut alles, weißt du?«

Ich nickte. Ich mochte die verdrehte Art, wie sie es ausdrückte. Es klang cool. Als sie ihre Haare über die andere Schulter warf, wehte mir der berauschend künstliche Früchteduft ihres Shampoos in die Nase. Sie trug ein altes, übergroßes T-Shirt, einen kurzen Rock, ihr Samthalsband und ausgelatschte Sneakers. Ihr Outfit war der Hammer – wie einfach nichts davon das dringende Bedürfnis ausstrahlte, Blicke auf sich zu ziehen. Ihre Lippen waren rot und perfekt umrandet. Nichts war verwischt oder ließ darauf schließen, dass sie Twizzlers gegessen hatte. Ich versuchte, mir alles, was mir an ihr auffiel, in Gedanken zu notieren und irgendwo sicher abzuspeichern, um es später wieder hervorzukramen und wie wild zu versuchen, sie nachzuahmen.

»Weißt du, was vielleicht das Beste wäre?« Sie schob unvermittelt ihre Sonnenbrille hoch und nahm mich ins Visier. »Ich finde, du solltest die ganze Mr.-S-Sache noch mal von einem nichtjung-fräulichen Standpunkt aus angehen.«

»Was meinst du damit?«

»Ich meine damit, dass du deine Jungfräulichkeit verlieren solltest. Natürlich nicht an Mr. S«, fügte sie schnell hinzu, als sie meinen Blick sah. »An irgendjemand ganz anderen. Aber treib's bloß nicht mit jemand Besonderem, das ist nämlich das Schlimmste überhaupt – *bedeutungsvollen* Sex zu haben.« Sie verzog das Gesicht zu einer Grimasse und brachte so ihre Ansichten zum Thema bedeutungsvoller Sex zum Ausdruck. »Starte auf keinen Fall irgendwas Sexuelles, das sich *tiefsinnig* oder *romantisch* anfühlt. Schnapp dir einfach irgendeinen Kerl und bring's hinter dich. Danach bist du viel weniger Wurm, und das wiederum hilft dir bei der Mr.-S-Geschichte. Und bei vielem anderen auch. Vertrau mir. Vögel jemanden.«

Ich war ein bisschen geknickt angesichts der Tatsache, dass meine Jungfräulichkeit mir offensichtlich auf die Stirn tätowiert war. Und die Vorstellung, jemanden zu »vögeln«, war mehr als lächerlich. Trotzdem gab ich vor, es ernsthaft in Erwägung zu ziehen.

»Wirklich?«, fragte ich. »Würde das nicht alles noch schlimmer machen? Sich gefühlsmäßig mit noch einem Typen einzulassen? Dann habe ich einen zweiten Mr. Sorrentino.«

»Wer redet denn bitte von *Gefühlen*?«

Verlegen begann ich, meinen Nagellack abzuknibbeln. »Na ja, wenn man Sex hat – kommen da nicht immer Gefühle auf? Also, zwangsläufig, in Verbindung mit Sex?«

Sie hob die Augenbrauen. »Hast du das aus deinem Lebenshilferatgeber?«

Ich zuckte ein wenig unter dem Hieb zusammen. »Nein. Es ist bloß … Ich meine, das ist doch so was wie die allgemeine Meinung, oder nicht? Dass, na ja, so was wie Leidenschaft zum Sex dazugehört, damit er funktioniert?«

»Erstens: Nein. Und zweitens ist Leidenschaft was anderes, als Gefühle für jemanden zu haben.«

Sie redete nicht herablassend mit mir. Das gefiel mir. Sie klang, als würde sie einem anderen Fahrgast im Bus etwas ziemlich Banales und Offensichtliches erzählen.

»Theoretisch brauchst du noch nicht einmal Leidenschaft, um guten Sex zu haben«, fuhr sie fort. »Ich weiß, alle machen ein riesiges Gewese darum. Das soll jetzt nicht krass klingen, aber eigentlich ist das doch nur ein Pimmel in einer Vagina. Mehr ist Sex nicht. Und damit's spektakulär wird, muss besagter Pimmel die richtige Stelle in besagter Vagina treffen. Und klar, ein anständiges Vorspiel kann definitiv nicht schaden, und auch nicht, wenn der Typ kein kompletter Schwachkopf ist oder, keine Ahnung, ihm nicht gerade Rotz aus der Nase läuft, während du kommst. All das sind begünstigende Faktoren, aber eins sag ich dir: Es ist keine magische Einhornparty. Eher das Gegenteil. Die ganze Sache ist so mechanisch, dass es schon fast lächerlich ist. Ich versteh einfach nicht, warum die Leute immer noch mit dieser widerwärtigen Theorie rumlaufen, dass es was Besonderes sein muss. Ich meine, warum sollte eine Vagina automatisch untrennbar mit Gefühlen verbunden sein?«

»Keine Ahnung«, erwiderte ich.

»Das eine ist biologisches Gewebe, und das andere ein abstraktes, mentales Phänomen. Die haben rein gar nichts miteinander zu tun.«

Ich hatte noch nie eine Unterhaltung geführt, in der das Wort *Vagina* so mühelos und philosophisch umhergeschleudert wurde. Es fühlte sich berauschend an, diesen Dingen gegenüber gleichgültig zu sein. »Was ist mit Hormonen?«, fragte ich. »Beeinflussen die nicht die Gefühle?«

»Hormone, so'n Quatsch. An die glaub ich keine Sekunde.«

»Ich meine, die *gibt* es doch.«

»Aliens auch. Alles nur eine Frage des Glaubens.«

»Ja, stimmt wohl.«

»Ist aber deine Sache«, sagte sie unbekümmert, als wir alle Twizzlers aufgegessen hatten. »Behalt deine Jungfräulichkeit, wenn du willst. Du solltest eh nie auf den Rat von anderen hören. Wobei ich dazu sagen muss, dass der Rat, es nicht mit jemand Besonderem zu treiben, ziemlich solide ist. Den solltest du dir merken. Hab bloß keinen *besonderen* Sex, okay?«

»Okay.«

»Treib's mit jemandem, der dir danach egal ist. Hier geht's um Freiheit. Und wozu irgendeine widerlich romantische Kerzenscheinzeremonie veranstalten? Dann endest du nur wieder mit einem Mr. Sorrentino.«

»Ja, klingt logisch.«

Jemand rief ihren Namen, und wir drehten uns gleichzeitig um. Beths Freundin Megan Peffer und ein paar andere aus der Oberstufe winkten ihr quer über den Sportplatz zu.

Beth stand auf und ließ ein Päckchen Zigaretten in meinen Schoß fallen. Es war noch fast voll.

»Behalt die«, sagte sie.

»Krass«, sagte ich. »Danke.«

»Later, Masturbator«, sagte sie im Gehen.

Mr. Sorrentino hatte einen neuen Haarschnitt, der seine Ohren mehr zur Geltung brachte. Ich hatte noch nicht entschieden, ob das gut oder schlecht war. Georgina wurde Co-Kapitänin der Mädchenvolleyballmannschaft. In Englisch lasen wir neuerdings *Ein anderer Frieden,* und die Theater-AG probte ein neues Stück: *Harte Zeiten* von Charles Dickens, das jedoch im Jahr 2050 spielte. Beth fertigte für ihr Kunstprojekt ein Bleistiftporträt von mir an, wie ich einen unechten Fisch hielt. Und ein Schüler wurde der Schule verwiesen, weil er in jede neue Schulbroschüre, die frisch aus dem Drucker kam, *Mein Schwanz ist geil* geschrieben hatte. Ein paar davon waren sogar verschickt worden.

Inzwischen hatten wir März, und eine neue Normalität war eingekehrt. Eine Normalität, in der ich mich freier fühlte als je zuvor. Dabei war ich nicht blöd. Natürlich wusste ich, dass es an Wade lag, und es machte mir ein bisschen Angst, dass er solche Macht über mich hatte. Er veränderte mich. Zum Beispiel ertappte ich mich eines Abends dabei, wie ich Georginas langatmigem Volleyball-Gossip lauschte und sogar hier und da einen Satz fallen ließ. Man konnte es fast eine zivilisierte Unterhaltung nennen. Und als Mrs. Gillespie mich vor der gesamten Klasse darauf aufmerksam machte, dass einer meiner BH-Träger an meinem Oberarm herunterhing, bekam ich einen Lachanfall, statt vor Scham im Boden zu versinken. Es schien fast, als wären meine Nerven weniger ausgefranst und gereizt. Als wären sie beinahe unmerklich mit einer vitaminreichen Nährstoffschicht gestärkt worden. Und bevor ich mich's versah, wachte ich eines Tages auf und fühlte mich weniger wie ein Arschloch. Tatsächlich war ich im Großen und Ganzen okay damit, dass die Welt unerträglich war.

Vielleicht war ich sogar glücklich. Das ließ sich nicht ausschließen. Ich weiß noch, wie ich unter der Dusche stand und darüber nachdachte. Ich wusste nicht zu hundert Prozent, was das überhaupt für ein Gefühl sein sollte. Ich war mir meines Elends stets so sicher gewesen, dass es komisch war, mit einem Mal zugeben zu müssen, dass ich mich eigentlich sogar ziemlich großartig fühlte.

Obwohl wir uns von Tag zu Tag näher waren, passierte nichts zwischen Wade und mir. Was gut war. Ich war dankbar, dass Wade mich nie so seltsam ansah, wie Jungs es oft bei Mädchen tun. Als würden sie sich vor ihren Augen in Puppen verwandeln. Nicht dass es sich zwangsläufig schlecht anfühlte, begehrt zu werden – es war nur kompliziert. Vielleicht auch komisch. Es war mir nicht oft genug passiert, um viel darüber zu wissen, doch ich erinnerte mich nur zu gut, wie Dereks Blick nach dem verregneten Cross-Country-Lauf mit Beth direkt zu meinen Brüsten unter dem durchnässten T-Shirt gewandert war. Wade hingegen hatte so was noch nie getan. Was gut war, denn ich hatte keine Ahnung, wie man sich als Puppe zu benehmen hatte. Aber ein sehr menschlicher, genauer gesagt ein naiver Idiot zu sein, damit kannte ich mich aus, und Wade schien das in Ordnung zu finden. Darin lag meine Freiheit. Genau das mochte ich an ihm – er urteilte nie. Er ließ einem die Freiheit, alle Macken zu haben, die man zum Überleben brauchte.

Zugegeben, hin und wieder fragte ich mich, wie es wohl wäre, wenn Wade mich »so« ansehen würde. Dann lief mir ein Schauer den Rücken hinunter, und ich konnte nicht sagen, ob es die gute oder die schlechte Art von Schauer war. Aber diese Gedanken ließ ich nie lange zu. Sobald sie Form annahmen, vertrieb ich sie. Sie machten mir mehr Angst, als dass sie sich gut anfühlten. Wade war Wade. Und er musste unbedingt Wade bleiben. Egal, was passierte, er musste genau so bleiben, wie er war.

Inzwischen näherte sich der März dem Ende, und wir saßen im Lesesaal vor unserem gemeinsamen Geschichtsaufsatz. Der Lesesaal war ein großer Raum für alle, die ihre Hausaufgaben machten oder für eine Arbeit lernten. Meistens stieß man hier auf Lerngruppen, lärmende Mathematiker, die sich auf Wettbewerbe vorbereiteten, den Debattierclub und andere soziale Zellen und Arbeitsgemeinschaften, vor denen die Schule nur so strotzte. Wenn man seine Ruhe haben wollte, dann war die Bibliothek die bessere Wahl. Wade und ich hatten eine Freistunde und hatten beschlossen, an unserem Aufsatz über den Schwarzen Tod zu schreiben. Unsere Laptops, Notizblöcke und ein paar Leihbücher zu dem Thema lagen quer über den Tisch verstreut. Doch der eigentliche Aufsatz war zugunsten des perfekten Titels in den Hintergrund geraten, den wir nach langem Hin und Her schließlich auf zwei Möglichkeiten heruntergebrochen hatten:

Der Schwarze Tod: Ein Bakterium terrorisiert die Menschheit
Der Schwarze Tod: Rache der Mikroorganismen

Gerade spielten wir mit dem Gedanken, den gesamten Aufsatz in der ersten Person aus Sicht des Bakteriums zu schreiben, und wurden ganz aufgeregt angesichts unserer genialen Idee, als Judy – Mr. Sorrentinos Verlobte – wie aus dem Nichts auftauchte und eine Handgranate in meinen bis dato perfekten Tag feuerte.

»Hallo, Gracie!«, sagte sie und blieb mit einem Stapel Notizbüchern unter dem Arm an unserem Tisch stehen.

»Oh, Scheiße«, rutschte es mir raus. »Hi.«

Ihr plötzliches Erscheinen mit all den Zähnen und Haaren brachte mich aus dem Konzept. Ich konnte immer noch nicht ganz glauben, dass Mr. Sorrentino allen Ernstes auf sie stand. Das war einfach unmöglich.

Angesichts meiner Reaktion geriet Judys Lächeln für den Bruchteil einer Sekunde ins Wanken, doch als sie ihre Zähne Wade zuwandte, blitzte das Grinsen wieder über ihr ganzes Gesicht. »Und wer ist *dieser* junge Mann?«

Sie war einfach viel zu viel.

»Das ist Wade.« So gleichgültig wie möglich schwenkte ich meine Hand in seine Richtung.

»Wie schön, dich kennenzulernen, Wade. Ich bin Judy, Mr. Sorrentinos Verlobte. Ich gebe in diesem Schuljahr ein paar Vertretungsstunden.«

Wade lächelte sie an. »Cool. Ich meine, dass Sie Mr. Sorrentinos Verlobte sind. Vertretungsunterricht ist bestimmt ätzend.«

»Stimmt, es ist wirklich cool, Mr. Sorrentinos Verlobte zu sein. Alles andere wäre gelogen. Aber weißt du was? Unterrichten ist auch ziemlich cool.«

Am liebsten hätte ich laut aufgestöhnt, aber Wade nahm es anscheinend schmerzfrei und mit Interesse auf. »Kommen Sie, *so* toll kann es nicht sein, sich mit einem ganzen Raum von uns abgeben zu müssen«, sagte er.

Offenbar geschmeichelt von seinem gespielt naiven Interesse an ihrem sentimentalen Leben nahm Judy nun richtig Fahrt auf. »Oh, ich liebe es! Weißt du, es ist wirklich eine Herausforderung, aber es belebt einen und gibt dir eine Menge zurück. Das zu tun, was ich schon immer tun wollte, und gleichzeitig auch noch bei Mr. Sorrentino zu sein, macht mich sehr glücklich.«

»Sie haben's echt gut getroffen«, sagte Wade.

Sie lächelte und machte keinerlei Anstalten, weiterzugehen. Stattdessen fragte sie: »Und ihr zwei, seid ihr ein Paar?« Dabei wurde ihr Lächeln so verschwörerisch, als gäbe es zwischen uns irgendein großes, abgefahrenes Geheimnis.

Panik brach in meinem ganzen Körper aus, und ich öffnete den Mund, um keine Ahnung *was* zu sagen, als Wade mir zuvorkam: »In ihren *Träumen* vielleicht.«

Judy fand das entzückend, und das sagte sie uns auch.

»Na ja, wir geben uns Mühe«, sagte Wade achselzuckend.

Mit einem kleinen Lachen verlagerte sie ihre Notizbücher unterm Arm. »Seht euch nur an.« Dabei legte sie sich die linke Hand aufs Herz. »Es ist wirklich schön zu sehen, wie viel Respekt ihr füreinander habt. Das merkt man sofort.«

Das brachte selbst Wade aus der Fassung. Um Worte verlegen, kratzte er sich den Nacken, und ich war keine große Hilfe.

»Nun, dann werde ich mal nicht weiter stören.« Endlich war wohl auch bei Judy durchgesickert, dass es Zeit war, den Abflug zu machen. »Ich wollte nur kurz Hallo sagen. Nett, dich wiederzusehen, Gracie, und schön, dich kennenzulernen, Wade.«

Damit rauschte sie mit ihrem Bücherstapel davon und ließ uns in einem Vakuum zurück.

Ich sah zu Wade hinüber, und wir starrten uns eine gefühlte Ewigkeit an.

Schließlich brach er das Schweigen: »Reden wir einfach nicht darüber, was das gerade war.«

Erleichtert stieß ich die Luft aus. »Oh mein Gott. Gerne.«

Dann schlug er seinen Notizblock für unseren Geschichtsaufsatz auf und fügte hinzu: »Aber nur mal so aus Neugier: Du weißt schon, dass ich irgendwie verliebt in dich bin, oder?«

Ich sagte ihm, er könne mich mal.

Lachend sah Wade von seinem Block auf. »Das war mein voller Ernst.«

»Na klar.« Ich zog eines der Bücher über die Seuche zu mir heran und begann darin zu blättern.

»Ich schwöre.«

Ich verdrehte die Augen. »Echt mal, fick dich, Wade. Hör auf damit.«

»Komm schon, ist das nicht offensichtlich?«

Die Erkenntnis, dass er mich möglicherweise nicht verarschte, sickerte mit grausamer Kälte zu mir durch. Wie versteinert saß ich da und starrte den Tisch an, spürte aber seinen Blick auf mir. Ich hatte keine Ahnung, ob er auf eine Antwort wartete oder nur sichergehen wollte, dass seine Offenbarung voll eingeschlagen und einen Krater hinterlassen hatte. Definitiv hatte sie das.

»Sag so was nicht«, krächzte ich nach einer Pause. Mein Mageninhalt festigte sich zu etwas, das sich anfühlte wie emotionales Blei.

»Warum? Es stimmt aber.«

»Das kannst du gar nicht wissen.«

»Doch, stell dir vor, das *kann* ich«, sagte er auf seine unerträglich unbekümmerte Art. »Ich war von Anfang an in dich verliebt. Wie auch nicht? Ich meine, du hast mit einer Steinschleuder auf Dereks Kopf gezielt. Und als wir draußen vor Mr. Wahlbergs Büro gewartet haben und du mich angesehen hast, als wäre ich völlig gestört – mir ist echt fast das Herz stehen geblieben.«

Es traf mich hart, wie entspannt und selbstsicher er das alles sagte, während in mir das reinste Chaos herrschte. Er hatte eine Bombe gezündet und checkte es noch nicht mal. Mein Blick wanderte in den Saal, wo ein paar Schüler ihre Hausaufgaben machten. Mädchen und Jungen lachten und redeten miteinander, während jede Menge Munition nur darauf lauerte, sie alle in die Luft zu jagen.

»Ich mein das ernst«, sagte ich, den Blick weiterhin in die Ferne gerichtet. »So was darfst du nicht sagen.«

»Warum nicht?«

Ich konnte einfach nicht glauben, dass er wirklich so dumm

war. »Willst du echt alles *kaputt* machen?« Endlich sah ich ihn an. »Du bist praktisch der einzige Mensch, den ich in meiner Nähe ertrage.«

»Wo ist dann das Problem?«

»*Liebe*. Man zerstört einander das Leben, wenn man sich verliebt.«

»Nicht immer.«

»Doch, *immer*, Wade. Immer. So funktioniert das Ganze nun mal. Du kannst gar nicht anders, in diesem ganzen Verliebtheitsprozess wirst du unweigerlich gefickt.«

»Ich hab mal gehört, dass gefickt werden so was wie die Grundidee von dem ganzen Verliebtheitsprozess ist.«

»Oh mein Gott!«

»Sorry. Wäre komisch gewesen, wenn ich den Witz nicht gebracht hätte.«

»Kannst du mal 'ne Sekunde ernst sein?«, fragte ich und stieß ihn unter dem Tisch mit dem Fuß an.

Er nickte und schenkte mir seine volle Aufmerksamkeit auf eine Art, wie Kinder es gegenüber ihren Eltern tun, wenn sie bereits wissen, dass sie sich einen Scheiß um die Standpauke scheren werden.

»Okay, hör zu.« Ich holte tief Luft. »Es klingt vielleicht einfach, aber das ist es nicht. Verliebt sein, meine ich. Es ist kompliziert und mies und widerlich und verwandelt dich in einen ekelerregenden Volltrottel, der du nie sein wolltest. Leute, die verliebt sind, tun so, als wären sie normal, aber wenn sie sich trennen, sind sie innen drin allesamt leer und tot. Weil keiner ewig verliebt ist. Und wenn doch, Hilfe, das macht's alles umso schlimmer.«

Ich meinte, so was wie Erkenntnis in seinem Blick zu sehen, und beeilte mich zu sagen: »Ich spreche nicht aus persönlicher Erfahrung, okay? Das weiß doch jeder. Hast du nie *Anna Karenina* oder *Der große Gatsby* gelesen?«

»Ich hab ein Lehrbuch über *Der große Gatsby* gelesen«, sagte er.

»Na, dann solltest du doch das Wesentliche kennen.«

Er schien das alles witzig zu finden. »Das heißt, deine ganze Theorie basiert bloß auf ein paar Büchern, die du gelesen hast?«

»Ich hab auch eine mathematische Gleichung aufgestellt, die mein Argument stützt, das da wäre: Da ist rein gar nichts an dieser Vorstellung von Liebe, das so ausgeht, wie du es gern hättest. Das ist von vorne bis hinten eine hinterhältige Falle. Außerdem ist Liebe sowieso nicht echt. Das ist bloß irgendeine scheiß Fantasie, der sich alle durch Gehirnwäsche hingeben. Wahrscheinlich, damit der Planet weiter bevölkert bleibt.«

»Warte mal, du hast *was* aufgestellt? Eine mathematische Gleichung?«

Ungeduldig wischte ich seine Frage beiseite. »Nicht weiter wichtig. Nur so eine Gleichung. Kann ich dir später zeigen. Hab ich mit Mathe rausbekommen.«

»Du willst mich doch verarschen, oder?«, sagte er mit einem Lachen.

»Warum sollte ich dich bei so was verarschen?«

»Falls du es vergessen haben solltest: Wir sitzen zusammen in Mathe, und ich hab deine krassen Matheskills in Aktion gesehen.«

»Halt's Maul. Ich mein's ernst!«

Das war ein wunder Punkt – die lächerliche Tatsache, dass ich die schlechteste Mathematikerin der Welt war und Wade, der nirgendwo gute Noten hatte und in der Schule ein hoffnungsloser Fall war, aus irgendeinem unbekannten Grund mit Zahlen umgehen konnte. Den Matheunterricht bewältigte er im Schlaf. Es war zum Aus-der-Haut-Fahren.

»Selbst wenn meine Gleichung kompletter Stuss ist, ändert das nichts an der Tatsache, dass Verliebtsein komplette Zeitverschwendung ist«, lenkte ich das Gespräch wieder dorthin, wo es hingehörte. »Das ist die Quintessenz, okay? Es ist eine widerwärtige, beschissene Zeitverschwendung. So, wie wir beide miteinander abhängen und reden können und beim Mittagessen und Abendessen zusammensitzen – all das könntest du dir komplett abschminken. Wenn wir verliebt wären, würde das in einem Blutbad enden. Ich sag's dir. Es wäre furchtbar. Wir sollten nicht mal drüber reden.«

»Vielleicht warst du einfach nur in die falsche Person verliebt?«, schlug er vor, offenbar vollkommen unbeeindruckt von meiner Vehemenz.

»Ich hab dir doch gesagt, ich sprech nicht aus eigener Erfahrung«, wiederholte ich und hörte dabei selbst, wie wenig überzeugend das klang. Irgendwo tief in meinem Inneren wallten all die Mr.-Sorrentino-Gefühle auf.

Er zuckte mit den Achseln. »Na gut, meinetwegen. Dann Gatsby. Daher hast du doch deine Theorie, oder? Vielleicht war *er* in die falsche Person verliebt. Wenn du mich fragst, war die Frau aus dem Buch nicht sonderlich toll, und vielleicht ist es deshalb in die Hose gegangen.«

Ich dachte an Daisy Buchanan und wie enttäuschend und wertlos sie war. Sie war definitiv die falsche Person. Bloß dass das für Gatsby keinen Unterschied machte. Das war ja gerade der verdammte Punkt, den Wade um Kilometer verfehlte! Dass Daisy die ganze Sache nicht wert war, machte es für ihn um keinen Deut besser. Und Mr. Sorrentino war meine Daisy. Genau wie mein Vater Moms Daisy war.

Das alles machte mich auf einmal furchtbar traurig.

»Aber selbst wenn es die falsche Person ist, bedeutet das nicht, dass es nicht *echt* ist«, sagte ich, unfähig, meine Stimme unbeteiligt klingen zu lassen. Was das Ganze noch peinlicher machte. »Die falsche Person kann trotzdem die Person sein, in die du verliebt bist. Und mehr brauchst du nicht, um bis in alle Ewigkeiten am Arsch zu sein. Du musst bloß jemanden genug mögen. Ich sag's dir.«

Da legte Wade mir den Arm um die Schulter und zog mich zu sich heran, sodass mein Kopf an seinem Hals landete. Ich konnte seine Haut riechen, die ganz anders roch als die Haut von Mädchen. Er saß einfach stumm da und hielt mich. Es brachte mich beinahe um, weil es die reinste Form der Zuneigung war, die mir jemals jemand außer meiner Mutter entgegengebracht hatte. Kein »Move«, nur eine Geste. Es war einer dieser unerwarteten Momente, in denen er so erwachsen wirkte.

Übrigens war es etwas, das ich mir insgeheim von Mr. Sorrentino gewünscht hatte. Seltsam, dass es schließlich von Wade kam.

Nach einer Weile ließ er los.

»Ist keine große Sache«, schloss er unser Gespräch mit Leichtigkeit. »Ich dachte nur, es wäre eh klar, was ich für dich empfinde, und würde keinen großen Unterschied machen, wenn ich es ausspreche. Mehr nicht. Vergiss es, wenn du willst.«

Ein Taschenrechner kam an unserem Tisch vorbeigeflogen. Hinter uns hörte ich einen lauten Aufschrei und vielstimmiges Nerd-Gelächter.

»Magst du nicht auch, wie es zwischen uns ist?«, fragte ich und ignorierte die Nerds.

»Doch.«

»Ich auch. Ich find's wirklich schön so, wie es ist.«

»Na, dann ist ja alles klar. Los, lass uns endlich mit diesem Geschichtsaufsatz anfangen«, sagte er und haute mir mit seinem Notizblock auf den Kopf.

Ich zog ihn aus seiner Hand und schlug ihn vor uns auf. »Außerdem sagt Beth, Jungs wissen gar nicht, was Liebe ist, weil sie bloß von – du weißt schon – von ihren *Pimmeln* gesteuert werden.«

Er vergrub das Gesicht in den Händen, und für einen Moment mischte sich unser Lachen mit dem Gelächter am Mathetisch. Hoch lebe das Wort *Pimmel*, dachte ich.

»Aber stimmt das denn?«, fragte ich nach einer Weile, als wir schon wieder an unserem Aufsatz saßen. »Als Typ, macht dich da alles geil?«

»Na ja, nicht *alles*.« Er überlegte kurz. »So was wie Stepptanz macht mich nicht wirklich geil, oder, keine Ahnung … Baskenmützen? Oder Garagentore oder Brezeln oder … wobei, Brezeln vielleicht schon.«

»Was, wenn ein richtig heißes Mädchen den Stepptanz macht?«

Er nickte. »Ganz genau. Du hast verstanden, wie's läuft.«

»Ja. Du bist nur zwischen Garagentoren und Baskenmützen in Sicherheit.«

In Wahrheit mochte ich Wade zu sehr, um mir überhaupt die Frage zu stellen, ob ich in ihn verliebt war. Vielleicht war es auch mehr als das. Vielleicht *brauchte* ich ihn. Wie er mich zum Zentrum des Universums machte, wenn er mir zuhörte und wie ich von seiner endlosen Energie und seiner Fantasie lebte. An manchen Tagen hatte ich das Gefühl, ihn bis aufs letzte Hemd auszurauben – ich nahm alles, was ich von ihm kriegen konnte, und ging zurück auf mein Zimmer, um mich darin zu suhlen. Dann sagte ich mir, dass es vielleicht in beide Richtungen so funktionierte. Vielleicht sorgte ich dafür, dass er sich gut fühlte, genauso wie er es bei mir tat. Ich verstand bloß nicht, was ich *ihm* zu geben hatte. Von einer Sache war ich jedenfalls felsenfest überzeugt: Ich besaß irgendwelche schwarzen Zauberkräfte, die ihn vollkommen blendeten und an mich banden. Nur so ergab das alles einen Sinn. Und wenn schon? Ich hatte jedenfalls nicht vor, diesen Fluch, den ich aus Versehen ausgestoßen hatte, rückgängig zu machen.

Als die Osterferien vor der Tür standen, fragte ich meine Mutter, ob ich im Internat bleiben könnte. Ich hatte keine Lust auf die Busfahrt, und außerdem wollte ich nicht eine Woche lang bei ihr festsitzen und wieder all die Verantwortung übernehmen, die ich gerade erst abgelegt hatte. Meine Mutter war darüber gar nicht glücklich. Sie klagte, dass sie eine große Einkaufstour geplant hätte, um meine gesamte Garderobe zu erneuern. Ich hingegen erklärte ihr, dass ich viel Stoff für das nächste Schuljahr lernen musste, insbesondere da ich beim Naturwissenschaftswettbewerb teilnahm. Wir redeten beide wieder nur Mist, aber egal. Schließlich willigte sie ein, und ich bedankte mich und erzählte ihr, ich hätte vielleicht vor, Biochemie an der Northwestern zu studieren. Dabei wusste ich nicht mal genau, wo die Northwestern überhaupt lag, aber ich nahm an, irgendwo im Nordwesten. Ich hatte mitbekommen, wie ein Mädchen davon gesprochen hatte, dass ihr Freund dorthin gegangen wäre.

Wade musste zu einem Familientreffen.

»Machst du Witze? Kannst du dich nicht drücken?« Ich schrie fast. Wir waren gerade auf dem Weg zum Abendessen im Speisesaal, und ich konnte nicht fassen, dass ein Familientreffen wichtiger sein sollte als eine Woche Freiheit, in der wir tun und lassen konnten, was wir wollten. »Erzähl ihnen, du musst für irgendeinen landesweiten Mathe-Nerd-Wettkampf lernen oder so.«

Er lächelte, gab jedoch keine Antwort.

»Warum nicht?«, fragte ich.

»Es hat keinen Sinn. Bei meinen Eltern hab ich nicht viel zu melden. Wenn ich die um irgendwas bitte, machen sie normalerweise das genaue Gegenteil.«

Ich konnte nicht glauben, dass er sich einfach so geschlagen gab. »Das war's also? Du willst es noch nicht einmal versuchen?«, fragte ich und gab ihm einen Schubs.

»Hör zu, ich würde viel lieber hierbleiben, als eine Woche lang zwischen meiner gesamten erweiterten Familie in Mississippi eingekeilt zu sein, aber wenn ich versuche, da rauszukommen, dann wird's nur noch schlimmer. Glaub mir.«

»Aber deshalb sollst du ihnen ja sagen, dass du Nachhilfe kriegst oder so. Deine Eltern anzulügen ist ja nicht gerade 'ne Gehirn-OP – erzähl ihnen einfach irgendwas, was sie hören wollen.«

Er lachte. »Die glauben mir eh nichts mehr, Gracie.«

Es war zwecklos. Das erkannte ich sofort. Normalerweise musste ich ihn nicht überreden, egal wie dumm meine Ideen waren. Im Gegenteil, meistens war *er* derjenige, der mit den dümmsten Ideen ankam. Aber das hier war anders. Seine Antwort auf meine Bitten hatte nichts von seiner üblichen leichtsinnigen Gleichgültigkeit gegenüber möglichen Folgen. Es gab nichts zu diskutieren. Aus irgendeinem Grund war das Familientreffen von einem undurchdringlichen Panzer umgeben.

»Uff. Na gut«, sagte ich und gab ihm einen weiteren Schubs.

»Tut mir leid. Wirklich.«

»Du brauchst dich nicht zu entschuldigen, wenn du gar nichts dafürkannst«, sagte ich missmutig. »Das machst du andauernd.«

Diesmal schubste er mich zurück. »Manchmal ist es wirklich eine verdammte Freude, mit dir abzuhängen, weißt du das?«

Ich lächelte und entspannte mich ein wenig. Er war ziemlich gut darin, mein Verhalten auf irgendwie niedliche Art zu verändern. Noch nie zuvor hatte jemand auf dem Gebiet Erfolg gehabt. Na ja, vielleicht Mr. Sorrentino – aber nicht so.

»Kannst du sie wenigstens dazu bringen, dass sie dir ein neues Handy kaufen? *Bitte?*«, fragte ich.

Das war nämlich noch so eine Sache. Vor ein paar Tagen hatte er sein Handy aus Versehen mit in die Wäsche geschmissen. Wenn er für eine Woche fort war, bedeutete das absolute Funkstille.

»Ich versuch's«, versprach er.

»Deine Eltern haben doch genug Geld, oder? Wo ist das Problem?«

»Die werden mir schon eins geben, aber dann muss ich mir erst diesen ganzen Mist von ihnen anhören, dass Geld nicht auf Bäumen wächst und es Folgen hat, wenn man nicht auf seine Sachen achtgibt. Erwarte also nicht zu viel. Das wird wohl noch 'ne Weile dauern.«

Ich seufzte. »Gott, warum sind deine Eltern solche *Arschlöcher?*«

»Gute Frage«, erwiderte er gespielt wehmütig.

Wie auch immer. Es war ja nur eine Woche. Letztlich nahm es mich gar nicht so mit, wie ich anfangs gedacht hatte, und am Abend freute ich mich sogar darauf, eine Woche für mich zu haben. Sosehr Wade mich auch aus der Scheiße geholt und mein Leben annehmbar gemacht hatte, brauchte ich bei näherer Betrachtung mal eine Weile Funkstille. Es war schon viel zu lange her, dass ich ein mit Gefühlen überladenes Gedicht geschrieben oder einen neuen Roman angefangen hatte. Inzwischen stapelten sich die Ideen nur so in meinem Kopf und nahmen viel zu viel Platz ein. Die luxuriöse Aussicht, allein zu sein, fühlte sich immer mehr wie eine Notwendigkeit an.

Nur … als er dann ein paar Tage später mit seinem Rucksack vor meiner Tür stand, um sich zu verabschieden, fühlte es sich doch ein bisschen beschissener an, als ich erwartet hatte. Wie aus dem Nichts würgte sich verräterische Panik in meiner Kehle hoch.

»Okay«, sagte er.

»Was okay?«

Er zuckte die Schultern. »Wir sehen uns in einer Woche. Ich versuch, dich mit einem der Handys von meinen Cousins anzurufen.«

»Klingt nach einem Plan. Tschüs.« Ich machte eine kleine, winkende Handbewegung.

Wade verdrehte die Augen und zog mich in eine Umarmung. Nach einer Weile sagte er: »Bitte umarm mich zurück.«

Mit einem Seufzen legte ich die Arme um ihn, um ihm zu zeigen, dass es auf keinen Fall *meine* Idee gewesen war. Doch kaum waren meine Arme um ihn geschlungen und mein Kopf drückte auf seine Brust, ließ ich nicht mehr los. Er auch nicht. So verharrten wir einen Moment lang, und auf einmal war da eine Spannung, die kurz zuvor noch nicht da gewesen war.

»Nehmt euch ein Zimmer!«, rief irgendein superorigineller Witzbold im Vorbeigehen.

Da ließen wir uns los, doch bevor er zurücktrat und sein Skateboard aufhob, gab Wade mir noch einen Kuss auf die Wange.

»Okay, dann bis bald«, sagte er mit einem Lächeln, das sein ganzes Gesicht zum Strahlen brachte.

Ich sagte nur »Jup« und schlug ihm die Tür wenig feierlich vor der Nase zu, was die Bedeutungsschwere des Moments erstickte. Dann starrte ich für eine halbe Ewigkeit auf die Türklinke und fragte mich, was gerade passiert war – oder ob da überhaupt was gewesen war. Das war nichts, oder? *Nee, rein gar nichts,* dachte ich, den Blick immer noch unverwandt auf die Türklinke gerichtet. Menschen umarmen sich. Das ist völlig normal. Dennoch war ich erleichtert, dass mir eine Wade-freie Woche bevorstand – nur für den Fall, dass da *doch* was gewesen war.

Am ersten Tag genoss ich noch die ohrenbetäubende Stille. Bis auf ein paar Schüler, die zum Lernen oder für verschiedene Projektarbeiten geblieben waren, oder aber weil ihre Eltern nicht zu Hause waren, hatte ich das Internat für mich.

Zunächst berauschte mich die Leere und die neue Langsamkeit der Schule. Noch nie zuvor hatte ich die Ferien hier verbracht, und diese neue Erfahrung wollte ich in vollen Zügen auskosten. Es würde fantastisch werden. Ich hatte unser Zimmer ganz für mich allein. Als erste Amtshandlung schloss ich mein Handy an Georginas Lautsprecher an und spielte »Freedom« von Rage Against the Machine ab, um den Raum von allen unsichtbaren *Mamma Mia!*-Nanopartikeln zu säubern.

Nur fürs Protokoll, ich mochte ältere Musik. Vor allem die späten 80er und frühen 90er, aber auch noch älteres Zeug. Ich hatte zum Beispiel eine Schwäche für Doo Wop und hörte auch andere Bands aus den 60ern wie The Animals, The Who, The Sonics und so weiter. Wichtiger als das Jahrzehnt oder das Genre war mir, dass die Musik lieferte, was sie versprach. Und Rage Against the Machine lieferten immer, was sie versprachen. Sogar mehr, als du ausgehandelt hattest.

Ich riss die Musik voll auf und lackierte mir die Nägel. Bei der besten Stelle sang ich mit. »Freedoooooom! Yeaaaaah! Freedooooom! Yeaah, riiiiiiight! Freedoooooom! Yeaaaaaahhh! Freedoooooommmmmmmm! Yeaaaaahhhhh, riiiiiiiiiiiiiiiiiiiiiiight!«

Ich hörte noch eine Weile RATM, fand mich dann mit grünen Nägeln und einem komischen seitlichen Pferdeschwanz auf meinem Bett wieder und hatte nichts weiter vorzuweisen. Mir war langweilig. Schmerzlich wurde mir bewusst, dass ich nicht mehr so genügsam und selbstständig war wie früher, bevor ich Beth und Wade kennengelernt hatte. Vor allem Wade. Scheiße, es war echt schwer, sich ohne ihn zu beschäftigen.

Ich ging in den Gemeinschaftsraum und hatte gerade den

Fernseher eingeschaltet, als sich dieser Schweizer Schüler, den ich kaum kannte, einfach neben mich setzte. Wirklich *direkt* neben mich, obwohl es an die tausend andere Plätze gab. Ob mit Absicht oder aus Versehen, fand ich nicht heraus, und so verbrachte ich eine Viertelstunde damit, mich komisch zu fühlen und irgendeine Reality-Show über nackte Leute an irgendwelchen gefährlichen tropischen Orten zu gucken, bevor ich lässig aufstand und zusah, dass ich da rauskam.

Ich ging spazieren und versuchte mich an ein paar Gedichten, brachte aber nicht wirklich was zustande. Angesichts der rauen Mengen an Zeit, die ich nun in den Händen hielt, konnte ich mich nicht konzentrieren. In dem Vorhaben, ein bisschen in Mrs. Martinez' Tisch herumzuschnüffeln, ging ich ins Büro, aber da saß Miss Klein und hielt die Stellung. Also rief ich stattdessen meinen Vater in seinem Büro an. Seine Sekretärin hob nach dem zweiten Klingeln ab.

»Hall und Palmer. Sie sprechen mit Larry Halls Büro. Wie kann ich Ihnen helfen?«

»Guten Tag, Jean Cité hier. Ich würde gern Mr. Hall sprechen«, sagte ich.

Es folgte eine kurze Pause. »Entschuldigen Sie, worum geht es bei Ihnen?«

»Sorrentino vs. Gillespie.«

Eine längere Pause entstand. »Und wie war noch gleich der Name Ihrer Kanzlei?«

»Cité, Cité, Cité und Cité.«

Zögernd sagte sie: »Einen Moment, bitte.«

Ich wartete, und nach einigem Verbindungspiepen ertönte die Stimme meines Vaters am anderen Ende der Leitung. »Hallo?«

»Hi, Dad.«

»Glorie?«

Für eine Sekunde setzte mein Herz aus.

Gloria war eine seiner anderen Töchter. Eine meiner drei Halbschwestern in Kalifornien: Gloria, Helen und Christine. Ich habe einmal ein Foto von ihnen gesehen, als ich Dads Portemonnaie durchwühlte, während er unter der Dusche war. Damit es hineinpasste, hatte er es gefaltet. Es war ein Foto von der ganzen Familie, einschließlich meines Vaters. Ihrer starren Anordnung und dem hellgrauen Hintergrund nach zu urteilen, wahrscheinlich in einem professionellen Fotostudio aufgenommen.

Ich hatte es mir ganz genau angesehen. Meryl, die Mutter, war blond. Nicht natürlich blond, aber *perfekt* blond. Sie trug einen Kurzhaarschnitt, der eher zu einem Mann gepasst hätte, doch anstatt sie maskulin aussehen zu lassen, wirkte sie damit faszinierend, cool und unergründlich. Ein Haarschnitt, wie man ihn in Florida nicht bekam. Sie sah älter aus als meine Mutter und längst nicht so schön, aber sie wirkte gepflegter. Gesünder. Manikü't. Erwachsener. Alles an ihr sah perfekt aus, und sie strahlte eine Selbstsicherheit aus, als wäre die Welt ihr privates Wohnzimmer, das sie kannte wie ihre Westentasche. Ich entschied, dass sie wahrscheinlich Ahnung von moderner Kunst hatte. Wahrscheinlich würde sie total auf eine Leinwand abfahren, auf die eine Socke genagelt war. Wahrscheinlich verstand sie die Bedeutung dahinter. Das Werk bewegte sie tief in ihrem Inneren, und sie würde mit glasigem Blick sagen: »Das ist das Schönste, was ich je gesehen habe. Larry, stellt das nicht auch deine ganze Welt auf den Kopf? Das müssen wir unbedingt kaufen.«

Meine Mutter war tief in ihrem Inneren bewegt, wenn man sie zu Ruby Tuesday zum Abendessen ausführte. Die beiden zu vergleichen war furchtbar. Es machte mich echt fertig.

Und die Mädchen? Sie sahen alle älter aus als ich. Die jüngste vielleicht drei oder fünf Jahre. Ich tat mein Bestes, um ihre Namen ihren Gesichtern zuzuordnen. Die beiden ältesten wirkten nett und fröhlich. Locker in ihrem Auftreten und auch, was ihren Style anging. Kalifornisch eben. Blond wie ihre Mutter, allerdings natürlich, was bedeutete, dass sie ihre Haarfarbe von meinem Vater geerbt hatten. Doch die jüngste interessierte mich am meisten. Gloria. Weil sie meinem direkten Gegenpart am nächsten kam und Dad immer unsere Namen vertauschte. Sie verströmte quasi aus jeder Pore Lebenslust und Abenteuer. Sie hatte Sommersprossen auf der Nase, springende Locken und die Haltung von jemandem, der es kaum erwarten kann, die nächste Hürde im Leben in Angriff zu nehmen. Ich hatte versucht, in ihrem Gesicht eine Ähnlichkeit mit mir zu finden, aber das war schwer. Ich hatte nichts mit dem Mädchen auf dem Foto gemein. Nicht mal im Entferntesten. Abenteuer und Lebenslust waren nicht gerade Eigenschaften, die mir aus allen Poren schossen.

Danach hatte ich das Portemonnaie meines Vaters nie wieder angefasst. Das war es nicht wert.

»Hier ist *Grace*«, sagte ich zu ihm.

»Gracie?« Er klang verwirrt. »Was ist los?«

»Nichts. Ich meine, außer der ganzen gottverdammten Welt. Nichts.«

Er gluckste, und es wirkte tröstlich, wie immer, wenn er dieses Geräusch machte. »Was ist passiert, Gracie?« Jetzt klang er schon entspannter. »Ich nehme an, es handelt sich um eine Art Notfall, schließlich ist das hier eine Nummer für absolute Notfälle.«

»Ja, es gibt da tatsächlich so was wie einen Notfall«, sagte ich.

»Nun?«

»Ich muss wissen, wie Männer ticken. Und da dachte ich, du könntest das wissen, immerhin bist du ja einer.«

Diesmal kam kein Glucksen. »Hör mir mal zu, Gracie: Um Männer musst du dir noch keinen Kopf machen. Männer haben in deinem Leben nichts zu suchen. Vielleicht in zwanzig Jahren, aber spiel erst mal weiter mit deinen Puppen, Kind.«

»Na ja, das tu ich ja, aber was kann ich dafür, wenn mir die

Männer vor die Füße fallen. Ich meine, was soll ich denn da machen?«

»Steig drüber. Tritt auf sie drauf.«

Ich musste kichern.

»Das ist kein Scherz, Gracie«, sagte er. »Du bist eine schöne junge Frau, und du wirst bald Aufmerksamkeit auf dich ziehen. Und jetzt hör zu, ich muss zurück an die Arbeit, aber ich will, dass du mir eines versprichst: Versprich mir, dass du niemals glaubst, was ein Junge dir weismachen will.«

»Aber was, wenn es ein netter Junge ist? Der netteste Mensch, dem du je begegnet bist?«

»Es gibt keine netten Jungs. Die haben alle nur das eine im Kopf.«

»Als du noch zur Schule gegangen bist, hattest *du* da auch nur das eine im Kopf?«

»Nein, ich war die Ausnahme. Aber alle anderen waren Schweine. Du kannst mich beim Wort nehmen. Wenn ein Junge dir Dinge sagt, die du gern hören willst, dann darfst du nie vergessen, dass das alles nur ein Riesenhaufen Schwachsinn ist. Egal, wie gern du ihm glauben würdest. Die haben alle nur eins im Sinn. Nur die eine Sache. Das kannst du mir glauben.«

»Für jemanden, der selbst keins war, weißt du aber ziemlich gut Bescheid, wie Schweine ticken.«

»Ich mein das ernst, Gracie. Versprich mir, dass du dich von Jungs fernhältst.«

»Geht klar.«

»War das ein Versprechen?«

»Ja.«

Ihm Dinge zu versprechen, war kinderleicht. Es machte beinahe Spaß, weil er doch ohnehin keine Möglichkeit hatte, es zu überprüfen. Das war ein klarer Vorteil an dieser Form der Elternschaft.

»Wie läuft's in der Schule?«, fragte er. »Brauchst du irgendwas?«

Ich brauchte eine neue Haarbürste. Eigentlich auch einen neuen BH. Beth hatte mir vorgeschlagen, einen gepolsterten zu kaufen. Könnte eigentlich nicht schaden, wenn es aussah, als hätte ich größere Brüste. Aber all diese Dinge waren unwichtig im Vergleich zu dem, was ich wirklich wollte.

»Wenn du so fragst, ja, Dad. Ich brauche Kopfhörer für mein Handy. Die müssen gar nicht fancy sein oder so. Ich meine, das *können* sie natürlich sein. Aber Hauptsache, sie funktionieren.«

»Fancy Kopfhörer. Verstanden.«

»Vergisst du's auch nicht?«

»Ich hab's direkt notiert.«

»Okay, aber vergiss es nicht.«

»Natürlich nicht. Du hast die Notrufnummer angerufen, also ist das ganz klar ein Notfall.«

»Ich weiß, du findest es witzig, aber in Wahrheit geht es wirklich ein bisschen um Leben und Tod. Stell dir vor, du musst jedes Mal, wenn du Musik hören willst, zu deiner Erzfeindin gehen und sie fragen, ob du dir ihre Lautsprecher oder ihre Kopfhörer ausleihen darfst. So sieht mein Leben aus. Also ja, ich finde, das ist ein Notfall, Dad.«

»In Ordnung, Kind.« Seine Stimme hatte einen Damit-ist-das-Gespräch-beendet-Tonfall angenommen. »Ich muss auflegen und meiner Sekretärin erklären, wer Cité, Cité, Cité und Cité sind. Aber wir unterhalten uns noch darüber, und in der Zwischenzeit kümmere du dich um die Schule. Vergiss die Jungs. Arbeite hart, und dann wird alles gut. Und ruf hier nicht wieder an, okay? Es sei denn, es ist ein echter Notfall. Ich meine, nicht unter dieser Nummer. Du kannst die Handynummer anrufen, die deine Mutter auch benutzt, wenn sie mich erreichen möchte.«

»Ja, ja.«

»In Ordnung, Schätzchen. Mach's gut.«

»Tschüs, Dad.«

Als ich auflegte, war ich in Hochstimmung wegen der Kopfhörer, die mein Vater mir versprochen hatte, und allgemein wegen der Aufmerksamkeit, die er mir geschenkt hatte. Es gefiel mir, dass er solch ein Aufhebens darum machte, dass ich mich von Jungs fernhalten sollte. Ich mochte es auch, wenn er mich *Schätzchen* nannte statt einfach nur *Kind*. Aber dann dachte ich darüber nach, dass Helen, Christine und Gloria ihn jederzeit im Büro anrufen konnten, ohne eine Kanzlei zu erfinden. Ich versuchte herauszufinden, wie abgefuckt das war. Ich fragte mich, ob ich die drei hasste. Ich glaubte nicht. Nur ein bisschen vielleicht. Sie hatten alles, was ich nicht hatte. Sie hatten einen Ganzjahres-Daddy, der die ganze Zeit Dinge zu ihnen sagte wie, sie sollten sich von Jungs fernhalten, oder dass sie schön seien. Und wahrscheinlich besaßen sie Kreditkarten und kauften sich alles, was sie wollten, und gingen nicht auf Schulen in Florida und mussten sich nie Gedanken darüber machen, mit welchem Geld sie Drogerieartikel kaufen sollten. Ihre Badezimmer stellte ich mir voll mit Fläschchen und Tuben vor – lauter Kosmetikprodukte, von denen ich noch nicht einmal wusste, wozu man sie benutzte. Tonnenweise Fläschchen in unterschiedlichen Farben und Formen, Lippenstifte, teure Nagellacke, Parfüms und was die Leute sonst noch für belanglosen Stuss für Mädchen erfunden hatten, von dem ich behauptete, dass er mich nicht interessierte. Ich stand da natürlich drüber.

Ich kam zu dem Schluss, dass ich sie ein klein wenig hasste. Ich konnte nicht *vollkommen* würdevoll damit umgehen, aber auf der anderen Seite deprimierte es mich auch nicht so sehr, wie ich es vielleicht gerne gehabt hätte. Das lag daran, dass ich in einer anderen Welt aufgewachsen war. Mein Leben war mein Zuhause, und ihr Leben war bloß eine Fernsehsendung, von der ich gehört, die ich aber noch nie gesehen hatte. Abgesehen davon: Würde ich ihr Leben in Kalifornien leben, dann hätte ich Wade nie getroffen. Und er war viel besser als all ihre Luxuskosmetika. Froh, dass mir dieser Gedanke gekommen war, verließ ich das Büro schwingenden Schrittes in leichter Hochstimmung.

Als Nächstes versuchte ich, mir mit Georginas Lockenstab Locken zu machen. Auf halbem Wege gab ich auf und fing an, einen neuen Roman zu schreiben:

»In der Nacht, als er geboren wurde, starb seine Mutter. Alles geschah unter dem Zucken eines Blitzes. Boris würde nie wieder nicht allein sein. Er schlug die Augen auf und sah eine Welt, die sich damit vergnügte, ihn um jede Chance zu bescheißen. Sein einziger Freund dort draußen war die knochentiefe Einsamkeit …«

Mehr fiel mir nicht ein. Ich schob mein Notizbuch beiseite und las weiter in *Es*.

An Tag drei war ich schließlich absolut und unbestreitbar zu Tode gelangweilt. Daran gab es nichts zu rütteln. Ich verbrachte einen nicht unwesentlichen Teil meiner Zeit damit, mir auf YouTube Stephen-King-Interviews anzusehen, aus denen ich eine Menge lernte. Zum Beispiel, dass gute Horrorszenen wie ein Erdnussbutterriegel funktionieren: Man braucht eine Kombination aus zwei verschiedenen unheimlichen Elementen, die sich gegenseitig beeinflussen. Ziemlich genau wie die Chemie zwischen Erdnussbutter und Schokolade. Diesen Satz schrieb ich in mein Notizbuch und umkreiste ihn mehrmals. Irgendwann googelte ich Stephen Kings Frau. Das musste ich einfach, so, wie er über sie sprach. Was dazu führte, dass ich seine Kinder googelte, was wiederum dazu führte, dass ich den Laptop zuklappte, weil sie alle echt cool waren, aber mein Vater nun mal nicht Stephen King war und ich nichts dagegen tun konnte.

Ich drückte mich in leeren Schulräumen herum und versuchte zu lesen, versuchte an meinem Roman über Boris weiterzuarbeiten und versuchte, generell nicht an dem Nichts zu ersticken, das mich dicht und undurchdringlich umgab. Ich rief meine Mutter an. Fast hätte ich auch meinen Vater wieder in seinem Büro angerufen. Ich ging in Mr. Sorrentinos Klassenzimmer und schrieb ihm einen Brief, den ich zusammenfaltete und ganz unten in seine Schreibtischschublade schob. Ich glaube, ich habe ihn darin einen *lächerlichen Schlumpf* genannt. Bevor die Schule anfing, würde ich ihn wieder rausnehmen, aber momentan war die Vorstellung unbelasteter Kommunikation außerordentlich befreiend.

Draußen war es heiß und schwül. Eine üble Feuchtigkeit hing in der Luft, und in der Ferne zuckten hin und wieder fahle Blitze vor dem verhangenen Himmel. Ich ging zum Tennisplatz, legte mich mit ausgestreckten Armen in die Mitte des hintersten Spielfeldes und wandte das Gesicht gen Himmel. Es fühlte sich bedeutsam an. Irgendwie traurig, dass niemand da war, um es zu bezeugen. Im Geschichtsunterrichtsraum hatte ich einen alten Discman mit einer CD namens *Meister des Barock* gefunden. Das war die, die Mr. Ellerman oft hörte, während er uns Tests schreiben ließ. Ich hatte sie mit zum Tennisplatz genommen und hörte sie, während ich in den Himmel blickte. Laute, tosende Musik erfüllte meinen Kopf. Trompeten, Cembalos und andere Instrumente, deren Namen ich nicht kannte, kletterten in komplexen Rhythmen übereinander. Es wirkte auf eine seltsame Art mathematisch. Hypnotisierend. Ich schloss die Augen und ließ die Musik meine Gedanken durchdringen. Sie fraß mich auf. Ein Stück namens »Konzert C-Moll für zwei Cembali« haute mich echt um. Jedes Mal, wenn es zu Ende war, hörte ich es noch mal von vorn. Die mechanisch schnell dahinrollende Musiklawine hatte etwas Düsteres und Tragisches an sich. Sie machte die Tatsache, dass ich dort mit ausgestreckten Armen auf dem Boden lag, noch bedeutungsschwerer.

Nach dem vierten Konzert für zwei Cembali schlug ich die Augen auf und fand mich direkt vor Dereks Gesicht wieder. Dort stand er und starrte mit einem neutralen Gesichtsausdruck auf mich hinab, während die Cembali der ganzen Szene eine überirdische Komplexität verliehen. Es war bizarr – sowohl visuell als auch akustisch.

Ich setzte mich auf und zog mir die Kopfhörer von den Ohren.

»Hi«, sagte er, die Hände in den Hosentaschen.

Sein Gesicht wirkte auf unberechenbare Weise nackt. Die aggressive Schadenfreude, die für gewöhnlich darin zu finden war, fehlte. Irgendwie veränderte das alles an ihm und ließ ihn wie jemand anders erscheinen. Weniger vollgestopft mit Boshaftigkeit, nehme ich an.

»Was hörst du da?«, fragte er.

Etwas benommen sagte ich: »Meister des Barock.«

»Ah, richtig gut. Bach, Händel, Scarlatti … die ist klasse.«

Außer Bach hatte ich die Namen der Typen noch nie gehört, aber ich nahm an, dass sie alle Meister des Barock waren. Es ärgerte mich, dass er ihre Namen kannte.

»Ich wusste gar nicht, dass du Barockmusik magst«, sagte er.

»Ist nicht meine CD. Die gehört Mr. Ellerman.«

Er nickte. »Ach so. Die er immer bei den Tests hört.«

»Ja.«

Er nickte noch mehr und sah nachdenklich über den Tennisplatz. »Gute Musik. Echt gute Musik.«

Nach einem kurzen Schweigen, während dessen ich immer noch da herumsaß und er stand, fragte ich: »Geht's hier um die Sache mit der Steinschleuder?«

Er sah mich wieder an. »Hey, was war da eigentlich los? Ich kenn dich noch nicht mal, und du schießt mir fast das Auge weg.«

»Hab ich aber nicht.«

»Na und? Darum geht's doch gar nicht.«

»Doch, es geht darum, dass ich dein Auge hätte abschießen *können*, mich aber dagegen entschieden habe.«

Seine Miene verdüsterte sich ein wenig. »Ich habe da jetzt eine Narbe. Hier, siehst du? Die bleibt für immer.«

Er zeigte auf eine winzige Kerbe auf seiner Wange. Sie war etwa halb so groß wie ein Neutron.

»Hätte ich ein Elektronenmikroskop, dann könnte ich sie vielleicht sehen.«

Ich hatte spöttisch klingen wollen, aber es kam kraftlos heraus. Die Feuchtigkeit hatte mich jeglicher Haltung beraubt.

»Aber mal im Ernst, warum hast du mich abgeschossen?«, fragte Derek irgendwann. »Ich check's nicht.«

»Ich bin mir sicher, wenn du dich genug anstrengst, könntest du drauf kommen.«

»Bist du mit dem Typen zusammen oder so?«

»Nein.«

»Was geht's dich dann an?«

Ich schüttelte den Kopf, um auszudrücken, dass es hoffnungslos mit ihm war. »Gott, ist diese Unterhaltung deprimierend.« Ich machte Anstalten aufzustehen, doch er hob beschwichtigend die Hände.

»Okay, entspann dich. Vergiss die Steinschleuder. Begraben wir das, okay?«

Unsicher, ob ich gehen oder bleiben wollte, ließ ich mich wieder zurücksinken. Ich war neugierig und zu Tode gelangweilt genug, um zu bleiben.

»Also, warum bleibst du die Osterferien über in der Schule?«, fragte Derek.

»Darum.«

Ich hatte keine Ahnung, wo das hinführen sollte. Ich mochte Derek nicht, so viel war sicher. Aber wenn die Schule so leer war wie jetzt, war auf einmal alles anders. Als würden die üblichen Regeln nicht mehr greifen und es wäre nicht mehr wichtig, dass er ein Volltrottel war. Außerdem hatte er seinen Hyänenblick nicht mehr drauf, also ließ ich es zu, neugierig zu sein.

»Übrigens hast du genau die richtige Menge Fleisch an den Waden«, bemerkte er und starrte auf meine ausgestreckten Beine hinunter.

»Was zum Teufel soll das denn heißen?«, fragte ich.

Ich war mir ziemlich sicher, dass ich zum Objekt gemacht wurde, und da alle anderen Mädchen immer davon redeten, dass sie die Schnauze voll davon hatten, objektiviert zu werden, versuchte ich, beleidigt zu sein.

»Einfach nur, dass du tolle Beine hast«, antwortete er freundlich. »Sie haben eine schöne Form. Weißt du, es gibt Mädchen, die Hammer aussehen, aber gleichzeitig Beine haben, die nicht zum Rest passen. Mit dicken Knöcheln oder zu massigen oder zu dünnen Waden. Aber wenn ein Mädchen hübsch ist und noch dazu tolle Beine hat, dann ist das wie ein Weihnachtsgeschenk. Kann mir nicht helfen, so was macht mich einfach glücklich.«

Sachte berührte er mit dem Fuß meine Wade, um deutlich zu machen, wovon er redete. »Guck mal, genau das meine ich«, sagte er. »Diese perfekte Kurve da, und wie es dann da schmaler wird und hier in den Knöchel übergeht. Das ist echt verdammt schön.«

All das hatte er mit lässiger Aufrichtigkeit gesagt. Ich konnte keinerlei Schmiertypengehabe in seiner Stimme ausmachen.

»Wie auch immer«, sagte ich und überspielte, so gut es ging, dass mich die Situation völlig bewegungsunfähig gemacht hatte.

So was hatte noch nie jemand mit mir gemacht – einen Teil meines Körpers wie ein Kunstwerk gepriesen. Es verwandelte mich in ein *Ding*. Ein Ungeheuer, aber ein schönes. Es fühlte sich gut an. Egal, was mein Gesichtsausdruck besagte, insgeheim wollte ich, dass es stimmte – alles, was er über meine Beine gesagt hatte. Obwohl es mich vorher einen Scheißdreck interessiert hatte, sehnte ich mich in diesem Moment nach jener Überlegenheit, die er mir über andere Mädchen attestiert hatte.

»Um ehrlich zu sein, sind mir deine Beine schon oft aufgefallen«, sagte er. »Ich bin so was wie besessen von ihnen. Erst dachte ich, du solltest einen kürzeren Rock tragen.« Ermutigt von meinem Schweigen, fuhr er fort: »Aber dann habe ich meine Meinung geändert, weil es megasexy ist, wenn man weiß, was druntersteckt, es aber nur mit Riesenglück zu Gesicht bekommt. Ein bisschen, als wären deine Beine ein Geheimnis, das keiner kennt.«

Ich zog meine Beine unter meinen Rock. »Widerwärtig. Meine Beine sind nicht dein kleines Geheimnis.«

Aber ich war nicht aufgestanden und abgehauen. Die Arme um meine Knie geschlungen, saß ich immer noch dort.

»Ich mach mir ein Sandwich. Willst du mitkommen?«, fragte er und ruckte mit dem Kopf in Richtung Wohngebäude.

»Ein *Sandwich* machen?«

»Ja.«

»Meinst du das ernst?«

»Ja. Wie soll ich das denn sonst meinen?«

»Keine Ahnung.«

Ich hatte gedacht, dass »ein Sandwich machen« vielleicht irgendeine sexuelle Konnotation hatte, die ich nicht kannte.

»Ich hab Hunger«, sagte er. »Und alles dafür da, um mir ein Sandwich zu machen. Komm mit, wenn du willst. Die Cafeteria ist hier in den Ferien echt zum Kotzen.«

Da hatte er recht.

»Okay«, sagte ich und stand auf.

Dass ich tatsächlich bei der Sandwich-Nummer an Bord war, schien ihn genauso zu überraschen wie mich.

»Cool«, sagte er und zwinkerte mir zu.

Sofort bereute ich, dass ich eingewilligt hatte. Das Zwinkern war unerträglich abgedroschen. Wie ein High-Five – so was ging einfach gar nicht, es sei denn, man war Mr. Sorrentino. Und das war Derek definitiv nicht. Er hatte nichts Cooles an sich, dachte ich. Absolut nichts Geheimnisvolles. Nichts wunderbar Tragisches. Einfach nichts.

Aber egal, meine Einsamkeit und Langeweile hatten einen erschreckenden Höhepunkt erreicht, und so gab ich mir einen Ruck und folgte ihm. Schweigend gingen wir in den Gemeinschafts-raum, in dem es eine kleine Küchenzeile gab. Wir bereiteten uns ein paar Sandwiches zu und aßen sie an einem der Tische. Bis wir sie zur Hälfte verzehrt hatten, redeten wir so gut wie gar nicht miteinander.

»Und? Was hast du in den Ferien bisher so getrieben?«, fragte er, ein Sandwich auf halbem Wege zu seinem Mund.

»Nichts.«

Schweigend aßen wir weiter.

»Ich geh vielleicht später in die Stadt, falls du mitwillst«, sagte er. »Wir könnten ins Kino oder so.«

»Uäh«, machte ich und zwang mich, noch ein »Nein danke« hinzuzufügen.

Er lächelte. »Du bist ganz schön unfreundlich«, sagte er mit einem vor Charme triefenden Lächeln.

»*Du* bist ganz schön unfreundlich.«

»Bin ich überhaupt nicht. Ich komm mit allen gut klar.«

»Außer mit den Leuten, die du grün und blau schlägst.«

»Hey, ich dachte, das hätten wir hinter uns gelassen.«

Wieder wollte ich aufstehen und gehen, und wieder tat ich es nicht. Die Situation war so absurd, dass sie schon wieder faszi-nierend war. Das hier war Derek McCormick. Da saß er, nahm meine Scheiße hin und schien auch noch Spaß daran zu haben. Er wandte seinen berüchtigten Schmalzcharme auf *mich* an. Es war lachhaft. Aber ich wollte herausfinden, wie es weitergehen würde.

»Ich erzähl dir jetzt mal ein kleines Geheimnis«, sagte er und beugte sich verschwörerisch über den Tisch, was die reinste Show war, da sich außer uns eh keiner im Raum befand. Er senkte die Stimme und flüsterte: »Du bist verdammt heiß, Gracie.«

Reflexartig schoss ich mit meinem Stuhl zurück. Ich konnte gar nichts dagegen tun. Es war, als würde man angesichts eines Aste-roiden zurückzucken, der direkt auf einen zuflog.

Er schien meine Reaktion sichtlich zu genießen. »Ich mein's ernst. Du hast diesen kleinen Wahnsinnskörper und weißt es noch nicht mal. Das macht das Ganze umso besser. Weißt du, ich hab da die Theorie, dass keins von den anderen Mädchen eine Chance gegen dich hätte, wenn du nur ein bisschen weniger komisch und gemein wärst und, du weißt schon, dich besser anziehen würdest und so. Nimm zum Beispiel Connie. Ich meine, versteh mich nicht falsch, sie hat einen schönen Körper, aber sie weiß das, und Mädchen, die wissen, wie heiß sie sind, können echt anstrengend sein. Außerdem ist sie langweilig. Sie redet immer nur davon, dass das Brot in Deutschland so viel besser ist und diese beschissenen deutschen Gummibärchen die Weltherrschaft haben.«

Connie war Constanze Koch. Die deutsche Amazone, die seine Freundin war.

»Erstens: Widerlich. Was zur Hölle ist dein Problem? Und zweitens: Deutsche Gummibärchen *haben* die Weltherrschaft«, erwiderte ich. Dann fügte ich noch hinzu: »Außerdem kannst du froh sein, dass Connie dich überhaupt in ihre Nähe lässt.«

Er lachte. »Hey, Connie ist toll. Ich hab nie gesagt, dass sie das nicht ist. Das Einzige, was ich sage, ist, dass du ganz oben mitspielst. Außer Konkurrenz.«

»Das ist nicht witzig.«

»Du wirst es noch früh genug selbst rausfinden. So in ein, zwei Jahren, wenn's auch allen anderen auffällt. Dachte nur, ich warn dich schon mal vor.«

»Ich geh dann mal kotzen«, sagte ich und schob ihm meinen Teller mit dem halb gegessenen Sandwich hin. »Tschüs.«

Und bevor er noch irgendwas sagen konnte, machte ich, dass ich da rauskam, und rannte fast den Schweizer um, der gerade um die Ecke bog und mit dem ich am Tag zuvor ferngesehen hatte.

Den Rest des Tages blieb ich auf meinem Zimmer, las und stand hin und wieder auf, um mich in Georginas Spiegel zu betrachten.

Dabei zog ich mein T-Shirt bis über den BH hoch, um eine akkurate Einschätzung meines Körpers vornehmen zu können.

Die Sache mit Derek war, dass er nun mal *Derek* war. Er war keine picklige Jungfrau, die danach lechzte, sich zu verknallen, und dabei vorsichtig in die Bereiche weiblicher Existenz vorstieß. Derek McCormick verknallte sich nicht. Er hatte Sex. Wahrscheinlich jede Menge davon, und zwar mit all den Schönheiten der Schule, die auf der Beliebtheitsskala ganz oben standen. Wenn er sich Mädchen aussuchte, dann reagierten sie auf ihn, weil es etwas bedeutete, von ihm auserwählt zu werden.

Es handelte sich um ein System, das ich bisher lediglich von außen beobachtet hatte und das mich zusammenzucken ließ – die natürliche Reaktion eines Mädchens, das sich als Mensch wahrnahm und die schreckliche Art ablehnte, die das System Mädchen dazu brachte, all ihren Wert an ihren körperlichen Vorzügen zu messen. Ich hatte mich nie entscheiden können, was schlimmer war: Nicht schön genug zu sein, um vom System gefressen zu werden, und dementsprechend wenig feierlich wie ein kaputtes Spielzeug beiseitegeworfen zu werden (wie Georgina). Oder den Anforderungen gerecht zu werden, um auf ewig von deinen zufälligsten Tugenden gejagt zu werden – deiner DNA. Beth Whelan war das einzige mir bekannte Mädchen, das trotz ihrer Schönheit und ihrer Kurven über dem System stand.

Bisher war ich nicht Teil dieses Spiel gewesen. Ich war ein Niemand. Unsichtbar. Ich fiel aus dem Raster und war nicht auf dem Radar. Ich hegte keinerlei Ambitionen, außer vielleicht, eines Tages erwachsen zu werden und die Menschenwürde zu erlangen, die in meiner Vorstellung automatisch mit dem Erwachsenwerden kam. Ich glaubte nicht, dass ich das nötige Kleingeld hatte, um Teil des Spiels zu werden, selbst wenn ich es wollte. Und dennoch hatte Derek McCormack mir gesagt, dass ich einen kleinen Wahnsinnskörper hatte. (Inwiefern wahnsinnig?)

Am nächsten Tag setzte er sich beim Mittagessen neben mich. Ich hatte mein Notizbuch aufgeschlagen und schrieb an meinem Roman. An dem Teil, wo Boris von einer Prostituierten adoptiert wird.

»Und? Essen wir nachher wieder ein Sandwich?«, fragte er vielsagend.

»Nicht wirklich.«

»Warum nicht? Hast du was Besseres vor?«

»Ja.«

»Siehst du, du gibst einen Scheiß auf mich«, stellte er fest. Dabei hatte sich ein bisschen was von seinem alten schadenfrohen Hyänenglitzern zurück in seinen Ausdruck geschlichen. »Das liebe ich an dir! Du bist null in der Position, um auf mich zu scheißen, aber das ist dir egal. Ich mein, guck doch mal, wie du dich anziehst.«

»Wenn du das Gefühl hast, ich scheiß auf dich, dann war das nicht meine Absicht«, erwiderte ich nüchtern. »Wenn du es unbedingt wissen willst, ich schreib an einem Roman. Das hat nichts mit dir zu tun.«

»Oh Mann, das wird ja immer besser!«, sagte er mit glänzenden Augen. »Du lässt mich abblitzen, nur damit du irgendeinen Scheiß in dein Buch schreiben kannst! Das ist echt gut. Connie würde so was nie tun.«

Seufzend klappte ich mein Notizbuch zu. »Kannst du bitte mal aufhören, so gruseliges Zeug zu reden?«, sagte ich. »Connie und ich sind zwei vollkommen verschiedene Menschen. Es bringt null, uns zu vergleichen.«

»Ja, du bist vollkommen anders. Das ist es ja gerade!« Dann wandte er diesen Trick an, bei dem er seinen Blick in meinen versenkte, als wollte er meine Seele erforschen – bloß dass meine Seele sich kein bisschen erforscht anfühlte. Daher wusste ich, dass es sich um eines seiner gut geölten Arschlochmanöver handelte. »Du bist ganz anders als Connie. Anders als alle Mädchen hier«, sagte er.

Auch wenn ich keine seelische Verbundenheit zu ihm verspürte, war es unheimlich, wie gut es sich anfühlte, dass er mich über jemanden erhob, der so außer Reichweite und perfekt war wie Constanze – und nicht nur Constanze, sondern Mädchen generell. Als er sagte, dass ich anders als die anderen war, meinte er, anders als alle anderen Mädchen. Mit einem Satz hatte er mich über das Meer aus »allen Mädchen« erhoben und mich einzigartig gemacht, während der Rest weiterhin in einem traurigen Klumpen zusammenhing. Es war schwer, diesen Köder auszuschlagen. Ich wurde ein wenig nervös.

»Komm schon.« Sein selbstgefälliger Charme verdichtete sich um ihn herum wie Nebel. »Ist es wirklich *so* schlimm, wenn jemand auf dich steht?«

Im Kampf mit einer sehr dünnen Linie aus Nervenkitzel, Unbehagen und Ekel stöhnte ich verzweifelt auf.

»Woher kennst du eigentlich diese *Meister des Barock*-Typen?«, fragte ich. »Das frag ich mich schon die ganze Zeit, und es fängt an, mich zu nerven.«

Für einen Moment sah er verblüfft aus. Dann konnte ich sehen, wie er die Frage verarbeitete und neue geistige Aktivität in seinem Kopf stattfand. Das Hyänenglitzern erlosch.

»Ich bin im Schulorchester«, sagte er mit einem kleinen Stirnrunzeln. »Ich spiele die Trompete.«

»Tust du nicht.« Das war so ziemlich das Absurdeste, was ich in meinem ganzen Leben gehört hatte.

»Doch.« Prüfend sah er mich an, ob ich ihn verarsche. Wahrscheinlich sah ich ihn genauso an. »Meine Mutter hat mich zum Unterricht geschickt, als ich ungefähr fünf war. Wusstest du echt nicht, dass ich im Schulorchester spiele?«

»Warum zur Hölle sollte ich mir das Schulorchester anhören?«, fragte ich. »Ich bin doch nicht geistesgestört.«

»Okay, okay«, sagte er und hob beschwichtigend die Hände.

»*So* schlecht sind wir nun auch wieder nicht. Und wenn dir Mr. Ellermans CD gefallen hat, dann solltest du zu unserem nächsten Konzert kommen. Da spielen wir nämlich Bach.«

»Du verarschst mich doch. Du spielst nie im Leben Trompete.«

»Ich sag die Wahrheit.«

Eine zivilisierte Unterhaltung mit Derek zu führen, zehrte an meinen Nerven. Hatte man sich einmal entschieden, etwas Bestimmtes über jemanden zu denken, und das in Stein gemeißelt, dann war es so gut wie unmöglich, sich eine neue Meinung zu bilden. Das hier war der Typ, der Mädchen wie Klopapier benutzte, auf andere eintrat, die bereits am Boden lagen, und sich alle drei Sekunden mit der Hand durchs Haar fuhr. Mit der Trompete hatte ich nicht gerechnet.

»Ich bin, was man einen Virtuosen nennt«, sagte er.

Ich lachte. »Und du bildest dir krass was darauf ein.«

Aber er hatte tatsächlich was drauf. Wir gingen in den Musikraum. Dort nahm er die Trompete aus ihrem kleinen Kasten und begann, sie zusammenzuschrauben und alle anderen möglichen Vorbereitungen zu treffen. Währenddessen spielte ich ein bisschen auf der Marimba herum. Als er bereit war, ließ ich sie stehen und drehte mich zu ihm um. Ich machte eine kleine Show draus, ihm zu zeigen, wie sehr mich das alles langweilte.

»Okay, ich spiel einen Teil vom *Brandenburgischen Konzert Nummer 2*.«

»Interessante Wahl aus den *Brandenburgischen Konzerten*«, sagte ich. »Ich persönlich hätte ja die Nummer 16 genommen.«

»Okay, mach dich einfach drauf gefasst, gerockt zu werden«, sagte er.

»Man kann niemanden mit einer Trompete *rocken*.«

»Wenn du den Mund hältst, beweis ich dir das Gegenteil. Außerdem solltest du wissen, dass das hier eins der schwersten Trompetensolos überhaupt ist.«

Ich verdrehte die Augen.

Er hob die Trompete, holte konzentriert Luft und begann zu spielen. Ihr Klang war laut, klar und schwermütig, und die Melodie wob sich unter und über sich selbst, wobei sie komplizierte Muster und musikalische Formen webte, die mich genauso durchdrangen und hypnotisierten wie Mr. Ellermans CD. Eine ganze Weile ging das so. Wie lange, hätte ich nicht sagen können. Ich verlor mich darin. Als er fertig war, starrte Derek mich erwartungsvoll an, schnappte nach Luft und ließ die Trompete sinken.

»Ziemlich cool, was?«, sagte er.

»Wenn du es sagst.«

Es war nicht fair, dass Derek ein Trompetenvirtuose war. Er war einfach jemand, der nicht über diese komplexen Eigenschaften verfügen durfte, mit denen ich mich jetzt auseinandersetzen musste.

»Ich mag dich trotzdem nicht«, sagte ich. »Nur dass du's weißt.«

Er setzte sich neben mich. Ich hatte das Gefühl, eine Schlacht verloren zu haben. Das lag an diesem verdammten Trompetensolo. Es hatte mein ganzes Gehirn aus dem Gleichgewicht gebracht.

»Ich finde, wir sollten uns küssen«, sagte er leise neben mir. Es war eher ein Atemzug als ein normaler Satz.

Ich sah ihn an und fand mich unerwartet nah an seinem Gesicht wieder.

»Du bist nicht mein Typ«, sagte ich und rutschte ein wenig von ihm weg. »Und darf ich dich daran erinnern, dass du mit Constanze zusammen bist?«

Er schob eine Haarsträhne aus meinem Gesicht und steckte sie hinter mein Ohr. »Ich bin nicht ihr Freund oder so. Das weiß sie.«

»Ihr sitzt beim Essen zusammen und lauft zusammen rum«, sagte ich und zog die Haarsträhne hinter meinem Ohr hervor, sodass sie mir wieder ins Gesicht hing.

»Ich kann doch wohl mit Mädchen befreundet sein, oder nicht?«

»Wer's glaubt.«

Er machte sich nicht die Mühe, zu antworten. Stattdessen legte er seine Hände um mein Gesicht und zog es langsam zu sich heran. Ich ließ es geschehen, denn tatsächlich war ich neugierig. Im wahrsten Sinne des Wortes. Ich hatte noch nie zuvor jemanden geküsst. Ich *wollte* ihn zwar nicht küssen, aber ich war neugierig, wie es sich anfühlte. Also kam ich einfach so, wie aus dem Nichts, zu meinem ersten Kuss. Es war das Mechanischste, was ich je erlebt hatte. Sein Mund legte sich auf meinen, und dann war seine Zunge in meinem Mund. Nass und warm. Sie bewegte sich ein bisschen darin und zog sich dann in seinen eigenen Mund zurück. Unsere Gesichter trennten sich wieder.

Als er den Kopf zurückzog, machte Derek die Augen wieder auf. Sein Blick hatte beinahe etwas Religiöses an sich. In Filmen hatte ich jede Menge Küsse gesehen und daraus geschlossen, dass Küssen etwas war, das deine Seele auf den Kopf stellte – etwas, das deinen Verstand zum Explodieren brachte, deine Zellstrukturen neu sortierte und generell deine Zurechnungsfähigkeit aufs Übelste zerstörte.

»Das war ziemlich enttäuschend«, stellte ich fest.

Sein Ausdruck bekam einen Dämpfer. »Hast du vorher schon mal jemanden geküsst?«

»Klar. Superoft.«

Offenbar fasste er das als klares *Nein* auf und gab mir Anweisungen. »Okay. Also, zunächst mal: Mach die Augen zu, wenn ich reingehe. Und dann, wenn ich mich zurückziehe, versuch deine Lippen um meine zu schließen – ungefähr zur selben Zeit wie ich. Mit anderen Worten, lass deinen Mund am Ende nicht einfach weit offen stehen. Ach ja, und steck deine Zunge in meinen Mund. Aber mit Gefühl und nicht einfach leblos da reinstopfen.«

»Wie wär's, wenn du mir ein Pfeildiagramm zeichnest, wo wir schon dabei sind?«

»Komm schon, mach's einfach so, wie ich's gesagt hab. Ich weiß, wovon ich rede.«

»Fick dich. Ich bin durch damit.«

Aber egal. Der zweite Kuss war schon wesentlich besser, und beim fünften hatten wir den Dreh schließlich raus. Unsere Gesichter passten sich aneinander an, meine Zunge hatte gelernt, was zu tun war, und auf einmal gab es da einen Rhythmus. Es lief einfach. Seine Finger fuhren durch meine Haare, und wenigstens das war ein schönes Gefühl – ein bisschen wie eine Kopfmassage. Zum ersten Mal hörte ich für eine Sekunde auf zu denken. Dann wanderte Dereks Hand meinen Rücken hinunter, und ich drückte mich ein wenig an ihn. Diese kleine Bewegung veranlasste seinen gesamten Körper, mit neuer Dringlichkeit zu antworten. Es kam zu vielfältigem Gedrücke, und plötzlich waren seine Hände überall auf meinem Körper und versuchten so viel anzufassen, wie sie nur konnten. Nichts davon machte mich wirklich an. Derek hingegen war voll am Start. Als könnte er gar nicht anders – sein Blick war glasig und wie besessen. Er war definitiv nicht mehr bei klarem Verstand. Währenddessen befand ich mich weiterhin auf dem Planeten Erde, mit beiden Füßen fest auf dem Boden und fasziniert von meiner neu entdeckten, noch ungenutzten Macht. Welche magischen Fähigkeiten besaß ich, um einen erwachsenen Mann in etwas so Verzweifeltes zu verwandeln?

Im Wesentlichen war ich wohl so eine Art Gottheit.

Ich hatte tatsächlich mit einem Typen rumgemacht. Das haute mich um.

Speichel der männlichen Spezies hatte mittels einer Zunge seinen Weg in meinen Mund gefunden. Echt unglaublich – nicht der Kuss an sich natürlich, sondern vielmehr die Tatsache, dass er stattgefunden hatte.

Und da hörte die Sache noch lange nicht auf. Da das Universum anscheinend völlig den Verstand verloren und ich plötzlich diesen neuen, sexuellen Handlungsstrang in meinem Leben hatte, ließ ich mich einfach tragen. Immerhin war ich fast sechzehn, und einige Mädchen aus meiner Stufe unterhielten sich schon darüber, wie sie jemandem einen geblasen hatten – ein paar von ihnen erzählten sogar, wie die Jungs zu schnell gekommen waren, und was weiß ich noch alles. Ich meine, klar, vielleicht erfanden sie das alles nur, aber ich wäre selbst dazu nicht in der Lage gewesen. Mein Mangel an Erfahrung hatte mir vorher nie etwas ausgemacht, weil: Scheiß auf alle – ich musste mich nicht unbedingt in einen sexuellen Lemming verwandeln. Irgendwann hatte ich sogar mit dem Gedanken gespielt, meine Jungfräulichkeit nur zu behalten, um der Norm zu trotzen. Da »die Norm« aber offenbar eh nicht zu merken schien, dass ich ihr trotzte, war es mir irgendwann einfach egal. Aber jetzt … keine Ahnung. Derek war aufgetaucht, und uns blieben noch vier Tage, bis die Schule wieder voller Menschen war. Plus, es gab buchstäblich nichts anderes zu tun. Also fingen wir an, überall miteinander rumzumachen. Im leeren Musikraum, unter der Treppe zur Waschküche und einmal sogar im Lehrerzimmer, als wir es leer und dunkel vorfanden.

Am Tag, bevor die Schule wieder anfing, dachte ich daran, was Beth zu mir gesagt hatte – dass es von Vorteil für mich wäre, meine Jungfräulichkeit zu verlieren. Wie es mir helfen würde, »weniger Wurm« zu sein. Eine ganze Weile dachte ich darüber nach. Ich wäre wirklich sehr, *sehr* gerne weniger ein Wurm. Außerdem hatte sie mir geraten, meine Jungfräulichkeit bloß nicht an jemand Besonderen zu verlieren. Ich sah zu Derek hinüber, der neben mir auf dem Sofa im Gemeinschaftsraum saß und den Blick auf den Fernseher gerichtet hatte. Derek war praktisch das denkbar bedeutungsloseste Mittel, um mich zu entjungfern. Es war perfekt. In dieser Hinsicht stand ich wirklich null auf ihn. Genau das hatte Beth gemeint.

Und so geschah es. Ich werde nicht allzu sehr ins Detail gehen, weil das eh keiner wissen will. Ich sage nur so viel: Genau wie das Küssen – vielleicht sogar noch mehr – war mein erstes Mal nicht halb so toll, wie sie es in den Filmen immer darstellen. Es hatte eher was davon, eine Tür einzurammen, die von der anderen Seite verschlossen ist. Der Job erforderte Konzentration und jede Menge Energie. Auf einer Skala von 1 bis 10 lagen Sinnlichkeit und Romantik wohl bei -2. Wie gesagt, es war perfekt. Ich hätte es nicht besser planen können.

Es geschah ein paar Stunden nach Mitternacht. Ich lag beinahe vollständig bekleidet auf meinem Bett. Nur meine Unterhose hatte ich vorher unter meinem Rock ausgezogen, weil mir das unumgänglich schien, um unser Ziel zu erreichen.

Nach ein bisschen Rumgeknutsche und anfänglichem Gefummel diskutierten wir, ob ich meine Klamotten auszog (wir einigten uns darauf, dass mein Rock blieb und ich dafür das T-Shirt bis über meine Brüste hochzog, den BH aber anbehielt), und dann fingen wir an. Es dauerte überraschend lange, bis Derek »durchbrechen« konnte, und als er in mir herumstieß, fing ich an zu kichern. *Was zur Hölle taten wir hier eigentlich?* Auf einmal erschien mir alles so abstrakt. Wie kam es, dass sich die ganze Welt um diese dämliche Beschäftigung drehte? Wie konnten sich die Leute über etwas derart Belangloses so sehr aufregen, dass sie sich aus Eifersucht gegenseitig umbrachten und einander das Leben kaputt machten, nur um sich besser zu fühlen? *Dafür?*

Wenn ihr mich fragt, war der gesamte Planet völlig bekloppt.

Aus seiner Trance gerissen, hielt Derek mit seinen Stößen inne. »Was?«

»Nichts.«

Aber ich kicherte weiter.

»Was?«

»Nichts!«

»Warum lachst du?«, fragte Derek. Zum Glück hatte er in den letzten Tagen den schmierigen Charme, den er anfangs so dick aufgetragen hatte, abgelegt. Darunter war er viel unsicherer, als er zugeben mochte.

»Sorry, aber das ist einfach nur so komisch«, sagte ich. »Gib's zu, es *ist* komisch!«

»Was denn?«

»Na, *das* hier. Guck dir doch mal an, was du gerade machst. Ich meine, was *ist* das? Außerdem hast du dabei fast den gleichen Gesichtsausdruck, wie wenn du Trompete spielst. Ich schwör's, es ist echt komisch – genau der gleiche Ausdruck!«

Er stützte sich auf, und der religiöse Trompetenblick wich für einen Moment einem unruhigen Stirnrunzeln. »Okay, kannst du wenigstens versuchen, dich normal zu benehmen?«

»Versuch *du* es doch.«

»Ich *bin* normal.«

»Tja, tut mir ja leid, dir das mitteilen zu müssen, aber dein Blick ist überhaupt nicht normal.«

»Dann … dann halt wenigstens die Klappe, okay?«

»Halt *du* wenigstens die Klappe.«

Am Ende bekamen wir es irgendwie hin. Ich hörte auf, mich wie eine Verrückte zu verhalten, und nachdem Derek eine Sekunde lang meine Brüste angesehen hatte, kehrte sein glasiger Blick zurück, und wir waren wieder im Geschäft.

Als ich am nächsten Tag gegen Mittag aufwachte, fiel mir sofort ein, dass ich keine Jungfrau mehr war. Sonnenstrahlen schienen mir aufs Gesicht, und ich lächelte. Vor mir lag eine vollkommen neue Welt. Ich duschte, putzte mir die Zähne, legte ein bisschen Lippenstift auf, den Beth mir gegeben hatte, und rauchte an meinem Zimmerfenster eine Zigarette. Dann flocht ich mein Haar in zwei Zöpfe und ging sogar so weit, ein bisschen Kajal aufzutragen. Da ich noch nie zuvor Kajal benutzt hatte, fiel das Ergebnis ziemlich ungenau aus, aber es schien mir angebracht, mir ein bisschen Mühe zu geben, nun, da ich kein Wurm mehr war.

Ich fand Derek im Speisesaal beim Frühstück vor. Als ich hereinkam, sah er auf, sichtlich überrascht von meinem neuen Aussehen. Ich fragte mich, ob ich nun, da er in mir drin gewesen war, rübergehen und bei ihm sitzen musste. Nachdem ich versucht hatte, mir einzureden, dass ich einen Dreck tun musste, trugen meine Beine mich und mein Tablett am Ende ganz von allein dorthin.

»Hi«, sagte er und lächelte zögernd.

»Hi.«

»Du siehst schön aus.«

»Danke.« Ich setzte mich.

»Und? Funktioniert alles … alles in Ordnung da unten?«, fragte er.

»Ja ... denke schon.«

»Okay«, sagte er und fuhr sich mit der Hand durchs Haar. »Weißt du, ich hab das vorher noch nie gemacht ... jemanden entjungfert.«

»Warte mal, du hast vorher noch nie mit einer Jungfrau geschlafen?«

Er schüttelte den Kopf. »Nope.«

Aus Gründen, die ich selbst nicht so richtig verstand, ärgerte mich das – die Tatsache, dass ich die einzige Jungfrau in seinem Leben war. Es war wesentlich besser gewesen, als ich noch davon ausgegangen war, dass er routinemäßig Mädchen entjungferte. Jetzt bekam das zwischen uns irgendwie eine ganz neue Bedeutung. Ich war sozusagen die unschuldige Blume gewesen, die er in die Welt eingeführt hatte. Na, großartig. Ich hatte nichts weiter gewollt, als auf eine solide, handwerkliche Art und Weise meine Jungfräulichkeit zu verlieren, und jetzt hatte ich das Gefühl, *ihn* entjungfert zu haben. Da saß er und sah mich zärtlich an, als könnte ich bei einem falschen Atemzug von ihm kaputtgehen.

»Hör mal, Sex ist normalerweise toll«, fuhr er entschuldigend und mit respektvoll gesenkter Stimme fort. »Ich weiß, dass es gestern komisch war, aber glaub mir, normalerweise ist Sex ... einfach komplett anders als alles, was du je erlebt hast.«

»Ja, kann ich mir vorstellen«, erwiderte ich und machte mich an mein Frühstück, das aus einem Stapel Toasts mit Butter bestand.

»Ich will nicht, dass du denkst, dass es immer so ist wie gestern.«

»Okay«, sagte ich und schob mir mehr Toast in den Mund.

»Wenn du erst mal einen richtigen Orgasmus hast, weißt du, was ich meine. Manchmal dauert es bei Mädchen nur ein bisschen, bis sie den Dreh raushaben.«

»Ja.«

Das war nicht der Derek, den ich kannte. Noch nicht einmal

der Barocktrompete spielende Derek. Ich konnte nicht genau sagen, wer er war. Ich würde sogar so weit gehen, zu sagen, dass er auf eine große, fleischige Art zerbrechlich wirkte. In den letzten Tagen hatten wir einen selbstverständlichen Umgang miteinander entwickelt, der uns erlaubte, teilweise nackt voreinander zu sein, uns anzuschreien, uns zu befummeln, unsere Zungen in den Mund des jeweils anderen zu stecken, das Leben des anderen zu zerreißen, den anderen verlegen zu machen, vor dem anderen verlegen zu sein, ohne dass es uns was ausmachte, und zuletzt: zu kopulieren. Doch jetzt hatte es allen Anschein, als hätte sich diese schwielige Schicht in Luft aufgelöst, und es war unangenehm, auch nur über *irgendwas* zu reden.

»Also, morgen wieder Schule, wie?«, sagte er.

»Jup.«

»Wird sich komisch anfühlen mit den ganzen Leuten. Ich glaube, mir wird das fehlen – wie ruhig es jetzt ist.«

»Mir wurde langsam langweilig.«

Hand durchs Haar. »Na ja, aber wir hatten auch unseren Spaß.«

»Ja, aber es wird doch bestimmt eine Erleichterung sein, Constanze wiederzuhaben. Eine richtige Frau. Ich wette, sie nennt dich nicht einen Hamster, während sie's dir mit der Hand macht. Und wahrscheinlich macht sie beim Kopulieren im richtigen Moment die richtigen Geräusche.«

Es war ein Versuch gewesen, die Situation aufzulockern, aber Derek wirkte plötzlich nachdenklich.

»Das stimmt«, sagte er. »Sie macht immer die richtigen Geräusche.«

Nach einer Pause sagte ich: »Du erzählst ihr doch nicht, was passiert ist, oder? Ich hätte das alles nie mit dir gemacht, wenn ihr so richtig zusammen wärt. Du hast gesagt, ihr seid kein Paar.«

»Warum sollte ich ihr davon erzählen?«

»Ich will nur auf Nummer sicher gehen.«

Ich stopfte mir einen weiteren Toast in den Mund. Ich hatte gar keinen Hunger mehr, allein der Gedanke an mehr Toasts widerte mich an, aber ich konnte nicht einfach dort rumsitzen und nichts mit meinen Händen machen.

»Hey, und was den … *Sex* angeht …«, sagte ich, den Mund voller Kohlenhydrate.

Hoffnung flackerte in seinem Blick auf.

Ich fuhr fort. »Klar war's völlig absurd, dass so was zwischen uns passiert ist, weil … na ja, aus den offensichtlichen Gründen. Aber es ist nun mal passiert, und … egal, es war absurd, aber es war unter den besonderen Umständen auch eine Win-win-Situation.«

»Ja, voll. Das war's«, stimmte er langsam zu, unsicher, worauf ich hinauswollte.

»Und da stehen wir nun.«

»Ja.«

»Auf diesem Plateau, sozusagen.«

»Stimmt.«

Ich zögerte, weil meine Art zu reden und meine Wortwahl sogar mich selbst verwirrte. Wer zur Hölle sagt schon alle drei Sekunden *Kopulieren?* Oder *Plateau*, heilige Scheiße!

Derek war voll bei mir und wartete darauf, dass ich zum Punkt kam.

»Ich schätze, was ich damit sagen will: Du musst dir definitiv keinen Kopf machen, dass ich deswegen anfange auszurasten«, sagte ich. »Ich hab keine Gefühle oder so was für dich. Überhaupt nicht.«

Inzwischen hatte ich alle Toasts auf meinem Teller verdrückt.

»Okay, cool«, sagte Derek. »Du glaubst ja gar nicht, wie manche Mädchen sich aufführen, wenn du mit ihnen geschlafen hast. Eine hat mir anderthalb Jahre lang jeden Tag eine Nachricht hinterlassen. Jeden verfickten Tag hatte ich eine Nachricht in meinem Spind.«

Himmel, was für ein Arschgesicht, dachte ich. Gleichzeitig war ich heilfroh, ihn wieder so wahrnehmen zu können. Er musste ein Arschgesicht sein, um meine Welt wieder geradezurücken.

»Tja, das muss echt ätzend gewesen sein«, stimmte ich zu. »Für das Mädchen wahrscheinlich mehr als für dich, aber gut ... ich sehe schon, wie schlimm das für dich gewesen sein muss, jeden Tag deinen Spind in grauenvoller Erwartung einer weiteren Nachricht aufzumachen.«

»Siehst du, genau deshalb mag ich dich nicht«, stellte er mit einem schmalen Lächeln fest. »Du bist gemein.«

Ich stand auf und nahm mein Tablett. »Jup.«

Beth hatte mit ihrer »unbedeutenden-Sex-haben«-Theorie voll ins Schwarze getroffen. Das war ganz klar der beste Weg, es zu tun. Wenn alle Leute nur mit Leuten schliefen, die sie nicht mochten, wäre die Welt viel einfacher. Es gäbe dieses ganze Chaos danach nicht mehr. Keine bedeutungsschweren Fäden eines romantischen Klebers würden dich mit demjenigen, mit dem du schläfst, verbinden, dir wochenlang Übelkeit verursachen und dich für Wochen, Monate und Jahre in ein elendes, psychotisches Wrack verwandeln, bis die Tube endlich leer war.

Wie dem auch sei. Mir jedenfalls ging es nach meiner Entjungferung ziemlich fantastisch. Den ganzen Tag lang fühlte ich mich gut – und das hat einiges zu sagen, denn »gute« Gefühle sind normalerweise bei mir nicht sonderlich ausdauernd. Ich räumte mein Zimmer auf, wusch meine Laken und stellte mir vor, wie ich Beth davon erzählen würde, dass ich Sex mit Derek gehabt hatte. Es war perfekt gelaufen. Alles, was ich mit Derek getrieben hatte – hätte ich das stattdessen mit Wade gemacht, Hilfe, das hätte in einer Katastrophe geendet.

Und dann krachte mein fröhlicher kleiner Gedankenzug gegen eine Mauer.

Wade.

Ich stand gerade in der Wäscherei und war dabei, meine sauberen Laken aus dem Trockner zu ziehen, als ich beim Gedanken an ihn erstarrte. Ich spürte, wie Magensäure meine Kehle hochwanderte und die Schuldgefühle wie eine Kugel in mich einschlugen. Gut, ich hatte keinerlei romantische Verpflichtungen gegenüber Wade, aber vermutlich war ich seine beste Freundin, und als solche schuldete ich ihm die Freundlichkeit, nicht mit seinem Erzfeind ins Bett zu steigen, oder? Und dann fiel mir unsere Umarmung ein. Die, bevor er gegangen war. Darin hatte mehr gelegen als in allem, was ich mit Derek getan hatte. Außerdem hatte er mir gesagt, dass er »irgendwie in mich verliebt« sei. Mir wurde hundeelend zumute. Dabei hatte ich ihn nie ermuntert, romantische Gefühle für mich zu entwickeln. Dafür konnte ich nichts. Auf der anderen Seite hatte ich zugelassen, dass er seinen Kopf auf meinen Bauch legte. *Na und?* Ein Kopf auf dem Bauch bedeutet gar nichts, sagte ich mir. Was eine Lüge war, ich hätte das nämlich niemals bei jemand anderem zugelassen. Außer vielleicht bei Mr. Sorrentino, aber das versteht sich von selbst und würde ohnehin niemals passieren.

»Alles in Ordnung?«, ertönte eine Stimme hinter mir.

Es war Anju Sahani, eine Inderin der zweiten Generation, von der ich nur wusste, dass sie in meiner Stufe war und coole Freundinnen hatte. Sie trug ein sehr kurz abgeschnittenes gelbes 60er-Jahre-Kleid aus Polyesterstoff mit Spitze am Kragen. Ihre gesamte Erscheinung brachte mich aus dem Konzept. Ihr schwarzes, glänzendes Haar war in der Mitte gescheitelt und wurde mithilfe zweier Plastikhaarspangen aus dem Gesicht gehalten. Magentafarbener Lippenstift, Nasenring und krasse, unecht wirkende, echte Wimpern.

»Ja«, sagte ich. »Ich wasch nur mein Zeug.«

»Hab ich auch vor. Bist du gerade erst wiedergekommen?« Anju begann ihre Wäsche in eine der Maschinen zu laden.

»Nein, ich bin hiergeblieben.«

»Wow, ernsthaft? Warum?« Noch immer schob sie Wäsche in die Maschine und tat, als wäre das etwas völlig Normales – nette Gespräche mit Leuten anfangen, mit denen sie normalerweise nicht redete.

»Ähm. Musste ein bisschen Stoff nachholen«, druckste ich.

»Ich wollte schon immer mal in den Ferien hierbleiben. Muss ziemlich cool sein, wenn alles leer ist. Als wäre man in einem Spukhotel oder so was. Oder war's einfach nur langweilig?« Mit freundlicher Neugierde warf sie mir über die Schulter einen Blick zu.

»Nee, war schon in Ordnung.«

»Cool. Ja, ich will's definitiv mal ausprobieren – und all meine Freundinnen überreden, mit mir hierzubleiben. Ich wette, in den Ferien kontrolliert keiner, ob die Regeln eingehalten werden. Gott, ich wünschte, ich könnte eines Tages diese ganzen dämlichen Regeln brechen. Rund um die Uhr durch die Flure rennen, den Snackautomaten nach acht Uhr abends benutzen und ständig beim Abendessen telefonieren. Solche Dinge.«

Sie wirkte so was von aufgedreht.

»Komm doch mal zu uns«, sagte sie, nachdem sie die Tür der Waschmaschine zugeschlagen hatte. »Wenn du willst.«

Sie war mit Angela, Chandra und Natalie befreundet. Allesamt Mädchen, die an den Wochenenden gemeinsam in ihren Zimmern abhingen, Musik hörten, ihre Hausaufgaben machten, lachten und sich wahrscheinlich gegenseitig Zöpfe flochten.

»Ja«, sagte ich. »Bestimmt. Danke.«

»Wir haben dich schon ein paar Mal eingeladen.« Anju starrte mich mit einem zaghaften Lächeln an und fügte nach einer Pause hinzu: »Setz dich doch mittags oder beim Abendessen mal zu uns.«

Ohne die Absicht zu haben, es jemals zu tun, nickte ich. »Ja, das wäre nett.«

Plötzlich wurde ihr Lächeln breiter. »Natürlich nur, wenn du nicht zu beschäftigt bist, dich mit Wade Scholfield zu treffen.«

»Wade?«

»Ja«, sagte sie, noch immer lächelnd. »Ihr seid doch ständig zusammen.«

»Oh.« Ich schüttelte den Kopf. »Wir sind nur befreundet.«

»Ihr wirkt ziemlich dicke.«

»Sind wir auch. Wahrscheinlich beste Freunde, schätze ich.«

»Ich wusste gar nicht, dass das überhaupt geht – einen Typen als besten Freund zu haben.«

»Warum sollte das nicht gehen?«

»Na ja, vielleicht mit einem von diesen Typen vom Modellflugzeug-Club oder so, aber nicht mit *so* einem Typen, meine ich.«

Verwirrt starrte ich sie an. »Mit was für einem Typen?«

»Wade.« Zögerlich und ein wenig verlegen fügte sie hinzu: »Ich meine, er ist heiß. Und gleichzeitig so was wie ein Trottel, aber das macht ihn nur umso heißer.«

»Wade?«

»Ja! Findest du etwa nicht?«

»Ähm. Doch, denke schon.«

Sie lachte kurz auf. »Und das verwirrt dich gar nicht?«

Ich zog das letzte Laken aus dem Trockner, um den Moment ein bisschen weniger furchtbar zu machen. »Ich schätz mal, ich seh ihn mit anderen Augen«, sagte ich zu ihr. »Für mich ist er einfach ein Mensch – wie jeder, und für mich zählt nur, *wie* er ist. Und er ist echt toll.«

Das schien Anju ernsthaft zu faszinieren. Ihre dunklen Augen weiteten sich, und ich konnte die Gedanken geradezu aus ihren Tiefen emporklettern sehen. »Du stehst echt über den Dingen«, sagte sie.

Unsicher, was ich von dieser absurden Aussage halten sollte, verzog ich das Gesicht.

»Tust du wirklich«, beharrte sie mit mehr Nachdruck. »Wenn ich in der Nähe von einem Typen bin, funktioniere ich nicht mehr richtig. Als würde irgendwas in mir komplett aussetzen. All die Verbindungen in meinem Gehirn, die gelernt haben, wie man eine normale Person ist, die redet, läuft und Dinge hochhebt – wenn ein Junge mit mir redet, ist das alles futsch. Zum Beispiel hat Ryan Green mir mal die Tür aufgehalten, als ich die Arme voller Zeug hatte, und ich nur so: ›Jup!‹« Sie verzog das Gesicht zu einer Grimasse und kniff die Augen zu.

»Warum hast du denn *Jup* gesagt?«, fragte ich verständnislos.

»Das ist es ja gerade!«, kreischte sie. »Genau das meine ich ja! Warum hab ich nicht einfach *Danke* gesagt?«

Obwohl ich mich unwohl fühlte, lachte ich ein wenig. »Ich kann auch nicht gut mit Jungs«, gab ich zu. »Ich kann ziemlich fies zu ihnen sein. Darin bin ich gut, aber das war's auch schon. Wenn Ryan Green mir die Tür aufgehalten hätte, hätte ich wahrscheinlich ›Fick dich‹ zu ihm gesagt.«

»Das stimmt nicht«, widersprach sie. »Du bist mit einem Jungen *befreundet,* und ich hab euch zusammen gesehen – ihr seid so entspannt miteinander. Nicht wie die anderen Paare an der Schule mit ihren dämlichen kleinen Regeln und Spielchen. Ihr seid echt. Im Ernst, wir sind alle ein bisschen neidisch auf das, was ihr da habt.«

Das brachte mich endgültig aus der Fassung. Allein die Vorstellung, dass wir offenbar ständig beobachtet wurden. »Na ja, Wade ist anders, schätze ich«, sagte ich nervös.

»Aber so was von.« Mit einem verschmitzten Lächeln legte sie den Kopf schief. »Ich versteh schon, warum du lieber den ganzen Tag mit ihm abhängst als mit uns, aber falls du dich mal langweilen solltest, komm doch vorbei und sag Hallo, okay?«

»Ja«, sagte ich. »Klar.«

Ich ging mit dem Gefühl auf mein Zimmer, dass alles nur noch schlimmer geworden war. Schlimm genug, dass ich mit Derek geschlafen hatte – eine Katastrophe, die sich immer mehr als ein perfekter Scheißhaufen herausstellte –, aber die Art und Weise, wie Anju in ihrem hellgelben 1960er-Kleid über Wade gesprochen hatte, verunsicherte mich. Es erweckte irgendwas in mir zum Leben – ihr hilfloser Blick, als sie seinen Namen gesagt hatte. Es sorgte dafür, dass ich ihn noch mehr brauchte. Er gehörte noch mehr mir. Es sorgte dafür, dass ich Derek noch mehr verabscheute. Es ließ die ganze Welt gefährlich auf einer Nadelspitze balancieren.

Nach dem Abendessen tauchte Georgina auf und laberte mich mit Volleyball, irgendeinem Typen namens Chad, den ich noch nicht einmal kannte, und ihrem Plan zu, ihre Haare über den Sommer lang wachsen zu lassen. Auf diese Weise in das Reich von Georginas unergründlicher Existenz entführt zu werden, war heilsam. Ich stellte ihr alle möglichen Fragen, und ihre Miene hellte sich auf, und wir redeten den Rest des Abends über den banalsten Scheiß, den man sich nur vorstellen kann. Es war nett. Als ich dort saß und beobachtete, wie Georgina redete, ging mir auf, dass sie ein menschliches Wesen mit einem eigenen, komplizierten Leben war. Und dann dachte ich: *Vielleicht sind wir alle menschliche Wesen?* Anju Sahani, Derek und Wade. Vielleicht sogar Beth Whelan. Ein Gedanke, der Demut in mir weckte. Wir alle waren menschliche Wesen, deren Leben auf grausame Weise miteinander verwoben waren. Alles, was ich tat, setzte möglicherweise eine Kettenreaktion von Ereignissen in Gang, die auf der Schwelle vor. jemand anderem enden konnten.

»Hörst du mir überhaupt zu?«, fragte Georgina.

»Absolut«, erwiderte ich. »Chad tanzt Swing.«

Wade kam mit einem Tag Verspätung zurück in die Schule, und als ich am ersten Unterrichtstag ohne ihn durch die überfüllten Flure und den Speisesaal geisterte, lasteten Angst und Einsamkeit schwer auf mir. Jetzt, wo die Schule wieder voller Leben war, erschien es mir unerträglich, allein beim Essen zu sitzen. Ich sah zu Beth hinüber, die mit ihren Freundinnen an einem Tisch saß. Mit einem leisen Lächeln beobachtete sie die anderen dabei, wie sie einander schreiend ins Wort fielen und lachten. Gut möglich, dass Beth und ich befreundet waren, aber ich könnte mich niemals einfach so an ihren Tisch mit all den Oberstufenmädchen setzen, die in der Nahrungskette ganz oben standen. Damit käme der Stoff, aus dem die Welt gemacht war, einfach nicht klar.

Mein Blick wanderte weiter zu dem Tisch, an dem Anju und ihre Freundinnen saßen. Sie fing meinen Blick auf und winkte mir zu. Ich winkte zurück, ging aber nicht rüber zu ihr. Stattdessen stand ich auf, warf mein Essen in den Müll und verließ den Saal.

Ich quälte mich durch fast alle Unterrichtsstunden, doch als Informatik als Letztes anstand, entschied ich, blauzumachen. Mit meinen beiden letzten Zigaretten von Beth in der Tasche und der vagen Idee, das Schulgelände zu verlassen und nie wiederzukommen, schlenderte ich zum Eingangstor. Ich zündete mir die erste

Zigarette an und gab mich dem romantischen Tagtraum hin. Die Vorstellung, einfach all die unvorhergesehenen Ereignisse, die ungefragt aus dunklen Ritzen in mein Leben gesickert waren, hinter mir zu lassen, erschien mir unglaublich befreiend. Ich hatte nie darum gebeten, meinen besten Freund durch Geschlechtsverkehr zu betrügen – das war eine für mich viel zu anspruchsvolle Weise, Dinge zu versauen. Es war einfach passiert. Am Ende doch viel zu faul zum Weglaufen, um anderswo neu anzufangen, setzte ich mich auf den Boden. Während ich ohne großes Interesse einen Mückenstich auf meinem Bein inspizierte, rauchte ich in aller Ruhe meine Zigarette und inhalierte, so tief ich konnte.

Vielleicht war es doch besser gewesen, noch Jungfrau zu sein, dachte ich. In gewisser Weise fühlte ich mich mehr denn je wie ein Wurm.

Als sich ein Auto der Einfahrt näherte, hob ich den Kopf. Es wurde langsamer, und ich rappelte mich stolpernd auf, ließ schnell die Zigarette fallen und trat drauf. Das Auto, so ein Flughafenshuttle, kam neben mir zum Stehen. Ich befürchtete schon, dass irgendjemand vom Schulpersonal drin saß und ich eine Menge zu erklären hatte. Während ich mir hektisch eine Geschichte zusammenreimte, ging die hintere Autotür auf, und Wade stieg aus.

»Gracie?«, rief er und hielt sich schützend die Hand über die Augen, um die gleißende Sonne abzuwehren.

Obwohl ich sein Gesicht nur zur Hälfte erkennen konnte, spürte ich sofort das schiere Ausmaß seiner Anwesenheit und das Ausmaß seiner Abwesenheit – und die Bedeutung von Wade im Allgemeinen.

»Was tust du hier?«, rief er.

»Nichts.«

Langsam ging ich auf ihn zu und spielte meine Euphorie und meine Angst herunter. »Die Schule hat übrigens gestern angefangen«, sagte ich.

»Ich weiß. Ich bin zu spät.«

Seine Klamotten sahen aus, als hätte er darin geschlafen. Er trug ein altes T-Shirt mit dem *Ghostbusters*-Logo auf der Brust und hatte lauter Filzstiftkritzeleien auf dem Arm. Außerdem trug er eine Kette für kleine Mädchen – kleine türkise Plastikperlen und ein Herzchenanhänger.

»Komm«, sagte er. »Hilf mir, meinen Kram hochzutragen.«

»Du brauchst dabei echt Hilfe?«

»Ja, wo ist das Problem? Komm schon.«

Meine steife Zurückhaltung ignorierend, legte er den Arm um mich und drückte mich. Es war eine kurze, freundliche Geste, doch sie war auch ehrlich, und ich spürte förmlich, wie meine Knochen sich entspannten, als hätte ich seit mindestens einer Woche in einer unnatürlichen und schmerzhaften Stellung verharrt.

»Und? Was hast du so getrieben, während ich weg war?«, fragte er, als wir im Auto saßen.

Ich musste den Blick abwenden, weil ich Derek vor mir sah, wie er nackt über mir thronte und mit seinem religiösen Gesichtsausdruck in mich stieß. Hektisch blinzelte ich die Erinnerung fort.

»Nichts«, sagte ich.

»Ach ja? Das war aber eine lange Zeit, um nichts zu tun.«

»Vielleicht habe ich sogar *weniger* als nichts getan – wenn das rein rechnerisch überhaupt möglich ist.«

»Rein rechnerisch schon«, erwiderte er. »Aber nicht im echten Leben. Du kannst nicht *minus nichts* tun.«

»Ich hab wirklich nicht viel gemacht«, sagte ich und sah aus dem Fenster, wo das Hauptgebäude in Sicht kam. »Viel gelesen und Musik gehört.«

Ich hatte ihn offiziell angelogen. Das machte mich ganz krank.

Ich half ihm, sein Zeug hochzutragen, das aus einer Plastiktüte mit Socken, einem Rucksack und seinem Skateboard bestand.

»Ich hoffe, die sind sauber«, bemerkte ich und hielt die Plastiktüte mit Socken in die Höhe.

»Die sind nagelneu«, erwiderte er und stieß die Tür auf. »Meine Mutter hat sie mir gestern gekauft.«

Ich war noch nie in seinem Zimmer gewesen. Es sah so ähnlich aus wie das von Georgina und mir, nur weniger vollgestopft. Und es roch anders. Da der Unterricht noch nicht zu Ende war, war sein Mitbewohner noch nicht da, und die unerwartete Privatsphäre überwältigte mich ein bisschen. Ich legte die Sockentüte aufs Bett und verschränkte die Arme, wie ich es immer tat, wenn ich nicht wusste, wohin mit ihnen.

»Nett von ihr«, sagte ich verkrampft. »Dir neue Socken zu kaufen, meine ich. Sogar verdammt anständig.«

Er war gerade dabei, den Inhalt seines Rucksacks in eine Kommode zu leeren, und sah zu mir rüber. »Setz dich aufs Bett, wenn du magst«, sagte er und rührte mit der Hand in der Kommodenschublade, um seine Klamotten einzuebnen. Socken, Unterwäsche, T-Shirts und Hosen wurden allesamt zu einem Klamotteneintopf.

Vorsichtig setzte ich mich neben die Sockentüte aufs Bett. »Wie war das Familientreffen?«, fragte ich, um ein Thema anzuschneiden, das möglichst weit weg von Derek und seinem religiösen Blick war. Dabei war ich mir nicht sicher, ob ich nervös war, weil ich noch nie in Wades Zimmer gewesen war und es sich so bedeutsam anfühlte, auf seinem Bett zu sitzen, oder weil ich ihn seit einer Woche nicht gesehen hatte, oder wegen dem, was ich getan hatte, während er weg war. Oder weil ein Mädchen wie Anju sich vielleicht für ihn interessierte.

»Ach, das«, sagte er. »Super.«

Der Unterton in seiner Stimme ließ mich frösteln. »Warum? Was ist passiert?«

Mit einem untypisch stumpfen, erschöpften Blick setzte er sich auf den Boden. »Nichts weiter. Einfach Familienkram.«

»Oh.«

»Schon okay«, kam er mir zuvor. »Um ehrlich zu sein, ist nichts weiter Ungewöhnliches passiert. Vielleicht ist das das Schlimmste an der Sache. Dass alles immer so vorhersehbar ist. Selbst wenn du nicht genau weißt, wann, kannst du immer darauf zählen, dass es irgendwann kommt, verstehst du? Du kannst immer darauf zählen, dass sie dich irgendwann in den Arsch ficken.«

Sofort verdrehte er die Augen über seine eigenen Worte und starrte die Decke an. »Sorry, ich hatte nicht vor, so eine kleine Heulsuse zu sein.«

»Nein«, widersprach ich. »Sei nicht dumm. Ich mag die kleine Heulsuse in dir. Die spielst du ziemlich gut.«

»Oh, danke.« Er lächelte verlegen. Aus irgendeinem Grund erleichterte mich das ungemein. Es hatte mir Angst eingejagt, mit anzusehen, wie sein Blick auf einmal kalt wurde.

»So oder so«, fügte ich hinzu. »Ich schätz mal, bis zum nächsten Familientreffen dauert es bestimmt, keine Ahnung, mindestens ein Jahr, oder? Oder macht ihr so was oft?«

»Meine Verwandten sind eigentlich ganz in Ordnung. Geht eher um meine Eltern. Von denen bin ich kein großer Fan.«

Mir fiel auf, dass die offiziellen Fakten, die ich von ihm wusste, nicht besonders viel hergaben. Ich wusste, dass er keine Geschwister hatte und mit seinen Eltern in Georgia wohnte, aber keinen Akzent hatte, weil er erst mit zwölf dorthin gezogen war. Aus Illinois oder so. Das war's auch schon. Ich schätze mal, ich war, was meinen eigenen Hintergrund anging, auch nicht gerade ins Detail gegangen. Trotzdem war es seltsam, sich vorzustellen, dass Wade ein vollständiges Leben hatte – ein Haus mit einem Wohnzimmer mit Vorhängen, Nippes in den Regalen und Tapeten. Mit Essensgerüchen, die aus der Küche drangen, Regeln, den Müll an bestimmten Tagen rauszubringen, und Leuten, die ihn aufgezogen hatten. Ich hatte vorher noch nie über das Hintergrundgeräusch seines Lebens nachgedacht.

Irgendwann sagte ich: »Tja, Eltern sind eben echt das Letzte.

Selbst wenn sie eigentlich nett sind, sind sie im Grunde Vollidioten. Das ist quasi ein Naturgesetz.«

»Ha. Ja.«

»Und warum bist du kein Fan von deinen Eltern?«, fragte ich.

Er rieb sich die Augen. »Weil sie zum Kotzen sind.« Dann lachte er ein bisschen, als hätte er an seinem Schicksal etwas Lustiges entdeckt. »Sie sind echt so was von zum Kotzen, Gracie. Wir alle – zusammen als Familie. Ich auch. Aber die auf jeden Fall.«

»Das macht nichts«, erwiderte ich, nachdem ich abgewartet hatte, ob er noch mehr dazu sagen würde. »Meine Eltern sind offiziell verrückt. Meine Mutter sowieso. Und mein Vater – der mag zwar Anwalt sein, aber nur weil er eine Aktentasche mit sich rumträgt, bedeutet das noch lange nicht, dass er richtig im Kopf ist.«

Und schon fühlte ich mich viel weniger allein.

»Ziemlich abgefuckt, oder?« Mit neuem Elan setzte ich mich auf. »Dass man bei der Geburt einfach keine Wahl hat. Da können einfach zwei Leute zusammenkommen und dich *zeugen*. Ohne Zulassung oder so.«

»Ja.«

»Ich meine, wenn du Auto fahren willst, musst du eine Prüfung machen. Oder wenn du Koch werden willst. Ich meine, zieh dir das rein: Du musst jede Menge Zeug lernen und eine beschissene Prüfung machen, um jemandem die gottverdammten *Nägel* zu lackieren! Aber wenn du die volle Kontrolle über das Leben einer Person willst? Dann heißt es nur: Ja, kein Problem, nur zu. Find's nebenbei raus.«

»Oder auch nicht. Wenn du's nicht rausfindest, interessiert's keine Sau.«

»Genau das meine ich!«

Auch wenn es vielleicht nicht richtig war und es mich beunruhigte, Wade so düster zu erleben, spürte ich, dass wir wieder vertrauter miteinander wurden.

»Setz dich doch auch aufs Bett, wenn du willst«, sagte ich. Mir wurde erst in diesem Moment klar, dass er wohl aus Höflichkeit auf dem Boden saß. Ihm musste aufgefallen sein, wie unsicher ich war – hier auf der Bettkante neben der Sockentüte –, und er war wohl zu dem Schluss gekommen, dass ich mich unwohl fühlen würde, wenn er sich neben mich setzte.

Ich rutschte zum Kopfteil. Wade stand auf und legte sich quer über das Bettende, was mir immer noch eine Menge Raum gab.

»Was soll das auf deinen Armen eigentlich alles bedeuten?«, fragte ich.

Er hielt mir einen seiner mit Wörtern und Kritzeleien bedeckten Arme hin. »Zwei meiner Cousinen haben im Wohnzimmer ein Tattoostudio eröffnet.«

»My Little Pony!«, rief ich aus und zog seinen Arm zu mir, um ihn mir genauer anzusehen. »Hammer! Mit denen hab ich auch immer gespielt.«

»Ernsthaft?«

»Klar. Stundenlang in der Badewanne.«

»Krass, ich hätte gedacht, du hast mit geköpften Barbies gespielt oder so.«

»Halt die Klappe! Damals war ich noch süß und unschuldig.«

Ich folgte den Filzstiftspuren den Arm hinauf. Zwischen den Zeichnungen von My Little Pony und einigen Herzen und Sternen entdeckte ich in wackeliger Schrift ein paar Bandnamen, von denen ich noch nie gehört hatte. Ich drehte seinen Arm ein bisschen mehr.

»Hey!«, protestierte er. »Würdest du bitte meinen Arm dranlassen?«

»Hör auf, die kleine Heulsuse zu spielen.« Ich folgte den Kritzeleien weiter den Arm hinauf und stieß plötzlich auf meinen eigenen Namen, geschrieben in der Kinderschrift seiner Cousinen: GRACIE. Drum herum war ein verwackeltes Herz gemalt. Es prangte auf seinem Oberarm und war vom Ärmel seines T-Shirts verdeckt gewesen und halb von einem der Kratzer durchschnitten, die er sich andauernd beim Skateboarden zuzog.

»Du hast meinen Namen auf dem Arm tätowiert«, stellte ich ungläubig fest. »Mit einem scheiß Herz darum.«

Er seufzte. »Ja, ich weiß. Schätze, darauf musst du jetzt wohl klarkommen.«

Ich ließ seinen Arm fallen und fing an zu lachen. Keine Ahnung, warum ich ausgerechnet in diesem Moment solch eine Welle der Erleichterung verspürte. Das Zimmer und alles darin schien auf seine Originalgröße zusammenzuschrumpfen, und es gab wieder Luft zum Atmen. Ich legte mich auf den Rücken neben Wade, und mit wiedergefundener Leichtigkeit unterhielten wir uns wie früher.

Wir hörten Musik, redeten und lagen auf seinem Bett. Nach einer Weile wurde unser Gespräch träge. Wir starrten die Decke an und sagten nur noch ab und zu was. Mit der Stille kamen die Erinnerungen an Derek und alles, was wir zusammen gemacht hatten, wieder hoch. Irgendwann sah ich zu Wade hinüber. Sein Blick war immer noch an die Decke gerichtet, aber nachdem ich ihn einen Augenblick angestarrt hatte, wandte er mir den Kopf zu, und wir sahen uns an. Ich ertrug es kaum, wie unschuldig und müde er aussah. Es machte alles, was ich getan hatte, umso düsterer. So langsam kam ich mir vor wie ein Monster. Er war alles, was ich nicht war. *Ich habe ihn nicht verdient,* dachte ich.

Ich rollte mich auf die Seite und näherte mein Gesicht seinem. Er schloss die Augen, und ich küsste ihn. Es war kein sonderlich langer Kuss. Und auch kein sonderlich intensiver. Eher denkbar simpel. Dann rollte ich mich zurück auf den Rücken, und für eine Weile starrten wir wieder die Decke an, als wäre nichts gewesen. Als hätten wir nicht gerade die Finger in einen Riss zu einem alternativen Universum gesteckt und ihn weit auseinandergezogen.

Nach einem Augenblick sagte ich: »Ich muss los.«

»Dann mach, dass du hier rauskommst«, sagte er.

Erschrocken über meine eigene Dummheit, ging ich zurück in mein Zimmer.

Georgina war nicht da, also entschied ich, ich könnte genauso gut versuchen, mich der Sache auf dem Papier zu nähern. Verwirrende Dinge in mein Tagebuch zu schreiben, half mir manchmal, sie klarer zu sehen. Es zwang mich, verschwommene Umstände, die ansonsten wohl einfach nur kamen und gingen und nie verständlich wurden, explizit zu formulieren.

Ich habe Wade geküsst, weil ...

An dieser Stelle hielt ich mit dem Stift über meinem Tagebuch inne und überlegte, warum ich Wade geküsst hatte.

Ich habe Wade geküsst, weil die Umstände es erforderten.

Doch obwohl das im weitesten Sinne irgendwie stimmte, war es schwach und in praktischer Hinsicht vollkommen nutzlos. Ich strich den zweiten Teil des Satzes durch und starrte intensiv auf Georginas Zimmerhälfte. Mein Blick fiel auf ihren Nachttisch, wo ein gerahmtes Bild von diesem Chad stand, von dem sie mir so viel erzählt hatte und der ihr zufolge einen abgefahrenen Robotertanz in der Theater-AG aufgeführt hatte. Das Bild sah aus, als hätte sie es aus dem letzten Jahrbuch herausgerissen. Ich starrte auf seine Gesichtszüge und fand, dass er was von einem selbstgefälligen Frettchen hatte. Ein Typ, der weiß, dass er einen guten Robotertanz hingelegt hat und es den Leuten jedes Mal, wenn sich die Gelegenheit bietet, unter die Nase reibt. Wahrscheinlich hatte er lediglich am Rande etwas von Georginas Existenz mitbekommen, aber das war egal, weil Georgina offenbar Anspruch auf ihn erhob. Vielleicht war er ja trotz seines eingebildeten Aussehens ganz cool. Der Robotertanz sprach jedenfalls für ihn, dachte ich.

Dann lenkte ich meine Konzentration wieder auf die wirklich wichtigen Dinge.

Ich habe Wade geküsst, weil ich mich wie ein Haufen Scheiße gefühlt habe.

Das kam der Wahrheit ziemlich nahe. Was ich mit Derek getan hatte, war jetzt, wo Wade wieder da war, so unvorstellbar, dass der einzige Ausweg darin zu bestehen schien, etwas zu tun, das groß genug war, um die Vergangenheit in den Schatten zu stellen. Und wer weiß? Vielleicht hatte ich es auch getan, um ihn an mich zu binden. Um sicherzugehen, dass Wade mir niemals davonlief. Wie ein kleines Tier, das man aus dekorativen Zwecken in einen Glaskasten steckt, um ihm so lange wie möglich das Leben aussaugen zu können.

Ich legte mein Tagebuch im selben Moment beiseite, in dem Georgina aus der Dusche zurückkam. Nachdem ich mir eine Zeit lang ihr Volleyballgelaber angehört hatte, knipsten wir das Licht aus und schwiegen. Es konnte manchmal eine ganze Weile dauern, bis Georgina abends still war. Doch heute ging es verdächtig schnell. Wahrscheinlich hatte das etwas mit dem selbstgefälligen, nichts ahnenden Frettchen auf ihrem Nachttisch zu tun.

Da es viel zu schnell still im Zimmer wurde, fing ich an, die ganze Theorie, die ich in meinem Tagebuch ausgearbeitet hatte, auf den Kopf zu stellen. Es war nicht so, dass ich sie für vollkommen falsch hielt. Alles davon war wahr. Ich liebte Mr. Sorrentino, ich bereute Derek, und ich hatte ein schlechtes Gewissen wegen Wade. Darum der Kuss. Das einzige Problem war, dass sich dieser Moment mit Wade auf dem Bett vielleicht ein bisschen mehr wie echte Liebe angefühlt hatte als meine Biolehrerschwärmerei. *War* ich also wirklich noch in Mr. Sorrentino verliebt? Auf einmal waren die Stille und die Dunkelheit in unserem Zimmer kaum noch zu ertragen.

»Was hältst du von Chad?«, schwebte Georginas Stimme durch die Finsternis.

Sofort rollte ich mich auf die Seite, um in ihre Richtung zu

gucken. »Oh Mann, ich finde, er ist echt ein toller Typ!« Ich war
außer mir vor Freude, dass sie das Thema Chad angerissen hatte.

»Das stimmt. Er *ist* toll«, sagte sie mit einem träumerischen
Lächeln. »Und ich mag sein Kinn.«

»Auf jeden Fall. Tolles Kinn«, stimmte ich überschwänglich zu.

»Wahrscheinlich das Schönste an ihm. Klassisch. Findest du das
nicht auch irgendwie männlich? Ein gutes Kinn? Wie es Typen
wie Humphrey Bogart oder so hatten?«

Mir war in meinem ganzen Leben noch kein Kinn sonderlich
aufgefallen, und ich wusste noch nicht einmal im Entferntesten,
wie Humphrey Bogart eigentlich ausgesehen hatte.

»Was ich auch mag, ist, dass er Dinge ernst nehmen kann, weißt
du?«, sagte Georgina. »Er kann ernst sein. Die meisten Jungs in der
Klasse müssen sich immer wie Idioten aufführen, um cool zu sein,
aber Chad *ist* einfach cool. Er kann buchstäblich nicht anders.«

»Ja, genau, und das gibt's *so* selten. Denk bloß nicht, dass das
selbstverständlich ist.«

»Tu ich auch nicht. Aber Sabrina hält es für selbstverständlich.
Ich versteh echt nicht, was er an ihr findet.«

»Was für eine blöde Tussi. Chad ist viel zu gut für sie.«

Ich wusste immer noch nicht genau, wer Chad eigentlich war,
aber das war mir scheißegal. In diesem Moment wollte ich, dass
mein Leben aus nichts anderem bestand als aus Chad, Georgina
und idealerweise auch noch Sabrina. Ich wollte alles über Chad,
sein Kinn und seinen ernsthaften Charakter erfahren.

»Wusstest du, dass er fliegenfischen geht?«, fragte Georgina.
»Ziemlich cool, oder?«

»So was von!«

Wir redeten, bis selbst Georgina es leid wurde, über Chad zu
sprechen, und sie mir sagte, ich solle den Mund halten und schlafen.

Am Tag nach dem Kuss war alles normal, bloß dass Wade mich auf dem Weg zu unserer letzten Unterrichtsstunde plötzlich in einen Türeingang zog und meinen Kuss erwiderte. Dabei nahm sein Gesicht keinen religiösen Ausdruck an wie Dereks. Da war nur ein schwaches, kaum sichtbares Lächeln, wie man es vielleicht im Schlaf hat. Er keilte mich zwischen Wand und Tür ein, beugte sich über mich, und dann schlossen sich seine Augen und meine auch. Wäre da nicht diese perfekte Choreografie gewesen, mit der er vorging, dann hätte ich es nie zugelassen. Kein Zögern, kein Schwanken, kein Stolpern.

Der Kuss war viel besser als der, den ich ihm am Abend zuvor gegeben hatte. Er war so gut, dass ich mich unwillkürlich fragte, wer wohl die vielen anderen Mädchen waren, mit denen er geübt hatte, um so gut zu werden. Es mussten viele Mädchen gewesen sein, schloss ich, unsicher, wie ich dazu stand. Doch dann wurde es auf einmal schwer, einem logischen Gedankengang zu folgen. Alles schmolz in sich zusammen. Es fühlte sich genauso an, wie ich es von einem Kuss immer erwartet hatte. Sogar die Schulglocke im Hintergrund fügte sich ein und lieferte den passenden, drängenden Soundtrack, durch den sich meine Finger in Wades Arme gruben. Vor lauter Schwerelosigkeit wurde mein Bauch leicht und flau, als würde ich durch die Luft geschleudert werden, und mein Magen versuchte mitzuhalten. Sein Mund schmeckte nach irgendeiner Süßigkeit, und als ich die Augen einen ganz kleinen Spalt öffnete, sah ich seine geschlossenen Augen und die Wimpern auf seinen Wangen.

Wir lösten uns voneinander, und Wade trat einen Schritt zurück. Dabei zog er mit einer Geste die Schulter hoch, die auf die unzähligen Wege in die Zukunft verwies und seine Ablehnung zum Ausdruck brachte, auch nur einen davon zu nehmen. Er kämpfte gegen ein Lächeln an, doch als er auf den Boden sah, brach es dennoch hervor. Ich verschränkte die Arme fest vor der Brust, um mich vor dem Gefühl zu schützen, das mir die Kehle hochschoss – das verstörende Gefühl, dass Wade schon, seit ich ihn kannte, so schön gewesen war und es mir nicht einmal aufgefallen war. Und nun, da ich es bemerkte, fing mein ganzer Körper an zu schmerzen. Mit voller Wucht, wie ein Feueralarm. Es erschütterte mich. Ich hatte angenommen, dass *gut aussehend* etwas ganz Bestimmtes beschrieb – dass Typen aussahen wie Derek – dieses typische Arschloch-Lächeln, ein Sixpack (keine Ahnung, ob Derek eins hatte, aber er schien vorhersehbar genug, um eins zu haben), breite Schultern und dieser blöde Muskelnacken. Oder sogar Mr. Sorrentino, der aus Versehen das dunkle, grüblerische Aussehen einer unergründlichen romantischen Figur aus einem viktorianischen Roman abbekommen hatte. Ich hatte gar nicht in Betracht gezogen, dass das Wort auf Wade zutreffen könnte. Es brach mir auf seltsame Weise das Herz. Ich hatte das Gefühl, Wade, wie ich ihn kannte, zu verlieren. Die sichere Version.

»Was?«, fragte er und musterte mich unsicher. »Was hast du?«

Seine Augen waren so unwiderstehlich schön, dass ich hätte kotzen können. »Nichts.«

In Dereks Nähe hatte ich mich nie schüchtern oder ängstlich gefühlt. Mit ihm war alles einfach mechanisch gewesen. Unsere

Romantik hatte darin bestanden, dass sich Körperteile ineinander-fügten. Aber nicht so. Das hier war … tja, das wusste ich auch noch nicht so richtig.

»Okay, genug mit dem Blödsinn. Komm!« Wade nahm meine Hand, und irgendwie ging der Tag weiter.

Es schien fast unmöglich, aber das tat er wirklich – ohne die Tatsache, dass von nun an alles anders wäre, auch nur im Geringsten zu berücksichtigen. Keine sichtbaren Risse im Universum, niemand verhielt sich anders, nichts.

Am Abend ging ich unter denkbar banalsten Umständen ins Bett. Georgina redete ununterbrochen über irgendeinen komischen Ausschlag, den ein Mädchen vom Volleyball unterm Arm hatte.

»Die Krankenschwester meint, es ist vielleicht irgendein Pilz. Von zu viel Feuchtigkeit oder so. Echt komisch, so was habe ich noch nie gesehen. Außerdem ist es da ja nie *nicht* feucht, oder? Jedenfalls ist es superauffällig und megascheiße für Trace, weil sie kein Deo benutzen darf, bis der Ausschlag wieder weg ist. Und das kann Wochen dauern. Stell dir das mal vor, wochenlang kein Deo benutzen? Eigentlich hat sie am Wochenende ein Date.«

»Hm«, machte ich.

»Ja.«

Nach einer nachdenklichen Pause fügte Georgina hinzu: »Ich bin so froh, dass *ich* ihn nicht bekommen habe. Wer, glaubst du, entscheidet solche Sachen? Gott?«

»Ich bin mir nicht sicher, ob es Gott gibt«, sagte ich.

»Aber was, wenn es ihn doch gibt und er jeden Tag eine Menge wichtiges Zeug zu entscheiden hat – meinst du, er ist es dann auch, der entscheidet, wer Pilzausschläge bekommt?«

»Du spinnst, Georgie.«

Georgina redete noch eine Weile, bis ihr die Puste ausging und sie wie jede Nacht als Erste von uns beiden einschlief. Während ich dalag und an die Decke starrte, hörte ich ihren Atem gleichmäßiger werden. Auch die Decke sah unverändert aus. Alles weigerte sich, verändert zu werden.

Aber das war gelogen. Ich war in Wade Scholfield verliebt. Gemäß den Gesetzen der Physik, der Metaphysik, der Schwerkraft und der Chaostheorie galt: Alles hatte sich verändert.

Als Wade sich am nächsten Morgen beim Frühstück neben mich an den Tisch setzte, wie er es schon unzählige Male getan hatte, wusste ich endgültig, dass es vorbei war mit der Einfachheit, die uns bislang verbunden hatte. Ich merkte es daran, wie jeder Teil meines Körpers auf einmal zum Leben erwachte und danach verlangte, wahrgenommen zu werden. Ich spürte, wie meine Finger kribbelten. Mit meinem Appetit war es schlagartig vorbei, und ich begann, manisch meine Beine abwechselnd übereinanderzuschlagen. Dann war ich auf einmal in Sorge, dass der Abstand zwischen meinen Augen falsch war. Am Vorabend hatte ich ein Mädchen sagen hören, dass ihre Augen zu eng beieinanderstanden, und sie natürlich als Psycho abgestempelt – aber was, wenn *meine* Augen zu eng beieinanderstanden? Vor lauter Schreck machte mein Herz einen kleinen Satz. Während Wade redete, versuchte ich herauszufinden, ob ich doppelt so schnell oder ganz normal atmete. Als wir zur ersten Unterrichtsstunde gingen, bildete ich mir ein, das Mark in meinen Knochen zu spüren, und stolperte fast über meine eigenen Füße, weil mich mein eigener Rhythmus aus dem Takt brachte. Geistesgegenwärtig griff Wade nach meinem Arm, und für einen Moment dachte ich, alles in meinem Inneren würde unter seiner Berührung explodieren.

»Was zur Hölle?«, sagte er lachend.

Je krampfhafter ich versuchte, Wade wieder genau wie früher zu sehen, desto mehr verblasste er. Bald konnte ich mich überhaupt nicht mehr daran erinnern, wie er gewesen war, als ich ihn kennengelernt hatte. Also versuchte ich, so zu tun. Ich ignorierte seine Anwesenheit neben mir und konzentrierte mich stattdessen auf die Wandfarbe oder den Haarschnitt des Schülers, der vor mir saß. Doch wie eine Rückkopplung des Universums schien der Versuch, ihn auszublenden, lediglich schwarze Löcher zu bilden, die alles fraßen und nur noch Wade übrig ließen. Am Abend gab es schließlich nur noch ihn.

Sein Gesicht, seinen Körper, seine Stimme und seine Eigenarten. Ich konnte an nichts anderes mehr denken. Absurde Kleinigkeiten wie die Form seiner Lippen oder die Dicke seiner Augenlider eröffneten mir unendliche Tiefen, die es zu erforschen galt. Ich verbrachte die gesamte Mathestunde damit, seine Haarfarbe zu bestimmen, bloß um irgendwann zu dem Schluss zu kommen, dass sie braun waren – was ich streng genommen längst gewusst hatte. Im Informatikunterricht machte ich mir Gedanken über seine Arme – gottverdammt, ich liebte es, wie lädiert sie aussahen – und die Venen in seinen Armbeugen. Und jede Menge anderen Kram. Die Kraft seiner Finger, wenn er mich am Arm packte, um mir etwas zu zeigen. Die Art, wie er immer das Gesicht in den Händen vergrub, wenn er sich für etwas schämte. Wie entrückt er manchmal wirkte, als befände er sich gerade auf einem anderen Planeten, und wie man ihn dann richtig schütteln musste, um eine Antwort zu erhalten. Seine spitzen Eckzähne. Sein Lachen, das seine ganze Seele widerspiegelte.

Sogar seine Kleidung. Die gestreiften T-Shirts und insgesamt sein abgerockter Style. Alles, was er trug, hatte irgendwo Risse oder Löcher. In gewisser Weise unterstrich es geradezu perfekt seine Form der Existenz.

Himmel, es war einfach alles. Alles an ihm.

Während ich Flure entlanglief und in Essensschlangen anstand, sezierte ich ihn von Kopf bis Fuß. Ich nahm ihn bis auf die Zellstrukturen auseinander, bis zu den Molekülen und Atomen, und dann teilte ich auch noch die Atome. Ich konnte nur hoffen, dass er zumindest halb so verrückt war wie ich.

Ich stand auf dem Schulparkplatz gegen Mr. Sorrentinos Ford Taurus gelehnt. Es war ein Dienstag nach Schulschluss, und die meisten Lehrer, die nicht direkt auf dem Schulgelände wohnten, waren bereits weg. Nur noch ein paar Autos standen auf dem Parkplatz. Es war so heiß, dass ich geradezu spürte, wie die Sonne sich mit jeder Sekunde mehr in meine Haut fraß. Egal. Ich würde das jetzt durchziehen. Auf dem Kopf trug ich dieses dämliche Busch-Gardens-Baseballcap aus der Fundkiste, und meine Finger spielten mit einer Zigarette. Ich hatte gar nicht vor zu rauchen, aber meine Finger mussten etwas tun, und so drehte ich die Zigarette unentwegt in meiner Hand. Als er mich an seinem Auto entdeckte, verlangsamte Mr. Sorrentino seine Schritte. Ein paar Meter entfernt blieb er stehen.

»Ich hoffe, du erinnerst dich an das Kapitel zum Atemwegssystem, das wir durchgenommen haben«, bemerkte er mit einem kritischen Blick auf die Zigarette.

Schnell schob ich die Zigarette in meine Rocktasche.

»Das muss ich trotzdem melden«, sagte er. »Keine Zigaretten auf dem gesamten Gelände. Übrigens solltest du auch nirgendwo sonst rauchen.«

»Ich hab doch nicht mal geraucht!«

»Dann macht es dir sicher nichts aus, mir die zu geben.«

»Ist das Ihr Ernst?«

Unerbittlich hielt er mir seine Hand hin.

»Oh mein Gott. Na schön. Meinetwegen!« Ich gab ihm die Zigarette. »Ich wusste gar nicht, dass Sie wie so eine alte Schachtel sind, die immer auf die Regeln pocht.«

»Tja, bin ich aber. Und solltest du mir noch etwas anderes zu sagen haben, dann schlage ich vor, das jetzt zu tun«, erwiderte Mr. Sorrentino mit einem Blick auf seine Uhr. »Ich habe in weniger als zehn Minuten einen Termin.«

Ich dachte darüber nach, was *genau* ich ihm eigentlich sagen wollte. Unterdessen wartete er und verlagerte ungeduldig das Gewicht von einem Fuß auf den anderen.

»Ich bin über Sie hinweg«, sagte ich rundheraus. »Das wollte ich Ihnen nur sagen. Ich steh jetzt auf jemand anderen, Sie können sich also entspannen.«

Für einen Augenblick gefror er vor Unbehagen. In dem Moment konnte ich mich nicht mehr erinnern, ob einer von uns jemals offen ausgesprochen hatte, dass ich in ihn verliebt gewesen war.

»In Ordnung«, sagte er vorsichtig.

»Außerdem, auch wenn das nicht viel wert ist, tut mir leid, dass ich so ein abgefuckter Psycho war, okay? Weil …«

»Achte auf deine Sprache«, unterbrach er mich. »Das kannst du besser.«

»He, okay. Darf ich mich mal kurz entschuldigen? Das fällt mir eh schon schwer genug.«

Er verschränkte die Arme und wartete darauf, dass ich fortfuhr. Er tat, als wäre sein Geduldsfaden langsam zu Ende, aber ich wusste es besser. Er war viel zu nett. Sein Geduldsfaden war kilometerlang.

»Okay«, sagte ich und versuchte, meine Gedanken zu sortieren. »Also, ich hätte das alles niemals über Sie sagen dürfen. Dass

Ihr Unterricht nur fake ist. So ein Lehrer sind Sie nicht. Sie sind hier so ungefähr der einzige anständige Erwachsene weit und breit. Und Bio ist keine Zeitverschwendung. Glaube ich. Für manche Menschen zumindest nicht.«

Mr. Sorrentino blickte weiterhin skeptisch drein. »Heißt das, dass du dich jetzt wieder auf den Unterricht konzentrierst?«

»Glaub ich kaum«, antwortete ich ehrlich.

Nachdem er mich eine Weile zweifelnd gemustert hatte, sagte er: »Nun, ich weiß deine Entschuldigung zu schätzen, Grace, aber ich würde mir trotzdem wünschen, dass du wieder ein bisschen mehr Arbeit in Biologie steckst. Um deinetwillen.«

»Ja, ich weiß, dass Sie das wollen.«

Er runzelte die Stirn. »Ich verstehe nicht, warum du dir nicht ein bisschen Mühe gibst. Ich hab doch gesehen, wie brillant du sein kannst.«

So von ihm gelobt zu werden, war immer noch ein tolles Gefühl. *Brillant – wer redet schon so?*, fragte ich mich. Vor allem, um *mich* zu beschreiben?

»Danke, dass Sie immer so nette Sachen sagen«, sagte ich. »Es ist ziemlich abwegig, aber danke.«

»Oh, du denkst, ich bin einfach nur *nett*? Warum zur Hölle sollte ich nett zu dir sein, nachdem du dich das ganze Schuljahr über so aufgeführt hast? Was ich sage, ist die reine Wahrheit. Du bist eine intelligente, talentierte Schülerin, das habe ich mit eigenen Augen gesehen. Ich habe deine Aufsätze gelesen, deine Tests benotet. Ich denke mir das nicht aus.«

Ich lächelte. »Sie können gar nicht anders als nett sein, Mr. Sorrentino. Sie können nichts dagegen tun.«

Für einen Moment wirkte es, als könnte er sich nicht entscheiden, ob er geschmeichelt oder verärgert war.

»Okay, schauen Sie«, sagte ich. »Ich sage nicht, dass ich mir gar keine Mühe geben will, aber ich werde auch nicht völlig durchdrehen, was Bio angeht. Es ist einfach … Ich meine, Biologie ist ein tolles Fach. Aber ich werde keine Ärztin oder Chemielaborantin oder so. Das ist nicht Ihre Schuld. So bin ich einfach nicht. Ich brauche keine glatten Einsen in Bio, um zu überleben. Ich will nur ehrlich zu Ihnen sein.«

Da schlich sich dieser leidenschaftliche Ausdruck in seinen Blick, den er immer bekam, wenn er für etwas brannte. »Grace, Biologie ist die Wissenschaft über das Leben«, sagte er und schwenkte den rechten Arm, um seinen Punkt zu unterstreichen. »Das *Leben*. Es ist nicht nur eine Sache für Leute, die Ärzte werden wollen. Biologie betrifft alles, was uns umgibt. Denkst du nicht, du solltest in grundlegenden Zügen die Strukturen kennen, in denen wir leben?«

»Ehm … nicht *wirklich*.«

Widerstrebend, als hätte ich so was wie einen vorübergehenden Kampf gewonnen, lächelte er und fischte in der Hosentasche nach seinem Autoschlüssel. »Nun, du kannst versuchen, Biologie beiseitezuschieben, aber das ändert nichts an der Tatsache, dass jede Zelle deines Körpers ein lebendiges Reich ist.«

Gott, war er süß.

»Wie wahr, Mr. Sorrentino. Sehr wahr.«

»Wissen ist Macht, Grace.«

Bevor er noch mehr kitschige Biofakten herunterleiern konnte, entschied ich, das Gespräch in eine wesentlich nützlichere Richtung zu lenken. »Hey, sind Sie eigentlich wirklich in Judy verliebt?«, fragte ich. »Ich meine, so richtig *leidenschaftlich* verliebt? So auf die Ich-kann-an-nichts-anderes-mehr-denken-Art?«

Er schloss sein Auto auf und warf seine Aktentasche auf den Beifahrersitz. »Bis morgen in Biologie«, sagte er, ohne auf meine Frage einzugehen. Dann stieg er ein.

»Warten Sie, das war ernst gemeint!«, protestierte ich und stellte mich in die Tür, damit er sie nicht zuziehen konnte. »Ich will nur wissen, wie das ist, wenn es echt ist. Also, wenn man wirklich verliebt ist.«

»Lässt du mich bitte an den Türgriff?«, sagte er.

Ich wich zurück.

»Danke«, sagte er.

Ich würde nichts weiter aus ihm rauskriegen. Für einen Lehrer, der so heiß und lässig aussah, hatte er wirklich einen Stock im Arsch. Immer schön an die Regeln halten und nie Grenzen übertreten.

»Okay. Glückwunsch zu Ihrer Verlobung übrigens. Wirklich. Judy scheint nett zu sein. Sie hat ein paarmal mit mir geredet und tätschelt mir immer den Arm oder drückt ihn. Nette Geste. Jedenfalls scheint sie cool zu sein.«

»Bis morgen in der Schule, Miss Welles«, wiederholte er und schlug die Tür zu.

»Jaja. Tschüs.«

Ich sah ihm zu, wie er aus der Parklücke setzte und davonfuhr.

21

Der April war ein guter Monat. Alles begann damit, dass eine der Sekretärinnen aus Versehen einen Virus herunterlud, der den Hintergrund aller Schulcomputer in eine Collage aus verschiedenen, unterschiedlich großen Nicholas-Cage-Porträts verwandelte. Das Tolle daran war, dass die Computer alle miteinander verbunden waren und wir Nicholas Cages vielfältiges Mienenspiel auch auf unseren Laptops eine ganze Woche lang bewundern durften. Leider zog die Schulleitung daraufhin einen Spezialisten zurate, und der Hintergrund wurde wieder zu unserem langweiligen Schulwappen.

Darauf folgte eine Demo der Unterstufenschülerinnen, der Freshwomen Unite, in der die Mädchen aus der Neunten dafür demonstrierten, in Zukunft fresh*women* und nicht freshmen genannt zu werden. Seit dem legendären »BH-Test von 96« (»Frauen zeigen ihren Rückhalt ohne Halter«), in dem die Oberstufenschülerinnen sich eine Woche lang geweigert hatten, BHs zu tragen, um auf irgendwas aufmerksam zu machen, was natürlich in dem ganzen BH-freien Tumult unterging, war die Schule berühmt-berüchtigt für ihre Demos. Oh, und am Ende bekam ein Typ namens Greg Ärger, weil er so getan hatte, als wäre ein Chicken Nugget eine Waffe, und damit auf einen anderen Schüler gezielt hatte.

Kein Zweifel, Schule konnte unterhaltsam sein, aber angesichts der unbegreiflichen Tatsache, dass ich neuerdings einen Freund hatte, wurde alles andere unwichtig.

Manchmal dachte ich darüber nach, ohne auch nur ansatzweise zu verstehen, wie es dazu hatte kommen können. Gracie + Wade. Wie alle festen Beziehungen an der Schule war es ein Naturgesetz geworden, an dem sich alle anderen orientierten. Anfangs fand ich diese unerwartete Akzeptanz und unsere plötzliche Sichtbarkeit übergriffig. Es gefiel mir nicht, wie die Leute darüber entschieden, was zwischen Wade und mir war, obwohl sie überhaupt keine Ahnung von uns hatten. Es ärgerte mich, einfach so zu Porter + Brooke, Billy + Chandra, Jeremy + Nicole in den Topf der »Highschool-Paare« geworfen zu werden – diese seichten, Händchen haltenden, auf-dem-Schoß-des-anderen-sitzenden, mit-Handjob-prahlenden, zum-Prom-gehenden Duos, die rein gar nichts mit uns gemein hatten.

Mir fiel auf, dass die Mädchen Wade nun, da er nicht mehr verfügbar war, mehr Aufmerksamkeit schenkten. Es war faszinierend zu beobachten, dass ein Mädchen wie Eloise Smith, die keinerlei Interesse an Wade oder irgendjemandem wie ihm hegte, dennoch versuchte, ihn an sich zu binden. Sie wollte ihn nicht. Tatsächlich war sie mit Markus vom Basketballteam zusammen. Aber sie wollte dafür sorgen, dass Wade zumindest über sie fantasierte, was meiner Einschätzung nach ihre generelle Erwartungshaltung an Jungs war.

»Oh Gott, Wade, kannst du mir einen Riesengefallen tun und das für mich tragen?«, sagte sie und schmiss ihm einen Stapel Bücher in die Arme. »Wer hat denen eigentlich erlaubt, Bücher *so* schwer zu machen?«

Wade sagte bloß »Klar«, und Eloise schoss sofort einen Blick in meine Richtung, um sicherzugehen, dass ich auch Zeugin ihres Triumphes wurde.

Ein Spektakel, das ich tatsächlich ein wenig genoss. Vor allem, weil Wade zu nichts Nein sagte, um das er gebeten wurde. Der kleine Freak. Er konnte Mädchen die Bücher tragen und dann davonlaufen – lächerlich blind für all die Fallen, die ihm gestellt wurden. Dabei war er nicht dumm oder unschuldig. Er war einfach nur seltsam drauf. Mir taten die Mädchen, die versuchten, ihn um den Finger zu wickeln, ein bisschen leid. Nicht dass so was andauernd vorkam – dafür war Wades Status an der Schule viel zu unklar. Aber wie Anju gesagt und ich viel zu spät bemerkt hatte: Da war sein Aussehen, von dem man sagen könnte, dass es einer genaueren Untersuchung durchaus standhielt. Also ja, ein paar Mädchen mussten sich zumindest Mühe geben, auf seinem Radar zu erscheinen. Genauso wie ein paar Typen aus unserer Stufe offenbar zum ersten Mal bemerkten, dass es mich gab. Nicht dass sie irgendwas versucht hätten. Sie gaben sich damit zufrieden, mich zu mustern und sich zu fragen, ob sie irgendetwas Offensichtliches nicht bemerkt hatten. Da ich meine Klamotten für gewöhnlich oversized trug, war es schwer für sie, herauszufinden, was los war.

Wie auch immer, das war alles unwichtig. Nichts war wichtig. Die Neuigkeit unseres Paar-Outings verblasste schnell, und wir konnten mehr oder weniger ungestört verliebt sein. Und das waren wir. Verliebt, meine ich. Vollkommen und hoffnungslos ineinander verliebt.

Dass es mit meinen Noten steil bergab ging, nahm ich nur am Rande zur Kenntnis. Es bedeutete mir nichts, genau wie mir die ganze gottverdammte Welt und all ihre Folgen nichts bedeuteten. Selbst meine Geldsorgen oder Georginas voll aufgedrehte *Cats*-Musik waren mir egal. Nichts tat weh. Ein eigenartiges Gefühl. Und falls Wade noch irgendwas außer mich interessierte, dann war davon jedenfalls nichts zu merken. Er war schon immer mit einer gewissen Leichtigkeit durchs Leben gegangen, doch nun grenzte es an Schwerelosigkeit. Mir zumindest fiel der Unterschied deutlich auf. Tatsächlich war das wohl das Schönste an dieser Zeit: Wade so glücklich zu sehen. Er war ausgelassen. Wir waren es beide, nehme ich an, aber ich sah es jeden Tag in seinem Gesicht, und das wurde zum Beweis für so gut wie alles.

»Ach du *heilige* Scheiße«, sagte Beth.

Sie setzte sich neben mich auf den Bordstein vom Parkplatz, von wo aus ich gerade Wade und Calvin Meyer beobachtete, die wie besessen versuchten, mit ihren Skateboards über einen Fahrradständer zu springen. Calvin war ein Schüler aus unserem Jahrgang, der schulterlange Haare hatte und in einer Band namens Nonsexual Boner spielte. Er und Wade mussten eines Samstags zusammen nachsitzen und hatten sich sofort gut verstanden. Danach waren sie auf unweigerliche Art Freunde geworden. So ähnlich, wie Kinder auf dem Spielplatz binnen drei Sekunden Freunde werden. Mir machte das nichts aus. Ich fand es sogar gut. Dadurch konnte ich auf ungefährliche Weise austesten, ein klein wenig eifersüchtig zu sein.

»Was?«, fragte ich Beth ein bisschen peinlich berührt, weil sie mich dabei ertappt hatte, wie ich hingerissen meinen Freund anhimmelte.

»Du bist so verknallt, das ist echt verstörend«, sagte sie.

Ich lächelte und rieb mir das Gesicht, um meine missliche Lage zumindest teilweise zu überspielen.

»Das ist mein voller Ernst«, sagte sie. »Wie du da rumsitzt, den Kopf in die Hände gestützt und deinen Blick verträumt in die Ferne gerichtet, und wie ein braves kleines Mädchen darauf wartest, dass dein Junge genug vom Skateboarden bekommt.«

»He, ich warte nicht auf ihn. Ich lese«, protestierte ich und hielt *Es* in die Höhe.

Sie lächelte und ignorierte meine Proteste. »Weißt du, es ist echt jammerschade, dass es mit dir so weit gekommen ist. Vor allem nach diesem ganzen Gerede, dass ihr beide nur *Freunde* wärt und alle anderen noch in der Steinzeit leben, wenn sie nicht darauf klarkommen, dass ein Junge und ein Mädchen befreundet sind. Wie sauber, rein, fantastisch und befreiend es doch ist, so einen Kumpel zu haben. Keine Verpflichtungen, kein Chaos. Und hier stehen wir jetzt«, schloss sie. »An einem wunderschönen Sonntagnachmittag, und du schmilzt praktisch zu einer pinken Pfütze Hormonmatsch dahin, während du zusiehst, wie dein Typ dich nicht beachtet.«

Ein bisschen genervt, dass der Punkt an sie ging, seufzte ich, doch meine Glückseligkeit ließ keine schlechte Laune zu. »Es stimmt nicht, dass er mich nicht beachtet. Aber ja, ich bin in Wade verliebt«, gab ich zu und guckte dabei wahrscheinlich genauso entrückt und verträumt, wie sie gesagt hatte. »Ich denke jede Minute nur an ihn. Ich weiß nicht mal mehr, ob ich überhaupt noch ein Gehirn besitze. Wahrscheinlich bin ich inzwischen wirklich zu hundert Prozent Hormonmatsch.«

»Gott, mir wird schlecht.«

»Ja, aber die Sache ist die: Es fühlt sich *viel* besser an. Wirklich *viel* besser. Ich würde jederzeit mein Gehirn gegen Hormonmatsch eintauschen.«

Da weiteten sich ihre Augen plötzlich.

Misstrauisch sah ich sie an. »Was?«

»Habt ihr's *getan?*«

»Was getan?« Ich spürte, wie mein Blinzeln aus dem Rhythmus geriet.

Ihr Mund klappte auf, und ihre Augen weiteten sich noch mehr. »Ihr habt es so was von getan!«

»Was? Nein, haben wir nicht!«

»Oh doch! Du und der kleine Scheißer, ihr hattet Geschlechtsverkehr!«

»Hatten wir nicht, Beth, ich schwöre!«

Sie ignorierte mich. »Das erklärt auch, warum du so anders bist.

Gottverdammt, ich wusste doch, da ist was im Busch! Ich hab's bisher nur nicht zusammengekriegt. Aber ja, natürlich! Du bist keine Jungfrau mehr! *Das* ist es!«

»Wovon redest du? Ich bin genau wie immer!«

Sie schüttelte den Kopf. »Nein, bist du nicht. Alles an dir ist anders. Weißt du nicht mehr, wie ich dir gesagt habe, dann bist du nicht mehr so ein Wurm? Tja, du *bist* viel weniger Wurm als früher! Du hast mehr Selbstvertrauen, und wie du dich bewegst … einfach alles. Freut mich für dich, Gracie! Finde ich verdammt gut!«

Es war komisch, ich hatte Beth unbedingt erzählen wollen, dass ich keine Jungfrau mehr war, und jetzt, da sie es von allein herausgefunden hatte, tat ich alles, um sie vom Gegenteil zu überzeugen. Aber Beth beachtete meine kläglichen Versuche gar nicht erst. Stattdessen gratulierte sie mir und fing an, mir Fragen zu stellen, die ich allesamt abblockte, indem ich weiterhin darauf beharrte, dass nichts passiert sei. Ich hatte panische Angst, sie könnte darauf kommen, dass es etwas mit Derek zu tun hatte. Sie war einfach zu gut darin, auf einen Blick zu erkennen, was in den Leuten vor sich ging.

»Oh Mann, ich wünschte nur, du wärst nicht in ihn *verknallt*«, sagte sie und wirkte angewidert bei dem Gedanken. »Hab ich dir nicht gesagt, du sollst es mit jemand Nicht-Besonderem treiben?«

»Ja, na ja.«

»Na ja *was*? Du hast *exakt* das Gegenteil getan! Du hättest es mit *irgend*einem Typen treiben sollen, am besten mit einem, der dich ankotzt. Aber jetzt … keine Ahnung, Gracie, jetzt bist du echt gefickt – ohne das jetzt zwangsläufig wörtlich zu meinen.«

»Ist mir egal. Ich würde das Gefühl um nichts in der Welt hergeben«, sagte ich und schloss die Augen, um es noch besser zu fühlen. »Ich schwöre, das ist der Grund, warum jeder von uns existiert – warum die ganze Welt existiert. Damit wir so fühlen können.«

»Oh Goooott.« Beth warf dramatisch den Kopf zurück. »Das ist die schlimmste und unwahrste Lüge, die je ausgesprochen wurde!«

»Das kannst du nicht wissen.«

»Oh doch, das kann ich, und zwar, weil Liebe eine *Illusion* ist, G. Eine Masche von der Werbebranche, aber keine echte Sache. Sie hält nicht mal der kleinsten Belastung stand.«

Ich wischte ihre Argumente mit einem entrückten Lächeln fort.

»Kunst ist das einzig Wahre«, sagte Beth.

»Für dich vielleicht. Ich versteh nicht das Geringste von Kunst.«

»Stimmt nicht. Was ist mit deiner Band? Deren Songtexte trägst du doch sogar auf deinem Schuh«, widersprach sie und kickte mit dem Fuß gegen meinen linken Converse, wo ich *Bored by the chore of saving face* auf den Rand der Sohle geschrieben hatte. »Willst du mir wirklich erzählen, dass Wade dein Leben auf die Weise retten kann, wie Musik es kann?«

Ich war noch nie auf den Gedanken gekommen, Wade mit den Smashing Pumpkins zu vergleichen. Es kam mir weit hergeholt und unfair vor, das jetzt tun zu müssen. Sie gehörten noch nicht einmal derselben Kategorie von »Dingen« an.

Ich zog den Fuß weg und sagte: »Ja. Wade *hat* mir schon das Leben gerettet.«

Sie lachte wenig überzeugt. »Okay, meinetwegen. Ich freu mich für dich, Gracie. Irgendwie. Ein bisschen. Aber die ganze Sache hat ein Verfallsdatum, das weißt du doch, oder?«

Ich sah sie fragend an.

»Na ja, dir muss doch klar sein, dass du Wade nicht heiraten und Babys mit ihm haben wirst, oder? Bitte sag mir, dass du wenigstens das weißt.«

»Was interessiert mich die Zukunft«, sagte ich. »Die steht dem Hier und Jetzt nur im Weg. Und überhaupt, was, wenn ich am

Ende wirklich Babys mit Wade habe? Was, wenn wir heiraten und glücklich bis ans Ende unserer Tage leben?«

Statt einer Antwort krümmte sie sich vor Lachen, und ihre Haare fielen ihr wie ein Vorhang vors Gesicht. »Dafür liebe ich dich, Grace«, sagte Beth, wischte sich die Lachtränen aus den Augen und legte mir den Arm um die Schulter. »Du gibst einen Scheiß darauf, wie die Welt in Wahrheit funktioniert.«

»Dasselbe könnte ich über dich sagen«, entgegnete ich.

Ich war mir immer noch nicht sicher, ob Beth und ich tatsächlich Freundinnen waren oder ob ich eine Art Schützling für sie darstellte – oder vielleicht einfach nur ein Spielzeug. Irgendwie schien es nicht weiter wichtig zu sein, worauf unsere Freundschaft eigentlich genau basierte.

»Da kommt dein zukünftiger Ehemann«, sagte Beth und stieß mich an.

Wir sahen Wade entgegen.

»Hast du vor, irgendwas zu sagen, um mich zu blamieren?«, fragte ich Beth.

»Weiß ich noch nicht. Vielleicht.«

Ich hatte Beth und Wade noch nie miteinander interagieren sehen und war gespannt darauf, welche chemische Reaktion es wohl geben würde. Sie waren in jeder Hinsicht das genaue Gegenteil voneinander – gottesgleich / menschlich, sauber / schmutzig, kalt / warm, schlecht / gut –, und gleichzeitig waren sie die einzigen beiden mir bekannten Menschen, die gewissermaßen einfach nur sie selbst waren. Ohne Schnickschnack. Und ohne einen Scheiß auf alles zu geben.

»Hi!«, rief er mit seinem sonnigen Gemüt, das stets dem Hormonquotienten unserer Altersklasse zu widersprechen schien.

»Ihr kennt euch schon, oder?«, fragte ich.

Er setzte sich neben mich.

»Offiziell noch nicht«, sagte Beth und musterte ihn mit einem gelangweilten, halbherzigen Lächeln. »Aber Gracie hat mir alles über dich erzählt. Ich weiß zum Beispiel ganz genau, welche Farbe deine Augen im Schatten haben und welche in der Sonne. Ah, und ich weiß auch eine Menge über die Form deiner Augenlider – das linke ist ein bisschen dicker als das rechte. Und deine Zähne kenne ich, und auf dem Hinterkopf hast du eine Schmalzlocke.«

»Ja, stimmt vermutlich alles.« Wade zuckte leicht mit den Schultern, als könne er nichts dagegen tun.

»Was ist mit mir?«, fragte Beth. »Hat sie dir was über mich erzählt?«

Er überlegte. »Ähm, ja. Sie hat gesagt, du hast es mit dem Lippenstift echt drauf – was die Umrandung angeht und so.«

»Wow. Ich sehe, ich habe echt Eindruck bei dir hinterlassen«, sagte sie und versetzte meinem Fuß einen weiteren Tritt.

»Tut mir leid, aber was kann ich dafür, dass du nun mal gut mit Lippenstift bist«, erwiderte ich.

»Okay, warte«, mischte Wade sich ein. »War nur ein Witz. Sie hat mir auch erzählt, dass du eine tolle Künstlerin bist, und sie hat mir all deine Bilder im Kunstraum gezeigt.«

Beth richtete ihren Blick wieder auf Wade. »Ach ja? Und? Haben sie dich umgehauen?«

»Auf jeden Fall bringen sie einen durcheinander«, sagte er. »Man kriegt sie nicht mehr aus dem Kopf. Nicht dass ich weiß, wovon ich rede, aber ich würde sagen, sie sind ziemlich gut.«

Einen Moment lang musterte sie ihn mit unverhohlener, nüchterner Neugierde. »Hm. Gracie hat gesagt, du bist nett. Sie hat gesagt, wenn du an einem Unfall vorbeikämst, bei dem jemand in einen Rasenmäher gerät, würdest du dich nicht insgeheim freuen, endlich was geboten zu bekommen. Ich hab ihr gesagt, dass sich wahrscheinlich die wenigsten Menschen freuen, so was zu sehen, aber sie besteht darauf, dass du anders bist als der Rest unserer Spezies.«

»Tja, na ja, unsere Spezies kommt bei ihr nicht sonderlich gut weg«, sagte Wade. »Aber stimmt, ich würde mich nicht freuen, mit anzusehen, wie jemand in einen Rasenmäher gerät.«

»Okay«, sagte ich und unterbrach ihre Unterhaltung, bevor sie noch dümmer werden konnte. »Ganz toll. Danke, Beth. Du kannst jetzt aufhören, den ganzen dämlichen Scheiß zu wiederholen, den ich irgendwann mal gesagt habe.«

»Warum? Das ist noch nicht mal die Spitze vom beschissenen Eisberg!«

Ich vergrub meinen Kopf in den Händen und rechnete schon damit, wie Beth als Nächstes über unsere Hochzeit reden würde. Aber so weit ging sie nicht. Stattdessen erklang ihr fröhliches und täuschend unschuldiges Lachen, das sich mit dem Geräusch eines mit etwas Hartem kollidierenden Skateboards vermischte, gefolgt von Flüchen.

Wade zog mich wieder hoch und schlang die Arme um mich. Das musste zu liebevoll für Beth gewesen sein, denn sie warf uns einen Blick voll unverhohlener Abscheu zu.

»Ich bin raus«, sagte sie und stand auf.

Ich tauchte aus seiner Umarmung auf.

»Alter, das war echt unangenehm«, sagte ich, als sie weg war.

»Mach dir keinen Kopf«, sagte er und zog mich wieder an sich. »Glaubst du etwa, ich weiß nicht, wie *deine* Augenlider aussehen?«

»Du weißt, wie meine Augenlider aussehen?«

»Komm schon, Gracie, ich kenne dein Gesicht in- und auswendig. Und ob du es glaubst oder nicht, mir sind auch andere Körperteile aufgefallen. Welche, die *nicht* in deinem Gesicht sind, wenn du verstehst, was ich meine.«

Er schnipste mir leicht gegen den Arm, wie er es schon von Anfang an getan hatte, seit wir Freunde geworden waren, und in meinem Inneren verwandelte sich alles in genau den Hormonmatsch, von dem Beth gesprochen hatte.

Schweigend legte ich den Kopf auf seine Schulter. Kurz darauf fingen wir an, uns zu küssen. Die Hintergrundgeräusche verstummten, die Welt verschwamm, und wir befanden uns in einer anderen Dimension – der Knutschdimension, wo Raum und Zeit fremden Regeln folgen und eine Minute eine Ewigkeit ist (und andersherum). Keine Ahnung, wie lange wir uns dort befanden, aber irgendwann rief jemand Wades Namen, und wir lösten uns voneinander. Calvin winkte ihm vom Parkplatz aus zu. Wade entschuldigte sich und sagte, er würde bald nachkommen. Dann wartete er, bis ich mit einem Achselzucken meine Zustimmung gegeben hatte, küsste mich noch einmal und sprang auf sein Skateboard. Auf dem Weg zu meinem Zimmer fühlte ich mich ganz leicht und ein bisschen zittrig angesichts der schönen Unwirklichkeit der Wirklichkeit. Am Leben zu sein war so einfach. Wie hatte es jemals schwer sein können? Ich konnte mich nicht mehr daran erinnern. Im Hintergrund hörte ich Wade über etwas lachen, das Calvin gesagt hatte. Ich warf einen Blick über die Schulter, und mir taten alle leid, die nicht das Glück hatten, entweder ich oder Wade zu sein.

Die Sache ist die, du kannst eine Blase formen und dir darin eine Welt errichten, in der die physikalischen Gesetzmäßigkeiten nur deinen eigenen launischen Regeln folgen, die Luft genau so riecht, wie du es willst, Annehmlichkeiten im Überfluss vorhanden sind und das grelle Licht der Realität nicht durch die Wände deiner runden kleinen Fantasieexistenz dringt. Trotzdem kannst du nichts gegen die Tatsache tun, dass eine Blase nur einem Zweck dient: irgendwann zu platzen.

Ich hatte Derek vollkommen vergessen. Unser Sex schien Jahrhunderte her zu sein, wenn er denn überhaupt je geschehen war. Je mehr ich mich in Wade verlor, desto ausgeprägter wurde meine Amnesie.

Doch da war er. Nachdem ich Wade und Calvin ihren Skateboards überlassen hatte, war ich an meinem Zimmer angelangt und schlug die Tür hinter mir zu. Mit einer von Georginas Zeitschriften im Schoß lag Derek ausgestreckt auf meinem Bett.

Ich stolperte mit dem Rücken gegen die Tür.

»Hey, was geht?«, sagte Derek. »Wollte dich nicht erschrecken.«

»Was machst du hier?«, fragte ich, und es gelang mir nicht, meine Panik zu unterdrücken.

Er warf die Zeitschrift beiseite. »Das hier ist doch *dein* Bett, oder? War mir nicht hundertprozentig sicher, aber ich konnte mir nicht vorstellen, dass du ein Foto von Werling auf deinem Nachttisch hast. Mag deine Mitbewohnerin diesen Vollpfosten etwa?«

Zu Tode verängstigt, dass Wade früher vom Skateboardfahren wiederkommen und nach mir sehen könnte, drückte ich mich fester gegen die Tür. »Derek, was zur Hölle hast du hier zu suchen?«

»Ich wollte nur Hallo sagen.«

»Okay, ganz toll. Hast du getan. Kannst du jetzt gehen?«

»Wozu die Eile?«

»Du darfst hier nicht sein.«

»Warum nicht?«

»Darum«, sagte ich. »Das ist gegen die Regeln Du darfst hier nicht sein. Das ist verboten.«

Er erhob sich von meinem Bett. »Jetzt krieg dich mal für eine Sekunde ein, okay? Passiert schon nichts.« Er kam auf mich zu, und so gerne ich ihm auch aus dem Weg gegangen wäre, verspürte ich doch gleichzeitig auch das starke Bedürfnis, die Tür zu bewachen. Er nahm einen Moment lang das Kinder-T-Shirt in Augenschein, das ich heute zur Abwechslung zu meinem üblichen Baggy-Style trug.

»Entschuldigung!«, protestierte ich und legte mir die Hand über die Brust.

»Was denn? Ist ja nicht so, als hätte ich deine Titten noch nie gesehen.«

»Danke, dass du mich daran erinnerst.«

»Hey, was ist verkehrt daran?«

»Im Ernst jetzt, kannst du einfach gehen? Constanzes Zimmer ist drei Türen weiter!«

»Ich hab's dir doch gesagt, sie ist nicht meine Freundin.«

»Meinetwegen«, gab ich zurück und verdrehte die Augen.

»Glaubst du etwa, sie weiß nicht, dass ich's mit anderen treibe? Außerdem hat sie einen Freund in Deutschland. Wusstest du *das?* Er heißt Florian. Kein Scheiß. Sie redet ununterbrochen von ihm.«

Da er meinem Gesicht auf einmal sehr nah war, schubste ich ihn zurück. »Das ist ja alles superinteressant und wirklich sehr relevant für mein Leben, aber kannst du jetzt endlich abhauen? Bitte?«

»Ich dachte, wir hätten in den Osterferien eine schöne Zeit zusammen gehabt«, sagte er gekränkt.

Ich stöhnte. »Ja, war ganz nett. Aber ist ja nicht so, als würden wir uns wirklich *mögen*, also wen interessiert's?«

Er nahm sich Zeit mit der Antwort. »Tja, ich *mag* dich aber, okay?«, sagte er irgendwann und klang selbst genervt von der Tatsache.

»Oh Gott. Nein, tust du nicht. Glaub mir. Tust du nicht.«

Da schien alles an ihm plötzlich weniger selbstsicher zu werden. Wie er dastand, sein Kinn, seine Augen, alles wurde weicher. »Ich habe letzte Nacht von dir geträumt«, sagte er.

Ich vergrub das Gesicht in den Händen und versuchte, nicht aus blanker Angst in Tränen auszubrechen.

»Nein, hör zu, nicht so, wie du denkst«, versicherte er und versuchte meine Hände von meinem Gesicht zu lösen. Dann gab er auf und strich mir stattdessen sanft den Pony aus der Stirn.

»Lass das!«, fuhr ich ihn an.

»He, ganz ruhig.« Er ließ die Hände sinken. »Hör zu, das war nicht wie andere Träume über Mädchen. Wir haben noch nicht mal gevögelt oder so. Du warst einfach plötzlich da … nackt im Speisesaal, aber da wuchsen auch überall Bäume und Pflanzen, und gleichzeitig war es eine Art Flughafen. Keine Ahnung, warum. Na ja, jedenfalls war da niemand sonst, nur du, und du hast mich angesehen, als würdest du mit mir reden, aber ohne Worte. Es ist schwer zu beschreiben, aber es war so real, Gracie. Realer als manche Sachen, die mir im echten Leben passiert sind.«

»Du willst mich doch verarschen.«

Er sah mich beinahe bittend an. Ich konnte sehen, dass er selbst ganz schön durcheinander von dem Traum war.

»Du weißt schon, dass nicht *ich* das in dem Traum war, oder?«, fragte ich.

»Du *warst* in dem Traum.«

»Nein, war ich nicht! Ich lag in meinem Bett und habe geschlafen. Und wahrscheinlich selbst geträumt, dass ich einen Kuchen aus Autoteilen backe oder so was. Jedenfalls war ich *niemals* in deinem Traum!«

»Du weißt schon, wie ich das meine. Hey, mich bringt das auch durcheinander, okay? Glaubst du, ich *will* so fühlen?«, sagte er. »Will ich nicht, okay? Aber ich kann nichts dagegen tun. In den Osterferien ist irgendwas geschehen, und … ich denke, dass da was sein könnte. Mehr sag ich gar nicht.«

»*Nein*«, sagte ich und stieß ihn zurück. »Da ist *nichts* zwischen uns. Halt mich zum Teufel da raus.«

»Tja, so läuft das aber nicht«, widersprach er. »Ich mag dich. Du hängst da automatisch mit drin.«

Vor lauter Frust schloss ich die Augen. »Hör auf, das zu *sagen*! Du magst mich nicht, Derek! Nie im Leben! Das ist überhaupt nicht möglich!«

»Woher willst du das wissen?« Er war meinem Gesicht wieder sehr nah gekommen und hatte seine Hand direkt neben meinem Kopf gegen die Tür gestützt. »Du hast doch keine Ahnung, was ich fühle oder nicht fühle, Gracie.«

Ich hörte Lachen und Schritte im Flur auf mein Zimmer zukommen. »Scheiße, raus hier jetzt, Derek! Ich mein's todernst!«

»Warum? Wartest du etwa auf dein kleines Sackgesicht von Freund?«

Das Lachen und die Schritte entfernten sich wieder von meiner Tür.

»Das geht dich einen Scheiß an.«

Er trat zurück. »Stimmt wohl, aber vielleicht geht's ihn ja was an, dass wir … du weißt schon.« Er ahmte mit dem Finger einen Penis nach, der in eine Vagina stieß.

Ohne nachzudenken, schossen meine Hände nach vorn, und ich schlang die Finger um Dereks Hals, wahrscheinlich um ihn zu erwürgen, was ein Witz war, schließlich war er ein fast erwachsener Typ, und meine Hände würden das gar nicht hinkriegen. Trotzdem traf ihn mein Angriff unerwartet, und seine Augen weiteten sich vor Überraschung. Dann lachte er.

»Willst du mich etwa erwürgen?«, fragte er.

»Wenn du es *irgendjemandem* erzählst, mach ich dir das Leben zur Hölle!« Ich packte fester zu. »Ich mein's ernst. Wenn du es jemandem erzählst, bring ich dich um.«

Dereks Lächeln verschwand. Er sah mich ungläubig an. »Bist du etwa in ihn verliebt?«

Ich ließ die Hände sinken. »Hab ich dir doch gesagt. Das geht dich nichts an.«

Wie üblich fuhr er sich mit den Fingern durchs Haar, doch diesmal wirkte die Geste seltsam ungelenk. Als wäre er es nicht mehr gewohnt, Derek zu sein, und versuchte nun mit aller Macht, ihn aufrechtzuerhalten. »Du liebst diesen kleinen Wichser?«, fragte er erneut mit einer Stimme, die nackt und unverstellt klang.

»Derek! Kannst du dich jetzt bitte endlich verpissen?«

»Du hast meine Frage nicht beantwortet.«

»Lass mich einfach allein, okay?«

Er starrte mich noch einen Augenblick an und senkte dann den Blick. »Ja. Klar.«

Vorsichtig öffnete ich die Tür und steckte den Kopf raus. Die Luft war rein. Bevor ich ihn gehen ließ, nagelte ich ihn mit einem Blick fest. »Versprich mir, dass du nicht darüber redest, was wir getan haben.«

»Kein Ding.«

Er machte Anstalten, nach der Klinke zu greifen, doch ich blockte ihn ab. »Nicht einmal mit deinen lahmarschigen Freunden. Keine Prahlerei. Nichts.«

»Herrgott noch mal. Ich hab doch gesagt, ich mach's nicht.«

»Okay«, sagte ich. »Okay, danke.«

»Ich hatte nicht vor, 'ne Pressekonferenz darüber zu geben.«

»Okay, super. Das weiß ich zu schätzen, okay?«

»Wie auch immer.«

Ich öffnete ihm die Tür, versicherte mich, dass die Luft immer noch rein war, und winkte ihn raus. Er ging den Flur hinunter, ohne jemandem zu begegnen. Dann machte ich die Tür wieder zu und setzte mich auf den Boden. Ich zitterte am ganzen Körper. Ich holte ein paarmal tief Luft und sagte mir wieder und wieder, dass alles in Ordnung war. Derek würde es keinem erzählen. Schließlich hatte er es bisher auch nicht getan, und sein Versprechen hatte ernst geklungen. Er würde es keinem erzählen. Wade würde es nie herausfinden. Alles war in Ordnung. Alles war gut.

Zwei Tage später lief ich Derek im Flur über den Weg.

Die Trompete unterm Arm, stand er in der offenen Tür des Musikraums. Da stand er einfach und begegnete meinem Blick mit einem starren, unbewegten Ausdruck.

Sein Kopf war kahl rasiert.

Ich blieb wie angewurzelt stehen. Das war gar nicht gut. Ich wusste nicht genau, warum, aber ich wusste, dass es nichts Gutes bedeuten konnte.

»Was zur Hölle hast du mit deinen Haaren angestellt?«, fragte ich ihn entgegen meinem Vorhaben, nie wieder mit ihm zu sprechen.

»Ich hab's abrasiert.«

»Warum?«

Seinem Blick nach zu urteilen, hatte er den Untergang der Welt durchgemacht und irgendwie überlebt. Wo wir schon bei Melodramen waren. »Ich kämpf nicht mehr dagegen an, wer ich bin«, sagte er.

»Was soll *das* denn heißen?«

Als er mich diesmal ansah, kehrte ein bisschen Feuer in seinen Blick zurück. »Ich bin nicht der Typ, für den mich alle halten. Ich hab's satt, von allen in eine Schublade gesteckt zu werden.«

»Wovon redest du? Denkst du etwa, du bist *dieser* Typ?« Ich machte eine Handbewegung zu seinem kahlen Kopf.

»Ja. Tu ich.«

Entgeistert trat ich einen Schritt zurück. »Das kann doch nicht wahr sein.«

»Was geht *dich* das überhaupt an?«

»Dein Kopf muss jede Menge Haare haben, damit du alle drei Sekunden mit den Fingern da durchfahren kannst. Jetzt fehlen die, und das ist verdammt komisch.«

»Kommst du, Derek?«, ertönte eine Stimme aus dem Musikraum. »Wir wollen das Intro noch einmal üben. Morgan versemmelt immer wieder den B-Dur-Teil.«

Er schlug mir die Tür vor der Nase zu.

Ich glaubte fest an Omen, und das hier war ganz bestimmt kein gutes.

Zu spät. Sosehr ich auch versuchte, den Dreck abzukratzen, die Wirklichkeit hatte bereits unerbittlich begonnen, sich ihren Weg zurück in unseren unmittelbaren Fokus zu erkämpfen. In meinen zumindest. Wade hingegen ahnte weiterhin nichts. Das war fast das Schwerste an der ganzen Sache. Ich ertappte mich dabei, wie ich mir wünschte, er wüsste es. Ich wünschte, er wüsste alles und es wäre ihm egal. Na ja, nicht *egal*. Ich wollte, dass er angemessen verletzt war, es dann aber mit einem Achselzucken abtun würde, weil wir, als ich Sex mit Derek hatte, ja streng genommen noch nicht offiziell zusammen gewesen waren und es ihn deshalb nichts anging. Das wurde mein Tagtraum – dass ich ihm von dem Sex mit Derek erzählte und es nichts zwischen uns änderte. Ich stellte mir vor, wie Wade lachte und es süß fand, wie viele Ängste ich ausgestanden hatte.

Ich träumte davon, dass er mich in seine Arme zog und sagte: »Was soll das schon für eine Bedeutung haben, wenn es passiert ist, bevor wir uns auch nur geküsst haben? Ich bin auch keine Jungfrau mehr. Ich habe mit anderen Mädchen geschlafen. Wen interessiert's?«

Und dann würde mir ein Stein vom Herzen fallen, unsere Blase wäre wieder repariert, und wir würden eines Tages Kinder kriegen.

Als mir all diese Gedanken durch den Kopf gingen, saßen wir gerade im Englischunterricht, und Wade sah so ahnungslos und sonnig zu mir hinüber, dass mir schlecht wurde. Vor der Anwesenheitskontrolle hatte er mir irgendeine dumme Geschichte erzählt, und ich hatte zugehört, gelacht, gelächelt und gleichzeitig daran gedacht, wie ich es Derek einmal mit der Hand gemacht und mir das klebrige Nachspiel in der Kochnische des Lehrerzimmers abgewaschen hatte. Egal, wie sehr ich es versuchte, ich konnte die Erinnerung daran nicht abschütteln. Ich hatte Derek samt seiner bescheuerten Kopfrasur direkt vor der Stunde gesehen, und der Anblick hatte all die Einzelheiten wieder ans Licht geholt, gegen die ich so verzweifelt ankämpfte. Und da saß Wade mit großen Augen und steckte mir süße Liebesnachrichten zu. Ich musste auf der Stelle hier raus.

Ich hob die Hand und fragte, ob ich auf Toilette könne.

»Hätten Sie das nicht *vor* dem Unterricht machen können?« Mrs. Gillespie sah mich aus kleinen, stechenden Augen an.

»Vorher musste ich ja noch nicht.«

»Natürlich nicht«, sagte sie. »Das fällt einem ja immer erst mitten im Unterricht ein, nicht wahr?«

Sie reichte mir das Toilettenschild – ein laminiertes Pappschild, auf dem stand: *Ich verpasse wertvolle Aspekte meiner Ausbildung, die ich nie wieder aufholen kann, weil ich darauf bestehe, mein Leben nach dem Takt meiner Blase zu richten.* Eine Schnur war mit beiden Enden am Schild befestigt, damit man es um den Hals tragen und sich schämen konnte, weil man körperlichen Bedürfnissen nachgab. Oder damit man auffiel, falls man schwänzte, glaube ich. Anhand ihrer Toilettenschilder konnte man Rückschlüsse über den jeweiligen Lehrer ziehen, und dieses sagte so ziemlich alles über Mrs. Gillespie aus. Aber dass Mrs. Gillespie der Teufel war, ließ mich an jenem Tag kalt. Ich schlug mich mit weitaus wichtigeren Dingen herum.

Auf der Toilette zog ich eine Zigarette, die ich den ganzen Tag aufgehoben hatte, aus der Tasche meines Rocks und zündete sie mit dem Feuerzeug an, das unter einem der Waschbecken versteckt war. Ich machte mir nicht die Mühe, das kleine Fenster zu öffnen oder heimlich in einer Kabine zu rauchen. Stattdessen setzte ich mich neben dem hintersten Waschbecken auf den Boden und wartete darauf, dass sich der Knoten in meinem Bauch löste. Langsam fühlte ich mich besser. Dereks Gesicht und der Handjob verschwanden langsam zwischen dem beruhigenden Durcheinander der Rohre, die ich unter den Waschbecken anstarrte. In einer oder zwei Minuten wäre ich wieder die Alte. Ich hatte einfach nur eine Zigarette gebraucht.

Da ging die Tür auf, und Mr. Sorrentinos Verlobte Judy kam herein. Die Zigarette in der Hand und Rauch ums Gesicht, blickte ich zu ihr hoch. Für einen Moment erstarrten wir beide. Sie hatte mich auf frischer Tat ertappt.

»Hallo«, sagte sie schließlich.

»Hi«, sagte ich und stand auf.

Ich wollte die Zigarette mit dem Strahl des Wasserhahns löschen, hielt jedoch in letzter Sekunde inne. »Macht es Ihnen was aus, wenn ich sie zu Ende rauche?«, fragte ich Judy, da ich in dem Moment eh nichts mehr zu verlieren hatte.

Ich war davon überzeugt, dass sie von mir verlangen würde, die Zigarette umgehend auszumachen, und mich zum Schuldirektor schleppte. Doch stattdessen sagte sie in ihrer weichen, freundlichen Stimme: »Nur zu.«

»Wirklich?«

»Sicher.«

»Danke«, sagte ich, ein bisschen baff über mein Glück.

Während ich noch einen Zug nahm, wusch sie sich ihre Hände im Waschbecken daneben und warf mir einen Blick zu. »Was steht da auf dem Schild?«, fragte sie.

Ich hatte das Toilettenschild um meinen Hals völlig vergessen.
»Oh, das ist nur Mrs. Gillespies hübsche Vorstellung von einem Toilettenschild«, sagte ich und hielt es hoch, damit sie es besser lesen konnte.

Judy las es und schnalzte missbilligend. »Das soll ein Toilettenschild sein?«, fragte sie sichtlich angewidert.

»Ja. Das müssen wir tragen, wenn wir in ihrem Unterricht aufs Klo müssen.«

»Das ist ja furchtbar.«

Ich begann zu lächeln. »Abgefuckt, oder?«

»Ja«, sagte sie. »Das ist tatsächlich ein bisschen abgefuckt.«

»Oh, oh, lassen Sie das bloß nicht Mr. Sorrentino hören. Sein kleines Großmutterherz würde bei einer solchen Wortwahl wahrscheinlich implodieren!«

Sie lachte. »Das liegt nicht an ihm. Weißt du, es gibt eine ganze Liste an Wörtern, die wir auf dem Schulgelände nicht dulden dürfen. Wir kriegen wirklich eine Liste.«

»Im Ernst? Da hätte ich ja gern eine Kopie von.«

»Ich glaube, du kommst ganz gut ohne zurecht.«

Judy trug ein T-Shirt mit einer Menge bizarrer Rüschen, die vorne entlangliefen, und eine Hose mit so einem Schärpending, das um ihre Hüfte zu einer Schleife gebunden wurde. Wie konnte jemand, der sich so anzog, die Erste sein, die erkannte, dass Mrs. Gillespie eine gestörte Psychopathin war? In meiner gesamten Zeit auf der Midhurst schien niemand je etwas an Mrs. Gillespies Praktiken zu finden. Sie ließen sie immer blind gewähren.

»Weißt du was? Dieses Toilettenschild geht mir wirklich gegen den Strich. Ich glaube, ich werde das mit Mr. Wahlberg besprechen«, sagte Judy mit Entschiedenheit.

»Ihr Ernst?«

»Ja. Warum sollte man Kindern einreden, dass es schlecht ist, wenn sie auf Toilette müssen?«

»Denken Sie daran, ihm zu sagen, dass es um Mrs. Gillespies Toilettenschild geht.«

»Das werde ich.«

So langsam dämmerte mir, was Mr. Sorrentino an ihr fand. Sie hatte das Herz am rechten Fleck. Außerdem hatte sie Mumm. Wen interessierte es da, dass auf ihre Handtasche lauter Muscheln genäht waren? Sie war kein schlechter Mensch. Nicht nur, weil sie das Toilettenschild furchtbar fand. Sie war immer nett zu mir, und das, obwohl sie wissen musste, was für ein Psycho ich gegenüber Mr. Sorrentino gewesen war. Wahrscheinlich hatte er ihr alles erzählt – natürlich voller Besorgnis und Verantwortungsbewusstsein.

»Wusstest du, dass Rauchen dich schneller altern lässt?« Sie stellte ihre Tasche auf dem Waschbecken ab und begann, darin herumzuwühlen. »Davon kriegst du später diese Fältchen um den Mund.«

»Ja, wahrscheinlich«, pflichtete ich ihr bei, unbekümmert gegenüber dieser mythischen Vorstellung, dass ich jemals alt genug für feine Falten um den Mund sein würde. Ich sah zu, wie sie Lippenstift auftrug. Blasspink verteilte er sich gleichmäßig über ihren Mund. Sie hatte eine ziemlich schön geformte Oberlippe, dachte ich – perfekt für Lippenstift.

»Sagen Sie, haben Sie jemals mit einem Arschloch geschlafen?«, fragte ich sie unvermittelt. »Mit so was wie Mr. Sorrentinos Erzfeind?«

Judys Lippenstift verharrte über ihrem Mund, und sie ließ ein kurzes, überraschtes Auflachen ertönen. »Ob ich *was* getan habe?«

»Na ja, *aus Versehen* – also nicht mit voller Absicht – mit Mr. Sorrentinos Erzfeind geschlafen?«

»Mr. Sorrentinos *Erzfeind*?« Sie kicherte.

»Ja, mit jemandem, den er so richtig hasst. Keine Ahnung, ein anderer Lehrer vielleicht, der ein absoluter Dreckskerl ist. Oder sein Zwillingsbruder, der mehr verdient und ihm das die ganze

Zeit unter die Nase reibt und so einen grässlichen gelben Sportwagen fährt.«

»Hilfe, Gracie, du bringst mich um vor Lachen! Carl ist so ein Goldstück, der wäre nicht mal in der Lage, sich einen Erzfeind zu machen, wenn du ihn dafür bezahlst. Das weißt du doch.«

Ich nickte ungeduldig. »Jaja, aber stellen Sie sich einfach vor, er hätte einen. Und sagen wir, Sie hatten Sex mit dem. Was würden Sie tun?«

Die Frage schien sie ein wenig aus der Fassung zu bringen. »Nun, warum sollte ich überhaupt erst mit seinem Erzfeind schlafen?«

»Na ja, weil Sie offensichtlich ein Volltrottel sind – also, nur mal angenommen, natürlich.«

Sie schob den Lippenstift zurück in ihr Kosmetiktäschchen und zog den Reißverschluss zu. Dann seufzte sie und sah nachdenklich drein. »Keine einfache Sache, aber ich glaube, dass eine langfristige Beziehung auf Ehrlichkeit beruht. Carl sieht das auch so. Also müsste ich es ihm erzählen.«

Mir rutschte das Herz in die Hose. »Wirklich?«

Judy musterte mich mit einem geduldigen Lächeln. »Wenn ich ihm nie davon erzählen würde, wäre unsere ganze Beziehung eine Lüge.«

Das war nicht gerade das, was ich hören wollte.

»Aber dann würde er Sie doch verlassen, oder?«, fragte ich. »Und Ihr ganzes Leben wäre vorbei.«

»Weißt du, klar besteht die Möglichkeit, dass er sich von mir trennen würde, wenn er erfahren hat, dass ich sein Vertrauen missbraucht habe. Das müsste ich als Folge meiner Handlungen akzeptieren. Aber ich würde nicht sagen, dass mein Leben dann vorbei wäre. Das ist eine ziemlich düstere Sichtweise.«

»Aber lieben Sie ihn denn gar nicht?«

»Natürlich.«

»Aber dann … ich check's nicht. Warum sollten Sie das kaputt machen wollen?«

Sie legte mir auf ihre touchy Art die Hand auf den Arm. »Hör zu, das ist nur das, was *ich* tun würde«, sagte sie. »Und für mich ist es leicht, Dinge in einem rein hypothetischen Szenario zu tun. Im echten Leben wäre das eine ganz schön harte Nuss.«

Ich antwortete nicht.

Meine Zigarette gab nichts mehr her. Ich hielt sie unter den Wasserhahn und ließ Wasser drüberlaufen.

Judy räumte ihr Zeug zusammen und hängte sich ihre komische Handtasche über die Schulter. Dann hielt sie noch einmal inne und zupfte am Riemen ihrer Handtasche herum. »Aber *falls* ich mit Mr. Sorrentinos Erzfeind schlafen sollte«, begann sie und warf mir einen vielsagenden Blick zu, »dann definitiv nur geschützt.«

Ich nickte. »Ja. Das würde Mr. Sorrentino wahrscheinlich zu schätzen wissen.«

Sie versuchte mit aller Macht, ihren vielsagenden Blick bei mir landen zu lassen. Ich verstand schon. Benutz ein Kondom, ganz egal mit welchem Arschloch du schläfst. Aber das würde ich ihr niemals zeigen.

»Na ja, dann bis bald, Gracie«, sagte Judy mit einem letzten Lächeln.

Für mich war es schlicht undenkbar, mit dem Erzfeind meines Freundes zu schlafen und meinem Freund dann auch noch davon zu *erzählen*. In meinen Augen entbehrte das jeder Logik. Aber Judy schien der Meinung zu sein, dass es genau das Richtige war, und Judy war jemand, die wusste, was das Richtige war.

»Ich meine, wozu überhaupt leben, wenn man plant, als Märtyrerin zu enden?«, fragte ich Beth am selben Abend. »Im Ernst, was soll das Ganze dann überhaupt?«

Wir standen neben dem beleuchteten Snackautomaten im Mädchenflügel. Während Beth sich vorbeugte, um etwas daraus auszuwählen, wurde ihr Gesicht von seinem seltsamen Schein erhellt.

»Du weißt, was ich meine, oder?«, drängte ich.

»Nicht mal ansatzweise.«

»Na ja, wozu soll man *das Richtige* tun? Ich meine, was ist das Richtige überhaupt? Wäre das Richtige nicht immer das, was dich glücklich macht?«

»Ähm – *nein.*«

»Wirklich nicht?« Ich biss mir auf die Lippe. Ich hatte darauf gesetzt, dass Beth die ganze Sache mit etwas verwerflicherer Moral betrachtete. Ich hatte ihr keine Einzelheiten erzählt, versuchte aber trotzdem, irgendeinen Rat aus ihr herauszubekommen, indem ich mein Dilemma so unkonkret wie möglich darstellte.

Sie gähnte und warf mir ein Mars zu. »Ich überlege, mir die Haare zu bleichen«, sagte sie dann.

Das traf mich vollkommen unvorbereitet. Nicht nur, weil es verdammt aus dem Zusammenhang gerissen war, sondern auch, weil ihre wunderschönen Pfirsichhaare sie von dem Meer aus Blonden und Brünetten abhoben.

»Warum?«, fragte ich.

»Zeit für eine Veränderung.«

Ich nickte nur benommen. Auf einer gewissen Ebene machte alles, was Beth sagte, Sinn.

»Gracie«, sagte sie. »Was auch immer dir durch den Kopf geht, warum redest du nicht einfach mit Scholfield darüber? Er wirkt auf mich wie ein Typ, der als Kind lange Briefe an die Zahnfee geschrieben und geweint hat, als Nemo sich verirrt hat. Ich wette, er kann gut zuhören.«

Ich nickte. »Kann er auch.«

»Dann mach dir das zunutze. Er kann ruhig mal ein bisschen was für den ganzen Arsch tun, den er kriegt.«

»Hilfe!«

»Ich mein's ernst. Wahrscheinlich tut er nichts lieber, als zuzuhören, wie du durch die gefährlichen Gewässer deiner moralischen
Dilemmata steuerst.«

»Wahrscheinlich hast du recht. Ich rede mit ihm.«

»Okay. Gute Nacht, Dummie«, sagte sie und ging davon.

Ich muss wohl nicht erwähnen, dass ich Wade *nicht* erzählte,
was in mir vorging. In dieser Nacht entschied ich endgültig, dass
ich niemals reinen Tisch mit Wade machen würde. Nicht in einer
Million Jahren. Die Art Mensch war ich nun mal nicht. Ich war
die andere Art, und das war okay. Ich kam zu dem Schluss, dass
ich es verdiente, glücklich zu sein, und alle, die ein Problem damit
hatten, konnten sich ins Knie ficken. Damit vergrub ich mich unter
der Decke und schlief wenig später ein. Mein Gewissen hatte ich
irgendwo ganz oben in einem Regal verstaut, wo ich nicht ohne
Weiteres drankam.

Unsere Knutschereien waren immer dann am besten, wenn Wade abends verschwitzt und mit hochrotem Kopf an meine Tür klopfte, nachdem er den ganzen Nachmittag mit Calvin verbracht hatte. Sie schlichen sich zum Skaten oft vom Schulgelände, und wenn sie auf dem Rückweg niemand erwischte, klopfte Wade immer gegen neun an meine Tür. Wenn Georgina im Zimmer war, mussten wir es jugendfrei halten, aber zum Glück brauchte sie abends im Bad meist ewig mit dem Duschen und all ihren Haarpflegeprozeduren. Wenn das der Fall war, verloren wir keine Zeit. Und wie gesagt, diese Knutschereien waren die besten. Die Mischung aus dem Adrenalin, das nach der sportlichen Betätigung noch durch sein Blut raste, und seinem schlechten Gewissen, weil er mich hatte warten lassen, machte ihn verletzlich und hungrig nach mir. Ich spürte es in seinen Fingerspitzen, wenn er mich umarmte. Dann stellte ich mir vor, dass ich den Puls in seinen Fingern spüren konnte. Was zwar so gut wie unmöglich war, aber mir gefiel die Vorstellung, dass ich fühlen konnte, wie sein Blut rauschte. Die Tatsache, dass wir Tausende Regeln brachen, indem wir nach der Nachtruhe zusammen in meinem Zimmer abhingen, verstärkte unsere verzweifelte Sehnsucht nacheinander. Wenn die Nachtwache mein Zimmer kontrollierte, wären wir geliefert. Was die Sache nur umso besser machte.

»Findest du Anju eigentlich schön?«, fragte ich ihn an einem dieser Abende, als wir auf meinem Bett lagen und die Decke anstarrten.

Keine Ahnung, warum ich ihm diese Frage stellte. Ich hatte mir hin und wieder vorgestellt, wie ich ihn das fragte. Anju hatte jede Menge Fächer mit uns und war mit Mädchen befreundet, die immer auf dem Bordstein saßen und den Jungs beim Skaten zuschauten. Sobald sie auftauchten, verdrückte ich mich meistens. Ohne sie war ich einfach ich selbst und lebte mein volles Anrecht aus, mich von meinem Freund anturnen zu lassen. Aber wenn die anderen da waren, fühlte ich mich wie ein Groupie. Außerdem hatten sie viel coolere Klamotten als ich.

»Ja«, beantwortete Wade meine Frage.

»Du *findest sie schön*?«, sagte ich entgeistert und setzte mich auf.

Überrascht von meiner heftigen Reaktion, blickte er auf. »Ja, du nicht?«

»Ich *weiß*, dass sie schön ist«, fauchte ich und sah ihn entgeistert an. »Aber darum ging's mir nicht, du Wichser!«

»Hey, red nicht so mit mir, okay? Das ist komplett unangebracht«, sagte er und versuchte, mich an sich heranzuziehen.

Mit einem kurzen Auflachen verdrehte ich die Augen und stieß ihn weg. »Das ist so was von angebracht, Kumpel. Ich glaub's einfach nicht, dass du Anju schön findest!«

»Hey, ich *steh* nicht auf sie! Manche Mädchen sind nun mal schön. Da kann ich ja nichts für. Außerdem ändert das nichts daran, dass keine von ihnen was bei mir auslöst. Außer, du weißt schon, *du*.«

»Egal. Mein Vater hat gesagt, ich soll nie das glauben, was ein Junge mir zu verkaufen versucht.«

Er lachte, und ich versuchte, mir nicht anmerken zu lassen, wie mein Ärger verrauchte.

»Du musst mir ja nicht glauben«, sagte er. »Aber was dich betrifft, bin ich echt verloren. Komplett und unwiederbringlich verloren. Aber so richtig.«

Wie könnte ich anders, als unter seinen Worten auf der Stelle zu zerfließen? Wir machten noch ein bisschen rum, bis Georgina reinkam und ihre Laune kundtat, indem sie die Tür hinter sich zuknallte und ihre Sporttasche schwungvoll neben den Kleiderschrank schmiss.

»Georgienator!«, begrüßte Wade sie enthusiastisch. Man hätte denken können, er hätte den ganzen Tag nur auf sie gewartet.

»Hallo, Wade«, sagte sie höflich, und dann weniger höflich an mich gewandt: »Würde es euch was ausmachen, hier nicht miteinander rumzumachen?«

»Wir haben nur geredet«, verteidigte ich mich.

»Ich bin nicht blind. Ich hab euch gesehen. Ich wäre euch wirklich dankbar, wenn ihr hier drin keine Schweinereien macht. Immerhin ist das auch mein Zimmer, und ich will in meinen eigenen vier Wänden nicht immer das fünfte Rad am Wagen sein.«

Ich verdrehte die Augen.

»Alles in Ordnung mit dir?«, fragte Wade auf einmal ernst.

Georgina war gerade dabei, ihre Schuhe in eine Ecke zu schleudern. Sie blickte auf. Für einen Sekundenbruchteil wirkte sie, als wäre sie auf frischer Tat bei etwas Unschicklichem ertappt worden. Dann sagte sie schnell: »Mir geht's gut.«

»Sicher?«

»Ja. Ich bin nur … Ist nicht einfach, Volleyball und die Theater-AG unter einen Hut zu bringen. Ich glaube, ich habe mir zu viel aufgehalst, das ist alles.«

Wade beobachtete sie. Er hatte recht. Sie wirkte ziemlich neben der Spur. Sie bewegte sich zu schnell. Schmiss ihre Schuhe in den Kleiderschrank, schlüpfte in ihre Hausschuhe und zurrte ihr Haar zu einem Pferdeschwanz. Und all das in doppelter Geschwindigkeit und in abgehackten, gefühlsgeladenen Bewegungen.

»Ja, hört sich echt stressig an«, sagte Wade mitfühlend.

Georgina zog ihren komischen Rüschenbademantel an und zerrte den Gurt zu einem festen Knoten. »Ist es auch.«

Selbst ich sah nun, dass irgendwas los war.

»Sicher, dass da nicht noch was anderes ist?«, fragte Wade erneut.

Ich saß einfach nur da und fühlte mich unwohl. Ich hatte Georgina noch nie so außer sich erlebt. Nicht so. Mein Instinkt befahl mir, so schnell wie möglich zu verschwinden und erst wiederzukommen, wenn wir uns wieder über Musik streiten konnten. Aber Wade dachte gar nicht daran.

Misstrauisch sah Georgina ihn an. Dann verzog sie voller Schmerz das Gesicht.

Wade ging zu ihr hinüber und setzte sich neben sie. »Was ist los?«, fragte er, vollkommen blind dafür, dass ihn das eigentlich nichts anging.

Einen Augenblick sah sie ihn nur an, halb verängstigt und halb dankbar. Es schien fast, als wollte sie lächeln und irgendwas Gewöhnliches erwidern, aber das tat sie nicht. Stattdessen wandte sie das Gesicht in Richtung Wand, und ihre Schultern begannen unkontrolliert zu zucken.

»Ich will hier nicht sein!«, presste sie zwischen Schluchzern hervor. Ihr Körper zitterte immer heftiger, und die Worte brachen in Schüben hervor. »Ich will hier weg. Ich kann hier nicht sein. Ich … kann's einfach nicht … ich muss …«

Wade legte ihr eine Hand auf die Schulter.

Unterdessen saß ich auf meinem Bett und grub meine Nägel in die Matratze. So weit zu einem Ball zusammengeknäult wie nur irgendwie möglich, weinte Georgina noch eine Weile. Wade ließ seine Hand auf ihrer Schulter liegen und schwieg, bis sie aufgehört hatte und ihre Schultern nicht mehr zuckten. Irgendwann setzte sie sich auf und wischte sich mit dem Bademantel das Gesicht ab.

»Chad ist ein Arschloch«, war das Erste, was sie sagte.

Von dem ganzen Rotzstau, den ihr Weinkrampf verursacht hatte, klang ihre Stimme belegt und nasal.

»Wer ist Chad?«, fragte Wade.

»Chad Werling«, erwiderte Georgina, immer noch zur Wand gewandt. »Du weißt schon. Der im Stück Mr. Gradgrind spielt.«

»Wen?«

»Thomas Gradgrind. Aus dem Theaterstück, weißt du? *Harte Zeiten*. Er ist auf allen Postern zu sehen.«

»Ah, der Theatertyp mit dem Pferdeschwanz?«, fragte Wade. Der Groschen war bei ihm gefallen.

Georgina nickte. »Ja, er hat tolle Haare.« Sie schnäuzte sich geräuschvoll die Nase. »Komisch, wie jemand, der so aussieht – ich meine, perfekte Haare und alles –, gleichzeitig so ein Arschloch sein kann.«

»Um ehrlich zu sein, glaube ich, dass viele Arschlöcher perfekte Haare haben«, sagte Wade. »Wahrscheinlich sogar eine absurd hohe Zahl. 85 Prozent oder so.«

Ein unfreiwilliges Lächeln breitete sich auf ihrem Gesicht aus. Doch so schnell es aufgetaucht war, so schnell verdüsterte sich ihr Ausdruck auch wieder.

»Ich dachte, er wäre anders. Er hat immer so coole Sachen gemacht«, sagte sie. »Er hat zum Beispiel mal bei einem Theatertreffen eins von seinen Gedichten laut vorgelesen. Es handelte von einem Baum, der im Schatten von einem großen Baum wächst, und dann geht es darum, wie der kleine Baum nicht genug Licht bekommt, aber trotzdem seine Äste weiter Richtung Sonne ausrichtet und nicht aufgibt. Ich kann mich nicht mehr genau an alles erinnern, aber es war alles irgendeine Metapher. Ich fand's toll, dass ein Junge solche Gedanken hat und sie offen ausspricht. Ich dachte, dass ich ihn kenne. Ihn verstehe. Ich meine, arschige Leute schreiben doch keine Gedichte mit Metaphern, oder?«

»Würde ich ihnen durchaus zutrauen«, erwiderte Wade.

»Aber er geht auch fliegenfischen!«, sagte Georgina. »Ich dachte einfach, er wäre anders.« Sie fing wieder an, ein bisschen zu weinen. »Ich bin so ein Trottel«, sagte sie unter Tränen. »So unglaublich dumm.«

»Komm schon, bist du nicht«, sagte Wade.

»Bin ich wohl!«, beharrte sie fast wütend. »Ich hab ihm einen Brief geschrieben. Und als wäre das nicht schon dumm genug, habe ich ihm den Brief auch noch *gegeben*. Ich habe ihm einen Liebesbrief gegeben! Ich meine, seht mich doch mal an. Ich weiß, wie ich aussehe. Mir war klar, dass kein Junge mich jemals mögen wird – und schon gar nicht *so* einer. Das wusste ich! Warum hab ich ihm bloß den Brief gegeben?«

Voller Wut drehte sie sich zu Wade um. Nachdem sie sich mit dem Bademantel wieder und wieder die Tränen abgewischt hatte, war ihr Gesicht rot und wund. Die Chips, die sie immer im Bett aß, hatten auf ihrem linken Ärmel einen Fleck hinterlassen.

»Ich habe im Internet gelesen, dass Jungs es mögen, wenn ein Mädchen den ersten Schritt macht«, sagte sie. »Dadurch bin ich überhaupt erst auf die Idee gekommen. Aber ich hatte eigentlich nie vor, ihm den Brief zu geben. Ich hatte ihn bloß immer dabei und hab mir vorgestellt, ich wäre cool genug, um den ersten Schritt zu machen. Aber dann haben wir gestern in Englisch *Dead Poets Society* gesehen, und … ich … ich dachte auf einmal, ich sollte einfach aufhören, mir so viele Gedanken zu machen, und den Tag nutzen. Also habe ich ihm den Brief gegeben, und er hat ihn auf der Stelle vor all seinen Freunden geöffnet, und der Glitzer, den ich in den Briefumschlag gemacht hatte, hat sich überall verteilt. Und dann hat er ihn laut vorgelesen. Vor all seinen Freunden. Mit so einer blöden Stimme, als würde er in irgendeiner Schnulze mitspielen. Ihr wisst schon, so theatralisch, dass alles, was ich geschrieben habe, noch dämlicher wirkte, als es ohnehin schon war.«

Ich schloss die Augen und fragte mich, wie viele dämliche Schüler wohl nach diesem Film schon versucht hatten, »den Tag zu nutzen«. Ich meine, selbst in dem Film kommt da für diesen Typen nichts Tolles bei rum. Das sollte doch eigentlich Warnung genug sein.

»Alle fanden es megakomisch«, fuhr Georgina fort. »Und ich stand daneben. Ich hatte noch nicht einmal die Zeit gehabt zu gehen, und alle haben mich ausgelacht.« Sie verzog den Mund und starrte in eine Ecke ihres Bettes. »Das Schlimmste waren diese ganzen Mädchen, die gesagt haben: ›Chad! Sie steht direkt vor dir! Sei nicht so gemein!‹, während sie versucht haben, nicht zu lachen, aber in Wahrheit am meisten von allen gelacht haben. Brooke Foster war auch da. Ihr wisst schon, die, die in dem Stück Sissy Jupe spielt.«

Ihr Gefühlsausbruch schien sich gelegt zu haben, doch unter ihrer ausdruckslosen Stimme verbarg sich unruhige Verzweiflung.

»Ich versteh einfach nicht, wie ich so dumm sein konnte«, sagte sie. »Ich check's einfach nicht. Wie konnte ich nur so ein Schwachkopf sein?«

»Du bist kein Schwachkopf«, sagte Wade. »Jemandem einen Liebesbrief schreiben und ihn dann auch noch übergeben – ich meine, machst du Witze? Weißt du überhaupt, wie mutig das ist?«

Unsicher flackerte ihr Blick zu ihm hinüber. »Chad fand das erbärmlich.«

»Was ihn zu einem Vollpfosten macht. Nichts von dem, was du getan hast, war dumm.«

Eine kurze Pause entstand.

»Was zählt das schon. Ich kann jedenfalls keinem von denen je wieder unter die Augen treten«, sagte sie schließlich entschieden. »Ich wusste schon immer, dass ich ein Loser bin, aber jetzt wissen es alle. Ich meine, wahrscheinlich wussten sie's schon vorher, aber jetzt haben sie den endgültigen Beweis dafür. Denen kann ich nichts mehr vormachen.«

»Ach, komm schon!« Wade stieß sie an. Sie hatte ihr Gesicht wieder in Richtung Wand gedreht.

Himmel, war es hart, sie so zu sehen.

»Ich bin echt ein Witz«, sagte sie zur Wand. »Wenn ich auch nur an mich denke, krieg ich schon das Kotzen. So ist es nun mal.«

Ein bisschen sanfter wiederholte Wade: »Komm schon, sag so was nicht.«

Georgina sah aus, als würde sie jederzeit wieder in Tränen ausbrechen. »Alle denken das.«

»Völliger Quatsch. *Ich* finde nicht, dass du ein Loser bist«, protestierte Wade. »Und Gracie auch nicht.«

Georgina warf mir einen Blick zu. »Na klar. Gracie hält mich hundertpro für einen Loser.«

Ich wand mich ein bisschen. »Na ja, meistens schon, ja. Aber jetzt – keine Ahnung. Wade hat schon recht: Das war ziemlich beeindruckend. Jemandem einen Liebesbrief zu schreiben und ihn dann auch noch zu übergeben. Und sogar mit Glitzer drin. Ich hätte niemals den Mumm, so was zu machen.«

Eine kurze Pause entstand, in der Georgina wahrscheinlich versuchte herauszufinden, ob sie sich dadurch besser fühlte.

»Und abgesehen davon, scheiß auf Chad und sein dämliches Baumgedicht«, sagte ich nachdrücklicher. »Und sorry, aber dieser ganze Quatsch mit dem großen und dem kleinen Baum und der Botschaft darin – das hat mir echt das Gehirn zerfickt.«

Georgina erwiderte nichts. Sie hatte den Blick wieder auf eine Ecke ihres Bettes gerichtet. Doch ihr Gesichtsausdruck war nicht mehr so schrecklich hilflos wie zuvor. Sie lächelte sogar ein wenig.

»Ja«, stimmte Wade feierlich zu. »Mir hat er damit auch ein bisschen das Gehirn zerfickt, wenn ich ehrlich bin.«

Unfreiwillig wurde aus Georginas Lächeln ein Kichern.

Wade, Georgina und ich blieben bis zwei Uhr nachts wach. Als Wade gegangen war und wir allein in der Dunkelheit lagen, hörte ich die Bettdecke rascheln und wusste, jetzt war Georginas Zeit gekommen.

»Ich hab immer gedacht, ich fände es furchtbar, du zu sein«, sagte sie schließlich. »Ich meine, nicht weil irgendwas an dir verkehrt ist, sondern einfach nur aus den offensichtlichen Gründen. Weil du kein Geld hast und so.«

»Aha.« Ich verdrehte im Dunkeln die Augen. Schön, sie wiederzuhaben.

»Aber dann hattest du plötzlich einen Freund, und das macht mich eifersüchtig. Ich habe noch nie jemanden geküsst. Die Jungs beachten mich überhaupt nicht. Weißt du, wie sich das anfühlt? Diese langweilige, breite Kuh zu sein, die keiner ernst nimmt?«

»Okay, Wade tickt nicht mehr ganz richtig – deshalb mag er mich«, sagte ich. »Und du bist nicht *breit* – was auch immer das heißen soll. Du hast bloß Muskeln, weil du wie eine Wahnsinnige trainierst.«

»Na ja, wie auch immer. Jedenfalls hast du großes Glück, Gracie.«

Das war das Seltsamste, was ich je gehört hatte. Ich hatte nie Glück gehabt. Und ich schätze, sie hatte recht. In dieser Hinsicht war ich zu beneiden.

»Kann sein«, sagte ich.

»Hast du wirklich. Wade ist echt cool und außerdem, keine Ahnung, so ungefähr der netteste Mensch, den ich kenne. Ich wusste nicht, dass Jungs so sein können. Er hat es sogar geschafft, dass du weniger gemein bist. Nichts für ungut.«

»Ja, das stimmt.«

»Ich bin nach wie vor ganz schön neidisch«, gab Georgina zu. »Aber wenn ihr es jemals *tun* wollt – Sex haben, meine ich –, dann könnt ihr meinetwegen gern das Zimmer haben.«

»Oh. Danke.«

»Aber nicht in meinem Bett oder so.«

»Iiiih, what the fuck, Georgie! Warum sollten wir es denn in deinem Bett treiben?«

»Keine Ahnung! Du benutzt doch auch meine Lautsprecher und so, wenn ich nicht da bin.«

»Das ist noch nicht mal ansatzweise dasselbe!«

»Ich will nur sichergehen, okay?«

»Alter!«

»Aber ich mein's ernst. Ich geb euch das Zimmer, wenn ihr wollt.«

»Okay. *Danke.*«

»Gern geschehen. Gute Nacht.«

»Gute Nacht.«

25

Am nächsten Tag war Wade in der Mittagspause gerade dabei, mir bei ein paar Matheaufgaben zu helfen, die ich vergessen hatte, als plötzlich irgendwas auf der anderen Seite des Raums seine Aufmerksamkeit erregte. Er brach mitten im Satz ab, und sein Finger ruhte weiterhin auf irgendeiner bescheuerten Formel, die ich nie im Leben brauchen würde.

»Was?«, fragte ich und sah mich um.

»Warte kurz«, sagte er, stand auf und ließ mich mit meinem Mathebuch sitzen.

Ich rief ihm nach, aber er drehte sich nicht um. Da stand ich und sah zu, wie er mit geballten Fäusten den Saal durchquerte. Nichts an ihm erinnerte mehr an seine für gewöhnlich so lässige Körperhaltung.

Dann entdeckte ich Chad Werling, der sich, in eine Unterhaltung mit zwei Freunden aus der Theater-AG vertieft, mit seinem Essenstablett auf einen Tisch zuschlängelte. Mir rutschte das Herz in die Hose. Sie bemerkten Wade erst, als er direkt vor ihnen stand. Er stieß Chads Freunde zur Seite und schlug Chad ohne den Anflug eines Zögerns das Tablett aus der Hand. Es flog durch die Luft. In dem Moment schien alles in Zeitlupe abzulaufen. Ich sah, wie das Tablett durch die Luft schwebte und der Teller, das Besteck und das Essen sich von der Schwerkraft und dem Tablett lösten. Chad stand einfach nur da, vollkommen verblüfft, Mund weit offen stehend, schikaniert und lost. Sein Blick folgte dem Essen durch die Luft. Dann sagte Wade etwas zu ihm. Chad richtete den Blick auf ihn und fiel im nächsten Moment mit rudernden Armen nach hinten, als Wade ihn schubste. Hart landete Chad auf dem Tisch hinter ihm. Unter lautem Geschreie flogen noch mehr Essen und Softdrinks durch die Luft und landeten in verschiedenen Schößen. Chad rutschte vom Tisch auf den Boden, und Wade trat einen Schritt vor.

»Du bist echt ein Stück Scheiße«, sagte Wade zu ihm. »Aber das weißt du wahrscheinlich.«

Chad wirkte vollkommen verängstigt.

»Was … ich verstehe …«, stammelte er, aber da trat Wade ihm schon in die Seite. Verwirrt und überrumpelt schrie Chad auf und bedeckte ängstlich das Gesicht mit den Armen. Da zerrte jemand Wade zurück, und Mr. Grant, der am heutigen Tag Aufsicht hatte, kam herbeigelaufen.

»Das reicht!«, rief er. »Was zum Teufel ist denn hier los? Was soll das?«

Eloise Smith trat aus den Gaffern hervor und deutete mit dem Finger fieberhaft auf Wade. »Wade war's! Chad hat überhaupt nichts getan! Er ist nur mit seinem Essen hier langgelaufen. Ich hab direkt dort gesessen und alles gesehen. Wade hat ihn einfach so angegriffen!«

Endlich bekam sie ihre Rache, weil Wade darin versagt hatte, sie anzuhimmeln. Aber gleichzeitig war nichts von dem, was sie sagte, gelogen. Genau so war es geschehen.

»Alles klar, das reicht! Kann bitte jemand diese Sauerei hier aufräumen?«

Dann ordnete Mr. Grant jemandem an, Chad aufzuhelfen, und packte Wade am Arm. »Du kommst mit, Kumpel.«

»Gracie!« Ich drehte mich um und sah Georgina auf mich zustürzen. Sie packte mit beiden Händen meine Schultern und zerquetschte sie fast vor Aufregung. »Oh mein Gott! Hast du das gesehen?« Sie war vollkommen außer Atem. Außer Fassung. »Hat Wade das gerade für mich getan?«, quietschte sie atemlos.

»Ich weiß es nicht«, erwiderte ich benommen.

»Ich glaube schon! Heilige Scheiße! Kannst du glauben, dass er das gerade wirklich getan hat, Gracie?« Ihr Mund hing zu einem riesigen, berauschten Grinsen offen, und Tränen sammelten sich in ihren Augen. Ich hatte sie noch nie so begeistert erlebt. Nicht einmal, als die Schule ein Foto von ihr in der Werbebroschüre abgedruckt hatte, auf dem sie mit einem Volleyball unterm Arm neben dem Haupteingang stand. »Oh mein Gott!«, wiederholte sie und rang die Hände. »So was hat noch nie jemand für mich getan. Und Himmel, hast du Chads Gesicht gesehen?«

Ich sah sie zerstreut an und machte dann, dass ich hinter Mr. Grant und Wade herkam.

»Dein Freund ist echt ein Psychopath, nur dass du's weißt«, sagte Eloise und versetzte mir einen Stoß, als ich vorbeiging. Ihre Augen waren vor Aufregung geweitet, sie sah beinahe so glücklich aus wie Georgina.

Gleichgültig zeigte ich ihr den Mittelfinger.

»Ihr habt euch echt gefunden!«, rief Eloise mir hinterher.

Doch ich war schon an ihr vorbei und stieß die Tür zum Flur auf. Ich suchte Wade im Sekretariat, aber dort ließen sie mich nicht so ohne Weiteres rein. Den Rest des Tages verbrachte ich damit, mich zu fragen, ob Wade womöglich nicht der war, für den ich ihn gehalten hatte. Ich erinnerte mich daran, wie er mir erzählt hatte, dass er die Prügelei mit Derek angezettelt hatte. Damals hatte ich es dumm gefunden, aber darüber hinaus hatte es mich nicht weiter beschäftigt. Es hatte mich nicht wirklich gekümmert. Ich meine, Derek war schließlich Derek. Er *brauchte* einfach mal von jemandem eins in die Fresse. Das heute war anders. Vielleicht nur, weil ich zum ersten Mal Zeugin geworden war. Ich hatte gesehen, wie Wade sich in jemanden verwandelte, den ich nicht kannte. Ich hatte gesehen, wie er Chad das Tablett aus der Hand geschlagen hatte. Ihn gegen den Tisch geschubst. Wie er ihn getreten hatte, obwohl Chad schon am Boden lag und die Hosen voll hatte. Noch nie hatte ich ihn so gefühllos erlebt.

Und die Sache war die: Ich liebte es, dass Wade kein Arschloch war. Es war eine wahre Offenbarung gewesen, wie freundlich, nett und besorgt er mit Leuten auf eine Art umging, wie ich es niemals könnte. Ich war auch nicht perfekt, das wusste ich. Aber irgendwie änderte das nichts an der Tatsache, dass Wade keine Macken haben durfte.

Zum Abendessen tauchte er nicht auf, und deshalb setzte ich mich auf die Treppe, die zum Jungenflügel führte, und wartete in dem Glauben, dass das der einzige Weg war, ihn auf jeden Fall zu erwischen. Er hatte nie einen Ersatz für das Handy bekommen, das er vor den Osterferien aus Versehen in die Wäsche geschmissen hatte, und ihn zu erreichen war manchmal echt schwierig. Ich hatte mein Buch mitgenommen und las ungefähr eine Stunde lang mit einem Knoten im Bauch darin, bis mir jemand sanft auf den Kopf klopfte. Ich blickte auf, und da war er. Rieb sich den Arm und wirkte völlig unbeeindruckt. Sein Blick war lebhaft, als wären die Ereignisse am Mittag im Speisesaal bloß Teil des eintönigen Sammelsuriums, das das Leben ausmachte.

»Und?«, fragte ich.

»Nichts«, sagte er und setzte sich neben mich.

»Wie, *nichts*?«

»Internationale Spacestation.«

ISS = Internationale Spacestation = Innerschulische Suspendierung.

Beides hatte in etwa die gleichen isolierenden Eigenschaften.

»Wie lange?«

»Eine Woche«, sagte er achselzuckend.

»Das geht als Suspendierung durch, Wade!« Ärger loderte in meinen Worten. »Das kommt in deine Schulakte.«

Er wirkte verblüfft und zugleich amüsiert von meiner heftigen Reaktion.

»Das ist was Ernstes!«, verteidigte ich mich. »Damit verbaust du dir deine Chancen auf Colleges und so. Das bleibt für immer in deiner Akte.«

Ich konnte nicht glauben, dass ich von Colleges faselte, als würde es mir zustehen, einen Scheiß darauf zu geben. Oder Akten. Meine verzweifelte Gefühlslage brachte mich dazu, mich an jeden Halm zu klammern.

»Tut mir leid, wenn ich dein Bild von mir zerstören muss«, sagte er lachend. »Aber meine Schulakte ist schon ungefähr seit der Mittelschule aufs Übelste versaut. Hattest du den Eindruck, ich will nach Harvard oder so?«

Angepisst, dass ich, ohne es zu wollen, zu einer Elternfigur gemacht worden war, rutschte ich von ihm weg. »Du musst das Ganze ja nicht absichtlich noch schlimmer machen!«

»Ich will nichts schlimmer machen. Im Gegenteil, ich geb mein Bestes, um alles *besser* zu machen. Ist nicht einfach, diese schnurgerade, abgefuckte Viererschüler-Kurve zu halten, weißt du – vor allem, wenn du zufällig mathematisch begabt bist.«

»Das ist nicht lustig«, fauchte ich und stand auf. Dabei hielt ich mir mein Buch seltsam vor die Brust, so als versuchte ich, mit der Bibel das Böse abzuwenden. »Ist dir dein Leben denn völlig egal?«

Endlich dämmerte Wade, wie ernst es mir war, und er wurde ernster. »Hey«, sagte er sanft und blickte zu mir hoch. »Wen interessiert schon meine Schulakte? *Dich* ganz sicher nicht, das weiß ich zufällig.«

Er wartete auf eine Antwort, doch ich hatte nichts zu sagen

und schwieg. Meine Wut war nicht so befriedigend wie damals, als ich wütend auf Mr. Sorrentino gewesen war. Im Gegenteil, es war schrecklich, etwas anderes als völlig verrückt nach Wade zu sein.

Er stand auf und legte den Arm um mich. »Was ist los?«, fragte er besorgt, aber kein bisschen eingeschüchtert. »Bist du wirklich sauer auf mich?«

Nach einem langen Schweigen, in dem ich es vermied, ihn anzusehen, sagte ich: »Ich weiß es nicht.«

»Geht's um die Sache mit Chad beim Mittagessen?«, fragte er.

»Vielleicht. Hat sich komisch angefühlt, dich so was machen zu sehen.«

Da war es wieder, dieses schwache, geheimnisvolle Lächeln. »Wie kommt's?«

Wir liefen am Seitenteil des Gebäudes entlang, weg vom belebten Haupteingang. Noch immer lag sein Arm warm und schützend um meine Schultern. Ich konnte seine Haare und seine Haut riechen, und mehr als alles in der Welt wollte ich einfach nur den Kopf auf seine Schulter legen und mich von ihm anhimmeln lassen. Aber das war nicht der richtige Moment dafür. Ich hatte damit angefangen, nun musste ich es auch zu Ende bringen.

»Du warst wie ausgewechselt«, sagte ich zögernd. »Ich hätte nie gedacht, dass du so was tust.«

»Wirklich? Warum sollte ich so was nicht tun?«, fragte er.

Genervt sah ich ihn an. »Weil du ein guter Mensch bist, Wade.«

Das schien ihn mehr zu belustigen als alles, was ich bisher gesagt hatte.

»Ich mein's ernst. Du machst so blöden Scheiß nicht.«

»Das ist echt süß von dir«, sagte er und drückte mich. »Aber nicht sehr zutreffend.«

Ich befreite mich aus seinem Arm und schubste ihn hart. »Fick dich. Das ist die Wahrheit. Ich *kenne* dich, Wade. Ich kenne dich, verdammt noch mal. Offenbar besser als du dich selbst.«

Er hatte mich amüsiert beobachtet. In dem Moment hasste ich ihn für seine Geduld, seinen Humor und seine Fähigkeit, selbstsicher und ohne Hemmungen in gefühlsbeladene Situationen wie diese zu gehen. Oder wie die gestern mit Georgina. Ich wandte mich ab und stellte sicher, dass mein Gesicht und meine Körpersprache widerspiegelten, dass ich seine Belustigung kein Stück teilte.

»Vor ein paar Jahren bin ich mit ein paar Freunden in eine Menge Häuser in der Nachbarschaft eingebrochen«, sagte Wade unvermittelt.

Ich sah ihn an. Dieser unerwartete Einblick in seine Vergangenheit durchbrach die Wand, die ich verbissen aufgebaut hatte, um ihn auszuschließen.

»Wir haben nicht wirklich was angefasst«, fuhr er fort, als er mein schlecht verhülltes brennendes Interesse bemerkte. »Außer es war Bier im Kühlschrank, oder wenn wir wussten, dass ein Mädchen aus der Highschool da wohnte. Dann mussten wir natürlich ihre Unterwäsche mitgehen lassen oder so, aber das ist ja wohl gesunder Menschenverstand, wenn man dreizehn ist.«

Ich schnaubte ein unfreiwilliges Lachen heraus. Noch war ich nicht bereit, mich wieder friedlich stimmen zu lassen, aber mir gefiel die Geschichte, wo zur Hölle sie auch hinführen mochte.

»Aber dann hat ein Typ mal seine Kreditkarte neben seinem Computer liegen lassen. Also haben wir ihm einen Account bei einer Menge abgefuckter Pornoseiten gemacht, weil: normal eben! Wir haben gedacht, das kriegt eh keiner mit, bis die Kreditkartenrechnung mit der Post kommt oder die Internetseiten Mails schicken oder so was. Dachten, es wär 'ne tolle Idee, und am Anfang war's auch lustig. Aber als seine Frau davon Wind bekommen hat, hat sie ihn *rausgeschmissen*. Er hatte Kinder und war gut mit meinem Vater befreundet. Deshalb hat er auf unserem beschissenen Sofa geschlafen und sich, keine Ahnung, jede Nacht die Augen ausgeheult.«

»Das ist echt übel, Wade«, sagte ich lächelnd.

»Findest du?«

»Ja, aber egal. Willst du, dass ich zu Ende erzähle? Ich weiß nämlich, wie's weitergeht.«

»Klar, warum nicht.«

»Okay. Du hast die ganze Sache gebeichtet, seine Frau hat ihn zurückgenommen, du hast deine Freunde nicht verraten, sondern alle Schuld auf dich geladen, und deine Eltern haben irgendeine Art Exorzismus an dir durchgeführt.«

Er lachte.

Meine schlechte Laune war verflogen. Inzwischen war es dunkel geworden, und wir saßen auf der Rückseite des Gebäudes. Die Luft war schwül und warm. Bis auf den Lärm der Grillen und ein paar Stimmen in der Ferne war es still.

»Hab ich recht?«, fragte ich.

»So ziemlich.«

Endlich gab ich meinen Gefühlen nach und legte den Kopf auf seine Schulter. »Ich hab's dir doch gesagt. Ich kenn dich, Wade.«

Für einen Moment schwiegen wir einträchtig.

»Aber jetzt mal im Ernst«, sagte er irgendwann mit einem ernsten Unterton unter seiner vergnügten Fassade. »Das ist nur ein blödes Beispiel von ungefähr fünf Millionen Situationen, die ich dir erzählen könnte, in denen ich mich wie ein Riesenidiot benommen habe. Ich hab dir das nur erzählt, weil …« Er rang nach Worten. »Weil ich nicht will, dass du eine falsche Vorstellung von mir hast, Gracie. Also, dass ich … keine Ahnung, was auch immer du glaubst, wer ich bin. Das bin ich nämlich nicht. Was ich tu, macht oft keinen Sinn, und ich bin nicht sonderlich bekannt für meine tollen Entscheidungen. Und wenn du so große Erwartungen hast und mich für keine Ahnung wen hältst … ich hab das Gefühl, dann kannst du nur enttäuscht werden. Also hab sie bitte nicht, okay?«

Ich drückte seine Hand. »Entspann dich. Ich habe nie gesagt, dass du tolle Entscheidungen triffst. Ich hab bloß gesagt, dass du ein guter Mensch bist. Und das stimmt. Bist du wirklich.«

Ohne zu antworten, dachte er darüber nach. Ich konnte sehen, dass er mir nicht glaubte.

»Himmel, du bist echt ein Idiot, wenn du das nicht selbst siehst«, sagte ich und verdrehte die Augen über sein Schweigen. »Du bist so ungefähr der beste Mensch, den ich kenne, Wade.« Es klang beinahe vorwurfsvoll. »Du hast diese ganzen nervigen Moralvorstellungen, was mich im Vergleich immer zu einer eiskalten Bitch macht. Also muss ich gerade nur wegen dir versuchen, ein besserer Mensch zu sein. Und das ist nicht fair, weil du dich dafür noch nicht mal anstrengen musst. Du bist einfach so. Du bist der beste Mensch, den ich kenne. Also stell dich nicht so an. Du könntest es wenigstens zugeben.«

Wade kratzte sich verlegen die Wange. Noch nie hatte ich ihn so unbehaglich gesehen. Er sah mich nicht mal an.

»Du kommst echt nicht auf Komplimente klar, wie?« Ich stieß mein Knie gegen sein Bein.

Noch immer nervös vor Verlegenheit, warf er mir ein schwaches Lächeln zu. »Tut mir leid«, sagte er. »Und ja, danke. Nett von dir, so was zu sagen – all diese Dinge. Echt nett von dir.«

Ich seufzte. »Nein, verdammt, ist es nicht. Es ist die Wahrheit.«

Er drückte meine Hand zurück.

»Egal, was ich eigentlich sagen wollte«, fuhr ich fort, um vorsichtig auf den Punkt zu kommen. »Was du mit Chad gemacht hast, ihm einfach so in den Bauch zu treten, das hat einfach kaputt gemacht, was ich von dir kannte. Das ist alles. Es hat mir Angst gemacht.«

»Sorry«, sagte er. »Ich wollte dir keine Angst machen. Falls du dich dadurch ein bisschen besser fühlst: Ich habe ihm nicht wirklich wehgetan.«

»Du hast ihn getreten.«

»Nicht richtig, glaub mir.«

»Ist ja auch egal. Du hast ihm eine Riesenangst eingejagt.«

Ich suchte sein Gesicht nach irgendwelchen Anzeichen widerstrebender Zustimmung ab. Da war nichts. Er erwiderte meinen Blick, als warte er auf die Pointe. Zwar schien er sich nicht mehr unwohl zu fühlen, aber anscheinend konnten wir einander zum allerersten Mal nicht verstehen.

Irgendwann nickte Wade und sagte: »Ja, du hast recht«, ohne es wirklich zu meinen. Und dann fügte er weitaus überzeugter hinzu: »Aber dieser Typ ist so ein Arschloch! Ich meine, komm schon! Du hast Georgie doch gestern selbst gesehen. Sie war am Boden zerstört.«

Skeptisch und mit einem engen Gefühl in der Kehle starrte ich ihn an. »Warum ist dir das so wichtig?«

Blöde Frage, aber ich musste sie einfach stellen.

Verständnislos blickte er auf. »Sollte es mir scheißegal sein?«

»Nein, ich meine, warum bedeutet dir das so *viel*? Genug, um für andere Leute auf dein eigenes Leben zu pfeifen? Du schuldest Georgie doch nichts. Und Michael Holt auch nicht. Du veranstaltest dieses ganze verrückte Heldenzeug und denkst erst viel später an dich. Als wärst du selbst gar nichts wert.«

Während er mir zuhörte, knabberte er am Nagel seines Mittelfingers herum. Er verstand es noch immer nicht.

»Warum benutzt du dich so?«, fragte ich.

»Ich benutze mich nicht«, wischte er meine Frage mit einem kurzen Auflachen beiseite. »Ich tu nichts, was ich nicht will.«

»Ist doch egal. Mir geht's darum, dass du für jemanden wie Georgie nicht so weit gehen musst. Nicht auf diese Art.«

Ergeben warf er die Hände in die Luft. »Okay, hör zu. Ich sag ja nicht, dass das, was ich getan habe, eine tolle Idee war. Ich sag nur, dass Chad da plötzlich mit seinem Essen direkt vor mir stand und sich mit seinen Wichsern von Freunden das beschissene Hirn weggelacht hat, während sein Pferdeschwanz und seine Fresse auf allen Theaterpostern sind und er sich nie damit auseinandersetzen muss, was er Georgie angetan hat. Niemand würde je dafür sorgen, dass er da mal drüber nachdenken muss. Macht dich so 'n Scheiß nicht auch manchmal fertig? Dass manche Leute mit so was einfach davonkommen?«

Ich dachte daran, wie Georgina vor Erleichterung fast angefangen hatte zu weinen, weil endlich mal jemand für sie Partei ergriffen hatte. Ich sah ihren schockierten, ungläubigen Blick vor mir. Und wie dann ein bisschen Selbstachtung in sie zurückgetropft war. Die Zuversicht, dass sie, genau wie alle anderen, das Recht hatte, sich dort im Speisesaal aufzuhalten. An seinen Worten war was dran.

»Ja, schon«, lenkte ich ein. Die Luft war raus, und ich gab mich ein bisschen geschlagen. Ich wusste nicht mehr, was richtig und was falsch war. Vielleicht hatte Wade recht. Chad war ein Stück Scheiße. Aber so oder so wollte ich nicht länger darüber nachdenken. Ich wollte mit Wade rumknutschen.

»Wie auch immer, wahrscheinlich hast du recht mit allem«, sagte Wade, als hätte er meine Gedanken gelesen. Auch er hatte keine Lust mehr zu streiten. Stattdessen rutschte er vor mir auf die Knie und bettelte: »Kannst du jetzt bitte, *bitte* nicht mehr auf mich sauer sein? *Biiiiiiitte?*«

Ich tat, als wäre das eine schwere Entscheidung. »Vielleicht«, sagte ich schließlich. »Kauf mir ein paar Süßigkeiten, und wir reden noch mal drüber.«

Fröhlich zog er mich auf die Füße, und wir gingen zurück ins Wohngebäude.

In Wahrheit war ich schlicht und einfach machtlos, wenn es um diesen Typen ging und wie er redete und wie er mich ansah und wie alles um ihn herum in einem perfekten Chaos zu explodieren schien – er hätte alles tun können, und ich hätte ihm verziehen. Ich hatte in dieser Sache nicht die Oberhand. Also beschloss ich, erleichtert auf seine Seite zu springen, wenn das bedeutete, dass ich an diesem Abend im Gemeinschaftsraum sorglos vor dem Fernseher in seinen Armen liegen und M&Ms essen konnte. Ich beschloss, nie wieder in irgendeiner Sache auf der gegenüberliegenden Seite des Grabens von Wade zu stehen. Das war es einfach nicht wert.

Als Schlafenszeit war, brachte er mich zum Eingang des Mädchenflügels.

»Ach, du Scheiße, das hätte ich fast vergessen!« Ich drehte mich noch einmal zu ihm um. »Georgie hat gesagt, wir können in meinem Zimmer Sex haben, wenn wir wollen.«

Sein Gesicht erstarrte. Alle Gedanken schienen mittendrin ins Nichts zu fallen, und sein Mund blieb leicht geöffnet stehen.

»Was denkst du? Ist das komisch?«, fragte ich.

»Nein«, sagte er. »Ich bin bereit. Wenn *du* es bist.«

Ich nickte. »Ja. Ich bin bereit für Geschlechtsverkehr.«

Er lachte. »Okay, cool.«

»Ja.«

Einen Augenblick standen wir da wie zwei Idioten. Auf eine überschäumende Art glücklich, gegen die wir absolut nichts tun konnten.

»Also, dann machen wir's einfach?«, fragte ich. »Oder müssen wir das irgendwie planen?«

Mit vor Aufregung gerötetem Gesicht schüttelte Wade den Kopf. »Nein, ich glaube, wir machen's einfach«, sagte er. »Es sei denn – *willst* du es planen?«

»Nein.«

»Na dann, cool.«

»Wann bist du morgen fertig?«, fragte ich.

»Um die gleiche Zeit.«

»Dann treffen wir uns hier?«

Er nickte wieder, fast ehrfürchtig angesichts dieser unerwarteten Wende in seinem Leben. Mir gefiel es, mit anzusehen, wie er unbeholfen vor Begierde wurde. Sein Charme begann zu bröckeln und brachte seine lässige Art ins Stolpern. Noch so ein Weg, mich in meiner eigenen Macht zu baden. *Ich* machte das mit ihm. Es war der Wahnsinn. Ich beugte mich vor, gab ihm einen Kuss und lief dann die Treppe hinauf.

26

Eine kurze Anmerkung zu unserer Geschichte der Geilheit: Seit Goodwill hielten Wade und ich mit unserer Lust füreinander nicht länger hinter dem Berg. Vorher hatten wir möglicherweise die abstruse Vorstellung, dass wahre Liebe so rein wie frisch gefallener Schnee sein müsse und jede Form der Sinnlichkeit, die man in diesen heiligen Zustand einbrachte, die einzige uns je bekannte Wahrheit kontaminieren könnte. Im Nachhinein war es vielleicht auch nur mir so gegangen, und ich hatte einfach angenommen, dass es Wade genauso ging, weil er so perfekt mitspielte.

Aber dann gingen wir eines Tages zu Goodwill, weil ich ein Kleid für die Schülerversammlung nach dem Modell der UN brauchte, und das einzige Kleid, das auch nur ansatzweise infrage kam, hatte einen völlig bescheuerten Reißverschluss, den ich nicht alleine zumachen konnte. Also fanden Wade und ich uns plötzlich allein in einer Umkleidekabine bei Goodwill wieder, mit einem offenen Kleid, das ich mir an den Körper hielt, und Wades Hand auf meinem Rücken, während er versuchte, den Reißverschluss dazu zu bringen, seinen Dienst zu verrichten.

Es traf uns wie aus dem Nichts: Noch nie hatten wir mehr Privatsphäre gehabt, ich war halb nackt, und die Situation war überwältigend.

Die Umkleidekabine war klein und roch stechend nach Waschmittel, Reinigungsmitteln und einer Vielzahl muffiger Schränke und Körpergerüche. Aus dem Lautsprecher plärrte viel zu laut Countrymusik. Nicht gerade der romantischste Ort, und trotzdem war die Romantik plötzlich mit voller Wucht da.

Ich spürte, wie einer von Wades Fingern vom Reißverschluss abließ und langsam und vorsichtig meinen Rücken berührte. Da ließ ich das Kleid von meinen Schultern fallen und drehte mich um. Es hing mir um die Hüfte, sodass nur noch mein BH zwischen ihm und meinem nackten Körper war. Unsicher, wo das hinführen sollte, und mit dem verzweifelten Wunsch nach irgendeiner Choreografie, der wir folgen könnten, standen wir da. Je länger wir nichts taten, desto dringender musste irgendwas geschehen.

Also öffnete ich meinen BH, und die Unschuld des Augenblicks war verflogen. Wades Augen weiteten sich, als er zitternd Luft holte. In dem Drang, seinen Blick zu fokussieren, schielte er beinahe. Noch nie hatte ich ihn so paralysiert gesehen. Ich spürte den Rausch meiner Anziehungskraft. Doch anders als damals, als ich es mit Derek getrieben hatte, spürte ich zugleich meine eigene Verletzlichkeit. So sehr, dass es beinahe wehtat. Auch wenn ich es nicht vollkommen verstand, wusste ich auf einmal, was ich von diesem Menschen vor mir brauchte. Alles, was ich kriegen konnte. Nichts durfte übrig bleiben. Ich fragte mich, ob das wahre Leidenschaft und ich nun diejenige mit dem religiösen Blick war. Wahrscheinlich.

Kaum hatten wir angefangen, uns zu küssen, waren Wades Hände auf mir wie die eines Kindes, das nach allen Keksen grapscht, die es kriegen kann, solange die Luft rein ist.

»He!«, rief jemand und klopfte laut gegen die Tür der Umkleidekabine. »Hier gibt's nur eine Umkleide!«

Damals waren wir nicht so weit gekommen, doch seit dem Vorfall in der Umkleide von Goodwill wussten wir, dass wir bereit waren. Mehr als bereit. Und mit diesem Wissen hielt eine glückselige Annäherung an die Geilheit – auf welch angemessenen oder unangemessenen Wegen auch immer – mit Höchstgeschwindigkeit Einzug in unser Leben. Kaum waren wir ein paar Minuten für uns, ging's los. Unten bei der Hintertreppe, im Musikraum, in einem verborgenen Teil des Tennisplatzes und in der Wäscherei. Aber da unsere Privatsphäre eben auch nur so eine halbe Privatsphäre war, wurden wir jedes Mal am Sex gehindert. Immer kam irgendjemand ins Zimmer, begann Tennis zu spielen, machte das Licht an oder stolperte mit seinem Wäschesack herein ... und so weiter.

Deshalb war Georginas Angebot unendlich viel kostbarer, als ich mit meiner betont gleichgültigen Annahme zugegeben hatte.

Ich sollte noch dazusagen, dass wir beide voneinander wussten, dass wir keine Jungfrauen mehr waren. Das schien ein bisschen was von dem Druck zu nehmen. Er hatte mit irgendeinem Mädchen von seiner vorigen Schule geschlafen. Alles, was ich aus ihm herausbekam, war, dass sie Kim hieß und in der Mathegenie-AG der Schule gesessen hatte, obwohl sie erst fünfzehn war. Sie war nicht seine Freundin gewesen, hatte ihn aber offenbar eines Tages auf dem Parkplatz zu sich gewinkt und ihn, als er hinübergekommen war, gefragt, ob er nach der Schule zum Lernen mit zu ihr kommen wollte. Ich konnte sie direkt nicht leiden. Sich einfach so Jungs heranzuwinken und sie dazu zu bringen, Sex mit ihr zu haben, klang viel zu cool und selbstbewusst. Mir wurde ein bisschen schlecht, wenn ich daran dachte, dass er dieses Mädchen so berührt hatte, wie er mich berührte.

»Hatte sie eine Brille?«, lautete meine einzige Frage.

»Ja.«

Über mein erstes Mal wusste Wade noch weniger. Ich hatte ihm erzählt, dass es mit einem Typen namens Kelvin aus meiner Heimatstadt passiert war (der einzige Name, der mir in dem Moment einfiel). Er arbeitete bei Dairy Queen und trug ebenfalls eine

Brille. Wade schien nicht an weiteren Informationen interessiert zu sein. Was gut war, denn es war furchtbar gewesen, sich diesen Kelvin auszudenken, während Wade mich gutgläubig ansah und fragte: »So wie Kevin, nur mit L?«

»Ja.«

»Hm«, machte er nachdenklich. »Kim und Kelvin. Komisch, oder? Klingt, als sollten sie zusammen in einer Folkband spielen.«

Kaum waren Kim und Kelvin eingeführt, schoben wir sie beiseite. Wir fanden es nicht toll, dass es sie gab, aber sie störten uns auch nicht sehr, weil das, was im Augenblick von Bedeutung war, nichts mit der Vergangenheit zu tun hatte.

Jedenfalls waren wir wegen alldem mehr als bereit, das Kapitel unserer Beziehung einzuläuten, das auch Sex enthielt. Sosehr wir auch Witze darüber rissen und die abgefahrene Lust, die wir aufeinander hatten, herunterspielten, in Wahrheit waren wir atemlos und schwindelig vor Freude, dass es nun endlich passieren sollte. An jenem Abend gingen wir wie blöd vor Freude auseinander. Die Art von Freude, bei der du weißt, dass du dich wie ein Idiot verhältst.

In dieser Nacht schlief ich nicht viel, und den ganzen nächsten Vormittag über dachte ich an »den Moment«. Ich würde meine Laken in der Mittagspause waschen. Ich würde nicht zu Abend essen. Keine Ahnung, warum mir das sinnvoll erschien, aber es kam mir einfach falsch vor, mit vollem Bauch Sex zu haben; außerdem war ich nervös. Ich musste mich entscheiden, was ich anziehen sollte. Leider hatte ich keine schönen Unterhosen und BHs, aber ich nahm an, wenn wir das Licht ausschalteten, würde das nicht weiter ins Gewicht fallen. Ich hatte definitiv vor, diesmal komplett nackt zu sein. Ich fragte mich, ob ich vorher meine Haare waschen sollte, und zog in Erwägung, mir Beths Shampoo auszuleihen, das so abgefahren nach tropischen Früchten roch – etwas, das nicht zu heftig war, aber dem Riechenden dennoch in Erinnerung rief, dass man voll unergründlicher weiblicher Mysterien war.

Ich begegnete Wade weder beim Frühstück noch beim Mittagessen, weil die Schüler der Internationalen Spacestation andere Essenszeiten hatten. Aber das war okay. Es steigerte die kribbelige Erwartung nur umso mehr. Bis zur Nachmittagspause hatte ich alles bis ins kleinste Detail ausgearbeitet. Direkt nach dem letzten Klingeln würde ich Beth nach ihrem Shampoo fragen, die Laken in den Trockner stopfen, duschen und meine Haare waschen, eine

Zigarette rauchen, die trockenen Laken holen, das Bett machen und mich dann entscheiden, welche Musik am besten passte.

»Gracie!«

Ich drehte mich um und sah Georgina auf der Mädchentoilette auf mich zustürzen. Ich wusch mir gerade die Hände und fragte mich, wie meine und Wades Kinder wohl später aussehen würden. Nicht dass ich plante, in nächster Zeit schwanger zu werden, aber es schien naheliegender denn je, dass wir eines Tages heiraten und dann natürlich auch Kinder haben würden. Ich rechnete mit etwa vier Kindern. Wade war schön, insbesondere jetzt, wo seine Haare ungezähmt aus der Frisur herauswuchsen, und ich hoffte, dass mein Erbgut bei unseren Kindern nicht alles zerstören würde.

»Grace!«

Sie packte meinen Arm und zog mich zum anderen Ende der Toilette unter ein Fenster. Meine Hände waren immer noch nass.

»Darf ich?«, sagte ich und versuchte, mich an ihr vorbeizuquetschen, um meine Hände abzutrocknen, doch sie stellte sich mir in den Weg und hinderte mich daran, zu den Waschbecken zu gelangen. Ihr Gesicht war gerötet vor Aufregung und ihre Augen riesig.

»Hattest du Sex mit Derek?«, flüsterte sie.

Übelkeit schoss in mir hoch, und mein ganzer Körper wurde starr vor Schreck. »Wovon redest du?« Irgendwie gelang es mir, empört zu klingen.

Sie beugte sich vor und wiederholte die Frage, wobei sie die Worte langsamer aussprach und jede einzelne Silbe betonte. »*Hattest ... du ... Sex ... mit ... Derek?*«

Benommen starrte ich sie an. In meinem Kopf gab es nur einen Gedanken: Nun war alles vorbei.

»Oh mein Gott!«, keuchte Georgina. »Du hast es wirklich getan. Du hast mit Derek geschlafen! Oh mein Gott!«

»Nein!« Endlich hatte ich meine Stimme wiedergefunden. Keine Ahnung, wie. »Warum sagst du so was?«

»*Ich* sag das nicht. Ich hab's von Carole Coleman, und woher sie's hat, keine Ahnung. Aber ist ja auch egal, alle reden von nichts anderem. Ich glaub's nicht! Warum hast du mir nichts davon erzählt? Kannst du dir vorstellen, wie peinlich es ist, so was von Carole Coleman zu erfahren? Ich steh wie die größte Idiotin da, weil ich's nicht wusste!«

Ich hatte mich kraftlos gegen die Wand sinken lassen. Georgina flüsterte mir immer noch aufgebracht ins Gesicht, aber ich hörte sie nicht mehr. Ich dachte, ich würde vielleicht auf der Stelle sterben, und dann wäre alles gut. Stattdessen hatte ich das Gefühl, dass sich mein Inneres umstülpte, meine Organe nach außen baumelten und meine Seele frei und verwundbar war.

»Weiß Wade es?«, hörte ich sie sagen.

Als sie mein angstverzerrtes Gesicht sah, keuchte sie: »Oh mein Gott …«

Sie hielt sich die Hand vor den Mund. Augen weit aufgerissen.

»Was hast du vor?«, fragte sie. »Was ist jetzt mit heute Abend?« Wild sah sie sich auf der Toilette um, als schwebten wir in Lebensgefahr.

»Ist bloß ein Gerücht«, sagte ich, doch meine Hände zitterten unübersehbar.

»Sicher?«, fragte sie. »Du siehst aus, als wärst du völlig von der Rolle.«

»Es ist bloß ein beschissenes Gerücht, okay?«

Sie fuhr zurück. »Okay! Ist ja gut.«

Und bevor ich wusste, was ich da tat, rannte ich den Flur hinunter, drängte mich durch die Schülermenge. Ich wusste nicht genau, wo ich hinlief, aber ich rannte, so schnell ich konnte.

Ich fragte mich, ob ich versuchen sollte, Wade zu finden, kam jedoch zu dem Schluss, dass es die schlimmste Idee überhaupt war. Denn je schneller ich ihn fand, desto schneller wäre alles vorbei. Ich war mir nicht sicher, ob das Gerücht bis zu den ISS-Schülern durchgedrungen war, doch selbst wenn das bisher noch nicht der Fall war, würde es bald so weit sein. Erneut überkam mich ein Schwall Übelkeit.

Ich bekam Schluckauf, meine Augen brannten, und ich würde gleich anfangen zu weinen. Ich musste zusehen, dass ich hier rauskam. Auch wenn ich nicht sicher war, woraus denn eigentlich. Aus meiner Haut? Aus meinem Leben? Aus der Schule? Wahrscheinlich alles zusammen. Ich konnte Wade nie wieder unter die Augen treten. Es wäre besser, in Zukunft ohne ihn zu leben, als ihn in dem Wissen ansehen zu müssen, dass er wusste, was ich wusste. Für einen kurzen Moment hing ich der Fantasie nach, dass ich zum Haupttor hinaus und die Straße hinunterlaufen würde, um dort von einem Serienkiller eingesammelt zu werden. Leider wusste ich, dass das nicht geschehen würde. Ich würde keinem Serienkiller begegnen. Ich würde einfach immer weiterlaufen, bis ich pinkeln musste, und weit und breit würde keine Toilette zu finden sein. Wie in einem von Georginas Träumen.

Wo also sollte ich hin? Ich wäre gern stehen geblieben, um in Ruhe nachzudenken, aber es rauschte einfach zu viel Adrenalin durch meinen Körper, um nicht mehr zu rennen. An Nachdenken war gar nicht zu denken.

»Rennen im Flur verboten!«, rief mir jemand hinterher.

Ich rannte noch schneller.

»Ich hab gesagt, Rennen *verboten*!«, rief die Stimme weiter entfernt und leiser werdend.

Da fiel mir ein, dass ich versuchen könnte, Beth zu finden. Beth war möglicherweise der einzige Mensch auf dem Planeten, der in einer solchen Situation einen Plan haben könnte. Ein winziger, verstümmelter Funken Hoffnung blitzte in mir auf. Ich hatte keine Ahnung, wo sie um diese Tageszeit sein könnte, aber ich würde nicht stehen bleiben, bis ich sie gefunden hatte. *Ich musste Beth finden. Ich musste Beth finden. Ich musste Beth finden.* Nach diesem besessenen Mantra richteten sich nun all meine Gedanken und mein Körper aus. *Ich musste Beth finden.* Ich raste einmal quer durch die Schule, doch keine Spur von ihr.

Draußen steuerte ich die Tennisplätze an und kam dort schließlich zum Stehen. Schweißgebadet und atemlos krallte ich meine Finger in den Maschendrahtzaun, und ein weiterer Schwall Übelkeit überkam mich.

Derek. Umringt von ein paar Oberstufenschülern, saß er am anderen Ende des Tennisplatzes. Das war nicht seine übliche Clique, sondern die neue Clique vom »kahl rasierten Derek«. Wesentlich kultivierter als die Schlägertypen Neal und Kevin.

Sofort vergaß ich Beth.

Mein ganzer Körper brannte. Nun rannte ich nicht mehr, sondern ging mit gemessenen Schritten über den Tennisplatz. Ich hätte gar nicht schneller laufen können, selbst wenn ich es gewollt hätte. Die Wut, die in mir brodelte, ließ keine flüssigen oder schnellen Bewegungen zu. Jeder meiner Schritte fühlte sich an, als würde ich durch ein elektrisch geladenes Feld schreiten.

Erschrocken über mein plötzliches Auftauchen, starrte Derek mich an. Ich war völlig außer Atem und spürte, wie mir Haarsträhnen im Gesicht klebten.

»Oh, hallo, Hackfresse!«, sagte ich in einem seltsamen, wackeligen Tonfall, der mir selbst Angst einjagte.

Gelächter und vereinzeltes Klatschen ertönte. Ich hatte unsere Zuschauer völlig vergessen.

»Oh mein Gott«, sagte ein Mädchen mit weicher, melodischer Stimme. »Wer ist das, Der?«

Nun erkannte ich sie als eine der älteren Schülerinnen. Dawn Henderson. Sie war viel zu erwachsen, als dass ich sie überhaupt in meiner Sphäre registriert hätte.

Derek antwortete ihr nicht. Stattdessen war sein Blick auf mich gerichtet. »Was ist los?«, fragte er.

»Dein Atem stinkt nach Scheiße«, erwiderte ich.

Kleine Schmerzpartikel mischten sich in seinen Ausdruck. Das kam unerwartet. Aber es war mir egal. Es befeuerte mich nur noch mehr.

»Bist du extra hergekommen, um mir zu sagen, dass mein Atem stinkt?«, fragte er.

»Ich bin gekommen, um dir zu gratulieren. Du bist die größte Scheiß-Fotze, die ich je getroffen habe!«

Schweigen hatte sich in der kleinen Gruppe um uns herum ausgebreitet.

»He, das reicht«, durchbrach Dawn die Stille mit der Zuversicht einer vernünftigen Mutter. »Das ist echt nicht cool. Das ist ein unglaublich beleidigendes Wort.«

Abwesend sah ich sie an. »Wer redet hier eigentlich mit *dir*?«

Derek trat dazwischen. »Hey, du benimmst dich gerade wie eine richtige Rotzgöre«, sagte er und versuchte, mich zur Seite zu ziehen.

Ich stieß ihn weg. »Fass mich nicht an, verdammte Scheiße!«

»Alter, was ist dein Problem?«

Ich trat ihm gegens Schienbein.

»*Ey!*« Er sprang zur Seite. »Krieg dich wieder ein! Im Ernst, was zur Hölle ist los?«

»Du bist ein wertloses Stück Dreck«, sagte ich und verspürte den überwältigenden Drang, ihn auf jede nur mögliche Art durch den Schmutz zu ziehen. Er hatte mein Leben kaputt gemacht. All die Gefühle, die durch mich hindurchströmten, verengten sich zu einem einzigen Wutkanal. »Du bist für mich nichts als ein wertloses Stück Dreck! So viel bedeutest du mir – egal, was du tust. Und du wirst für alle immer ein Stück Dreck bleiben. Keiner wird dich jemals ernst nehmen. Weißt du, warum? Weil du dumm und langweilig bist und scheiße aussiehst mit deinem komischen kleinen, kahl rasierten Arschgesicht.« Ich schnappte abgehackt nach Luft und beendete meine Hasstirade. »Du bist überhaupt nichts, Derek! Und deine blöde Trompete kannst du dir übrigens in den Arsch stecken! Wenn du denkst, dass du damit irgendwie cool oder geheimnisvoll rüberkommst, dann irrst du dich gewaltig! Weißt du, wer cooler ist als du? *Mrs. Gillespie.* Und dieser Jazzsaxofon-Typ, der immer in dem Weichspüler-Radiosender spielt! Die sind beide tausendmal cooler als du! Ach, und ein nachtragender, arschgesichtiger Wichser bist du auch.«

Ich atmete schwer. Dawn sah mich voll ungläubiger Empörung an und stieß zwischen den Zähnen etwas in Richtung, ich hätte ernstlich einen an der Waffel, hervor.

Einen Moment lang waren alle wie erstarrt. Dann packte Derek mich am Arm und zog mich ans andere Ende des Tennisplatzes. Als er mich losließ, waren wir beide außer Atem. Ich fand mein Gleichgewicht wieder und wich ein paar Schritte zurück, bis ich die tröstende Stütze des Maschendrahtzaunes hinter mir spürte. Ich lehnte mich dagegen und starrte Derek an, der aussah, als würde er weinen. Nicht richtig heulen, aber seine Augen waren feucht und gerötet.

Schweigen machte sich breit. Tief, endlos und komplett seltsam. »Du willst also reden?«, presste er hervor. »Nur zu. Raus damit.«

Schnell warf ich einen Blick über die Schulter. Bis auf Dawn und zwei Typen, die maximal verwirrt zu uns hinübersahen, hatte sich der Tennisplatz geleert. Wahrscheinlich konnten sie ihr Glück kaum fassen. Das war genau der Stoff, der die Schule am Leben hielt. Drama.

»Du hast mir das Herz gebrochen, Grace«, sagte Derek mit belegter, wackliger Stimme. »Ich meine, checkst du das eigentlich gar nicht?«

Das Gespräch lief in eine völlig falsche Richtung. »*Was?*«

Er schüttelte den Kopf. »Was läuft eigentlich verkehrt bei dir?«

»*Himmel*«, sagte ich. »Wir hatten bloß *Sex* – ich dachte, das wolltest du von mir.«

»Nein, das war es nicht. Du hattest nicht bloß Sex mit mir.« Er spuckte ein bitteres Lachen aus. »Du hast mit mir gespielt. Mein Hirn gefickt. Sieh mich doch mal an. Glaubst du etwa, ich will so jämmerlich sein? Glaubst du etwa, so habe ich mir mein letztes Schuljahr vorgestellt?«

Wenn man es genau betrachtete, war es richtiggehend widerwärtig, wie ähnlich wir uns im Grunde waren. Derek und ich waren mit unserem Herzschmerz auf die gleiche Art umgegangen. Als wären wir gefühlsmäßig zwei Rembrandts. Vielleicht hatte ich deshalb kein Mitleid mit ihm. Er erinnerte mich an mich selbst in meinen Mr.-Sorrentino-Zeiten.

Mein Lachen kam genauso verdreht raus, wie seins geklungen hatte. »Führen wir wirklich dieses Gespräch?«, rief ich in Richtung Himmel. »Was zur Hölle ist eigentlich *los*? Das ist doch nicht dein *Ernst*!«

»Doch, ist es«, erwiderte Derek düster. »Ich hoffe, das war es dir wert.«

»Oh mein *Gott*!« Ich hätte ihn umbringen können. »Du hast *mich* geküsst, Derek! *Du hast mich geküsst! Ich* hab nicht damit angefangen! Du hast mir Anweisungen gegeben, wie ich dir einen runterholen soll, Scheiße noch mal!«

»Du wusstest genau, was ich für dich empfinde«, sagte er, und da war wieder dieses Zittern in seiner Stimme. »Du hast mit mir gespielt.«

»Oh, du meinst wohl, so wie du mit all den Mädchen gespielt hast, die sich jeden Tag wegen dir auf der Toilette die Augen ausheulen?«

»Jedes Mädchen, mit dem ich was hatte, hatte ihren Spaß. Ich sorge immer dafür, dass sie eine gute Zeit haben, und ich sage ehrlich, was das mit uns ist. Was du mit mir gemacht hast, war was völlig anderes. Ich dachte in den Osterferien, zwischen uns entwickelt sich was Ernstes. Du hast so getan, als würdest du auf mich stehen – mich wirklich mögen. Als hättest du Spaß, und es ginge nicht bloß um Sex. Wir haben gelacht und Witze gemacht und alles – so verhält man sich nicht, wenn man nur Sex hat und damit hat sich die Sache, okay? Das ist *echt*. Und dann warst du von einem Tag auf den anderen eiskalt. Hast mich dazu gebracht, zu versprechen, dass ich so tu, als wär nichts gewesen, damit du dich an dem kleinen Scheißlappen aufreiben kannst, der mir eins in die Fresse gegeben hat. Und ich hab sogar mitgespielt. Findest du das nicht ein bisschen abgefuckt?«

Ich spürte, wie die Wut zurück in meine Blutbahnen strömte. Für einen Sekundenbruchteil dachte ich, ich würde einfach gehen. Ich stieß mich vom Zaun ab und machte ein paar Schritte, doch dann drehte ich mich noch einmal um, weil ich es nicht schaffte, nicht nachzutreten.

»Ich hab dich von Anfang an gehasst«, sagte ich. »Ich dachte, das hätte ich ziemlich deutlich gemacht, also tu nicht so, als hätte ich dich *verführt*. Übernimm wenigstens ein bisschen Verantwortung, verdammt noch mal.«

»Oh, du hast mich also gehasst, aber hattest kein Problem damit, das mal eben beiseitezuschieben? Wozu macht dich das dann bitte? Hast du da mal drüber nachgedacht?«

Inzwischen waren wir an einem Punkt angelangt, an dem wir alles gesagt hatten, was möglichst viel Schaden anrichtete. »Ich wollte meine Jungfräulichkeit verlieren. Das hatte nichts mit dir zu tun. Du warst einfach da. Hätte ich gewusst, dass du wie eine kleine Zicke damit umgehst, hätte ich auf einen richtigen Mann gewartet, der mit unkompliziertem Sex besser umgehen kann!«

Für einen Moment war es, als stünden wir in einem Vakuum. Atemlos starrten wir einander an. Was ich gesagt hatte, klang nicht mal nach mir. Was nahm ich mir raus, von einem »richtigen

Mann« zu schwafeln? Das Ganze war surreal auf eine nicht mehr zu rettende Weise.

»Du bist der schlimmste Mensch, den ich je getroffen habe«, sagte er. Seine Stimme war wieder ganz ruhig.

»Buuhuu, warum gehst du nicht in eine Ecke und heulst noch ein bisschen?« Ich wandte mich zum Gehen, drehte mich dann aber noch einmal um und zeigte auf ihn. »Weißt du was? Du bist der schlimmste Mensch, den *ich* je getroffen habe! *Du* hast in der ganzen Schule rumerzählt, dass ich mit dir mein erstes Mal hatte, nachdem du mir dein wertloses Versprechen gegeben hast, nie jemandem davon zu erzählen!«

Er blickte verwirrt drein. »Wovon redest du?«

»Ach, komm schon! Die ganze Schule weiß es. Meine eigene Mitbewohnerin hat es von irgendjemandem erfahren.«

»Ich hab's keinem erzählt«, sagte er.

»Derek, du und ich, wir wissen als Einzige, dass wir Sex hatten. Und ich hab ganz bestimmt nicht darüber geredet. Warum lügst du?«

»Ich hab's keinem erzählt!«

»Wie auch immer«, sagte ich resigniert. »Du bist echt unglaublich. Ich hoffe, du gehst drauf.«

Ich war fertig mit Derek. Ich wollte nie wieder mit ihm reden. Was für eine sinnlose Aktion. Ich wandte mich endgültig von ihm ab und blieb wie angewurzelt stehen. Die Glocke läutete zum zweiten Mal, und der Tennisplatz war wie ausgestorben. Bis auf Wade. Er stand ein paar Meter von mir entfernt. Die Arme baumelten lose herunter, einen leeren Ausdruck im Gesicht.

Ich erstarrte. Grauen sickerte langsam und unaufhörlich durch jede Zelle meines Körpers. Ein eiskaltes, ätzendes Gefühl. Ich konnte mich nicht rühren. Ich atmete nicht einmal mehr. Ich stand einfach nur da und wartete darauf, dass meine Welt zusammenbrach.

Wade ging an mir vorbei. Er verschwendete keine Worte oder hielt sich mit fragenden Blicken auf. Er ignorierte meine Anwesenheit beinahe sofort.

Diesen Kampf gewann er. Es half, dass Dereks Freunde nicht da waren, um ihn zu Boden zu drücken, und dass er Derek eiskalt erwischte, wie er dort stand, beinahe zerfressen von Gefühlen. Aber das meiste tat Wade alleine. Diesmal schockierte es mich nicht mehr, zu sehen, wie er seine Faust in einen anderen Körper hieb oder jemandem seinen Fuß zwischen die Rippen trat, doch in der Energie, mit der er Derek anging, lag etwas Unheimliches, als hätte er sie aus irgendeinem schwarzen Loch des Universums gezogen. Wade war ziemlich groß, aber er war nicht muskulös. Derek hingegen hatte die Pubertät bereits hinter sich und war viel breiter. Es hätte zumindest ein langwieriges Hin und Her aus Faustschlägen und Verletzungen auf beiden Seiten werden müssen. Doch das war es nicht. Binnen Sekunden lag Derek mit blutender Nase am Boden. Ich versuchte Wade aufzuhalten, aber es war, als existierte ich für ihn gar nicht. Egal, was ich ihm zurief, es verursachte noch nicht einmal ein Pünktchen auf seinem Radar. Ich packte ihn an den Schultern und versuchte ihn wegzuziehen. Vergeblich.

Dann verließen ihn auf einmal ohne Vorwarnung alle Wut und die damit verbundenen übernatürlichen Kräfte, und er hörte auf. Alles Leben schien seinen Körper zu verlassen, und er reagierte weder auf mich noch auf Derek oder den Sportlehrer und seine Tennisschüler, die soeben den Platz betreten hatten. Er hatte keinerlei Energie mehr.

28

Ich wusste von Anfang an, dass wir das nicht überleben würden.

Die Welt, in der Wade und ich gelebt hatten, war zu ideal für diese Art der Kontaminierung. Zu strahlend hell und perfekt. Ihr fehlte schlicht das Immunsystem, um mit Dingen wie Derek fertigzuwerden. Dass wir hoffnungslos ineinander verliebt waren, vermochte daran nichts zu ändern, und auch nicht, dass ich Derek hasste. Keiner dieser logischen Zusammenhänge war von Bedeutung, weil sie am Ende nichts an dem änderten, was Derek und ich getan hatten. Es. Sex. Daran gab es nichts zu rütteln. Es war aus und vorbei. Das wussten wir beide so instinktiv, dass keiner von uns ernsthaft den Versuch wagte, zu retten, was wir hatten. Es gab noch nicht einmal viel zu sagen. Es war vielmehr eine ziemlich gradlinige Angelegenheit, die ein paar Tage später in der Bibliothek stattfand. Binnen Minuten war es vorbei – einige sehr frustrierende, gut geölte Minuten. Eigentlich hätte man ein größeres Spektakel erwarten können, aber ich nehme an, weder Wade noch ich hatten die Nerven dafür. Und um alles noch schlimmer zu machen, war der ganze Raum hell erleuchtet von einer fröhlichen Vormittagssonne, die auf jeder Oberfläche glitzerte und uns verhöhnte.

Er schob gerade einen Bibliothekswagen voller Bücher einen schmalen Gang zwischen zwei Regalen entlang, als ich ihm in den

Weg trat. Bei meinem Anblick fuhr er leicht zusammen, ein unfreiwilliges Zucken der Schultern. Dann legte sich wieder eine lethargische Ruhe über ihn.

Eine Weile sagte keiner von uns was. Ich lehnte mich ein paar Meter entfernt gegen ein Regal, während er zurück an die Arbeit ging und Bücher aus dem Wagen zog, um sie am richtigen Platz im Regal einzusortieren. Er steckte ziemlich tief in der Scheiße, weil er nur einen Tag nach dem Vorfall mit Chad Werling schon wieder in eine körperliche Auseinandersetzung geraten war. Wobei »Scheiße« ein relativer Begriff war. Unsere Schule schmiss Schüler nicht so ohne Weiteres raus, darum war die Scheiße am Ende nicht so tief, wie sie hätte sein können.

»Hi, Gracie«, sagte Wade irgendwann, ohne seine Arbeit zu unterbrechen. Suchend glitten seine Finger über die Bücher im Wagen.

Als ich immer noch nichts sagte und das Schweigen unerträglich wurde, trat Wade vom Wagen zurück und setzte sich auf den Boden. Er ließ den Rücken gegen das Regal sinken und starrte auf den Teppich. Es war klar, dass er derjenige war, der diese Unterhaltung führen musste, und es dauerte eine Weile, bis er seine Gedanken beisammenhatte. Er hielt ein Buch im Schoß und trommelte rhythmisch mit dem Finger darauf herum. Mir fiel auf, dass sein Fingernagel schrecklich abgebissen war.

»Es ist dein Leben«, sagte Wade, ohne aufzusehen. »Du hast das Recht, damit zu machen, was auch immer du willst, und ich wäre ein Arsch, wenn ich denken würde, ich hätte da mitzureden. Wenn du Derek vögeln musstest, dann, tja, dann war es genau das, was du tun musstest.«

Obwohl sein Ton seltsam ausdruckslos war, zuckte ich beim Wort *vögeln* zusammen.

»Tut mir leid«, sagte er und sah für einen winzigen Augenblick auf. *»Liebe machen.«*

Das war noch viel schlimmer.

»Nein«, protestierte ich und hielt, so gut es ging, die Tränen zurück. »Wir haben nicht *Liebe gemacht*.«

»*Miteinander geschlafen*, *Sex gehabt*«, sagte er. »Wie auch immer. Ist auch egal. Ich will nur sagen, das ist dein Leben, und du hast jedes Recht, da rauszugehen und zu tun und zu lassen, was du willst.«

Ich sagte nichts. Wade starrte weiterhin zu Boden. Unsere Stimmung war so gedrückt, dass die Luft zwischen uns aus Blei zu bestehen schien, das wir nur mit größter Mühe ein- und ausatmeten.

»Es ist einfach passiert«, sagte ich, nachdem ich eine Weile Blei geatmet hatte. »Das war nicht geplant. Wir haben nicht mal, na ja, irgendwas davon versucht. Wir haben nur … Ich habe nur …«

Ich wusste nicht, was ich redete oder wie ich weiterreden sollte. Wörter krochen mir langsam und öde aus dem Mund, bis sie verstummten, und keines davon hatte irgendeine Aussagekraft. Sie erklärten gar nichts. Sie entschuldigten nichts. Sie brachten keine Erleichterung.

»Ist schon okay«, sagte Wade. »Wirklich. Du musst mir nichts erklären. Es geht mich nichts an.« Er sagte es mit dunkler Gleichmütigkeit, und sein Blick war schwer, als er aufsah. »So mein ich das auch. Du gehörst mir nicht. Wenn ich ein Problem mit irgendwas habe, was du tust, dann ist es genau das: mein Problem. Nicht deins.« Er sah hinunter auf seinen verstümmelten Finger, der auf den Buchrücken trommelte. »Aber … ich kann mich nicht mehr mit dir treffen. Dafür mag ich dich zu sehr. Das halte ich nicht aus.«

Obwohl ich gewusst hatte, wohin dieses Gespräch führen würde, befand sich mein Magen im freien Fall. Ich nehme an, dies wäre der Moment gewesen, wo Leben in mich hätte kommen müssen und ich mich an alles hätte klammern sollen, was uns retten könnte. Die ganze Welt hing von den nächsten Sekunden ab und was ich damit vorhatte. Aber ich tat nichts. Ich war betäubt. Wäre es Mr. Sorrentino oder Derek oder irgendjemand anders gewesen, der mir dort gegenüberstand, dann hätte ich etwas zu sagen gehabt, aber das hier war Wade. Der Moment war einfach zu bedeutend. Ich war machtlos.

»Das verstehst du doch, oder?«, fragte er, und sein Blick flackerte erneut zu mir hoch.

Ich nickte.

»Ich werde mich nicht komisch verhalten, versprochen.«

Ich wusste, dass ich nicht blinzeln durfte, denn dann würden all die Tränen, die sich in meinen Augen angestaut hatten, eine Flut auslösen. »Du kannst ruhig komisch sein, wenn du willst«, erwiderte ich leise.

Ein schwaches Lächeln zuckte über sein Gesicht, und dann vergrub er es in beiden Händen, und ein Schauder durchlief seinen gesamten Körper. Sekundenlang verharrte er so.

»Entschuldigung, was ist hier denn los? Was hast du hier zu suchen?«

Ich zuckte zusammen. Als ich mich umdrehte, starrte die Bibliothekarin vom anderen Ende des Regals auf mich herab.

»Ich habe ein Buch gesucht«, sagte ich.

Sie kaufte es mir nicht ab. »Würdest du bitte wieder dorthin gehen, wo du um diese Zeit hingehörst? Ihr beiden könnt in eurer Freizeit weiterschmusen.«

Stolpernd kam Wade auf die Füße und nahm das nächste Buch zur Hand. So trennten wir uns. Kein Abschied. Keine letzten Blicke. Nichts, was an eine der Trennungen erinnerte, die ich in Filmen gesehen oder über die ich in Büchern gelesen hatte. Die Bibliothekarin blieb dort stehen und überwachte, die Hände in die Hüften gestemmt, meinen Abgang. Ich warf einen Blick über die Schulter, um zu sehen, ob sich noch eine Möglichkeit ergab, etwas zu sagen. Nichts. Wade hatte sich schon wieder über seine Bücher gebeugt, und ich ging davon.

Das war's.

29

Meinen sechzehnten Geburtstag verbrachte ich in meinem Zimmer.

Ich legte mich auf mein Bett und blieb dort eine lange, verwirrende Zeit, die möglicherweise einen gesamten Tag und eine Nacht umfasste. Da Wochenende war, konnte ich mich, so tief ich wollte, in meiner Verzweiflung verkriechen, doch es fühlte sich ganz anders an, als ich erwartet hatte. Nachdem das Grauen abgekühlt war, blieb nichts mehr übrig. Es war das seltsamste Gefühl überhaupt. Ich dachte daran zurück, wie sehr ich geweint hatte, als es zwischen mir und Mr. Sorrentino aus gewesen war. Ich hatte nicht aufhören können zu weinen. Ich war ein nutzloser, zuckender, rotzender Ball aus emotionalem Dynamit gewesen. Alles Mögliche hatte einen Ausbruch auslösen können. Jedes Wort, jeder Gegenstand, jeder Ton konnte direkt zu Mr. Sorrentino führen und radioaktiven Schmerz aus all meinen Poren spülen.

Aber nun lag ich einfach da und starrte die Decke an. Bewegte mich stundenlang nicht. Dachte nicht. Fühlte nichts. Kein innerer Kampf und keinerlei Ängste. Was ist das Schlimmste, was einem passieren kann, wenn das Schlimmste bereits eingetreten ist? Nach dem Krieg kehrt ein kräftezehrender Frieden ein.

Ich hatte kein Interesse mehr daran, glücklich zu sein. Um

diesen Kreuzzug hatte ich ohnehin nie gebeten. Constanze, Beth, Mrs. Gillespie, Eloise Smith, meine Eltern und meine Halbschwestern, die mit meinem Vater in Beverly Hills lebten – mir war alles gleich. Einen bizarren Moment lang war ich frei von jeglichen Problemen. Hin und wieder nickte ich ein. Georgina war übers Wochenende weg. Mehr konnte ich mir nicht wünschen. Die Einsamkeit unseres Zimmers war das Beste, was mir passieren konnte.

Irgendwann am Sonntag tauchte Beth neben meinem Bett auf. Sie starrte mich eine ganze Weile an. »Wann hast du dich zum letzten Mal bewegt?«, fragte sie schließlich.

Ich hatte keine Ahnung. Es war seltsam, sie hier zu sehen.

»Hey, ich hab dich was gefragt!«

Sie stieß mich mit dem Fuß an, und als ich nicht reagierte, trieb sie ihn etwas fester in meine Seite. Zu spüren, wie meine Nerven darauf reagierten, tat gut. Für einen kurzen Moment kam Leben in diese Hälfte meines Körpers. Mit schwachem Interesse fiel mir auf, wie tot der Rest von mir im Vergleich zu dem Teil war, der gerade Bekanntschaft mit Beths Schuh gemacht hatte.

»Wie war die Frage?« Es kam krächzend und zittrig heraus.

»Wann hast du dich zum letzten Mal bewegt?«

Ich dachte nach. Woher sollte ich das wissen? Ich führte schließlich kein Protokoll. Ich wollte antworten, dass ich möglicherweise vor einem Tag meine Hand bewegt hatte, aber ich bekam meine Gedanken nicht ausreichend beisammen, und eine Aneinanderreihung von Worten erforderte zu viel Energie. Ich wollte nicht reden oder aus dem Stadium herauskriechen, in dem ich mich gerade befand.

»Irgendwas musst du doch fühlen«, sagte Beth.

Ich lag immer noch auf meinem Bett, auf meiner Bettdecke, und hatte immer noch all meine Klamotten von vor zwei Tagen an. Ich hatte schon eine ganze Zeit lang nichts mehr gegessen oder getrunken – wahrscheinlich nicht mehr, seit ich Wade am Freitagvormittag in der Bibliothek getroffen hatte. Danach war ich in mein Zimmer gegangen und hatte mich aufs Bett fallen lassen. Seither hatte ich mich nicht mehr bewegt.

Beth warf eine Packung Zigaretten auf mein Bett und hielt eine kleine Schachtel in die Höhe. »Ich wollte das eigentlich bei mir selbst machen, aber wir benutzen es stattdessen für dich. Steh auf.«

Es war eine Packung Haarfärbemittel. Vornedrauf war ein Bild von einer Frau, die mich anstarrte, als wollte sie mir gleich einen blasen. Ihr Haar war platinblond und fiel ihr in glänzenden Wellen ums Gesicht.

»Steh auf, hab ich gesagt!«, befahl Beth.

Ich stand auf. Sie zwang mich, eine Flasche Gatorade zu trinken, und zündete mir eine Zigarette an. Dann zog sie mich ans Fenster und stand neben mir, während ich rauchte. Wir sagten nichts. Ich stand einfach rauchend vor dem Fenster, und sie beobachtete mich. Mein Kopf war leer. Ich starrte hinunter in den Hof, ohne irgendwas zu sehen.

Danach schleifte sie mich ins Bad und färbte mir die Haare. Ungefähr eine Stunde später saß ich mit einem Handtuch um die Schultern auf meinem Bett, während meine Alienhaare mir den Rücken volltropften. Ich hatte mir nicht die Mühe gemacht, in den Spiegel zu sehen, und demzufolge keine Ahnung, wie ich aussah. Beth war mechanisch und wie getrieben vorgegangen. Sie hatte die Anweisungen auf der Packung gelesen und den toxischen Schleim von den Wurzeln bis in die Spitzen meiner Haare aufgetragen. Dann saß sie neben mir, noch immer mit Handschuhen, und las in *Das Schlimmste kommt noch*, während wir darauf warteten, dass die Chemikalien ihre Wirkung entfalteten, und ich einfach nur dasaß und auf den Wasserhahn starrte, weil er direkt in meinem Blickfeld und das einfachste Objekt zum Ansehen war. Sie hatte mir befohlen, meinen Kopf unter die Dusche zu halten, und das Färbemittel

ausgewaschen, und dann hatte sie meinen nassen Kopf abgetrock-
net und mich gezwungen, einen Proteinriegel zu essen.

Jetzt saß sie rauchend am Fenster und ich auf meinem Bett.

»Wade und ich haben uns getrennt«, sagte ich.

»Jup. Weiß ich«, sagte sie.

Da fing ich endlich an zu weinen.

Die Grundidee war, am Leben zu bleiben. Wie wahnsinnig alle Hebel, auch den letzten, in meiner Reichweite in Bewegung zu setzen. Ich tat alles. Ich ging zu Theaterproben. Ich trat der verdammten Volleyballmannschaft bei. Ich ging zu Zimmerpartys. Auf eine total kaputte Art war ich sozialer als je zuvor.

Zimmerpartys waren eigentlich verboten, dennoch gab es genug Leute, die trotzdem welche veranstalteten, und kaum hörte ich von einer, ging ich für gewöhnlich hin, um meiner rasenden Einsamkeit etwas entgegenzusetzen. Meistens saß ich allein herum und trank alles, was mir in die Hände fiel. Oft war es nur Saft, doch manchmal war es jemandem gelungen, in der ein oder anderen Form Alkohol reinzuschmuggeln. Ich kiffte mehrmals, aber es löste bei mir eher das Gegenteil von dem aus, was es sollte. Mir war schlecht, und ich wurde paranoid, und da ich schon einen ordentlichen Vorrat an Übelkeit und Paranoia hatte, hielt ich mich, wenn möglich, an Alkohol. Mir gefiel der Effekt, den er auf mich hatte – der Geschmack nicht, aber der Rausch, wenn er seine Wirkung zeigte. Alkohol war vorhersehbarer als Gras. Er erlaubte mir angeregte Gespräche über Müsliriegel-Logos, Musik und Politik, auch wenn ich davon keine Ahnung hatte. Die Leute waren viel weniger unausstehlich, wenn man betrunken war, und ich war manchmal nett zu Leuten und seltsam zugänglich. Echt komisch. Ich fragte mich, ob das wohl die ganze Zeit schon das Geheimnis sozialer Kontakte gewesen war: Trunkenheit. Aus einem betrunkenen Standpunkt heraus fühlte ich mich manchmal fast okay mit allem. Dann lag ich irgendwo herum, lauschte dämlichen Unterhaltungen, die über meinen Kopf hinwegplätscherten, und vergaß alles Wichtige. Doch an anderen Tagen ging es nach hinten los, und der Alkohol vergrößerte meine Traurigkeit zu etwas so Monströsem, dass ich die ganze Nacht wach lag und weinte.

In dieser Zeit sah Beth regelmäßig nach mir. Nett von ihr, auch wenn Taktgefühl nicht gerade ihre Stärke war. Aber meine ja auch nicht. Sie meinte es gut und fühlte sich offenbar nie von meinen Stimmungsschwankungen und meiner ungeduldigen, pampigen Art angegriffen, mit der ich meinen Schmerz verschleierte.

»Was geht ab?«

Ich sah auf. Sie lehnte mit verschränkten Armen am Türrahmen.

»Wasserfarbe«, sagte ich.

Es war Abend. Georgina war gerade unter der Dusche oder so.

»Als ich gehört hab, dass du in die Volleyballmannschaft eingetreten bist, hab ich mir ernste Sorgen gemacht.« Beth kam hereingeschlendert und warf sich neben mir aufs Bett.

»Ja. Ich hasse es. Die reden immer davon, dass man ein Teamplayer sein muss.«

Sie verzog das Gesicht zu einer Grimasse.

»Aber es tut gut«, sagte ich. »Dinge zu tun, bei denen man sich schrecklich fühlt, ist eine tolle Art, den Schmerz darüber, dass man am Leben ist, nicht mehr zu spüren, verstehst du?«

»Oh *Gott*.«

»Ich mein's ernst«, beteuerte ich. »Es hilft. Wenn's zum Beispiel ein Fach gäbe, in dem wir lernen würden, uns Nägel durch die Hände zu schlagen, dann würd' ich das sofort wählen.«

»Ja, darauf wette ich, du melodramatische kleine Spinnerin.«

Ich klappte meinen Laptop zu und bemühte mich, Beth nicht in die Augen zu sehen.

»Hast du mit Wade gesprochen? Ich meine, in letzter Zeit oder so?«, fragte ich mit einer Stimme, die gleichgültig klingen sollte, aber alles andere als lässig rüberkam.

»Ich hab ihm neulich Hallo gesagt«, antwortete sie.

Ich drehte mich um und musterte sie begierig. »Du hast mit ihm geredet?«

»Nicht wirklich geredet. Ich hab nur gesagt: ›Hi, Wade Scholfield.‹«

»Und was hat er gesagt?«

»Er hat gesagt: ›Hi, Beth Whelan, man sieht deinen Sport-BH.‹«

Ich ließ ein kurzes Lachen ertönen. Es klang nicht nach etwas, das Wade sagen würde, doch zugleich irgendwie schon. Wie eine Grundschülerbeleidigung, die auf der Highschool einfach nur niedlich klang.

»Er hängt mit diesen kleinen NSB-Scheißern ab«, sagte Beth.

NSB = Nonsexual Boner. Calvins Band.

»Ja. Die sind schon okay, aber ja.«

Beth schien Wades neues soziales Umfeld nicht weiter zu interessieren. Stattdessen schweifte ihr Blick durchs Zimmer, als versuchte sie, an den uns umgebenden Dingen meine geistige Stabilität zu bemessen.

»Er wirkt also … ganz *normal*?«, fragte ich vorsichtig nach.

»Das ist nicht gerade das Wort, mit dem ich Klein-Scholfield beschreiben würde.«

»Na ja, ich meine, glaubst du, er ist unglücklich?«

Ich wollte, dass er unglücklich war. Ich liebte ihn, aber es war nicht diese selbstlose Liebe, bei der man sich nichts weiter wünscht, als dass die andere Person glücklich ist. Ich wünschte, ich wäre so ein Mensch, aber tief in mir wusste ich, dass ich ein Miststück war. Eins, das einen schwachen Schimmer der Zufriedenheit angesichts des Elends verspürt, das meine Abwesenheit möglicherweise bei Wade angerichtet hatte. Ich hoffte, dass er sich jede Nacht in den Schlaf weinte und an mich dachte. Ich hoffte, dass er wegen mir irgendwas Peinliches tat, wie zum Beispiel durch die Flure rennen und seine Fäuste in alle Spinde rammen. Oder sich wenigstens so wie Derek eine Glatze rasierte. Aber er tat nichts davon. Alles, was er tat, war, mir sorgfältig aus dem Weg zu gehen, und wenn ich ihn doch mal zu Gesicht bekam, dann erschien er mir bemerkenswert ausgeglichen. Er saß nicht mal allein beim Essen und wirkte dabei schutzlos und fahrig. Entweder saß er bei den Nonsexual-Boner-Typen oder bei ein paar Nerds aus der Schach-AG, oder manchmal sogar bei Michael Holt – dem Pizzagesicht. Er redete mit Leuten. Er unternahm Dinge. Ich hatte ihn sogar lachen sehen.

Verärgert schüttelte Beth den Kopf. »Frag ihn doch selbst. Ihr seid echt psycho, weißt du das eigentlich? Nach all diesem heiligen Halleluja-Bullshit einfach nicht mehr miteinander zu reden. Einer von euch hätte inzwischen besoffen an die Tür des anderen hämmern und weinen und alles vollkotzen müssen und um Vergebung betteln. Irgendwas läuft doch verkehrt bei euch.«

Beth verstand nicht, wie klar die Situation war.

»Ich hab's verkackt.«

»Die Leute verkacken doch ständig irgendwas«, entgegnete sie unbeeindruckt. »Dafür ist der Mensch praktisch geboren. Glaubst du etwa, man geht durchs Leben, indem man sich in allem hervortut und eine lange Reihe hervorragender Entscheidungen trifft?«

»Das ist was anderes.«

Sie machte einen höhnischen Laut tief in der Kehle.

»Er müsste mir irgendein Zeichen geben«, sagte ich. »Ich kann nicht einfach so mit ihm reden.«

»Das ist krank, dass du allen Ernstes auf ein Zeichen von ihm warten willst.«

»Ich kann nicht mit ihm reden. Nie im Leben.«

»Warum denn nicht, verdammt?«

»Weil ich für ihn nicht mehr existiere, Beth! Ich ex-is-tie-re nicht mehr! Er sieht mich nicht mal an. Er sieht durch mich *durch*. Als wäre ich Luft. Als wäre ich gar nicht da. Wie soll ich mit ihm reden, wenn ich noch nicht einmal *da* bin?«

Sie stand auf und verdrehte erneut die Augen. Noch theatralischer diesmal. »Oh, *bitte*. Du bist momentan wahrscheinlich das Einzige in seinem Leben.«

»Sieht aber nicht danach aus. Er hängt mit allen und jedem ab außer mit mir.«

»Ja, na ja, du darfst nicht vergessen, dass du sein zartes kleines Herz in tausend Stücke gebrochen hast und er jetzt vor allen eine Show abziehen muss, wie gut er damit klarkommt. Er muss ja zumindest so tun, als hätte er noch ein bisschen Würde übrig.«

»Danke, dass du das alles so toll vor mir ausbreitest«, fauchte ich und schmiss mein Notizbuch gegen die Wand.

Beth zuckte nicht mal mit der Wimper. Es konnte sie auf die Palme bringen, wenn man komische Socken anhatte, aber wenn man eine Szene machte, blieb sie bemerkenswert ruhig.

»Er versucht nur zu überleben.« Sie stand neben dem Kleiderschrank und musterte die wenigen kläglichen Kleidungsstücke, die ich dort aufgehängt hatte. »Du kannst wohl kaum von ihm erwarten, dass er momentan logisch handelt. Deshalb ist das ja an diesem kritischen Punkt dein Job. Du musst einschreiten und in dem ganzen Szenario die Nicht-Idiotin spielen.«

»Haha, sehr witzig«, erwiderte ich bitter.

»Was zur Hölle, G«, sagte sie und hielt einen BH in die Höhe, dessen einer Träger von einer Sicherheitsnadel gehalten wurde.

»Ja, ist abgerissen, okay?«, fauchte ich.

»Wie alt ist das Teil bitte?«

»Keine Ahnung.«

Missbilligend legte sie den BH zurück in den Kleiderschrank. »Sorry, aber dein Vater muss dir echt BH-Geld geben.«

»Ich werd' eh nie wieder Sex haben, wen interessiert's also.«

»Nur weil du nie wieder Sex haben wirst, heißt das noch lange nicht, dass du von nun an in Pennerunterwäsche rumlaufen kannst.«

»Beth, mir ist es scheißegal, was ich anhabe! Ich hab nicht die Energie, um auch nur einen Nanopartikel an Scheiß darauf zu geben! Warum willst du mit mir über meinen BH reden? Wen interessiert das? *Wade mag mich nicht mehr!*«

Ich stand kurz vor einem Nervenzusammenbruch. Ich spürte wieder diesen Druck in meinen Augen und hatte überhaupt keine Lust, vor jemand anderem in Tränen auszubrechen. Am allerwenigsten vor Beth. Also riss ich mich zusammen, was das Zeug hielt.

»Wade mag dich«, sagte sie ruhig und völlig unbeeindruckt von meinem Ausbruch. »Er mag dich, und du magst ihn, aber ihr habt anscheinend beide beschlossen, das völlig zu ignorieren. Das einzige echte Problem, das ich hier sehe, ist, dass ihr beide zwei halbgare Volltrottel seid.«

Verzweifelt zerbiss ich mir die Innenseite meiner Lippe. »Ich hab alles kaputt gemacht«, sagte ich. »Da gibt's nichts mehr zu retten.«

Beth lehnte am Kleiderschrank, rauchte und musterte mich kritisch. »Das ist, als würde man einen schlechten Film mit einem grauenvollen Drehbuch sehen – wo die Leute die ganze Zeit irgendwas Dummes machen, und du wünschst dir allein beim Zusehen, du hättest 'ne Kotztüte.«

»Ja. Tut mir leid, dass dir der Plot meines Lebens nicht so zusagt.«

Sie lachte ein bisschen. »Hey, lass das nicht an mir aus, G«, sagte sie sanfter. »Ich bin nicht diejenige, die fand, es wäre eine super Idee, eine Woche lang ein Abenteuer des sexuellen Erwachens mit dem Erzfeind meines Freundes zu erleben. Ich versuch hier nur zu helfen. Ehrlich.«

»Ich bin dir wirklich dankbar, dass du nach mir siehst und meine Haare mit einer hässlichen Farbe färbst und das alles, aber hör auf, dich wie meine Therapeutin aufzuführen, okay?«

Sie lachte wieder ihr kleines Lachen, völlig unbeeindruckt vom Leben und dem ganzen Dreck, das es mit sich brachte. »Tut mir leid«, sagte sie und legte mir einen Arm um die Schultern. »Weißt du, das ist eben meine Art, mich um dich zu kümmern.«

Ich lächelte schwach.

»Okay, ich muss los«, sagte sie und stand auf. »Und du hast recht, wir müssen deine Haare noch mal bleichen. Ich weiß, dir sind dein Aussehen und deine Hygiene neuerdings scheißegal, aber ganz ehrlich, es könnte nicht schaden, ein bisschen weniger abstoßend auszusehen.«

Meine Haare hatten immer noch so einen ausgewaschenen Orangeton. Ich hatte mich daran gewöhnt. Echt abgefahren, wie wenig mich mein Aussehen gerade interessierte. All diese Wünsche und Tagträume, in denen ich davon geträumt hatte, schön, verführerisch und begehrenswert zu sein, hatten sich in Luft aufgelöst. Solange ich lebte, wollte ich keinen anderen Jungen mehr heißmachen. Auf eine gewisse Art fühlte ich mich sogar besser, je schlimmer ich aussah.

»Nein, ist schon in Ordnung. Lass es einfach so.«

»Nein«, sagte Beth.

»Okay, mir egal.« Ich hätte jeder Frisur zugestimmt.

Wade und ich mieden uns weiterhin mit geradezu religiöser Inbrunst. Da wir die Hälfte unserer Unterrichtsstunden gemeinsam hatten, konnten wir uns jedoch nicht völlig aus dem Weg gehen. Ganz zu schweigen von Pausen, Mittag- und Abendessen im

Speisesaal, Fluren und außerschulischen Aktivitäten. Es war unvermeidbar, dass sich unsere Blicke manchmal kreuzten, weil wir vergessen hatten, schnell genug wegzusehen. Das Verrückteste war, dass er in diesen Momenten nicht lächelte. Wenn sich unsere Blicke trafen, war in seinem Gesicht nichts weiter zu lesen als eine unendliche Leere. Das war ein so krasser Mindfuck, dass ich's gar nicht beschreiben kann. Ich sagte mir immer wieder, es läge daran, dass er mich zu sehr mochte. Wade liebte mich nach wie vor, und deshalb konnten wir nicht zusammen sein. Unsere Liebe war einfach zu groß. Sie war zu perfekt gewesen. Ich fing sogar an zu glauben, ich könnte vielleicht – *vielleicht* – langsam lernen, mit diesem wunderschönen Albtraum zu leben. Schließlich war es eine Tragödie, wie man sie sonst nur aus guten Büchern kennt – etwas Düsteres und wunderschön Krankes, geschrieben von einem französischen Autor aus dem 19. Jahrhundert. Ich dachte, damit könnte ich vielleicht leben.

Aber dann sah ich Wade mit einem Mädchen reden, und plötzlich befand sich alles in meinem Inneren im freien Fall.

Es war Anju. Die beiden saßen zusammen auf der Tribüne vom Sportplatz, und sie lackierte ihm die Nägel mit einem blauen Nagellack. Die schöne Anju mit den langen Wimpern, den niedlichen Haarspangen und einem so weit hochgekrempelten Rock, dass es gegen alle Schulregeln verstieß.

Sie war über seine Hand gebeugt, die auf ihrem bloßen Oberschenkel ruhte, und trug den blauen Lack sorgfältig auf seinen Nägeln auf. Dann hob sie den Blick und sagte, ihrem leisen Lächeln und ihrem schief gelegten Kopf nach zu urteilen, etwas Witziges oder Schmutziges. Er lachte. Ein echtes Lachen, bei dem sich sein ganzes Gesicht vor Überraschung aufhellte. Anju schalt ihn, weil er den Nagellack verschmiert hatte, und er entschuldigte sich, immer noch lachend. Kichernd beugte sie sich wieder über seine Hand.

In diesem Moment hatte ich keine Ahnung, wie ich weiterleben sollte.

Der Boden brach mir unter den Füßen weg. Ich fiel und fiel, Tausende Kilometer in die Tiefe. Ich raste in ein Vakuum.

Ich musste mich auf der Stelle dort auf dem Sportplatz hinsetzen und konnte mich nicht rühren. Also hockte ich dort wie der letzte Trottel und dachte nach. Es war wie ein Schlag ins Gesicht. Anju hatte genau die richtigen Proportionen. Sie war hübsch, klein und kompakt. Wenn sie ging, schwangen ihre Hüften rhythmisch, wohingegen ich lief wie ein Holzfäller. Sie war nicht beliebt, sie war *cool*. Genau die Art Mädchen, das ich mir mit Wade vorstellen konnte.

Ein scheiß Puzzleteil, das nicht wie ich gewaltsam hatte reingequetscht werden müssen. Außerdem war sie nett. Sie passten zusammen.

Ich ließ es an Georgina aus, sobald ich zurück in meinem Zimmer war. Ich zitterte und hatte mit Sicherheit einen irren Blick drauf, aber mich wie eine Geisteskranke aufzuführen, war alles, was ich tun konnte, um nicht zusammenzubrechen. Als ich hereinstürzte, sah Georgina auf und war schon drauf und dran, mich zu fragen, was los war, doch da schrie ich sie schon wegen eines Handtuchs an, das auf meiner Seite des Zimmers lag. Aufgebracht schrie sie zurück, und wir stritten uns eine Stunde lang über die unsichtbare Grenze in der Mitte unseres Zimmers. Dabei verlor ich acht Zentimeter und forderte sie auf, das Luke-Bryan-Poster von unserer Tür zu nehmen, da sich die Tür genau genommen zur Hälfte auf meiner Seite befand (Luke Bryan war ein Countrysänger, auf den sie stand. Nichts gegen Luke Bryan, ich hatte bloß mit moderner Countrymusik überhaupt nichts am Hut). Theatralisch riss sie es ab und klebte es wieder so fest, dass es nur noch ihre Seite der Tür und über das Scharnier hinaus einen Teil der Wand bedeckte.

»Bitte!«, verkündete sie. »Unsere Tür sieht jetzt richtig scheiße aus. Bist du zufrieden?«

»Ja, ich bin hin und weg von dem widerlichen Kerl auf unserer Tür.«

Kaum war das Licht aus, konnte ich nicht mehr aufhören zu

weinen. Ich tat mein Bestes, keinen Laut von mir zu geben, doch es war diese bestimmte Form des Weinens, bei der es schlicht keine Option ist, seine Würde zu wahren. Also presste ich mein Gesicht fest ins Kissen, damit es meine Laute schluckte, aber Georgina musste mich trotzdem gehört haben, denn nach einer Weile sagte sie: »Ich schmeiß das Poster weg, okay?«

Ihre Stimme klang so mitleidig, dass ich nur noch mehr heulte. Sie ließ mich eine Weile weinen, ohne etwas zu sagen. Nach ungefähr zehn Minuten nahm ich das Kissen vom Gesicht und holte zitternd Luft.

»Ich bin nicht sauer wegen Luke Bryan«, sagte ich in die Dunkelheit.

»Ja«, erwiderte sie. »Ich weiß.«

Kurze Stille. Noch nie war ich vor ihr so offen zerstört gewesen. Ich hatte immer krampfhaft an meiner coolen Arschlochfassade festgehalten, weil sie alles war, was ich hatte. Aber jetzt hatte ich nicht einmal mehr das.

»Es tut so krass weh, Georgie«, sagte ich an die Decke gerichtet, die irgendwo über mir im Dunkeln war. »Es tut so unglaublich weh. Was mach ich, damit das aufhört?«

»Ich weiß es nicht«, antwortete sie. »Aber wahrscheinlich ist es okay, dass du dich so fühlst. Du und Wade, ihr habt euch echt geliebt.«

Neue Tränen liefen mir übers Gesicht. »Ich liebe ihn immer noch.«

»Na ja, ihr habt euch gerade erst getrennt. Es dauert sicher eine Weile, bis du darüber hinweg bist.«

Ihre Worte waren wenig tröstlich.

»Eine *Weile*? Es wird nie aufhören, Georgie! Ich werde das nie aus mir rausbekommen.«

Mehr unbehagliches Schweigen.

»Ich weiß nicht«, kam es nach einer Weile vorsichtig von Georgina. »Ich glaube schon, dass du dich irgendwann wieder besser fühlen wirst.«

Ich griff nach der Klopapierrolle neben meinem Bett und schnäuzte mir die Nase. Mit dem ganzen Rotz hatte ich kaum noch atmen können. Dann schmiss ich das benutzte Papier auf den Boden und ließ mich wieder ins Bett fallen. »Ich wünschte, ich wäre ihm nie begegnet.«

»Aber glaubst du nicht, dann hättest du jemand anderen getroffen?«, fragte Georgina. »Jemand, der dein Herz genauso gebrochen hätte?«

»Nein. Keiner kann mir so wehtun wie Wade.«

Sie murmelte irgendwas in der Richtung, das könne ich nicht wissen, aber ich ignorierte sie.

»Am schlimmsten ist es, den Menschen zu treffen, der für dich bestimmt ist«, sagte ich. »Das ist das große Geheimnis. Weil, wie sollst du es anstellen, es nicht zu verkacken? Das ist unmöglich. Irgendwas geht immer schief – so ist die Welt nun mal.«

Georgina war mit ihrer Weisheit am Ende. Unbehaglich raschelte sie unter ihrer Decke herum und versuchte noch ein paar tröstende Phrasen zu sagen, von wegen, die Zeit heile alle Wunden und dass jetzt alles schlimm erschiene und bald schon viel besser aussehen würde. Die Sache war bloß die: Sie hatte keine Ahnung, wovon sie redete. Alles, was sie am eigenen Leib erfahren hatte, war die Geschichte mit Chad Werling, und das war Lichtjahre von dem entfernt, was ich gerade durchmachte. Dennoch war ich dankbar für ihre Bemühungen, und obwohl wir danach nie wieder über meine emotionale Implosion redeten, brachte sie uns einander näher. Ich spürte es daran, wie sie am nächsten Morgen das Poster von Luke Bryan wegwarf.

Ein paar Tage später stand ich vor Mrs. Gillespies versammeltem Englischkurs und faltete langsam ein Blatt Papier auseinander, das ich zu einem verzweifelten kleinen, verschwitzten, drei Zentimeter großen Dreieck zusammengefaltet hatte. Wir hatten als Hausaufgabe ein Gedicht über »das Geschenk der Natur« schreiben sollen, und ich war an der Reihe, meins laut vorzutragen. Das Auseinanderfalten dauerte eine halbe Ewigkeit. Ich hörte das Quietschen der Stühle, als die Schüler gelangweilt darauf herumrutschten.

»Gute Güte, du nimmst es mit dem Zusammenfalten deiner Hausaufgaben aber sehr genau, wie?«, sagte Mrs. Gillespie mit einem dünnen Lächeln.

»Ja, schätze schon«, sagte ich.

Ich hielt einen Moment inne und suchte nach einer schlagfertigeren Antwort. Ich dachte mir gern Dinge aus, die ich den Lehrern sagen würde, ohne jemals wirklich den Mumm zu haben, es zu tun. Aber in dem Moment fehlte mir schlicht die Energie. Mir fiel nichts ein, und so faltete ich weiter mein Gedicht auseinander. Als das Blatt schließlich seine volle Größe erreicht hatte, holte ich tief Luft. Ich schloss für eine Sekunde die Augen, schlug sie wieder auf und las mein Gedicht laut vor.

Ich ernährte mich von deiner großzügigen Natur
nahm mir alles, was dir gehörte, deine Gefühle
reiße und schreie, als du zu fliehen versuchst
Mit dem, was dir an Willen geblieben ist, entfernst du mich operativ aus deinem Leben
Mir bleibt nur dein hohler Körper, dahinein krieche ich, um mich
vor dem Schmerz zu schützen.
Liebe ist Selbstmord
Liebe ist Selbstmord
Liebe ist Selbstmord
Liebe ist Selbstmord

Bei den letzten vier Zeilen (die ich übrigens aus einem Song von den Smashing Pumpkins geklaut hatte) sah ich Wade an. Und zwar direkt, ohne mir Mühe zu geben, meine Nachricht zu verschleiern. Der Typ neben ihm unterdrückte ein Lachen, und ich hörte noch mehr vergnügte Laute durch den Raum plätschern. Wade sah mich nicht an. Von ihm kam gar nichts. Kein Interesse, keine Beachtung, keinerlei Anzeichen, dass er überhaupt mitbekommen hatte, was ich gesagt hatte. Nichts. Sein Blick war unerreichbar. Bevor ich die letzte Zeile vorgelesen hatte, hatte er sich komplett abgewandt.

»Grace, mir will sich nicht erschließen, inwiefern dieses Gedicht vom Geschenk der Natur handelt«, stellte Mrs. Gillespie fest.

Verloren sah ich von Wade zu ihr und dann wieder zu Wade, der sich nun komplett wegdrehte, um mit Calvin zu reden, der in der Reihe hinter ihm saß. Meine Traurigkeit war auf einmal so unerträglich heiß, roh und klebrig, dass ich das Gefühl hatte, ich müsste nichts wie raus aus meinem eigenen Körper.

»Erde an Miss Welles«, sagte Mrs. Gillespie. »Hallo?«

Betäubt und nicht in der Lage, ihr meine volle Aufmerksamkeit zu schenken, drehte ich mich wieder zu ihr um.

»In Ordnung, bleib nach dem Unterricht noch da«, sagte sie und bedeutete mir, mich wieder hinzusetzen.

Ich knüllte mein Gedicht zusammen und warf es auf Wade.

»Grace, setzen, habe ich gesagt!«

Wortlos verließ ich den Raum.

Ich dachte, ich würde sterben. Wenn sich alles zu diesem radioaktiven Albtraum zusammenballte, musste es doch einen Zündstoff geben, der hochging – wie in einem Computerspiel, wenn man die Nachricht *Game over* erhält. Aber die Explosion blieb aus. Keine Betäubung. Ich blieb einfach am Leben. Ich blieb am Leben, während Mrs. Gillespie mir in Mr. Wahlbergs Büro eine Predigt darüber hielt, dass man Hausaufgaben ernst nehmen sollte und sie nicht in der Stimmung war, »auf den Arm genommen zu werden«. Und danach blieb ich einfach weiter am Leben. In allen anderen Unterrichtsstunden, in den Pausen und beim Abendessen. Auch in der Nacht und während ich von Türen träumte, die zu klein zum Durchgehen waren, und von Mr. Sorrentino, der mir erzählte, er hätte einen Alien in seiner Kacke gefunden.

Ich wusste nicht mal, warum ich am nächsten Morgen in den Speisesaal ging. Ich hatte nicht vor zu frühstücken – nur eine weitere Sache, die mir Übelkeit bereitete. Kaum öffnete ich die Tür, da schlug mir der Geruch von morgendlichem Fett entgegen und warf mich beinahe zurück. Doch dann bemerkte ich Wade. Er saß mit Calvin ganz hinten an dem Tisch, der immer unserer gewesen war. Normalerweise tat ich es mir nicht an, mir das anzusehen, aber heute konnte ich nicht anders. Wie versteinert stand ich da und sah mit schmelzendem Hirn zu, wie er ganz normal war. Das machte einfach keinen Sinn. Und dann ging ich auf sie zu. Ich hatte nicht weiter darüber nachgedacht, meine Füße taten einfach, wovor der Rest von mir viel zu viel Schiss gehabt hatte. Als meine Anwesenheit nicht mehr zu leugnen war, blickten Calvin und Wade auf. Vor ihrem Tisch machte ich halt. Keiner sagte was.

Nach einem langen Moment des Schweigens räusperte Calvin sich.

»Ich bin hier das fünfte Rad am Wagen, stimmt's?« Und weiter, ohne auf eine Antwort zu warten: »Ja, definitiv. Ja.« Er stand auf und nahm sich sein Getränk. »Ich lass euch mal diese herzergreifende sexuelle Spannung allein genießen«, sagte er und klopfte Wade grinsend auf die Schulter.

Und dann gab es plötzlich nichts mehr zwischen mir und Wade außer ein paar Metern Nitrogen und Sauerstoff. Angeblich waren wir echt und unzerstörbar gewesen. »Echt«. Was für ein Witz. Es hatte nicht mal lange genug gehalten, um mit den oberflächlichsten Paaren der Schule mitzuhalten. Wir waren zerfallen und tot, während um uns herum all unsere faden Gegenstücke weiterhin Händchen hielten.

»Was ist los mit dir?«, war alles, was mir einfiel.

Wade lehnte sich zurück, ohne zu antworten.

»*Was zum Teufel ist los mit dir?*«, wiederholte ich aufgebrachter.

Träge sah er auf. »Oh. Ich dachte, das wäre eine rhetorische Frage gewesen. Willst du wirklich die Antwort hören? Die Liste ist lang.«

Ich musste alle Konzentration aufwenden, um nicht in Tränen auszubrechen. Das konnte einfach nicht wahr sein, dass er in diesem Ton und mit diesem gelangweilten Blick mit mir redete. Das war unmöglich. Das war doch nicht *Wade*. Wenn er mich ansah, sollte alles in seinem Gesicht zum Leben erwachen – er sollte sich hilflos vor mir auflösen. Aber *das* hier war unmöglich.

»Du hast gesagt, du würdest dich nicht komisch verhalten«, sagte ich. »Aber du bist *verdammt* komisch.«

»Bin ich?«

»Ja, Wade. Auf Goldmedaillen-Niveau.«

Er winkte ab, von wegen *Was willst du schon dagegen tun?*.

»Das war's?«, rief ich und verlor immer mehr die Fassung. »*Das ist deine Antwort?*«

»Ich weiß nicht mal, was du gerade von mir willst«, sagte er, den Blick ungerührt auf mich gerichtet. »Warum redest du überhaupt mit mir?«

Ich hatte gedacht, alles, was ich brauchte, war, dass er mich ansah. Denn wenn Wade mich nicht sah, wie konnte ich dann überhaupt existieren? Ich war mir sicher gewesen, dass das alles war, was ich brauchte, um mich besser zu fühlen: ihn dazu zu bringen, mich anzusehen. Aber ich hatte falschgelegen. Jetzt hatte ich seine volle Aufmerksamkeit, doch es fühlte sich an wie ein Schlag in den Magen. Keine Feindseligkeit. Nur grausame, gleichgültige Fremdheit, als wäre ich irgendeine Verrückte, die ihn auf der Straße anschrie, weil er Jesus nicht in sein Herz ließ. Es war das Schlimmste, was mir jemals jemand angetan hatte – mich mit diesem Ausdruck anzusehen.

»Du bist krank!« Ich stieß sein Glas um.

Ein paar Köpfe an den Nachbartischen drehten sich zu uns um. Saft rann über den gesamten Tisch und tropfte auf den Boden. Wade tat nichts. Ruhig und ohne auch nur ansatzweise zu reagieren, beobachtete er, wie ich mich zum Affen machte. Sein Blick verriet keinerlei Emotionen.

Ich schnappte mir seine Schüssel mit eingeweichten Cornflakes und warf sie ihm gegen die Brust. Klappernd fiel sie zu Boden. Dann drehte ich mich um und ging davon, diesmal, ohne seine Reaktion abzuwarten. Stattdessen lief ich schnurstracks zu Mr. Grant, der heute wieder Aufsicht im Speisesaal hatte. Er stand mit verschränkten Armen in der Mitte und ließ den Kopf langsam wie ein Ventilator von dem Chaos auf der einen Seite zum Chaos auf der anderen Seite wandern.

»Mr. Grant?«

»Ja?«, sagte er, ohne seine Arbeit zu unterbrechen.

»Wade Scholfield hat sein Skateboard mit in den Speisesaal genommen. Dachte, das sollten Sie wissen.«

Sofort zuckte sein Kopf eifrig herum. »Was?«

Ich zeigte mit dem Finger auf Wade, der sich gerade Cornflakes und Milch aus dem Schoß wischte. Als sein Name fiel, sah er auf.

»Er hat es unterm Tisch«, sagte ich an Mr. Grant gewandt und ließ Wade dabei nicht aus den Augen.

Skateboards waren im Speisesaal verboten, und natürlich brach Wade diese Regel täglich in seiner Kombination aus Dummheit und Faulheit. Er versteckte das Skateboard stets unterm Tisch, um es nach dem Essen sofort zur Hand zu haben, ohne noch einmal extra zu seinem Zimmer rennen zu müssen. Er war ziemlich gut darin, es unter einer Jacke, in einem Rucksack oder einer Kombination verschiedener Dinge rein- und rauszuschmuggeln. Mir war es schon immer als ziemlich unnötiges Risiko erschienen. Schließ-

lich taten sie an dieser Schule nichts lieber, als Dinge zu konfiszie-
ren, und dieses Skateboard war wahrscheinlich der einzige Besitz,
der Wade etwas bedeutete. Himmel, fühlte es sich gut an, ihm das
kaputt zu machen.

Nachdem ich mit Mr. Grant gesprochen hatte, wandte ich mich
ab und ging zu Derek an den Tisch. »Ich setz mich!«, warnte ich
ihn.

Er saß allein (ein neues Phänomen des kahl geschorenen Derek). Ohne eine Antwort abzuwarten, warf ich mich auf den Stuhl
neben ihn. Derek starrte mich mit leerem Blick und vollem Mund
an.

Ich sah an ihm vorbei und beobachtete, wie Mr. Grant das
Skateboard triumphierend unterm Tisch hervorzog. Dem gesunden Glanz nach zu urteilen, der auf einmal von seinem sonst gräu-
lichen Gesicht ausging, schien das der Höhepunkt seines Tages
zu sein. Er hielt das Skateboard vor Wade in die Höhe und setzte
genussvoll und sprudelnd vor Enthusiasmus zu seiner unvermeid-
lichen Siegesrede an.

»Ich dachte, du hasst meine Visage«, sagte Derek gerade zu mir.
Ich hatte fast vergessen, dass er direkt neben mir saß.

Ich zuckte mit den Schultern.

»Was soll das heißen?«, fragte Derek.

»Hast du schon ein Date für den Prom?«, fragte ich statt einer
Antwort.

»Ich geh nicht hin.«

»Ich geh mit dir«, sagte ich.

»Was zum Teufel soll das denn heißen?«

»Soll heißen, ich geh mit dir zum Prom.«

Ich wandte meine Aufmerksamkeit wieder Mr. Grant zu, der
am anderen Ende des Saals inzwischen laut geworden war. Ich
musste was verpasst haben. Er zeigte auf die Tür. Wade stand auf.

»Was?«, sagte Derek.

Ich drehte mich wieder zu ihm um. »Himmel! Zum Prom. Ich geh mir dir zum Prom, Himmelherrgott noch mal.«

»Warum?«

»Warum *nicht*?«

»Keine Ahnung, vielleicht weil du mir bei unserem letzten Gespräch gesagt hast, ich wäre eine Verschwendung von Sauerstoff und du hoffst, dass ich draufgehe? Ah, und du hast gesagt, dieser schnulzige Saxofontyp und Mrs. Gillespie wären cooler als ich.«

Ich warf ihm einen ungeduldigen Blick zu. »Ich war angepisst, okay? Natürlich sind die *nicht* cooler als du. Es ist, keine Ahnung, physikalisch gar nicht möglich, uncooler zu sein als die beiden, also krieg dich wieder ein.«

Offenbar kurz davor, etwas zu sagen, zögerte Derek. Nervös spielte er mit seiner Gabel herum und ließ sie schließlich auf den Teller fallen. »Ich hab diesem Mädchen, die im Orchester Tuba spielt, erzählt, dass wir Sex hatten, okay?«, sagte er. »*Einem* Menschen. Und sie hat geschworen, nichts weiterzusagen.«

Ich verdrehte die Augen. »Gut zu wissen. Wenn auch momentan ziemlich irrelevant für mich.«

»Also wie jetzt – plötzlich hasst du meine Visage also nicht mehr?«, fragte er. »Auf einmal?«

»Wer zur Hölle weiß das schon? Mach's nicht so kompliziert. Das war 'ne einfache Frage, Derek.«

»Okay«, sagte er. »Dreist, dass du mich das überhaupt fragst, aber ich geh mit dir zum Prom, weil ich offensichtlich keinerlei Selbstwertgefühl mehr habe.«

»Mach's nicht so superdramatisch, bitte.«

»Du benutzt mich.«

»Wen interessiert's? Lass uns einfach nicht so eine Riesen*sache* draus machen.«

Er verzog das Gesicht zu einem Ausdruck, der besagte, dass inzwischen eh alles egal war, und sagte: »Klar.«

Wir saßen ziemlich nah am Ausgang, und Wade musste auf dem Weg zur Tür direkt an uns vorbei. Ich beobachtete, wie er, sein Skateboard fest umklammert und mit Mr. Grant direkt auf den Fersen, auf uns zukam. Während er durch den Saal lief, hielt er den Blick überwiegend auf den Boden geheftet, und ich dachte schon, er würde uns nicht sehen. Doch als sie sich unserem Tisch näherten, hob er ohne Vorwarnung den Blick. Er registrierte Derek neben mir, und für einen kurzen Moment dachte ich, er würde noch eine Prügelei anfangen. Aber er tat es nicht, und das war viel schlimmer. Sein Blick wanderte von Derek zu mir, und dann streckte er mir mit dem gleichen todesruhigen Ausdruck den Mittelfinger entgegen. Ich erwiderte die Geste mit beiden Händen.

Den Rest des Tages verbrachte ich damit, auf dem Schulgelände herumzulaufen und eine gewisse Erleichterung angesichts der Endgültigkeit des Ganzen zu verspüren. Das Adrenalin, das durch mein Gehirn toste, ließ alles laut und gewaltsam erscheinen. Es schien irgendeinen Juckreiz zu lindern, obwohl dabei Blut hervorschoss. Es tat auf angenehme Weise weh, *Fick dich, Wade* zu denken. Es war befreiend. Einen Moment lang dachte ich, dieser ganze Albtraum hätte mich abgehärtet, aber wem machte ich eigentlich was vor? Wieder weinte ich mich nachts in den Schlaf, diesmal in aller Stille. Professionell unter der Decke erstickt.

»Merkst du eigentlich, wie uncool du dich verhältst?«

Ich sah von meinem Buch auf und fand mich vor Anju wieder. Ich saß in der Wäscherei auf dem Trockner und wartete darauf, dass meine Klamotten fertig wurden. Einen Augenblick starrte ich sie dumpf an, bevor die Bedeutung, wer sie war, langsam in die Ritzen meines Gehirns sickerte und wie Säure brannte. Dort stand Anju und wartete in ihrem 40er-Jahre-Blumenkleid, ihren Vans und ihren Zöpfen auf irgendeine Reaktion meinerseits. Ich dagegen trug eine kurze Sporthose und ein übergroßes T-Shirt mit dem Slogan *Rick's Crab Shack*, das mein Vater mal bei uns hatte liegen lassen. Diesen Kampf hatte ich wohl schon verloren.

»Du bist echt gemein zu Wade«, sagte sie und verlagerte ihr Gewicht voller Unbehagen über mein Schweigen von einem Fuß auf den anderen.

»Was geht *dich* das denn an?«, fragte ich.

Ihre Augen blitzten empört auf. »Es geht mich was an, weil ich mit ihm befreundet bin. Dir bedeutet Freundschaft vielleicht nicht viel, aber ich nehme es ernst, wenn mir jemand genug vertraut, um mein Freund zu sein.«

»Herzlichen Glückwunsch. Klingt, als wärst du ein großartiger Mensch.«

Sie blinzelte wie verrückt, während sie nach weiterer Munition suchte. Das stand ihr nicht sonderlich gut – auf Konfrontation zu gehen, meine ich. Sie stotterte mehr, als dass sie redete, schnaubte Luft ein und aus und hatte sich offenbar kilometerweit aus ihrer Komfortzone herausgewagt. All die leichtfüßige Eleganz, die sie ausstrahlte, wenn sie freundlich war, wurde bei diesem Versuch, tough rüberzukommen, beschädigt.

»Weißt du eigentlich, dass er sein Skateboard nicht zurückbekommt?« Sie verlagerte erneut ihr Gewicht und verschränkte die Arme vor der Brust. »Und wenn er es am Ende des Schuljahres zurückhaben will, muss er seine Eltern bitten, irgendeinen Antrag zu schreiben. Wir wissen beide nur zu gut, dass er das nie machen würde. Sein Skateboard ist er also für immer los.«

»Und?«

Vor nervösem Ärger zogen sich ihre Augenbrauen zusammen. Hilfe suchend blickte sie sich im Raum um, als könnten ihr die Waschmaschinen und Trockner den nächsten Satz vorgeben, doch nur das rhythmische Schleudern nasser Klamotten gegen die Metalltrommeln war zu hören.

»Weißt du was?« Anju wirbelte mit frischem Mut zu mir herum. »Du verdienst ihn nicht. Er ist ein guter Mensch, und alles, was du getan hast, ist, ihn auszunutzen. Ich dachte ja schon, Eloise ist schlimm, aber wenigstens versteckt die sich nicht, und man kann sie kilometerweit riechen. Aber Mädchen wie du kotzen mich an – die sich verstellen, sich in Wahrheit aber wie eine Nutte verhalten. Und als wär das nicht genug, hast du auch noch die Nerven, dich danach aufzuregen und dich zu rächen. Als hättest du das Recht dazu! Du widerst mich an.«

Ich sprang so unvermittelt vom Trockner, dass sie zurückfuhr.

»Ich hab 'ne Idee«, sagte ich. »Warum verziehst du dich nicht und sorgst dafür, dass all die feuchten Träume, die du von meinem Freund hattest, wahr werden?«

Sie schnappte nach Luft. »Ich habe nie … Das war niemals was, das ich auch nur ansatzweise …«

»Nein, natürlich nicht«, schnitt ich ihr das Wort ab. »Nicht mal in deinen wildesten Träumen, hab ich recht?«

»Ich hab's dir doch schon gesagt, Wade ist mir als Mensch wichtig, und ich steh für Menschen ein, die mir wichtig sind. Auch wenn das für dich vielleicht abwegig klingt.«

Ich schleuderte ihr ein Lächeln entgegen, das offenbar ziemlich fanatisch und geistesgestört rüberkam, denn sie wich noch einen Schritt zurück.

»Ich mein's ernst, geh schon und vögel ihn endlich«, sagte ich zu ihr. »Lass ihn dein kleines Hirn ficken. Mir ganz egal.«

Einen Moment lang stand sie wie versteinert da – mit so großen, runden und schönen Augen, dass es logisch war, dass Wade mich für sie eingetauscht hatte. Selbst als nervöser, zappelnder Loser sah sie wunderschön aus.

»Du bist ein schrecklicher Mensch«, stellte sie fest.

»Oh, danke für die Info. Ich hatte ja keine Ahnung.«

Beim Hinausgehen warf sie mir voll erschöpfter Verachtung einen letzten Blick über die Schulter zu. »Halt dich einfach von Wade fern.«

»Klar. Und ohne Scheiß: Leck mich.«

In Wahrheit hatten ihre Worte mich ziemlich getroffen. Sie hatte über ihn geredet, als wären sie auf derselben Seite von irgendwas und würden über einen Abgrund zu mir hinübersehen – sie beide zusammen und ich allein. Ich war Abfall in dem Szenario. Ich war der schreckliche Mensch. Das war ich wirklich. Das wusste ich. Ich hasste mich, als ich Anju nachsah, wie sie aus der Wäscherei floh. Bestimmt würde sie auf der Stelle zu Wade rennen und ihm brühwarm erzählen, was ich gesagt hatte. Und wir würden uns noch weiter voneinander entfernen. Nicht dass das jetzt noch von Bedeutung wäre.

Neuerdings saßen Derek und ich beim Essen häufiger zusammen. Anfangs hatte ich es aus Rache getan, aber mit der Zeit wurde es zur Gewohnheit – Hauptsache, ich saß nicht mehr allein. Und irgendwann war es nicht mehr nur der Speisesaal. Wir trafen uns hin und wieder nach der Schule, manchmal ging ich zu seinen Orchesterproben, oder wir holten uns Fast Food in der Stadt. Er hatte jetzt ganz aufgehört, mit Neal und Kevin abzuhängen, und benahm sich generell weniger wie ein Arschloch. Eine Reise, die er mit einem kahl geschorenen Kopf begonnen hatte. Er hörte auch auf, Fleisch zu essen. Und das Allerabsurdeste daran war, dass er echt okay war.

Wir wurden Freunde. Niemand verstand, was zwischen uns abging, und ganz im Ernst, ich auch nicht. Nichts davon, wer wir waren oder wie wir aussahen, ließ irgendeine Verbindung zu. Aber was soll's? Sobald es nicht mehr nur eine Art Performance für Wade darstellte, war es sogar ganz schön, Zeit mit Derek zu verbringen. Mit der Zeit kamen alle anderen auch darüber hinweg und akzeptierten es als einen dieser unergründlichen Wege, die nur Gott selbst kannte. Gracie Welles und Derek McCormick hatten was am Laufen.

Bloß dass da nichts lief. Nicht einmal ansatzweise, weil meine Fähigkeit, geil zu werden, mit der Trennung von Wade gestorben war. Es war eigenartig, wie Sex auf einmal vollkommen bedeutungslos wurde. Ich hatte nie auf Derek gestanden, aber jetzt war es ein absolutes No-Go. Nichts an ihm machte mich an, egal wie praktisch das auch gewesen wäre. Hin und wieder versuchte ich krampfhaft, von ihm angeturnt zu sein. Als wir uns in der Stadt Pizza holten und er nicht mit unserer Schuluniform reinwollte, beobachtete ich ihn extra dabei, wie er sein T-Shirt auszog. Er kämpfte sich aus dem Shirt und wühlte auf dem Rücksitz nach einem neuen. Er war durchtrainiert, hatte fast ein Sixpack und all das. Ich starrte auf seinen nackten Oberkörper und wartete darauf, dass irgendwas passierte, doch ich wurde bloß traurig wegen Wade. Das war alles, was in mir vorging. Wade sah ohne Shirt ganz anders aus. Meine abgrundtief düstere Laune ruinierte den gesamten Abend und die Pizza. Das war echt übel, immerhin war es *Pizza*, und ich hatte mich darauf gefreut, mal aus der Schule rauszukommen. Und jetzt erzählte ich Derek zum tausendsten Mal, dass ich nicht »so« auf ihn stand. Er sah angepisst aus und erwiderte, ja, das hätte er klar und deutlich verstanden, und gab es da eigentlich ein Gesetz, das ihm verbot, mich als interessanten Menschen unabhängig von einem Paar Titten zu respektieren? Himmelherrgott noch mal.

»Ich mag deine Gesellschaft«, sagte er. »Kommst du darauf klar?«

Ich presste die Lippen aufeinander und spielte mit dem Käse herum, der von meinem Stück Pizza hing.

»Glaub schon.«

Schweigend aßen wir weiter.

»Ich mag einfach deine Gesellschaft, okay?«, wiederholte er.

»Okay, ist ja gut«, sagte ich. »Ich mag deine Gesellschaft auch.«

»Also alles gut zwischen uns?«

»Ja, solange du dir nicht heimlich einen auf mich runterholst.«

»Deal. Wenn du versprichst, dir auch keinen auf mich runterzuholen.« Ein sehr derekartiges Lächeln huschte über sein Gesicht. Ein Ausdruck, der zum alten Derek mit dem sonnengebleichten Haar gehörte. Ich hätte nie gedacht, dass ich diese Version von ihm vermissen könnte, aber in dem Moment merkte ich, dass er mir ein bisschen fehlte. Es war schön zu sehen, dass er noch in ihm steckte und er nicht die ganze Zeit über einen Stock im Arsch hatte. Obwohl der kahl geschorene Derek weniger gestört war, konnte er auf ganz eigene Art manchmal echt anstrengend sein.

Mein Status an der Schule war über Nacht in eine andere Stratosphäre geschnellt. Es war verdammt seltsam, auf einmal ohne jegliche Vorwarnung hoch oben auf der sozialen Leiter zu stehen. Alle hatten auf einmal ihre Ansichten, Schlussfolgerungen und Spekulationen über mich. Ich hatte nie darum gebeten, an der Schule in irgendeiner Form *sichtbar*, ganz zu schweigen davon, öffentlicher Besitz der herrschenden Klasse zu sein. Auch wenn ich Derek im Schlepptau hatte, war glasklar zu sehen, dass ich dort nicht hingehörte. Ich hatte weder ihren Stil noch ihre Frisur noch ein Bankkonto – und definitiv nicht ihre sozialen Umgangsformen. Ich hatte das System ausgetrickst, und alle wussten es. Ich war eine Hochstaplerin.

33

Zum Prom ging ich in einem Secondhandkleid und imitierte D'arcys Frisur aus dem »Disarm«-Video der Smashing Pumpkins: An beiden Seiten meines Kopfes wanden sich fest geflochtene Zöpfe zu zwei Henkeln. Beth hatte mir erneut die Haare gefärbt, und obwohl sie immer noch einen Gelbstich hatten, war zumindest das Orange ein bisschen raus. Ich trat einen Schritt zurück, um mich in Georginas großem Spiegel zu bewundern. Kritisch legte ich den Kopf schief und dachte, vielleicht – *vielleicht* – war ich doch gar nicht so hässlich. Diese Erkenntnis erschreckte mich ein bisschen. Seit ich dreizehn war, war klar: Ich war nicht anziehend. Mondsicht, schlechte, käsige Haut und Doppelkinn. Kaum hatte ich das festgestellt, war es in Stein gemeißelt, und es gab keinen Grund, mich jemals neu zu bewerten. Was sollte mir das bringen? Sich zu wünschen, jemand anders zu sein, war Zeitverschwendung. Ich hatte mich seitdem oft genug im Spiegel gesehen, aber ich schätze mal, ich hatte nie wirklich *hin*gesehen. Vielmehr hatte ich mich mit meinem Gesicht abgefunden. Aber jetzt, mit meinen abgefahrenen weißblonden Haaren, betrachtete ich mich genauer im Spiegel. Zögernd, um nicht voreilig positive Schlüsse zu ziehen, drehte ich mein Gesicht in alle Richtungen. Doch, ich hätte schwören können, dass es um mein Äußeres nicht so hoffnungslos stand, wie ich angenommen hatte. Mein Doppelkinn war verschwunden, meine Haut war glatter geworden, und mein Hals schien nicht mehr so stumpf zwischen die Schultern gerammt. Meine Augen waren ganz schön, schätzte ich. Eine seltsame Erkenntnis. Ich hätte mich wohl gefreut, wenn es noch einen Grund gegeben hätte, warum es mich interessieren sollte.

Ich griff nach meinem Mascara. Er war alt, und als ich die kleine Bürste herauszog, klebte eine bröckelige Masse daran. Ich tuschte mir mehrmals die Wimpern, bis sie sich zu einem schweren Dach verdichtet hatten. Dann trug ich Kajal auf – und hatte die vage Erkenntnis, dass ich das wohl besser hätte vorher tun sollen. Egal. Ich kniff ein Auge zu und versuchte dort, wo meine Wimpern ins Lid übergingen, eine feine Linie zu ziehen. Dabei schmierte ich mir mit dem Finger aus Versehen ein bisschen Mascarapampe nebens Auge und versuchte danach, den Fleck mit einem Wattestäbchen wieder zu entfernen. Das meiste bekam ich weg. Dasselbe vollführte ich am anderen Auge, und am Ende kam der Lippenstift.

Schließlich musterte ich kritisch das Ergebnis. Ein ausgebranntes Lächeln breitete sich auf meinem Gesicht aus. Das Make-up war ziemlich schlampig aufgetragen, aber immerhin war ich nicht mehr hässlich. Nicht dass es mich kümmerte. Es war eher eine mäßig interessante Randbemerkung in meinem Leben.

Mein Kleid war eigentlich ein Unterkleid. Es war babyblau und reichte mir bis zu den Waden. Am unteren Saum und am Dekolleté war es mit Spitze verziert, und der Träger des nagelneuen schwarzen BHs rutschte an meinem Oberarm herunter. Das gab dem Ganzen noch eine Extranote. (Im »Disarm«-Video war durchgehend D'arcys breiter schwarzer BH-Träger zu sehen.) Oh ja, ich hatte mir endlich einen neuen BH gekauft. Zwar hatte ich mein Geburtstagsgeld nicht unbedingt dafür ausgeben wollen, doch angesichts des Pennerzustands meiner BHs war mir nichts anderes übrig geblieben. Beth hatte mal wieder recht gehabt.

Das Seltsamste an dem ganzen Abend war, dass ich zwischendurch sogar Spaß hatte. Ich war ein bisschen betrunken. Nur ein bisschen. Nur genug, um eine neue Fickt-euch-alle-Euphorie zu verspüren, und als der Bass zu »Teach Me How to Dougie« erklang, schmiss ich meinen leeren Plastikbecher gegen die Wand und ging auf die Tanzfläche. Für einen kurzen Moment löste ich mich aus meinem Leben und wurde zu einer ganz normalen Schülerin, die auf dem Prom die Spinnweben von ihren Grundschul-Hip-Hop-Moves abstaubte. Ich schloss die Augen und tat, als gäbe es keine Vergangenheit – nur das Hier und Jetzt, und vielleicht noch die Zukunft. Als ich sie wieder öffnete, ging mir auf, dass ich zum ersten Mal nicht alle anderen Kids an der Schule hasste. Zugegeben, diese hier waren allesamt älter, und für sie existierte ich nicht wirklich. Trotzdem. Ich lächelte, und sie lächelten zurück, und für einen Moment waren alle im Dougie-Move vereint und versuchten, sich gegenseitig zu übertreffen. Schweiß rann ihre Gesichter hinab, und es herrschte eine furchtlose »Ich bereue nichts«-Stimmung. Kein Stillstand im Leben und keine Angst. Beth war auch da. Unmöglich zu übersehen. Ihr Haar war zu einem einfachen Pferdeschwanz hochgebunden, und sie trug ein Prom-Kleid aus den 50er-Jahren mit kleinen silbernen Sternen auf die üppigen Lagen Tüll gestickt. Wenn sie hochsprang, flog es um ihre Schenkel herum hoch und entblößte ihre perlweiße Haut.

Später, als wir draußen standen und rauchten, sagte sie zu mir: »Es geht das Gerücht um, dass du gepinkelt hast, während Derek dir deine Unschuld genommen hat.«

Dieses Gerücht hatte Constanze in Umlauf gebracht, um ihre Würde wiederherzustellen, nachdem Derek sie hatte fallen lassen. Aber es setzte sich nie so richtig durch. Mir persönlich machte es nichts aus, dass ich angeblich bei meinem ersten Mal gepinkelt hatte – ich hatte wahrlich andere Probleme.

»Ja«, sagte ich und schob mir die Ponyfransen aus der Stirn, die angefangen hatten, einen verschwitzten Klumpen zu bilden. Mein Kleid klebte feucht und kalt am Rücken.

»Du hast dich echt gemacht«, stellte Beth fest. »Wetten, dass keiner zu Beginn des Schuljahres deinen Namen kannte? Und jetzt, sieh dich doch an.«

Ich nickte. »Ich weiß. Ich habe angeblich Derek angepinkelt, meinen Freund betrogen, einer anderen den Freund ausgespannt und bin in Mathe durchgerasselt. Hab keine Zeit vergeudet, würde ich sagen.«

Anerkennend klopfte sie mir auf den Rücken. »Ich bin stolz auf dich.«

»Danke.« Einen Moment lang fühlte ich mich seltsamerweise nicht mehr ganz so beschissen.

»Dein Kleid ist ziemlich durchsichtig – ist das Teil deiner neuen Persönlichkeit? Deine Unterhose kann ich ziemlich gut erahnen, und deinen BH seh ich definitiv.«

»Das mit der Unterhose ist nicht beabsichtigt«, sagte ich. »Der BH schon.«

»Ist das ein Nachthemd?«

»Ich dachte, es wär ein Unterkleid.«

»Wie auch immer, ich wette, irgendeine Frau hatte darin jede Menge wilden Sex.«

Ich lachte. »Warum wilden?«

»Wirkt einfach so. Du weißt schon, schäbiges Motelzimmer, ein Bibelverkäufer …«

»Na ja, da wäre immer noch die Möglichkeit, dass die Frau es ausgezogen hat, bevor sie Sex mit dem Bibelverkäufer hatte.«

»Glaub ich kaum. Die waren viel zu heiß aufeinander. Außerdem hatten sie wahrscheinlich keine Zeit zu verlieren, weil sie zurück zu dem Schmorbraten musste, den sie ihrem Mann zum Abendessen kochte.«

Ich lachte wieder. »Ach so, ja, so war's wahrscheinlich.«

Beth sah absurd schön und auf eine glitzernde Art düster aus. Niemand anders konnte in einem 50er-Jahre-Abschlussballkleid so atemberaubend und zugleich so unheilvoll aussehen.

»Ich will eines Tages so werden wie du«, gestand ich. »Ich glaube, mehr will ich gar nicht.«

Rauch kräuselte aus ihrem Mund. »Das ist das Dämlichste, was ich je gehört habe«, sagte sie trocken. »Warum solltest du das wollen?«

»War die Frage ernst gemeint?« Sie starrte mich nur an. Ich konnte nicht glauben, dass sie tatsächlich eine Antwort erwartete. »Ich meine, du bist *du*. Beth Whelan.«

»Na und?«

»Na, du bist *perfekt*! Du bist auf einem Level, von dem alle anderen nur träumen können!«

»Hey, wir reden hier von der Highschool«, sagte sie. »Überhaupt irgendein Level in der Highschool zu erlangen, ist ein Witz.«

»Nein, aber …« Es frustrierte mich ein bisschen, wie begriffsstutzig sie in diesem Punkt war. »Verstehst du wirklich nicht, dass das Leben, das *du* kennst – also, wie es bei *dir* ist –, für andere Leute nicht so ist? Normale Menschen leben nicht wie du. Das hat nichts mit der Highschool zu tun.«

Sie ließ den Blick über den Hof schweifen, und ihr Interesse an dem Thema schien zu erlahmen. »Willst du damit sagen, ich bin nicht normal?«

»Machst du Witze? Nie im Leben. Das ist es ja gerade, was du nicht verstehst. Wie du lebst und die Dinge wahrnimmst – so läuft das beim Rest von uns nicht. Du hast dein Leben selbst in der Hand und lebst nur perfekte Momente. Das ist doch nicht normal. Weißt du überhaupt, wie schwer es für mich ist, auch nur *einen* perfekten Moment zu haben?«

Endlich spielte ein winziges, genervtes Lächeln über ihre Lippen. »Ich bin zwei Jahre älter als du, Gracie«, sagte sie. »Ich hatte jede Menge Zeit, mir über ein paar Dinge klar zu werden. Mit achtzehn wirst du auch gelangweilt von all den perfekten Momenten sein. Das versprech ich dir.«

Gelangweilt von perfekten Momenten? Wohl kaum.

»Weißt du was? Da irrst du dich gewaltig«, widersprach ich. »Ich werd' mir *nie* über irgendwas klar werden. Wenn ich achtzig bin, werde ich immer noch die gleiche Person sein. Ich werde immer noch in Wade verliebt sein, er wird irgendwo am anderen Ende des Landes mit Anju und ihren gemeinsamen Kindern leben, und ich werd' so sein wie meine Mutter – eine Verrückte, die von ihm besessen ist. Wahrscheinlich trag ich eins von seinen alten T-Shirts und rieche jede Nacht daran und sag mir jeden Morgen, dass er mich immer noch liebt.«

Dieses Zukunftsszenario war mein voller Ernst gewesen, doch Beths Lachen durchbrach meine düstere Vision und vernichtete sie. »Vielleicht heiratest du ja Derek«, schlug sie vor.

»Vielleicht. Und Derek wird versuchen, mir alles recht zu machen, und ich behandele ihn wie ein Stück Dreck.«

Sie lächelte.

»Ich wünschte, ich würde mich nicht verlieben«, sagte ich mit einem Seufzer. »Sex kann ich ja gerne haben, aber ich will mich nie wieder mit Liebe rumschlagen. Das mit Wade ist einfach zu viel. So zu fühlen – das ist nicht fair.«

Beth antwortete nicht. Ihre Miene war unergründlich.

»Das ist, als würde ein gefühlsmäßiges Atomkraftwerk mich ununterbrochen ausbrennen«, fuhr ich fort. »Und ich muss so tun, als wär's nicht so und als würde ich auf das alles einen Scheiß geben. Weißt du eigentlich, wie viel Energie es kostet, die ganze Zeit so zu tun, als wär bei dir alles cool, nur damit alle anderen sich entspannen können und sich nicht damit auseinandersetzen müssen, wie's dir wirklich geht? Dass du in Wahrheit innerlich tot und verrottet bist?«

Das kam etwas melodramatischer heraus, als ich es beabsichtigt hatte, aber scheiß drauf, so war es nun mal. Ich hätte es nicht anders ausdrücken können. Ich wartete darauf, dass Beth mich auslachte, doch das tat sie nicht.

»Du hast dich in einen Jungen verliebt«, sagte sie beinahe sanft, was echt komisch war, wenn man Beth kannte. »Red dir das nicht schlecht. Das ist 'ne große Sache.«

Ich nahm einen Zug von meiner Zigarette und suchte ihr Gesicht nach Hinweisen ab, was zum Teufel gerade abging.

»Ihr habt euch geliebt. Das ist gewaltig«, sagte sie.

Keuchend hustete ich die letzten Rauchwölkchen aus meiner Lunge. »'tschuldigung – *was*?«

»Das ist gewaltig«, wiederholte sie beiläufig, als wäre nichts dabei, dass sie ihr Urteil über das Thema *Liebe* auf einmal um 180 Grad drehte. »Liebe ist eines der ganz großen Gefühle im Leben – wenn nicht das größte.«

Mein Gehirn stand kurz davor, zu explodieren. »Warte mal, verliebt zu sein ist doch – du hast gesagt, das ist das Schlimmste, was einem passieren kann!«

Sie stieß mich mit der rechten Schulter an. »Tja, woher zum Teufel soll ich das denn wissen? Ist ja schließlich nicht so, als wär ich jemals verliebt gewesen.«

Das ganze Universum geriet in diesem Moment ins Zittern. Beth Whelan klang unsicher. Das hatte sie noch nie getan. Noch nie.

»Wirklich. Ich hab keine Ahnung, wie das ist, verliebt zu sein«, sagte sie. Kein spielerischer Tonfall und keine Spur von der furchtlosen Selbstsicherheit, die sie sonst immer ausstrahlte. Stattdessen lag in ihrer Stimme, in ihrem Gesicht und in der Art, wie sie ihre Zigarette hielt, eine wahnsinnige Ehrlichkeit. Sie wirkte geradezu menschlich.

»Ich hab Bücher über Leute gelesen, die sich verlieben«, sagte sie. »Hab Filme darüber geguckt – und natürlich hab ich die ganzen Idioten um mich rum sich verlieben sehen. Aber ich selbst weiß nicht, wie sich das anfühlt. Ich habe nicht die geringste Ahnung.«

»Aber du … du hast gesagt … es wäre …«

Ich konnte es nicht einmal in Worte fassen.

»Ja, ich kenne meine Haltung zu dem Thema«, sagte sie.

Einen Augenblick dachte ich, damit wäre das Thema für sie erledigt. Beth hatte keinerlei Hemmungen, ein Gespräch so anzufangen und zu beenden, wie es ihr passte. Wenn sie keine Lust mehr hatte, über etwas zu reden, dann sagte sie einfach nichts mehr und ging. Doch statt abzuhauen, nahm sie die Spitze ihres Pferdeschwanzes zwischen die Finger, zog leicht daran und redete weiter.

»Ich halte mich an meinen eigenen Rat, seit all meine Freundinnen ungefähr in der achten Klasse damit angefangen haben, Jungs Nacktbilder zu schicken, andauernd ihre Frisur und ihre Klamotten zu wechseln und so zu reden und rumzulaufen, dass sie zu der Fantasie welches Typen auch immer passten, der sich gerade dazu entschloss, sie zu bemerken. Nach Trennungen haben sie ihr Innerstes rausgekotzt, stundenlang geheult und mir erzählt, warum irgendein pickeliges Arschloch angeblich der einzig Wahre auf dem Planeten für sie wäre. Kam mir ziemlich erbärmlich vor. Ich hatte kein Interesse daran, mich so an jemanden zu binden. Die paar Typen, die ich aufgerissen habe, hab ich genauestens nach ihren Abturn-Qualitäten ausgewählt. Ich wollte sichergehen, dass die Chancen, am Ende bei denen hängen zu bleiben, gen null gehen. So kriege ich all die *perfekten Momente* hin, wenn du's genau wissen willst«, schloss sie wie ein Zauberer, der seinen Trick verrät. »Indem ich ein Feigling bin.«

Ich wusste nicht, was ich darauf antworten sollte. Nicht mal ansatzweise.

Sie nahm einen weiteren Zug von ihrer Zigarette, und nachdem der Rauch ihren Mund verlassen hatte, sagte sie: »So wie Scholfield mit dir geredet und dich angesehen hat – so was hatte ich noch nie. Klar, die Typen gucken mich an, aber nicht so.«

Einen Moment lang sagte keine von uns was.

»Du hast noch nicht mal jemanden *gemocht*?«, fragte ich schließlich.

»Doch, klar, ich bin ja schließlich kein *Roboter*.« Sie warf mir einen Blick zu, als wäre das eine ungeheuerliche Unterstellung. Dann zog sie erneut an ihrem Pferdeschwanz und fuhr fort: »Da gab es diesen einen Typen. Greg. Als ich herkam, ging er in die Klasse über mir, und abgesehen von seinem lahmarschigen Namen war er echt cool. Ich meine, so richtig cool.« Sie blickte auf. »Nicht so, wie du denkst. Viel cooler. Nicht so, wie die Typen in Filmen oder auf Plakaten oder so. Wenn ich's recht bedenke, war er wahrscheinlich der un-Greg-mäßigste Mensch auf der Welt. Als käme er von einem anderen Planeten.«

Fasziniert starrte ich sie an. Beth von irgendeinem un-Greg-mäßigen Greg von einem anderen Planeten schmachten zu hören, war schwer zu verdauen.

»Es war das erste Mal, dass ich spüren konnte, wie alles in mir durcheinandergewirbelt wurde«, sagte sie. »Du weißt schon, alles, was mir wichtig war, erschien plötzlich sinnlos. Ich konnte gar nicht anders, als mich in ihn zu verlieben. Ich wusste, es würde kommen und mich umhauen.«

»Und? Was zum Teufel ist passiert?«

»Nichts. Ich hab auf einer Party vor seinen Augen mit seinem besten Freund rumgemacht. Hab ich dir doch gesagt – ich hab nur Jungs an mich rangelassen, die mir egal waren.« Sie lächelte und zuckte die Achseln, als wäre das alles, was es dazu zu sagen gab. »Ich hatte zu viel gesunden Menschenverstand. Oder keinen Mumm. Ist wahrscheinlich ein und dieselbe Sache.«

Ihr Lächeln ließ sie auf einmal traurig wirken. Wobei, vielleicht nicht direkt traurig. Eher, als stünde sie verloren in einem Flur, der zu irgendeinem Teil in ihrem Leben führte, für den die Zeit noch nicht gekommen war.

»Okay«, sagte ich. »Aber immerhin hast du dir das ganze Theater, das Geheule und die Kotzerei erspart, und dass du komplett deine Würde verlierst. Du konntest die perfekten Momente erleben.«

Wieder zuckte sie die Achseln. »Keine Ahnung. Ich glaube, ich weiß noch nicht mal, was ein perfekter Moment ist. Vielleicht hattest *du* ja die perfekten Momente?«

Ich hielt inne, um diese wilde, auf den Kopf gestellte Version der Dinge zu betrachten.

»Aber jetzt ist es zum Kotzen«, schloss ich meine Überlegungen. »Es ist zum Kotzen, sich so zu fühlen.«

»Du meinst, du bist eine emotionale Wüste? Na und? Wenigstens hattest du den Mumm, dich darauf einzulassen. Mit dir ist es so, weißt du: Du siehst die Scheiße auf dich zukommen, und du springst direkt rein. Das ist ein beneidenswerter Lebensstil, G. Ich könnte das nie.«

Es war surreal, zu beobachten, wie sich alles um mich herum veränderte. Als würden die Realitäten verschiedener Dimensionen durch die Dimension gepresst werden, in der ich gelebt hatte. Sie verwandelten mein Elend in perfekte Momente und Beth in ein menschliches Wesen mit Augen, in denen die Gefühle schwammen, weil sie über irgendeinen Jungen aus ihrer Vergangenheit redete. Als die Dimensionen aufeinanderprallten, schien die Welt um mich herum zu beben.

Ich schüttelte den Kopf und kämpfte dagegen an. »Aber es ist ja nicht so, als würde ich es *planen*, mutig zu sein und mich kopfüber ins Leben zu stürzen. Ich such mir das nicht aus. Die Dinge *passieren* einfach. Ich …«

Beth unterbrach mich. »Hör mal, du bist nicht so ein heftiger Loser, wie du glaubst.« Sie schnipste gegen ihre Zigarette, und Asche regnete zwischen uns auf den Boden. »Ich weiß, dass es manchmal das Einfachste ist, so zu denken, aber du kannst genauso gut den Tatsachen ins Auge sehen: Du bist cooler als die meisten Menschen, die ich kenne. Du hast Derek mit einer Steinschleuder ins Gesicht geschossen, du hast Mrs. Gillespie einen ›sadistischen Donut‹ genannt – was auch immer das heißen soll –, und du hast kein Problem damit, dass Gerüchte über dich im Umlauf sind, du hättest einen Typen angepinkelt. Du bist nicht so passiv, wie du glaubst. Und dieses ganze andere Zeug, worüber du dir Gedanken machst – das ist alles bloß 'ne Frage der Zeit. Du wirst schon noch rauskriegen, wie man sich die Augen schminkt und eine ordentliche Frisur macht. Das sind die kleinen Dinge.«

Nun wusste ich endgültig nicht mehr, was ich sagen sollte. Sie hatte mir alle Gesprächsoptionen genommen. Es gab für mich nichts mehr zu sagen. Also lächelte ich einen Moment lang, erfüllt von unerwartet warmen Gefühlen, die ausnahmsweise mal nichts mit der Liebe zu einem Jungen zu tun hatten, wie eine Idiotin den Boden an. Ich hatte vergessen, dass man auch andere Gefühle haben kann. Dass Dinge, die jemand anders als Wade zu mir sagte, Gefühle bei mir auslösen konnten. Es war schön, zu spüren, wie die Welt wieder ein bisschen realer wurde.

Unterdessen hatte Beth angefangen, ihren Pferdeschwanz neu zu binden, indem sie ihre Pfirsichhaare oben auf dem Kopf sammelte. Ich sah zu, wie sie ein Haargummi darumwand und am Ende das schwarze Band zu einer neuen Schleife knotete.

»Weißt du, es gibt da draußen bestimmt noch mehr coole Typen mit blöden Namen«, sagte ich. »Ich wette, du läufst bald einem *Brad* von einem Planeten über den Weg, der noch Lichtjahre weiter entfernt ist als Gregs. Und dann kannst du dich genau wie ich in die Scheiße stürzen.«

»Vielleicht mach ich das«, sagte sie mit einem kleinen Lächeln.

»Und schreib mir bloß superpeinliches Zeug über die Augenlider von deinem Seelenverwandten.«

»Worauf du einen lassen kannst.«

»Cool!«

Beth drückte ihre Zigarette an der Hauswand aus und ließ sie zu Boden fallen. »Alles klar, ich geh mal wieder rein«, sagte sie mit einem Zwinkern. »Later, Masturbator.«

Ohne auf eine Antwort zu warten, drehte sie sich um, und ich sah ihr nach. Mit jedem Schritt schwangen die schwarzen Tüllschichten vor und zurück. Sie hatte den Moment wie eine heiße Kartoffel fallen lassen. Wahrhaft die Königin des Underground. Ohne sie würde das nächste Schuljahr seltsam werden, so viel stand fest.

All diese Dinge, die sie über mich gesagt hatte – ich konnte es nicht ganz begreifen. Sie gaben mir das Gefühl, auf eine Art wertvoll zu sein, die nichts mit Kräften von außen zu tun hatte. Als gäbe es die hoffnungsvolle Aussicht, eine winzige Chance, auch ohne die Bewunderung eines Typen ein Mensch zu sein. Ganz allein. Auf einmal schien es die Möglichkeit zu geben, zu existieren. Wenn ich es wirklich wollte, könnte es mich geben. Und das nur aus eigener Kraft.

34

Als meine Mutter verkündete, dass sie mit meinem Vater zum Elternwochenende kommen und wir danach »in einem Leihwagen!« alle zusammen nach Hause fahren würden, verschluckte ich mich fast an meinem eigenen Atem.

»Warum?«

»Ist das nicht toll?«, quietschte meine Mutter mir vom anderen Ende der Leitung ins Ohr. »Dein Vater hat zum Glück ausgerechnet in dieser Zeit eine Lücke im Terminkalender. Freust du dich?«

Meine Eltern kamen mich im Internat besuchen. Das war völlig verkorkst. Wohl die bisher offiziellste Angelegenheit meines Lebens und zugleich die größte Lüge überhaupt. Die Leute würden uns ansehen und für ganz normal halten.

»Oh, ja. Ich freu mich mega«, sagte ich zu meiner Mom.

Ihre Stimme sprudelte fast über. »Oh, du hast ja keine Ahnung! Ich bin jetzt schon am Packen, und rate mal, welche Schuhe ich mitnehme? Erinnerst du dich an die, die dein Vater mir bei seinem letzten Besuch gekauft hat?«

»Ja.«

»Die will ich anziehen. Die grünen mit den Riemchen. Oh Gott, ich muss mich kurz hinsetzen und tief durchatmen! Warte kurz! Puuuh!«

Das Elternwochenende fand jedes Jahr vor Beginn der Sommerferien statt und war im Grunde genau das, wonach es sich anhörte. Zwei schmerzlich langweilige Tage, an denen Eltern in der Schule herumgeführt wurden, mit ihren Kindern im Speisesaal aßen, ihre Lehrer kennenlernten, den Fortschritt ihrer Sprösslinge mit den Betreuern besprachen und so weiter und so fort. Die Schüler und Schülerinnen stellten Kunst aus, führten Wissenschaftsprojekte und fürchterliche Tanzaufführungen vor und mussten sich langweilige Reden anhören. Es war stets die letzte Hürde vor der schier unendlichen Freiheit des Sommers.

Meine Eltern hatten es in meinem ersten Schuljahr nicht zum Elternwochenende geschafft, weil mein Vater sich bei der Arbeit natürlich nicht hatte freinehmen können, bloß um einmal quer durchs Land zu fliegen und sich anzusehen, was ich in Kunst gezeichnet hatte. Und meine Mutter könnte so was nie im Leben alleine durchziehen – die Busfahrt, eine Nacht im Motel und sich mit den Lehrern unterhalten. Sie konnte ja kaum bei Walmart mit einer Kassiererin reden, um etwas umzutauschen, ohne dass ihr Selbstvertrauen ins Bodenlose stürzte. Sie könnte niemals mit einem meiner Lehrer reden. Lehrer jagten ihr Angst ein. Darum war ich bisher eines der wenigen glücklichen Kinder, denen die Qual erspart geblieben war, mit ansehen zu müssen, wie ihre Eltern sich durch ihr geheimes Leben an der Schule schnüffelten. Bis jetzt.

Ich wusste nicht, wie ich dazu stand. Eine absurde Vorstellung, dass sie nur für mich herkamen und sich für meine Noten oder meine Fortschritte interessierten. Selbst als sie auf dem Schulparkplatz aus dem Leihwagen stiegen, konnte ich es noch nicht ganz fassen. Es gruselte mich ein bisschen. Sie waren wirklich beide da. Hier, in der Schule.

Da entdeckten sie mich und winkten. Ich winkte zurück.

Mein Vater hatte einen Bauch, der ihm über den Hosenbund

hing. Seit ich ihn zuletzt gesehen hatte, was im Sommer vor einem Jahr gewesen war, hatte er definitiv zugenommen. Er trug einen hellgrauen, teuer aussehenden, legeren Anzug, darunter jedoch ein T-Shirt mit den Simpsons drauf, das er sich in die Hose gesteckt hatte. Meine Mutter stand in ihrem billigen Blumenkleid und den grünen Plateauschuhen, von denen sie am Telefon gesprochen hatte, daneben und strahlte, was das Zeug hielt. Ihre langen dunklen Haare ergossen sich ihr über die Schultern auf ihren Rücken, und ihre Haut glänzte gesund. Sie sprühte nur so vor Leben.

»Gracie!«

Sie quietschte und streckte mir ihre Arme entgegen. Dabei hopste sie ungeduldig auf und ab. Langsam ging ich auf sie zu, und sobald ich nah genug war, zog sie mich in eine Umarmung. Als sie mich küsste, fielen ihre Haare wie ein Vorhang über mich, und ich hielt sie. In ihren Armen wurde der ganze Schmerz des Schuljahres gelindert. Ich musste mich zusammenreißen, um in ihrer warmen, parfümierten Bedingungslosigkeit nicht in Tränen auszubrechen.

»Wie geht's dir, Kind?«, fragte mein Vater. »Was hast du denn mit deinen Haaren angestellt?« Er legte mir einen Arm um die Schulter und drückte mich.

»Der technische Fachbegriff lautet *blond*, Dad«, erwiderte ich. »Vielleicht habt ihr davon in Kalifornien schon mal gehört? Ich dachte, da drüben gibt's auch ein paar Frauen, denen die Farbe gefällt.«

»Alles klar, Klugscheißerin«, sagte er glucksend und drückte meine Schulter noch einmal. »Sag mir nur nicht, du hast deine Haare gefärbt, um einen Jungen zu beeindrucken.«

»Okay, tu ich nicht.«

Ich versuchte, ihm gegenüber patzig zu sein, aber das war gar nicht so leicht. Schon erwischte ich mich dabei, wie ich sein Lächeln erwiderte. Ich konnte einfach nicht anders. Egal, wie dämlich sein Aufzug war, ich war froh, dass er da war und mich auf diese Weise ansah. Allein seine Anwesenheit belegte, dass ich untrennbar mit ihm verbunden war, ob es der Welt passte oder nicht.

»Ich glaub's nicht, dass ihr echt gekommen seid«, sagte ich steif und versuchte herauszufinden, wie ich mich in einer solchen Situation verhalten sollte.

»Ist das nicht aufregend?«, sagte meine Mutter begeistert und umarmte mich erneut.

»Glaub schon.«

»Ach übrigens, ich hab hier was Kleines für dich«, sagte mein Vater und drückte mir eine Plastiktüte mit einem Apple-Logo in die Hand. Verwirrt nahm ich sie entgegen, und mein Herz schlug plötzlich schneller.

Als Erstes zog ich die Kopfhörer heraus, um die ich ihn in den Osterferien gebeten hatte. Doch die Tüte war immer noch zu schwer für ein bisschen Plastik, und so öffnete ich sie erneut und hielt ein neues Smartphone in der Hand. Ein verdammtes *Smartphone*. Ein nigelnagelneues, nicht-im-Mittelalter-hergestelltes Smartphone in einer Apple-Schachtel. Eine Schachtel in jeder Hand, drehte ich sie unbeholfen um und versuchte, mich wieder zu fangen, ohne irgendwas fallen zu lassen.

»Deine Mutter hat mir gesagt, dass dein Handy schon ziemlich alt und der Speicher ständig voll ist. Dass du Probleme hast, deine Musik draufzuladen«, stellte mein Vater fest, sichtlich erfreut über meine Reaktion. »Da dachte ich, du könntest ein neues gebrauchen.«

»Heilige Scheiße!« Vor Aufregung war ich seltsam atemlos. »Danke!«

Jetzt würde ich endgültig aufhören, gemein zu ihm zu sein. Ein für alle Mal. Eine Sekunde lang beschäftigte mich die Tatsache, wie käuflich ich offenbar war, doch dann pfiff ich drauf. Verdammt, es fühlte sich viel zu gut an, gekauft zu werden! Klar hatte er mir vorher schon Geschenke gemacht. Schmuck an meinen Geburtstagen oder an Weihnachten, Klamotten und so weiter, aber ich hatte keine Ahnung gehabt, dass auf einen Schlag so viel rauszuholen war – einfach so, und es hatte nichts mit Urlaub oder so zu tun. So was war mir im ganzen Spektrum der möglichen Szenarien nie als mögliches Szenario in den Sinn gekommen. Krass. Als ich zu seinem breiten Lächeln aufsah – kleine blaue Augen in einem pinken Gesicht, buschige Augenbrauen, unrasiert, leichtes Doppelkinn –, ging mir auf, wie viel Geld er eigentlich hatte. Ich meine, ich hatte gewusst, dass er reich war, aber Reichsein war nie mehr als ein abstraktes Konzept für mich gewesen. Es war dumm, dass ausgerechnet dieser Moment mir das Konzept vor Augen führte, aber so war es. Nie war mir sein Geld so real erschienen. Es bedeutete, dass Georginas Terrorherrschaft vorüber sein würde.

»Oh, deine Haare!«, rief meine Mutter aus und strich über eine blasse Strähne der strohartigen Substanz, die über meine Schultern hing. »Du siehst so erwachsen aus. Ich hätte dich kaum erkannt, Liebes.«

»Ziemlich heftig, ich weiß«, sagte ich. »Aber das wächst wieder raus.«

»Du bist wunderschön, Gracie, weißt du das eigentlich?« Sicher in den Arm meines Vaters geschmiegt, strahlte meine Mutter mich an. In diesem Moment wirkte sie vollkommen sorglos. »Kaum zu glauben, dass ich dich gezeugt hab!« Wieder strich sie über meine platinblonden Haare.

»Wir *beide*«, warf mein Vater ein.

»Das stimmt.«

Ja, das hatten sie. Es war mir etwas unangenehm, dort mit ihnen zu stehen und über meine »Zeugung« zu reden.

»Na dann, führ uns mal rum!«, sagte mein Vater und machte eine Handbewegung in Richtung Schulgebäude.

Das Beste am Tag eins des Elternwochenendes war Mr. Sorrentino. Enthusiastisch schüttelte er meinen Eltern die Hand. Da war er, trotz all der Scheiße, die ich auf ihm abgeladen hatte – mein größter Cheerleader, unverrückbar an meiner Seite, und redete von meinen Talenten und meiner unwiderlegbaren Begabung, was das Lernen und was weiß ich noch alles anging. Er behauptete, mein Verstand wäre auf der Suche nach Herausforderungen und würde niemals »den einfachsten Weg wählen, um ans Ziel zu gelangen«. Ich hatte Ginger Ale über seinen Schreibtisch gekippt und all seine Stifte zerbrochen, aber das schien er aus seiner Erinnerung gelöscht zu haben. Gott, fast verliebte ich mich auf der Stelle erneut in ihn.

Das genaue Gegenteil von Mr. Sorrentino war naturgemäß Mrs. Gillespie. Ihren Hintern vorsichtig auf einer Ecke ihres Tisches balancierend, las sie eine lange Liste an Punkten vor, warum ich ein Störenfried in ihrem Kurs war: die Unterrichtsstunden, die ich verpasst hatte, eine Nachricht, die sie abgefangen hatte und in der ich sie als »hitlermäßig« bezeichnet hatte, die beiden Male, als ich beim Promiraten durchgefallen war, meine abgrundtief schlechten Noten, mein schwacher Aufsatz über *Denn sie sollen getröstet werden,* und am Ende zog sie noch über mein äußeres Erscheinungsbild her, das sie als wahrscheinlichen »Indikator für ernstere Probleme« beschrieb.

Diesen Satz ließ sie genüsslich nachhallen und sah meine Eltern mit einem bedeutsamen Blick an, der sie dazu einlud, ein ernstes Drogenproblem zu wittern. Mit leerem Blick starrten meine Eltern zurück.

»Nun, ich zweifle nicht daran, dass sie imstande ist, den Stoff zu bewältigen«, durchbrach Mrs. Gillespie die ohrenbetäubende Stille. »Das hängt ganz davon ab, ob sie sich dazu entschließt, sich anzustrengen. Um es ganz offen zu sagen: Wir haben es hier vor allem mit einer problematischen Einstellung zu tun. Grace legt bezüglich ihrer Bemühungen in einem akzeptablen sozialen Rahmen eine besorgniserregende Gleichgültigkeit, oder vielmehr eine *Fehleinschätzung,* an den Tag.«

Meine Eltern hatten immer noch absolut keine Ahnung, was sie damit sagen wollte. Ich sah, wie meine Mutter in einem schnellen, nervösen Rhythmus die Hand meines Vaters drückte.

»Darum möchte ich Sie um Ihre Hilfe bitten«, fuhr Mrs. Gillespie in die Stille hinein fort. »Denn hierbei handelt es sich um ein Problem, das nur von beiden Enden angegangen werden kann. Ohne Ihre Mitarbeit zu Hause kann ich nicht viel ausrichten.«

»Absolut«, stimmte mein Vater zu und nahm schließlich die Rolle ein, die für ihn vorgesehen war. »Bei uns zu Hause herrscht ein strenges Regiment, und was Sie beschreiben, ist natürlich vollkommen inakzeptabel. Wir schätzen Ihre Offenheit, und Sie können versichert sein, dass für Grace damit noch nicht das letzte Wort gesprochen ist.«

Ich sah ihn an. Es war absurd, von meinem Vater zu hören, was für ein Regiment meine Eltern zu Hause führten und wie er mit Strafmaßnahmen drohte. Man bekam den Eindruck, als hätten wir alle Kostüme und Requisiten angezogen und zögen eine erstklassige Show ab.

»Diese Frau ist echt ein harter Brocken«, sagte mein Vater, als wir aus dem Englischraum traten.

»Ja, sie wirkt fies«, stimmte meine Mutter zu. »Tut mir leid, dass du mit so viel Negativität fertigwerden musst, Liebes.«

»Ja, echt viel Negatives, oder?«, sagte ich glücklich.

Wie schön es wäre, sie als echte Eltern zu haben, dachte ich. Wir drei zusammen hätten Mrs. Gillespie wirklich ein neues Arschloch reißen können.

Als die Schülerversammlung in der großen Aula vorüber war, standen Lehrer, Eltern und Schüler noch in kleinen Gruppen zusammen. Es gab Getränke und Kekse. Da nun das Schlimmste vom Wochenende hinter ihnen lag, atmeten die Schüler auf. Langsam entflammte wieder übermütiges Lachen und Kichern, das für gewöhnlich den Soundtrack der Schulflure bildete, und alle erwachten wieder zum Leben. Auch ich war voller Hoffnung. Nach dem Auftritt des Schulorchesters kam Derek, noch immer seine Trompete in der Hand, zu uns herüber. Er war rot im Gesicht und wirkte zappelig in seinem hellbraunen Anzug, der ganz klar sein gesamtes Dasein erstickte. Er strahlte auf eine Mitleid erregend niedliche Art etwas Bulliges aus, was durch seinen geschorenen Kopf, der mehr denn je an eine unregelmäßige Kartoffel erinnerte, zusätzlich betont wurde.

»Hi, Gracie«, sagte er nervös.

»Wer ist *das* denn?«, fragte mein Vater mit einer Serviette in der Hand, auf der drei Kekse balancierten.

»Irgendein blöder Idiot, den ich kenne«, erklärte ich.

Mein Vater gluckste, und Derek wich zurück, wobei er so tat, als hätte ihm der Witz gefallen.

Ich zog ihn wieder vor und sagte: »War nur Spaß. Das ist Derek. Der Typ, der gerade das Trompetensolo gespielt hat. Er hat sich dieses Schuljahr in einer Midlife-Crisis den Kopf geschoren.«

Meine Eltern schüttelten Derek die Hand.

»Seid ihr liiert?«, fragte mein Vater.

»*Liiert?* Ich bin nicht sicher, ob ich deinen 30er-Jahre-Jargon verstehe, Dad.«

»Du hast meine Frage nicht beantwortet.«

»Wir sind nur Freunde«, erklärte Derek. »Vor Ihrer Tochter muss man sich echt in Acht nehmen. Ich habe eine Menge Respekt vor ihr.«

Ich musste lauthals lachen. Beim Anblick Dereks, der sich wie ein Messdiener verhielt, fast von seiner Krawatte erwürgt wurde und in den Achseln seines Anzugs schwitzte, konnte ich einfach nicht anders.

»Jedenfalls hassen wir uns«, sagte ich vergnügt und legte, so gut es bei seiner Größe ging, einen Arm um seine Schulter.

Derek lächelte alarmiert.

»Nun, du hast es erfasst, Kumpel«, sagte mein Vater. »Man muss sich definitiv vor ihr in Acht nehmen.«

Ich mochte es, ihn in aller Öffentlichkeit *Dad* nennen zu dürfen, ohne dass jemand etwas daran fand. Ich mochte auch, dass Derek Angst vor ihm hatte. Und als Dereks Mutter dazukam, um ihren Sohn von uns wegzulocken, war sie voll des Lächelns, Händeschüttelns und höflichen Small Talks. Ich hatte seine Mutter nur ein Mal getroffen, als wir bei Derek zu Hause vorbeigefahren waren, weil er frische Wäsche brauchte. Sie hatte mich angesehen, als wäre ich ein Stück benutztes Klopapier, das an der Schuhsohle ihres Sohnes klebte. Aus ihrer Miene hatte der heftige Wunsch gesprochen, mich von ihm zu entfernen. Sie hatte sich keinerlei Mühe gemacht, damit hinterm Berg zu halten. Und jetzt sagte sie mit einem riesigen freundlichen Lächeln, wie schön es doch sei, mich wiederzusehen. Als wäre ich unzählige Male bei ihnen zu Hause gewesen und sie hegte die schönsten Erinnerungen daran, wie sie Derek und mir Tater Tots brachte, während wir unsere Hausaufgaben machten.

Es lag an meinem Vater. Trotz seines Simpsons-Shirts verfügte er über eine Präsenz, die im ganzen Raum spürbar war und den Leuten Respekt einflößte. Alle, die in seine Nähe kamen oder mit ihm redeten, schienen ihm die Führung zu überlassen. Sie begegneten ihm voller Achtung. Sogar Honey Sinclairs Vater, der eine Hundekeksfabrik führte und der ein ziemlich hohes Tier war, behandelte ihn mit Ehrfurcht.

Auf einmal empfand ich einen kindlichen Stolz auf meine Eltern und darauf, sie herumzuzeigen. Ich fand meinen Vater den coolsten von allen. Und meine Mutter auch. Jung und schön, wie sie war, sah sie ganz anders aus als die anderen Mütter. Keine Faltenhose, keine bequemen Schuhe, kein Bob oder klobige Strähnchen. Sie hatte nichts mit ihnen gemein. Die anderen Eltern warfen ihr verstohlene Blicke zu und fragten sich wohl, wer oder was sie war, wie sie da neben meinem Vater stand. Zweite Ehefrau? Ältere Tochter? Jüngere Schwester?

Sie hatte meinen Vater mit neunzehn getroffen und war seitdem nicht viel erwachsener geworden. Sie hatte nie einen Sinn fürs Praktische bekommen oder das Gewicht von Realität und Verantwortung auf sich geladen. Vielmehr strahlte ihr Kleidungsstil eine sorglose Unbekümmertheit aus, und sie versprühte Atemlosigkeit, Aufregung und Bewegung. Ihr Kleid hatte sie in letzter Minute übergeworfen, und ihre Haare trug sie offen und lang. Hinzu kamen ihre kindliche Stupsnase und die hellen Augen. Wenn sie so glücklich war wie jetzt, wirkte sie unantastbar.

Am nächsten Tag packte ich binnen weniger Minuten meinen Kram zusammen. Alles – Klamotten, Notizbücher, Kosmetika, Schuhe – passte ganz genau in die Reisetasche, mit der ich zu Beginn des Schuljahres angekommen war. Georgina packte ebenfalls, auch wenn es bei ihr deutlich länger dauerte. Sie saß inmitten von drei großen, halb gepackten Koffern auf dem Boden. Um sie herum stapelten sich Klamotten, Krimskrams, Kosmetiktaschen und andere Dinge zu Haufen und kleinen Türmen.

»Na dann, ich bin weg«, sagte ich von der Tür aus.

Sie blickte auf und stopfte ein paar Kuscheltiere in einen Rucksack. Der Soundtrack zum *Mamma Mia!*-Film spielte leise im Hintergrund. »Bist du schon fertig mit Packen?«, fragte sie erstaunt.

Ich hielt meine Tasche hoch.

»Das war's dann, wie?«

»Jup.«

Auf einmal weiteten sich ihre Augen erschrocken. »Oh mein Gott, wir haben uns gar nicht gegenseitig ins Jahrbuch geschrieben!«, quietschte sie und sprang stolpernd auf.

»Ich hab keins.«

Sie wühlte in ihrer Kommode. »*Warum* nicht?«

»Je weniger ich später von diesem Jahr in Erinnerung behalte, desto besser.«

Georgina zog ihr Jahrbuch aus der obersten Schublade und wirbelte herum. »Das ist doch dumm. Du wirfst wertvolle Erinnerungen weg! Das wirst du später sicher bereuen.«

»Glaub ich kaum.«

Sie kletterte über die Koffer und hielt mir auffordernd ihr Jahrbuch hin. »Hier, schreib rein.«

Seufzend setzte ich meine Tasche wieder ab. Georgina drückte mir einen Kugelschreiber in die Hand, und ich presste das Buch an die Wand und begann zu schreiben:

Liebe Georgie,

es war echt der Hammer.

In diesem unvergesslichen Schuljahr hat deine Musik gnadenlos meine Trommelfelle vergewaltigt. Dein Luke-Bryan-Poster hat sich unwiderruflich in mein Unterbewusstsein gebrannt (ist nur noch eine Frage der Zeit, bis ich regelmäßig davon träume, wie ich komischen Sex mit ihm habe - also danke dafür). Oh, und dein ganzes Zeug - vergessen wir nicht, wie dein Zeug sich zu 89 Prozent der Zeit in meiner Zimmerhälfte ausgebreitet hat.

Du wirst mir fehlen. Ohne dich wird mein Leben nur eine leere Hülle sein …

Gracie Mae Welles

Ich reichte es ihr zurück, und sie klappte es sofort auf und las meinen Eintrag. Ein Lächeln breitete sich auf ihrem Gesicht aus.

»Du wirst mir auch fehlen«, sagte sie und blickte auf.

Für einen Sekundenbruchteil war das Band zwischen uns geradezu schmerzhaft stark.

»Okay, na dann. Bis bald.« Ich hob meine Tasche wieder hoch und winkte ihr linkisch zu.

»Bis bald«, sagte sie.

Die Chancen standen gut, dass wir nächstes Jahr kein Zimmer mehr teilen würden, und wir beide fühlten und wussten insgeheim, was das bedeutete. Das hier war ein echter Abschied. Wir würden in andere Cliquen und andere geologische Sektionen der Schule auseinanderdriften. Nächstes Jahr würde ich mich definitiv nicht mehr der Volleyballmannschaft anschließen. Es würde nichts mehr geben, worüber wir uns streiten könnten. Das war's dann. Wir wussten es beide und sagten deshalb nichts weiter.

Langsam ging ich die Treppe hinunter. Ich musste unbedingt Beth finden, aber ich beschloss, erst meine Tasche zum Auto zu bringen. Im Hauptflur angekommen, blieb ich plötzlich wie angewurzelt stehen. An der Tür zum Sekretariat stand Wade. Und neben ihm eine Frau, die lautstark mit Mrs. Martinez redete. Das musste Wades Mutter sein. Sie war klein und zart, aber zugleich laut und sprudelte nur so vor Energie. Über ihrer Schulter hing eine nüchterne Handtasche, und sie trug Schuhe mit flachen Absätzen. Sie sah aus wie eine Frau, die gern bequeme Kleidung trug, es dann aber mit schrillen Ohrringen ausglich – in diesem Fall baumelten zwei bunte Holzpapageien von ihren Ohrläppchen.

Wades Vater stand auf Wades anderer Seite und hatte eine Hand auf seine Schulter gelegt. *Geduldig* wirkte er, ein passenderes Wort fiel mir nicht ein. Ein Typ, der damit zufrieden war, seiner Frau das Reden zu überlassen. Während er zuhörte, wie die beiden Frauen lachten, lächelte er und schüttelte hin und wieder den Kopf, um damit anzudeuten, dass seine Frau echt zum Schießen war. In komischem Kontrast zu Mrs. Scholfield war er lachhaft groß – größer, als große Männer für gewöhnlich waren. Seine Schultern waren breit, und er hielt sich ein wenig vornübergebeugt, als versuchte er, seine imposante Statur zu verbergen.

Die drei wirkten so normal, dass es mir beinahe schwerfiel, hinzuschauen. Das genaue Gegenteil von meiner Familie. Ich musste daran zurückdenken, wie Wade gesagt hatte, seine Eltern seien »zum Kotzen«. Es ärgerte mich. Ganz offensichtlich hatte er überhaupt keine Ahnung, was »zum Kotzen« eigentlich bedeutete. Irgendwie vertiefte der Anblick seiner Familie den Bruch zwischen uns noch.

Zum Glück war die Szene bald vorüber. Wades Vater klopfte ihm auf den Rücken, sie schüttelten Mrs. Martinez' Hand und gingen weg. In dem Moment wusste ich nicht mehr, was ich für Wade empfand. Ich war zwar immer noch unerträglich und unentrinnbar in ihn verliebt, aber ich wusste nicht, ob ich immer noch wollte, dass es ihm schlecht ging. Ich wusste nicht, ob ich ihn verletzen oder ihm alles Gute wünschen wollte. Das waren meine Gedanken, während ich ihm nachsah, wie er mit seinen Eltern den Flur hinunterlief und in der hellen Eingangshalle verschwand.

Nein, dachte ich. Ich will nicht, dass er glücklich ist. Dafür liebe ich ihn zu sehr.

35

Ich tauchte auf dem Parkplatz auf, wo meine Eltern auf mich warteten, und warf meine Tasche mit einem schlecht gelaunten »Bloß weg hier« ins Auto. Ich würde Beth anrufen müssen, um ihr Tschüs zu sagen. In diesem Moment wollte ich bloß so schnell wie möglich verschwinden.

Eine Viertelstunde später stand ich im Shop der Tankstelle und füllte meinem Vater, der draußen tankte, einen großen Styroporbecher Kaffee ein. Dabei nagte das schlechte Gewissen an mir. Ich hätte Beth persönlich Tschüs sagen sollen. Wirklich. Was, wenn ich sie nie wiedersah? Ich dachte über all das nach, was sie auf dem Prom zu mir gesagt hatte, und wie sie meine Haare gefärbt, mich mit Zigaretten versorgt und mir jede Menge fragwürdige Ratschläge gegeben hatte. Was, wenn das alles wäre, was ich je von ihr bekommen würde?

Ich starrte ziemlich intensiv auf einen Serviettenspender und fühlte mich traurig und nostalgisch wegen Beth. Da wurde ich von einer lauten Stimme unvermittelt zurück in meine Umgebung geholt. Sie kam von draußen, von direkt vor der Glastür, und klang aufgebracht, als würde jemand heftig streiten. Als explodierte dort draußen gerade jemand in vielen kleinen Vulkanausbrüchen. Nicht nur, weil die Stimme laut war, sie war außerdem so geladen vor

Wut, dass sie selbst mir als Unbeteiligter bis ins Mark fuhr. Stirn-runzelnd drehte ich mich am Kaffeespender um, da schlug schon die Tür auf, und ein Junge in einem gelben T-Shirt, auf dessen Vorderseite in dieser »Dripping«-Horrorfilmschrift *Happy* gedruckt war, kam herein. Ich kannte das T-Shirt. Ich wusste, wie es sich anfühlte. Es war alt und viel getragen. Ich wusste genau, wo es am Saum der rechten Schulter einen Riss hatte. Ich wusste sogar, wie es roch, weil es Wade gehörte und es Wade war, der es trug. Direkt vor meinen Augen, so wahrhaftig, dass es pervers war.

In dem fieberhaften Versuch, mich unsichtbar zu machen, duck-te ich mich hinter ein Chipsregal, doch das war gar nicht nötig. Wade hatte einen Tunnelblick drauf und starrte zu Boden. Dann tauchte hinter ihm plötzlich sein Vater auf. In ein paar Schritten hatte er seinen Sohn eingeholt.

»He! Glaubst du etwa, wir sind hier fertig?«, sagte er und gab Wade einen Stoß.

Wade stolperte, fing sich aber wieder.

»Hat es sich für dich so angehört, als wären wir da draußen schon fertig?« Mr. Scholfield senkte die Stimme auf Zimmerlaut-stärke, wodurch seine schwelende Wut nur noch mehr zutage trat. »Hat sich das für dich etwa angehört, als wäre das Thema erledigt?«

Ohne zu antworten, verdrehte Wade die Augen. Sein Vater packte ihn am Arm und zerrte ihn in den Gang mit den Süßigkeiten im hinteren Teil des Ladens. Genau in mein Blickfeld.

»Wie wär's, wenn du deine Einstellung mal änderst?«, grollte er, doch bevor Wade die Chance bekam, seine Einstellung zu ändern, schlug sein Vater ihm hart ins Gesicht. Und wenn ich sage hart, dann meine ich, so richtig hart. Hart genug, dass dieses widerliche Geräusch ertönt, wenn man mit voller Wucht eins in die Fres-se kriegt. Nicht so ein halbherziges Klatschen, wie man es kennt, wenn Kinder eklige Rotzlöffel sind und ihre Eltern die Kontrolle verlieren und sich danach schrecklich fühlen und sich wochenlang entschuldigen. Das hier war anders. Wade konnte sich gerade noch rechtzeitig fangen, um nicht der Länge nach im Müsliriegel-Regal zu landen.

Zu Tode erschrocken fuhr ich zusammen. Ich war nicht in der Lage zu verarbeiten, was dort gerade passierte. Vor weniger als einer Stunde hatte ich Mr. Scholfield noch in der Schule gesehen, und er war ein übergroßer, schüchterner Mann gewesen, der sich geduldig im Hintergrund hält und seiner kleinen Frau die Bühne überlässt. Was ich jetzt beobachtete, ließ sich damit überhaupt nicht vereinbaren.

Mir war schlecht. Ich war wie erstarrt, erhitzt und verängstigt. Durch die Glasscheibe sah ich, wie Wades Mutter an der Beifahrertür lehnte und gedankenverloren an einem ihrer Papageienohrringe zupfte. Wie in Trance starrte sie in die Ferne, auf einen Punkt irgendwo weit über dem Gebäude. Als träumte sie mit offenen Augen. Ich sah mich im Shop um. Er war leer bis auf einen Angestellten, der hinter dem Tresen saß und auf einem kleinen Fernseher ein Footballspiel guckte. Als sie reingekommen waren, hatte er kurz aufgeblickt, aber sofort wieder das Interesse verloren, nachdem sie im hinteren Teil des Ladens verschwunden waren. Meine eigenen Eltern waren nirgends zu sehen. Ich fühlte mich unendlich allein. Mit laut pochendem Herzen wandte ich den Kopf wieder in Richtung Süßigkeitengang. Ich hatte das Gefühl, mein ganzer Körper vibrierte mit jedem Herzschlag.

»Ich hab dich gewarnt, Wade. Wir hatten das schon. Viele Male. So gehst du nicht mit mir um. Mag sein, dass du bei deiner Mutter den rechthaberischen kleinen Scheißhaufen spielen kannst, aber wenn du auch nur für eine Sekunde glaubst, bei mir ...«

Das Allerschlimmste war Wades Reaktion darauf, ins Gesicht geschlagen zu werden. Im Grunde reagierte er gar nicht. Mit brennenden Wangen sah er unbeteiligt drein, während sein Vater ihm seinen Monolog im wahrsten Sinne des Wortes um die Ohren haute. Er wirkte nicht begeistert oder so, aber auch nicht schockiert – kein Ausdruck benommener Fassungslosigkeit und auch keine Angst. Er starrte links am Ellbogen seines Vaters vorbei auf ein Regalbrett mit Schokoriegeln, und als er doch einmal für eine Sekunde zu ihm aufsah, war es mit dem gleichen Ausdruck wie damals, als ich ihn im Speisesaal zur Rede gestellt hatte – als hätte er keine Ahnung, wer der Typ eigentlich war. Ein Fremder. Keinerlei Verbindung. Schon damals hatte es mich schockiert, wie er seine Gefühle einfach so abschalten konnte. Aber jetzt jagte es mir eine Heidenangst ein.

»… die Folgen, Wade. Glaub mir lieber. Wenn du ein Problem willst, okay. Kriegen wir hin. Ist es das, was du willst? Willst du ein Problem haben?«

Einen Atemzug lang passierte nichts, dann packte er Wade am Nacken und drängte ihn nach hinten, wo ein Notausgang-Schild über einer Tür hing. Sie verschwanden im Flur dahinter. Eine unheimliche Stille kehrte im Laden ein. Ich hörte die Geräusche des Footballspiels aus dem Fernseher des Typen hinter dem Tresen und hin und wieder ein wohlwollendes oder protestierendes Grunzen von ihm. Wades Mutter war immer noch draußen, stand immer noch an ihr Auto gelehnt, zerrte immer noch mechanisch an ihren Ohrringen. Ich hatte keine Ahnung, wo zur Hölle meine Eltern abgeblieben waren. Es schien, als läge alles bei mir. Ein maßgeschneidertes Geschenk vom Universum.

Ich schob den Kaffeebecher, den ich angefangen hatte für meinen Vater zu befüllen, wieder unter den Spender und zog den Hebel runter. Dabei stand ich so unter Adrenalin, dass ich kaum einen klaren Gedanken fassen konnte. Bis der Becher endlich voll war, verging eine gefühlte Ewigkeit. Als der Kaffee annähernd an den Rand reichte, zog ich den Becher raus und rannte, so gut es damit ging, den Süßigkeitengang hinunter, wobei ich mehrmals Kaffee verschüttete und mir die Hand verbrühte. Ich bog in den Flur ganz hinten ein. Dort gab es eine schmutzig grüne Tür, auf der *Toiletten* stand, und gegenüber eine, auf der es hieß *Nur für Personal.* Ansonsten gab es nur den Hinterausgang. Ich steuerte darauf zu und stieß die Tür mit der Hüfte auf, wobei ich den Kaffee mit beiden Händen umklammert hielt, um möglichst wenig zu verschütten. Wieder verbrühte ich mir die Hände und stolperte hinaus ins helle Sonnenlicht. Wild blinzelnd versuchte ich mich zurechtzufinden. Dort waren sie, nur ein paar Meter entfernt an der Rückseite des Gebäudes, neben den Mülltonnen.

Inzwischen rann Wade Blut aus der Nase, und er versuchte, es sich mit dem Arm abzuwischen. Sein Vater hatte eine Hand auf seine Schulter gelegt und drückte ihn gegen die Wand.

»Wenn du bereit bist, endlich ernsthafte Lösungen zu finden, anstatt dich wie ein manipulativer kleiner Scheißer zu verhalten, lass es mich wissen. Deine Entscheidung, Wade, das weißt du ganz genau. Ich bin hier nicht derjenige, der am längeren Hebel sitzt. Das bist du. War schon immer so.«

Endlich bekam Wades toter Ausdruck einen kleinen Riss. Keinen großen. Nur eine winzige Reaktion, wie auf einen schrecklichen Witz.

»Fick dich, Dad«, sagte er und klang genervt, und ich vermag kaum auszudrücken, wie unheimlich das unter den gegebenen Umständen klang.

Diesmal schlug Wades Kopf unter der Wucht des Aufpralls gegen die Wand.

»He!«

Das war meine eigene Stimme. Ich erkannte sie selbst kaum. Sie klang laut, einigermaßen fest und rotzig, was ziemlich interessant war, weil ich noch nie in meinem Leben solche Angst gehabt hatte.

Erschrocken wirbelte Mr. Scholfield herum. Ich gab ihm keine Gelegenheit, sich mit meinem plötzlichen Auftauchen auseinanderzusetzen, sondern schüttete ihm den gesamten Inhalt des großen Styroporbechers ins Gesicht. Ein schwarzer Schwall Flüssigkeit, und dann ertönte ein überraschtes Keuchen, das in ein Heulen überging. Fluchend stolperte Mr. Scholfield zurück und wischte sich das Gesicht ab. Ich packte Wade mit beiden Händen am Arm und zerrte daran. Ich erinnere mich noch genau an seinen trüben, desorientierten Blick. Als würde er gerade aus einem Traum erwachen. Ich weiß noch, dass ich ein paarmal kräftig ziehen musste, bis er sich endlich vom Fleck rührte. Dann rannten wir. Ich musste ihn mit aller Kraft hinter mir herschleifen, wie eine Tonne Ziegelsteine.

Wir erreichten die Vorderseite der Tankstelle. Von meinen Eltern immer noch keine Spur. Nur Wades Mutter stand da. Sie richtete sich auf und starrte uns verwirrt nach, als wir an ihr vorbeijagten. Ihre Haare wehten im Wind, und sie schirmte sich mit der Hand die Augen gegen die Sonne ab.

»Wade?«, rief sie und ließ endlich ihre Papageienohrringe in Ruhe. »Wade, wo willst du hin? Wo ist dein Vater? Wade?«

Wir beachteten sie nicht. So langsam schien Wade aus seiner Betäubung zu erwachen. Ich spürte, wie seine Finger weniger schlaff in meiner Hand lagen, und er rannte schneller und holte auf.

»*Mike?*«, hörten wir seine Mutter hinter uns rufen.

Es gab nicht groß was, wo wir hätten hinlaufen können, also rannten wir einfach auf dem Standstreifen die Autobahn entlang. Mir kam es wie mehrere Stunden vor, aber wahrscheinlich waren es in Wahrheit nur zehn Minuten. Vielleicht sogar weniger. Dann hielt ich an. Mir war kotzübel. Ich krümmte mich und stützte mich mit beiden Händen auf die Knie. Ich versuchte zu atmen. Dann kotzte ich wirklich. Mein Mittagessen ergoss sich in einem klumpigen gelben Schwall vor mir ins Gras. Hektisch pumpte mein Magen seinen Inhalt heraus und traumatisierte dabei meine Geschmacksnerven. Ich kotzte wieder. Diesmal auf meine Schuhe. Und noch einmal. Säure brannte mir in der Kehle. Irgendwann wand sich nur noch mein Magen und versuchte verzweifelt, Leere hinauszukatapultieren, doch es kam nichts mehr. Schließlich beruhigte er sich, und mein Atem entspannte sich.

»Alles in Ordnung?«, hörte ich Wades Stimme hinter mir, und mir ging auf, dass er mir die ganze Zeit die Haare aus dem Gesicht gehalten hatte. Eine Hand lag auf meiner Schulter, mit der anderen hielt er meine Haare. Es war fast zu viel. Zu unwirklich.

Schweißüberströmt, nach Kotze stinkend und mit Tränen, die mir vor lauter Anstrengung das Gesicht herunterrannen, drehte ich mich zu ihm um. »Scheiße, Wade! Scheiße!«

»Hey, ist schon in Ordnung.«

»Was war das gerade?«

»Schon okay. Ich bin mit meinem Vater in einen blöden Streit geraten. Alles in Ordnung, ich versprech's.«

»Wade, das war kein … Er … ich meine, das war …«

»Ja, ich weiß«, kam Wade meinem erfolglosen Gestottere zu Hilfe. »Mein Vater ist ein Arsch. Haben wir da nicht schon mal drüber geredet?«

»*Scheiße, nein!* Haben wir nicht! Du hast bloß gesagt, du kommst mit deinen Eltern nicht klar. Du hast gesagt, sie sind zum Kotzen. So von wegen, die nehmen dir das Handy weg, wenn du schlechte Noten hast. Aber du hast nie gesagt … du hast nie auch nur erwähnt, dass dein Vater ein kompletter Psychopath ist!«

»Okay, okay, beruhig dich!«

Er trat einen Schritt zurück und wischte sich das Gesicht mit dem T-Shirt ab. Als er es wieder losließ, war das Wort *Happy* blutverschmiert. Auf einmal schien es, als würde er das Gleichgewicht verlieren. Schweiß rann ihm die Schläfen hinunter, seitlich von seinem rechten Auge zeichnete sich ein Bluterguss ab, auf Wange und Unterlippe Platzwunden. Sein ganzes Gesicht war durch seinen Versuch, das Blut aus seiner Nase wegzuwischen, nun damit beschmiert.

»Verdammt, geht's dir gut?«

»Mir ist nur ein bisschen schwindelig. Die Scheißwand …«
Vorsichtig betastete er seinen Hinterkopf.

Dann trat er noch ein paar Schritte zurück in den Grasstreifen
neben der Autobahn, legte sich auf den Rücken und schloss die
Augen.

»Bist du sicher?«

»Ja. Komm, setz dich zu mir.«

Ich setzte mich neben ihn und wartete, bis mein Puls sich nor-
malisiert hatte. Ich erlaubte mir nicht, Wade anzustarren, wie er da
ausgestreckt neben mir lag. Ich warf ihm nur einen kurzen Blick zu.
Um den Hals trug er immer noch die kleine Kinderhalskette aus
Plastik, die seine Cousine ihm gegeben hatte. Seine Haare wurden
immer länger. Es war nicht der richtige Moment, ihn zu begehren,
aber nun, da er tatsächlich neben mir lag, geriet mein Herz ins Stolpern. Schnell konzentrierte ich mich wieder auf die vorbeiflitzen-
den Autos und meine halb vollgekotzten Schuhe.

»Ich versuche immer noch in meinen Kopf zu kriegen, dass
du gerade hier bist«, sagte er nach einer Weile, und seine Stimme
klang kratzig, warm und leichthin, wie damals, als er noch nett zu
mir gewesen war. Ich bekam eine Gänsehaut. »Wie kann es überhaupt sein, dass du hier bist?«

»Meine Eltern mussten tanken.«

»Ah, richtig.« Er schlug sich mit der Handfläche auf die Stirn.
»Tankstelle – ja, macht Sinn.«

Er bedeckte seine Augen mit dem Arm, um sich vor der Sonne
zu schützen, und mir fiel auf, dass er immer noch den blauen Nagellack von Anju trug. Obwohl übel abgeblättert, war immer noch
genug da, um meine Gefühle aufzuwühlen.

»Bist du wirklich okay?«, fragte ich.

»Ja.« Dann öffnete er die Augen einen Spalt und sah mich blinzelnd an. »Sorry, ich find's immer noch abgefahren, dass du hier
bist. Das jagt mir ziemlich Angst ein.«

Ich sah ihn an. »Weißt du, was *mir* ziemlich Angst einjagt?«, fragte ich und hörte selbst den Tumult in meiner Stimme – die Angst, das darunterliegende Meer aus Herzschmerz und meinen gegenwärtigen Schock.

Er seufzte.

Ich hatte nicht bissig klingen wollen, die Worte waren einfach so herausgekommen.

Wade setzte sich auf und schob sich die Haare aus den Augen.

»Was zur Hölle ist passiert, Wade?«

»Nichts. Nur der übliche Scheiß. Wir sind im Auto in irgendeinen dummen Streit geraten, und dann ist mein Vater ausgetickt und hat an der Tanke gehalten und, na ja, den Rest hast du doch mitgekriegt, oder?«

»Ja.«

»Na also. Das war's. Willkommen bei der Shitshow der Scholfield Inc.«

Ich sagte nichts, und für eine Weile saßen wir schweigend da.

Dann rieb er sich mit einem leisen Lachen das linke Auge. »Ich kann's immer noch nicht glauben, dass du ihm verdammten Kaffee ins Gesicht geschüttet hast!«

Doch ich war immer noch zu benommen, um mich von irgendwelchen verirrten Witzpartikeln ablenken zu lassen. »Dein Vater hat das wegen irgendeinem *dummen Streit* gemacht?«

Endlich gab Wade nach und ließ sich auf das Gespräch ein. »Ja«, sagte er nur. »Weißt du nicht mehr, dass er ein Idiot ist, und das alles?«

Ich schüttelte den Kopf. »*Ich* bin ein Idiot«, widersprach ich. »*Derek* ist ein Idiot. Und du kannst übrigens auch ein erstklassiger Idiot sein, aber dein Vater … Wade, das ist 'ne andere Nummer.«

Er rupfte eine Handvoll Gras und zuckte die Achseln. »Na ja, nenn es, wie du willst.«

Wir schwiegen.

»War er schon dein ganzes Leben lang so?«, fragte ich vorsichtig, ohne wirklich die Antwort hören zu wollen. »Oder war das heute so was wie ein Ausrutscher und ihm ist, keine Ahnung, die Sicherung durchgebrannt?«

»Ist das dein Ernst?«

Ich kam mir dumm vor, aber egal. Ich wollte, dass er redete.

»Kein Ausrutscher, Gracie. Nein.«

»Und als du klein warst? Da auch schon?«

Ungläubig sah er mich an, als würde ich mich mit Absicht dumm stellen. »Komm schon, glaubst du etwa, er ist eines Tages einfach so aufgewacht und hat gedacht, er würde heute zur Abwechslung mal versuchen, meinen Kopf gegen die Wand zu donnern?«

»Nein, aber …«

»Er ist ein Arschloch, Gracie. Das hatten wir doch schon. Ich weiß nicht, was ich dir sonst noch sagen soll. Er ist ein Arschloch. Und was du eben gesehen hast, war noch nicht mal ansatzweise so schlimm, wie es werden kann. Aber, ich meine, er war auch nicht rund um die Uhr ein herumwütender Irrer, nur …« Er zuckte leicht die Schultern.

»Warum hast du mir nie davon erzählt?«, fragte ich wie betäubt.

»Tut mir leid. Konnte ja nicht wissen, dass du dich für die armseligen Leidensgeschichten meiner Kindheit interessierst.«

Ich lehnte mich zurück und sagte nichts, weil mein Magen wieder ins Schlingern geraten war. Langsam wurde mir klar, was das alles bedeutete. Alles, was er gesagt hatte, wuchs lawinenartig an, kristallisierte sich und verzweigte sich zu immer wieder neuen Ästen. In meinem Kopf spielten sich Hunderte Szenen ab – sein ganzes Leben, wie ich es kannte und wie ich es nicht kannte. All seine verrückten Eigenschaften drohten plötzlich Sinn zu ergeben und ballten sich zu einem explosiven, sinnhaften Debakel zusammen. Ich konnte ihm nicht in die Augen sehen. Alles erschien untrennbar miteinander verknüpft, schwer wie Blei und höllisch traurig. Es zehrte an meinen Kräften.

Wade schnipste mir gegen den Arm.

»Na komm schon«, sagte er nach einer kurzen Pause. »Ich trag auch dazu bei. Wie mein Vater gesagt hat, ich kann echt ein Stück Scheiße sein, wenn ich will. Da hat er recht.«

»Nein, Wade«, sagte ich kalt und schüttelte den Kopf. »Das ist echt abgefuckt.«

Er zuckte wieder die Schultern.

»Was ist mit deiner Mutter?«, fragte ich.

»Was soll mit ihr sein?«

»Wusste sie, was da gerade passiert, als sie am Auto stand und an ihrem bescheuerten Ohrring rumgefummelt hat? Ja, oder? Sie wusste es und stand da einfach nur rum.«

»Na ja, was soll sie schon machen? Meinen Vater niederringen?« Seine Stimme war ungeduldig geworden.

»Sie ist deine Mutter, verdammt noch mal! Was weiß ich denn. Warum hat sie ihn nicht sofort verlassen, als er dir zum ersten Mal was angetan hat? Wäre das nicht normal? Warum hat sie sich nicht von ihm scheiden lassen?«

Wade verdrehte die Augen. »Woher zum Teufel soll ich das wissen? Glaubst du etwa, ich habe für meine Eltern eine Gebrauchsanweisung bekommen, in der steht, warum sie so kacke sind? Warum hält dein Vater dich in Florida geheim und tut die meiste Zeit so, als würde es dich nicht geben? Und warum macht deine Mutter den Scheiß mit?«

»Oh Gott, das kann man doch gar nicht vergleichen! Mag sein, dass meine Eltern ziemlich durch sind, aber wenigstens *lieben* sie mich. Sie würden mir nie was antun! Himmel, ich hab das Gefühl, du weißt gar nicht, was eigentlich normal ist. Die sind eigentlich dafür da, um immer, egal was, auf deiner Seite zu sein. Egal, ob du Verhaltensprobleme hast oder so. Ich meine, verstehst du überhaupt, wie hart abgefuckt das ist, dass deine Eltern dich so behandeln, wie sie es tun? Hast du auch nur eine Vorstellung davon?«

»Eine ziemlich gute Vorstellung, ja«, sagte er.

Das brachte mich zum Schweigen. Seine ruhige Stimme machte mir unmissverständlich klar, dass er viel besser wusste als ich, wie abgefuckt sein Leben war.

Heftig presste ich die Augen aufeinander. »Uff … sag mir einfach, ich soll die Fresse halten.«

Wir saßen einander im Schneidersitz gegenüber, und er legte mir die Hände auf die Knie. Seine warmen, verschwitzten Finger auf meiner Haut waren beinahe zu viel, aber ich gab vor, es wäre nichts dabei. Es war furchtbar, so angeturnt, verängstigt und angepisst zugleich zu sein.

»Hey, hör zu«, sagte er sanft und sah mich unverwandt an, als wollte er mir Löcher in den Schädel brennen. »Mir geht's gut, Gracie. Wirklich. Ich wusste, wo ich mich heute reinbegebe. Ich hätte es vermeiden können. Glaub mir, ich kenn alle Tricks, und ich weiß, wann ich die Fresse zu halten hab. Manchmal will ich's nur nicht. Du hast ja keine Ahnung, wie widerlich er das ganze Wochenende über bei diesem Elternkram war – hat über alle blöden Lehrerwitze gelacht, besorgt aus der Wäsche geschaut, genickt und mir nonstop auf den Rücken geklopft. Jedes Mal, wenn er das gemacht hat, hätte ich ihm am liebsten den Kopf abgerissen und in den Arsch geschoben. Na ja. Am Ende war ich jedenfalls ziemlich durch, und weil er mich eh früher oder später wegen irgendeinem Scheiß vermöbeln würde, hab ich's einfach zu meinen Bedingungen hinter mich gebracht. Und ich weiß, keine Ahnung, vielleicht ist das dumm, aber die Sache ist die, manchmal musst du selbst mit der Scheiße anfangen. Dann hab ich wenigstens die Kontrolle, und du brauchst ein bisschen Kontrolle über dein Leben, sonst wirst du verrückt. Aber ist jetzt auch egal, du weißt schon. Glaubst du ernsthaft, mein Vater bedeutet mir noch irgendwas? Das tut er schon lange nicht mehr. Also egal was er tut, er verletzt mich nicht mehr. Nicht wirklich.«

Er wartete auf eine Antwort, und als ich nichts sagte, packte er mich an den Schultern und schüttelte mich leicht. »Komm schon, Gracie. Mach dir keine Sorgen, okay? Bitte.«

Ich holte tief Luft und stieß sie dann lange und kräftig aus. »Scheeeeiße, Wade.«

»Ich weiß«, sagte er. »Aber ist doch nur Blut und Kotze. Wen interessiert's? Lass uns über was anderes reden.«

Zögernd sahen wir uns an. Nie im Leben würden wir das auflösen können, was zwischen uns geschehen war, und dennoch saßen wir hier nebeneinander am Straßenrand, und unsere Knie berührten sich fast. Ich war unsicher, ob Wade vorhatte, so zu tun, als wäre das alles nie geschehen – kein Derek, keine Anju. Und wenn das sein Plan war, dann wusste ich nicht, ob ich mitspielen oder alles kaputt machen sollte.

»Tut mir leid wegen dem Skateboard«, sagte ich schließlich. »Ich nehm an, du kriegst es nicht zurück, oder?«

»Schon okay.«

»Nein, das ist nicht okay. Das war unglaublich mies von mir.«

»Egal. Ich hab's dir auch nicht leicht gemacht.«

Wir zögerten beide, weiter darin herumzustochern, aber die Wunde war nun mal da.

»Na ja, ich hatte mit Derek mein erstes Mal«, hörte ich mich sagen. »Also … wär's bestimmt komisch gewesen, wenn du dich megakorrekt verhalten hättest.«

»Wir müssen nicht darüber reden.«

»Okay.«

Beim Klang von Dereks Namen war seine Miene düster geworden. Nur einen Hauch, als versuchte er, es nicht zu zeigen, aber es war trotzdem da.

»Ich bin nicht mit ihm zusammen.«

»Gracie …«, sagte er warnend und schüttelte den Kopf.

Doch ich beachtete seine Versuche, mich zu stoppen, nicht. »Ich steh nicht auf Derek. Kein bisschen. Ich will, dass du das weißt. Wir sind nur befreundet. Eigentlich ist er gar nicht so schlimm. Er kann ein Mistkerl sein, aber nur wenn er sich aufspielt. Wenn er sich nicht verstellt, ist er eigentlich ganz nett.«

Wade stand auf. Sein ganzer Körper war angespannt. »Warum *erzählst* du mir das?«

»Weil ich weiß, dass du eine völlig falsche Vorstellung hast, und das bringt mich um! Ich steh nicht auf Derek! Selbst als wir Sex hatten. Ich wollte nichts von ihm. Es war nur Sex, mehr nicht.«

Wade fuhr sich mit beiden Händen übers Gesicht, durch die Haare und zog dann mit beiden Fäusten daran. Einen Augenblick glaubte ich, er wollte sich skalpieren, doch er gab nur einen frustrierten Laut von sich und ließ die Hände kraftlos fallen. »Scheiße, Gracie! Du musst mir nichts davon erzählen! Das geht mich nichts an.«

»Doch, es *geht* dich was an!«, schrie ich ihn an und kam ebenfalls stolpernd auf die Füße. »'tschuldigung, wenn ich dir das so reinwürge, aber wir gehen uns was an, ob wir es wollen oder nicht. Weißt du, warum? Weil *du* angefangen hast, mit mir zu reden. Das war nicht meine Idee. Du hast dafür gesorgt, dass das alles passiert. Du hast mit mir geredet. Du hast das alles angefangen.«

»Okay, meinetwegen. Aber ich will nicht über Derek reden.«

»Ich hab's verkackt, Wade. Ziemlich übel, ich weiß. Aber das bedeutet nicht, dass du dir einfach das Recht herausnehmen kannst, so zu tun, als hätte es mich nie gegeben.«

So langsam verlor ich die Nerven. Meine Stimme wurde seltsam hoch und brüchig. »So was kannst du keinem antun«, fuhr ich fort. »Du kannst nicht so nett sein. Du kannst nicht einfach so beschissen nett zu mir sein und mein ganzes Leben auf den Kopf stellen und mich dann einfach fallen lassen, ohne dich auch nur ein

Mal umzudrehen. Du kannst mich nicht einfach so wegschmeißen, Wade. Nicht nach allem, was du zu mir gesagt hast. Das geht nicht.«

»Du hast mich auch fallen lassen«, sagte er leise.

»Aber ich *wollte* es nicht! Das war deine Entscheidung, und ich musste mich damit abfinden, weil ich bei dem Ganzen kein Mitspracherecht hatte! Verstehst du das nicht? Du bist derjenige, der wieder genug klarkommen musste, um mir zu sagen, dass ich zurückkommen soll. Aber das hast du nie. Stattdessen hast du so getan, als wäre ich das wertloseste Stück Scheiße auf der ganzen Welt. Du hast mich angesehen, als wäre ich gar nicht da. Du hast durch mich *durch*gesehen. Als hätte ich mich in Luft aufgelöst. Ich war für dich überhaupt nicht mehr da! Wie sollte ich da auf dich zukommen?«

Als ich ihn auf der Suche nach einer Antwort ansah, war er höllisch nervös. »Scheiße«, sagte er nur.

Einen Moment lang sagte keiner von uns was.

»Tut mir leid«, sagte er. »Ich bin ein verdammtes Arschloch.«

»Bist du leider nicht. Ich wünschte, das wärst du. Das hätte alles leichter gemacht.«

»Tut mir leid«, wiederholte er hilflos.

»Ich kann's kaum glauben, dass du mich ansiehst, als würde es mich geben. Es fühlt sich unwirklich an.« Tränen rannen mir plötzlich die Wangen hinunter. Die Erleichterung überwältige mich. Wade nahm mich in den Arm und zog mich an sich. Ich weinte nur noch mehr.

»Das Gedicht, das ich in Mrs. Gillespies Stunde vorgelesen hab, war für dich, Schwachkopf«, schluchzte ich in sein T-Shirt.

»Ja, ich weiß.«

Ich hielt ihn so fest, wie ich konnte, und er mich auch. Wir spürten, wie sehr wir uns mochten. In dem Moment war es egal, ob es Liebe oder etwas anderes war – etwas Größeres, Abstrakteres und Undurchdringlicheres. In unserer Umklammerung lag auch ein gewisser Wahnsinn. All die Dunkelheit, die es zwischen uns gegeben hatte, verband sich nun mit schönen Gefühlen und machte alles umso intensiver.

Wir fingen an, uns zu küssen. Es wurde eine Knutscherei auf Leben und Tod, die nichts mit Hormonen zu tun hatte. Auch nichts mit Begehren. In den Kuss mischten sich Tränen, Kotze, Blut, jede Menge Schweiß und wahrscheinlich auch ein bisschen Rotz. Ein Kuss am Straßenrand, ein Alles-ist-für-den-Arsch-Kuss, in dem alles oder nichts, das Gute und das Schlechte, das Hässliche und das Schöne lagen. Wir schnappten nach Luft, als hätten wir das noch nie zuvor getan. Verblüfft und außer Gefecht von seinem Zauber. Ich lachte kurz auf, und Wade sah lächelnd zu Boden und kratzte sich hinterm Ohr.

»Oh Mann, tut mir echt leid wegen dem Kotzegeschmack.«

Er sah zu glücklich zum Antworten aus. Sein Lächeln wurde breiter, und er zog mich zu sich heran, unsere Gesichter stießen aneinander, und wir knutschten weiter. Diesmal war der Kuss weniger düster. Sorgloser, tiefer, weniger zu verlieren und taumelnd vor Freude.

Als wir erneut nach Luft schnappten und alles weniger verrückt und realer wurde, stellte ich die unweigerliche Frage.

»Und jetzt?«

Er zuckte die Achseln. »Da ist meine Mutter«, sagte er und blickte in die Richtung, aus der wir gekommen waren.

In der Ferne sahen wir Wades Mutter am Straßenrand langsam auf uns zukommen. Eine Hand lag auf ihrer Handtasche, mit der anderen schirmte sie sich die Augen gegen die Sonne ab. Als sie uns entdeckte, winkte sie kurz. Schmerzlich wurde ich daran erinnert, dass es leider keine Blase gab. Auch nach perfekten Momenten geht das Leben weiter.

»Los, lass uns abhauen«, drängte ich und packte ihn am Arm. »Wir können einfach trampen. Wetten, wir kriegen ein Auto angehalten, bevor deine Mutter hier ist?«

Er blockte meine Idee mit einem kurzen Lachen ab.

»Oder du kommst mit mir mit, und wir verbringen den Sommer zusammen!«, schlug ich vor. »Du kannst bei uns bleiben – bei mir und meiner Mutter. Du wirst sie mögen. Bei ihr können wir tun und lassen, was wir wollen.«

Er antwortete nicht. Seine Mutter kam immer näher.

»Komm schon, Wade. Komm mit uns mit!«

Er sagte immer noch nichts.

»Wade.«

»Ich kann nicht mitkommen.«

»Warum nicht?«

»Ich muss diesen Sommer arbeiten. Ich versuche, ein bisschen Geld zu sparen. Außerdem will ich die Sache nicht schlimmer machen. Ich meine, zwischen uns. Ich will nicht gemein sein oder wieder was Blödes tun.«

»Wer sagt denn, dass du gemein oder blöd sein sollst?«

»Keiner, aber ist nicht so, als könnte ich das immer einfach so entscheiden.«

Ich zog ihn wieder am Arm. »Wie auch immer. Du bist nicht gemein, und ich bin nicht gemein, und keiner von uns ist je wieder blöd, und alles wird super!«

»Gracie, ich kann nicht so ohne Weiteres mit dir mitkommen. So einfach ist das nicht.«

»Doch, es *ist* verdammt einfach! Du steigst einfach zu meinen Eltern und mir ins Auto, und wir fahren weg! Mehr brauchst du gar nicht zu tun.«

Seine Antwort kam nicht sofort, und als er sich doch dazu durchrang, klang er nüchtern, »so-sind-die-Dinge-nun-mal«-mäßig.

»Ich mag dich zu sehr, als dass es einfach sein könnte«, sagte er. »Und ich bin es leid, dass sich alles ständig so anfühlt, als gäbe es unendlich viel zu verlieren.«

Endlich verstand ich, dass es nicht dazu kommen würde, und meine kindische Begeisterung verebbte. Ich ließ seinen Arm los. »Das ist eine echt poetische Art, ein Waschlappen zu sein«, sagte ich. »Nichts für ungut.«

»Ja, schon gut.« Er legte den Arm um mich. »Gib mir einfach den Sommer über Zeit. Der ist eh in Windeseile vorbei, und dann sind wir beide wieder zurück. Und ich versprech dir, das nächste Mal, wenn wir uns sehen, bin ich kein Waschlappen. Ich muss nur erst mal wieder klarkommen, okay? Mehr sag ich gar nicht. Bei mir steht grad alles kopf.«

Ich wusste nicht so recht, was das bedeuten sollte, gab aber einen Laut der Zustimmung von mir. Wade drückte mich, und dann war seine Mutter auch schon fast da.

Schnell wischte Wade sich zum letzten Mal mit dem Shirt übers Gesicht.

Ein paar Meter von uns entfernt blieb Mrs. Scholfield stehen und lächelte vorsichtig. »Wade? Was ist los, Schätzchen?«

Ihre Stimme war unendlich warm und einladend. Sie traf mich

völlig unvorbereitet. Ich war mir sicher gewesen, ihr Herz wäre ein totes, lebloses Stück Kohle.

»Nichts«, sagte er und wies dann auf mich. »Das ist Gracie. Wir gehen zusammen zur Schule.«

Freundlich sah sie mich an und streckte ihre Hand aus. »Schön, dich kennenzulernen, Gracie.«

Ich schüttelte ihre Hand so lasch ich konnte. Aber ihr Lächeln erwiderte ich nicht. Das wäre zu viel gewesen.

»Es tut mir leid, einfach so in eure Unterhaltung zu platzen, aber wir müssen langsam los, Schätzchen«, sagte sie und blickte wieder zu Wade. »Bist du bereit?«

»Ja.«

Wir machten uns auf den Weg zurück zur Tankstelle. Ich ließ mich ein paar Schritte hinter Wade und seine Mutter zurückfallen. Es war interessant, mit anzusehen, wie er mit ihr umging. Er fütterte ihre Fantasie fast auf dieselbe Weise, wie ich die Märchenwelt meiner Mutter fütterte. Ich beobachtete, wie sie ihm im Gehen die Hand auf den Rücken legte und tröstend darüberstrich. Sie lehnte sich ganz nah zu ihm hinüber und sagte ihm etwas ins Ohr. Er schüttelte unbekümmert den Kopf, und sie wechselten ein paar Worte. Dann gab sie ihm einen Kuss auf die Wange und legte ihm einen Arm um die Schulter. Und schon hatten sie es unter den Teppich gekehrt. Es hatte sie weniger als zwei Minuten gekostet, die schmutzigen Enden der ganzen Geschichte sauber zusammenzuknoten. In gewisser Weise war es faszinierend, ihren Selbstbetrug zu beobachten, ohne aktiv mitzumachen. Wenn man Teil dessen ist, sieht man den Sinn hinter all den chimärischen Gleichungen (wie oft hatte ich meine Mutter durch ihre Fantasie manövriert, nur um den Schaden klein zu halten?), doch von außen sah es vollkommen anders aus. Von außen betrachtet war es ziemlich abgefuckt.

Mrs. Scholfield warf einen Blick über die Schulter und lächelte mir zu. »Sind wir dir auch nicht zu schnell, Liebes?«

Ich nickte.

»Gut. Es ist wirklich schön, jemanden von Wades neuen Freunden kennenzulernen.«

Ich schwieg, und wir legten das letzte Stück bis zur Tankstelle zurück, wo meine Eltern verwirrt auf mich warteten. Als wir auf sie zukamen, entdeckte ich auch Mr. Scholfields Hinterkopf. Er saß im Auto auf dem Fahrersitz. Er drehte sich nicht zu uns um, sondern starrte unbewegt geradeaus. Angst stieg in mir auf, weil ich sein Gesicht mit Kaffee verbrüht hatte, auch wenn die Aktion berechtigt gewesen war.

»Gracie!«, rief meine Mutter und winkte. Sie rannte zu uns und schloss mich in die Arme. »Wir haben dich überall gesucht!«, sagte sie atemlos und vergaß ganz, sich an meinen Vater zu klammern, der dicht hinter ihr war. »Wo warst du denn?«

»Wo wart *ihr* denn?«, gab ich zurück.

Als sie das Blut in Wades Gesicht und auf seinem T-Shirt entdeckte, weiteten sich ihre Augen. »Ist was passiert?«, fragte sie alarmiert.

Ich sah Wade und seine Mutter an, damit sie sich eine Erklärung zurechtspinnen konnten, wie sie ihnen passte.

»Nichts passiert«, übernahm Wade den Job, ohne zu zögern. »Ich bin heute an der Schule in einen dummen Streit geraten. Keine große Sache. Ich bin übrigens ein Freund von Gracie. Wir sind im selben Jahrgang. Tut mir leid, wir haben einfach nur gequatscht und ganz vergessen, dass Sie wahrscheinlich nach uns suchen.«

»Oh.« Meine Mutter fühlte sich angesichts seines Zustands und wahrscheinlich auch aufgrund der Tatsache, dass er ein Junge war, den ich offensichtlich gut kannte, immer noch unwohl. Ich konnte sehen, dass Derek ihr als Vater meiner zukünftigen Kinder deutlich mehr zugesagt hatte.

Jetzt war auch mein Vater bei uns angekommen.

»Das ist Wade«, stellte ich ihn meinen Eltern vor.

»Und ich bin Wades Mutter«, sagte Mrs. Scholfield und streckte ihre Hand aus. »Hallo. Sheila. Schön, Sie kennenzulernen.«

Es fand eine ganze Menge an Händeschütteln, Namenausgetausche und höflichem Lächeln statt, gefolgt von fadem Small Talk, der schlicht unerträglich war. Meine Mutter sagte nicht viel, sondern hing am Arm meines Vaters, während er wie immer den Bärenanteil der Arbeit leistete. Sie redeten über die Schule, Sommerpläne und stellten mir und Wade ein paar Fragen, woher wir uns kannten und so weiter. Bla, bla, bla. Die obligatorischen Witze wurden gerissen und mit ebenso obligatorischem Schmunzeln beantwortet. Mrs. Scholfield war genau wie mein Vater eine sehr geübte Small Talkerin, und bevor wir's uns versahen, waren sie beim Golfen gelandet. *Golfen!* Sie kauten auf dem Thema herum, als wäre die Welt ein fantastischer Ort.

Wütend funkelte ich sie an und entschied, dass es das war, was bei den Leuten falsch lief. Genau das hier. Wir standen hier alle rum und schwafelten über bedeutungsloses Zeug, nur damit wir uns nicht wegen irgendwas zusätzlich schlecht fühlen mussten, wegen dem wir uns eh schon schlecht fühlten.

»*Ganz toll*«, sagte ich, bereit, die Blutung einzuleiten. Ich hasste die Wahrheit genauso sehr wie sie alle, und ich hasste sie dafür, dass sie mich die Drecksarbeit machen ließen. »Wades Vater hat ihn gerade grün und blau geschlagen, falls irgendjemand an der Realität interessiert ist«, sagte ich und starrte angestrengt zu Boden. Es war schon hart genug, es nur auszusprechen. »Gerade eben im Laden. Deshalb auch das Blut und so. Und dann hab ich seinem Vater heißen Kaffee ins Gesicht geschüttet.«

Ohrenbetäubendes Schweigen. Da die Bühne offenbar immer noch mir gehörte, fuhr ich fort: »Außerdem ist mein Vater mit einer Frau in Kalifornien verheiratet und hat da drei Töchter, die keine Ahnung haben, dass es Mom und mich überhaupt gibt. Oder vielleicht wissen sie's auch und ignorieren es bloß, genau wie wir.

Und ich hatte mein erstes Mal mit diesem Typen, den wir neulich getroffen haben, Dad. Derek. Ich mochte ihn nicht mal, ich wollte es einfach nur hinter mich bringen. Und Wade, ich liebe dich.« Endlich hob ich meinen Blick vom Boden und sah Wade an. Meine Sätze folgten keiner Logik. Ich drehte mich vollends zu Wade um, und meine Stimme wurde schnell und drängend. Vielleicht würde ich das nie wieder sagen können. »Und ich glaube, alles andere ist egal. Wen interessiert's, was kommt, aber das solltest du wissen. Das ist nicht so ein Quatsch wie damals, als ich von Mr. Sorrentino besessen war. Das ist echt. Mach damit, was du willst, aber tu nicht so, als wär's nicht echt. Es ist echter als alles andere, okay?«

Wade nickte. »Okay.«

Todesstille.

Jetzt war ich definitiv bereit, jemand anders reden zu lassen.

Die Augen meiner Mutter waren stark geweitet, ihr Gesicht wurde hochrot, Tränen glänzten in ihren Augen, und jeder Muskel ihres Körpers war angespannt. Jetzt war es nur noch eine Frage von Sekunden, bis sie einen Heulkrampf kriegen und zusammenbrechen würde. Mein Vater legte ihr einen Arm um die Schulter und entschuldigte sich bei Mrs. Scholfield, und Mrs. Scholfield entschuldigte sich bei ihm, und beide feuerten alle möglichen Erklärungen aufeinander ab, die nichts mit der Realität zu tun hatten. Unterdessen wirkte Wade, als schwankte er zwischen sechs verschiedenen, sich widersprechenden Gefühlen.

»Oh mein Gott, das muss ja schrecklich aussehen!«, rief Mrs. Scholfield mit zitternder Stimme aus, doch ihr Lächeln war immer noch da. Es wirkte furchtbar trostlos. Dann drehte sie sich zu Wade um. »Alles in Ordnung, oder, Schätzchen? Bei uns ist alles in Ordnung.«

Da zerriss ein lautes Schluchzen gewaltsam ihre Beschwichtigungsversuche. Es war meine Mutter. Wie bei einem Geysir kam all der Schmerz aus ihr herausgeschossen. Ich hatte damit gerechnet, aber alle anderen bekamen fast einen Herzinfarkt. Sie gab laute Klagerufe von sich, und als mein Vater sie beruhigen wollte, glitt sie wie ein glitschiger Fisch durch seine Arme. Sie landete auf dem Boden und wehrte all seine Versuche, ihr zu helfen, ab.

»Oh mein Gott!«, keuchte Mrs. Scholfield.

»Pamela, komm, Häschen, komm, steh auf.«

Doch sie rührte sich nicht vom Fleck, sondern schluchzte weiter und brabbelte unverständliche Dinge von wegen »nicht wahr«. Mein Vater versuchte weiterhin, ihr aufzuhelfen, indem er ihr unter die Arme griff und sie *Häschen* nannte, aber sie entglitt immer wieder seinen Händen und vergrub den Kopf auf den Knien. Schließlich trat er fluchend zurück und drehte sich um. Er hatte viel weniger Erfahrung mit ihren Anfällen als ich.

»Verdammt noch mal, Grace!«, schrie er. »Was hast du dir dabei gedacht? Du weißt doch, wie empfindlich die mentale Gesundheit deiner Mutter ist – was zum Teufel ist nur in dich gefahren?«

»Ja, glaub mir, ich weiß alles über ihre mentale Gesundheit. Wundert mich nur, dass *du* irgendwas über sie weißt.«

»Das ist unfair, Gracie!«, sagte er wütend. »Du und deine Mutter, ihr seid mir sehr wichtig, das weißt du ganz genau!«

Ich verdrehte die Augen. »Ja, danke für die Abfälle, die du uns hin und wieder zuschmeißt, wenn keiner hinsieht.«

Unsicher wich er zurück und musterte mich, als wäre ich ein Alien aus einer weit entfernten Galaxie. »Was ist nur in dich gefahren?«, fragte er. »So bist du doch sonst nicht.«

»Ach, wirklich? Wie bin ich denn?«

»Grace, das ist jetzt nicht der richtige Zeitpunkt. Reiß dich zusammen!«

Doch ich hatte keinerlei Interesse daran, mich zusammenzureißen. »Warum hast du uns nicht einfach verlassen, wie jeder normale Typ, der aus Versehen eine Frau schwängert?«, fauchte ich. »Du bist schon verheiratet. Du brauchst uns nicht. Warum kommst du immer wieder zurück? Das ist komplett psycho.«

»Jetzt reicht's aber mit dem Drama, Grace. Du bist zu jung, um zu verstehen, was in meinem Leben los ist. Darüber unterhalten wir uns in ein paar Jahren.«

»Ah natürlich. Denkst du etwa, wenn ich 21 oder so bin, hab ich endlich ein erwachsenes Gehirn, und die Tatsache, dass ich dein geheimes Nebenprojekt bin, macht für mich plötzlich total Sinn? Unterhalten wir uns dann?«

»Grace, verdammt noch mal, du bist nicht mein Nebenprojekt. Wie kommst du nur auf solche Sachen? Wo kommt das alles auf einmal her?«

»Ich kann dich noch nicht einmal anrufen, ohne mir irgendeine Fantasiefirma auszudenken, Dad. Wetten, dass deine anderen Töchter das nicht müssen?«

Einen Augenblick lang war er sprachlos. Wir hatten uns noch nie gestritten. Und ganz sicher nicht über etwas so Schwerwiegendes. Wir hatten über die Einzelheiten immer elegant und gewissenhaft hinweggesehen.

»Ihr seid mir wichtig«, sagte er. »Du und deine Mutter, ihr bedeutet mir sehr viel. Das solltest du wissen, Gracie.«

Vielleicht meinte er es sogar. Er sah fix und fertig aus. Sein Brustkorb hob und senkte sich heftig, und sein T-Shirt klebte an seinem vortretenden Bauch. Schweißtropfen hatten sich über seiner Oberlippe gebildet, und er wischte sich ständig die Stirn. Langsam tat er mir leid. Ich wollte nicht, dass er wegen mir so jämmerlich aussah.

»Okay«, sagte ich. »Ist auch egal. Macht eh keinen Unterschied.«

Erst jetzt merkten wir, dass meine Mutter zu weinen aufgehört hatte. Als wir uns umdrehten, sahen wir, wie Wade ihr gerade auf die Beine half. Auch Mrs. Scholfield war zur Stelle und hielt ihre

Handtasche und ein Taschentuch bereit. Sie sagte allerlei beruhigende Dinge und stützte meiner Mutter den linken Ellbogen. Noch immer liefen ihr Tränen die Wangen hinunter, doch ihre Schluchzer waren verstummt. Als sie stand, nahm sie von Mrs. Scholfield das Taschentuch entgegen und trocknete sich die Augen. Mrs. Scholfield half ihr, ihr Kleid zu richten, und klopfte ihr den Staub ab. Da fiel Moms Blick auf Wade, und sie bekam einen Schluckauf. Einen Augenblick später warf sie ihm beide Arme um den Hals und zog ihn in eine fieberhafte Umarmung. Sie erinnerte mich ein bisschen an eine Amöbe, die sich um ein nichts ahnendes Nahrungspartikel windet. Den Kopf auf seiner Schulter, hielt sie ihn fest, und letzte Tränen glitzerten auf ihren dunklen Wimpern.

»Es tut mir so leid«, sagte meine Mutter nach einer gefühlten Ewigkeit. Sie hatte aufgehört zu weinen, aber hielt ihn weiter fest umschlungen. »Sieh dich an. Dein Gesicht …«

Wade versuchte ihr zu versichern, dass es ihm gut gehe, doch sie schüttelte den Kopf.

»Dir geht es nicht gut«, sagte sie sanft. Ihre Stimme hatte den melodischen Tonfall angenommen, den sie immer hatte, wenn sie mit kleinen Tieren redete. »Vielleicht ahnst du es selbst gar nicht, aber es geht dir nicht gut.«

An diesem Punkt ließ Mrs. Scholfield, die sich offensichtlich fehl am Platz fühlte, die beiden allein und kam mit einem gezwungenen Lächeln auf uns zu. In kleinen, ruckartigen Bewegungen zuckte es kläglich über ihr Gesicht.

»Es scheint ihr ein bisschen besser zu gehen«, sagte sie und zog mit abwesender Miene an ihrem linken Ohrring.

Mein Vater nickte, bedankte sich für ihre Hilfe, und erneut wurden wir von stickigem Schweigen eingehüllt. Inzwischen waren alle mehr oder weniger ihrer Würde beraubt worden, und es fiel schwer, sich auch nur in irgendeiner Form um ein Gespräch zu bemühen.

Unterdessen hatte meine Mutter Wade aus ihrer seltsamen Umklammerung entlassen, und ihre Hände lagen auf seinen Wangen. Sie starrte ihm mit diesem kosmischen Blick in die Augen, den sie immer bekam, wenn sie mir Dinge wie »die Anziehungskraft des Universums« erklärte. Was genau sie sagte, war schwer zu verstehen, da sie die meiste Zeit halb flüsterte, aber es hatte irgendwas mit seiner Aura zu tun und wie er ihre Unschuld schützen musste. Wade nickte ein paarmal, ließ sie reden und warf hin und wieder selbst ein Wort ein. Schließlich lachte sie kurz auf. Der Wahnsinn wich aus ihrem Blick, und sie kehrten zurück zu einer beinahe normalen Unterhaltung. Langsam tropfte der Irrsinn aus ihr heraus, und sie entspannte sich. Keiner von uns wagte, sich einzumischen.

»Er kann so gut mit Menschen«, sagte Mrs. Scholfield an meinen Vater gewandt, während wir die beiden beobachteten. »Ich weiß noch, dass er mit gerade mal drei Jahren mit all den Obdachlosen auf der Straße gesprochen hat. Hat mir eine Heidenangst eingejagt. Er war dauernd unterwegs und hat mit Fremden geredet.«

Mein Vater nickte. »Scheint ein prima Kerl zu sein.«

»Das ist er auch. Er hat ein Herz aus Gold«, sagte sie mit einem Lächeln, das für einen kurzen Moment anhielt, bis es um die Mundwinkel herum bröckelte. »Wirklich. Ich wünschte nur, ich würde ihn besser verstehen. Manchmal denke ich, ich weiß gar nichts über ihn.«

Sie kämpfte darum, ihr Lächeln zu halten. Selbst als sie ihre Augenwinkel betupfte und so tat, als hätte sie etwas ins Auge bekommen, war das Lächeln noch da. Es war ins Wanken geraten, doch sie ließ nicht zu, dass es erstarb. Eisern hielt sie es unter Kontrolle.

»Himmel, ich wünschte, ich wäre ein besserer Mensch«, sagte sie mit einem kurzen Auflachen.

»Sheila, wir müssen los.«

Ich hatte vollkommen vergessen, dass Wades Vater auch noch Teil unseres Ökosystems war. Wir alle, glaube ich. Ein kollektives Zusammenzucken ging durch unsere Gruppe, als er plötzlich mit einem riesigen Kaffeefleck vorn auf dem Hemd und roten Flecken im Gesicht neben seiner Frau auftauchte. Mir rutschte das Herz in die Hose, und ich wich instinktiv hinter meinen Vater zurück.

»Oh, Mike. Da bist du ja!«, verkündete Mrs. Scholfield mit nervöser Fröhlichkeit.

Seine Antwort kam knapp und mechanisch. »Wir müssen los. Der Verkehr wird auch so schon furchtbar genug sein.«

»Gib uns eine Minute, Schatz«, sagte seine Frau und legte ihm eine Hand auf den Arm. »Nur eine Minute.«

Er beachtete sie nicht. »Wade, wir gehen!«, rief er. »*Sofort.*«

Wade warf einen Blick über die Schulter. »Okay, komme gleich.«

»*Sofort*, habe ich gesagt!«

Er machte eine Bewegung auf Wade zu. Da packte mein Vater ihn am Hemd und hielt ihn zurück. »Immer langsam, Chef!«

Erst jetzt schien Mr. Scholfield uns wahrzunehmen. Sein stechender Blick wanderte von mir zu meinem Vater. »Wie haben Sie mich gerade genannt?«

»Alles in Ordnung«, befahl mein Vater ihm in seiner Anwaltsstimme, die er immer benutzte, wenn er mit Erwachsenen wie mit Kleinkindern redete. »Ich habe Sie *Chef* genannt. Damit können Sie leben.«

Mr. Scholfield trat einen Schritt zurück und musterte meinen Vater mit derselben eiskalten Brutalität, die er vorher im Laden an den Tag gelegt hatte. »Haben wir ein Problem, von dem ich nichts weiß?«

»Ganz ruhig. Ich bitte Sie nur, sich zu beruhigen, das ist alles.«

Die Luft war plötzlich elektrisch geladen.

»Sie bitten *mich*, mich zu beruhigen? Oh, das ist gut. Das ist wirklich gut!«

In einer abwehrenden Geste hielt mein Vater beide Hände hoch. »Mehr will ich gar nicht.«

»Sie haben Nerven, Ihre Nase in Dinge zu stecken, die Sie nichts angehen.«

Wade kam zu uns. »Schon okay, Dad. Lass uns gehen.«

»Nein, du bleibst da, Junge«, sagte mein Vater zu ihm und streckte ihm wie ein Verkehrspolizist die Hand entgegen.

Unsicher blieb Wade stehen.

Mr. Scholfields Stimme zitterte vor Wut. »Ich hab gesagt, wir gehen, Wade. *Sofort.*«

Wade hatte wieder einen Schritt nach vorn gemacht und hielt erneut inne, weil mein Vater es ihm befahl. Er wirkte beinahe wie ein ferngesteuertes Objekt, das sich auf Knopfdruck in Bewegung setzte und wieder anhielt.

»Sofort, Wade.«

Diesmal hielt meine Mutter ihn auf. Sie hielt ihm von hinten einen Arm vor die Brust und zog ihn zurück. Ich konnte kaum glauben, was gerade passierte. Es wurde immer besser.

Mein Vater ging auf Mr. Scholfield zu und trat in seine Komfortzone.

»Hören Sie«, sagte er. »Sie müssen aufhören, auf Ihrem eigenen Kind herumzuhacken. Das ist unglaublich feige. Ich bin mir sicher, das sehen Sie genauso. Wie wäre es damit, wenn Sie sich jetzt für einen Moment zusammenreißen und sich beruhigen, genau wie ich Sie gebeten habe?«

An dieser Stelle entfuhr Mrs. Scholfield ein leises *Heilige-Scheiße*-Geräusch, und sie bedeckte erschrocken ihren Mund mit der Hand.

»Wie wär's, wenn Sie sich verpissen?« Auch die letzte Beherrschung war aus seiner Stimme verschwunden.

Mein Vater schlug zuerst zu. Es war schwer zu sagen, wer am Ende gewann. Beide oder keiner. Wobei mein Vater wahrscheinlich eher den Kürzeren zog. Er war älter als Wades Vater, kleiner, ganz zu schweigen von seiner Wampe. Trotzdem gab er alles. Es war eines der bizarrsten Dinge, die ich je gesehen hatte, und vermutlich war es genau dieser Moment, der meine Zuneigung zu ihm für immer festigte. Es kam zu jeder Menge Stolpern und Fallen, Würgegriffen, Ellbogenhieben, Herumgerolle auf dem Boden, fliegenden Armen, Grunzen und Flüchen. Dier Art von Kampfchoreografie, die niemand bei klarem Verstand für einen Film vorschlagen würde.

Drei fremde Männer brachten sie schließlich auseinander, und ab da löste sich das Ganze schneller auf, als es begonnen hatte. Unsere Väter wechselten kein weiteres Wort mehr miteinander. Keiner rief die Polizei, doch einer der hinzugekommenen Typen zog sein Handy aus der Tasche, und ich schätze, alle hatten im Kopf, er könnte 911 wählen, was sehr dazu beitrug, dass wir alle nur noch wegwollten. Niemand verabschiedete sich. Ich weiß noch, wie ich, während mein Vater mich ins Auto stieß, zu Wade rübersah, der gerade von seiner Mutter ins Auto gezogen wurde. Für eine Sekunde trafen sich unsere Blicke. Ich kurbelte mein Fenster runter und lehnte mich raus, aber da war es schon zu spät. Wir fuhren bereits auf die Autobahn, und der Wind blies mir meine Haare ins Gesicht. Als ich sie wieder beiseitegeschoben hatte, verlor sich die Tankstelle schon in der Ferne.

Auf der Fahrt nach Hause herrschte eine seltsame Stimmung. Schweigend und völlig verstört saßen wir da, sahen so schlimm aus wie nie zuvor und fühlten uns, als hätten wir gerade einen Gruppeneinlauf bekommen. Aber es hätte schlimmer kommen können. Wir hätten an der Tankstelle alle höflich bleiben, lächeln und uns aus dem Scheißmoment rausreden können. Wir hätten zivilisiert bleiben können. Wir könnten jetzt sauber, weniger bloßgestellt und sicher im Auto sitzen und nicht in der Lage sein, zu atmen.

Offenbar nicht zu einem Gespräch aufgelegt, drehte mein

Vater das Radio auf. Für mich völlig okay, wäre nicht gerade so leicht verdauliches, weiches Jazz-Saxofon-Gesäusel gelaufen. Ich starrte hinaus auf die vorbeifliegenden Einkaufsstraßen, Strommasten und Plakatwände, auf denen zwielichtige Anwälte und Vergnügungsparks warben. Ich wusste, dass wir noch ausführlich über alles sprechen würden, unter anderem mein erstes Mal ohne Kondom Thema werden würde, doch für den Moment waren wir alle in dem halbwegs angenehmen Schockzustand gefangen. Von der Wahrheit vergewaltigt, wenn man so will.

»Können wir was anderes hören?«, durchbrach ich die Heiligkeit unseres Schockzustandes. Die Fahrstuhlmusik war einfach zu viel. Mit diesem Soundtrack konnte man sich einfach nicht todtraurig und bedeutungsschwer fühlen.

Mein Vater reagierte auf meinen Wunsch, indem er mit einer abwesenden Zombie-Bewegung die Suchtaste betätigte.

»Free Bird« von Lynyrd Skynyrd schallte durchs Auto. Genau an der Stelle »And this bird you cannot change«.

Ziemlich kitschig, aber meine Mutter begann sofort, sich im Rhythmus hin und her zu wiegen. Sie kurbelte ihr Fenster hinunter, und eine Brise fuhr ins Innere des Autos. Nach einer Weile bekam auch die Zombiefassade meines Vaters erste Risse, und er fing an, rhythmisch auf dem Lenkrad herumzutrommeln. Zunächst abwesend und halbherzig, doch dann riss ihn der Song mit. Das Trommeln wurde angeregter, und ein verstopfter Ausdruck machte sich auf seinem Gesicht breit, den ich als seinen »Musik genießen«-Gesichtsausdruck erkannte. Ich unterdrückte ein Lachen, ließ mich in den Sitz sinken und schloss die Augen.

Mir war ziemlich elend zumute. Die Kotzerei, das Weinen, die Küsse, die Gewalt, die Angst, all das Adrenalin, die Wahrheit und die Sonne hatten mich innerlich ausgehöhlt.

Außerdem war mein Herz gebrochen. Ich schmeckte noch immer Wades Mund. Ich konnte ihn auf meiner Haut riechen, und sein Blut war auf meinem T-Shirt. Leise fing ich an zu weinen. Warum, weiß ich nicht genau. Teilweise, weil es sich gut anfühlte – wie Berge, die stückweise ins Meer rutschen. Zeugin von Wades Familiendrama zu sein, hatte mich ganz schön aufgewühlt, und für einen kurzen Moment wünschte ich, wir hätten nie bei der Tankstelle gehalten. Dann könnte ich jetzt selbstgerecht mit gebrochenem Herzen nach Hause fahren, mit einem Tunnelblick, der nur Selbstmitleid zuließ.

Das Gitarrensolo von »Free Bird« brauste auf, und obwohl ich definitiv nicht von irgendeinem Südstaaten-Rocksong aus den 70ern berührt sein wollte, war es so gut wie unmöglich, sich in diesem Moment nicht nervtötend frei wie ein Vogel zu fühlen. Unmöglich, mit dem Wind im Auto, der lauten Musik, den schnellen Rädern, der Autobahn unter meinem Hintern und unseren stinkenden Klamotten, die gerade ordentlich gelüftet wurden.

Wir ließen die Geschichte mit der Tankstelle hinter uns, und die ganze nächste Woche waren wir wieder das eingespielte Trio vom Elternwochenende – diese chemische Zusammensetzung, die als Ganzes in gewisser Weise unbesiegbar war. Wir waren zur Normalität zurückgekehrt. Vielleicht waren wir normaler als je zuvor, weil wir uns, obwohl wir die Dinge, die wir uns an der Tankstelle ins Gesicht geschrien hatten, im Nachhinein mit keiner Silbe erwähnten, in der großen Klarheit befanden, die eintritt, nachdem die Kacke so richtig am Dampfen war. Wie der makellos blaue Himmel nach einem Sturm, wenn die Luft frisch und alle Feuchtigkeit verdampft ist. Mag sein, dass unsere Operationsbasis nach wie vor dieselbe war, aber zumindest hatten wir für wenige Minuten auf das eigenartige Ungetüm geblickt, das unser wahres Leben darstellte. Das hatte auf molekularbiologischer Ebene einiges verändert. Wir waren bereit, nach vorn zu schauen. Dachte ich zumindest.

Am Abend, bevor mein Vater zum Flughafen fuhr, tauchte er mit einer Packung Tampons an meiner Zimmertür auf.

»Ich habe dich heute zu deiner Mutter sagen hören, dass du keine mehr hast«, sagte er verlegen und hielt mir die Packung hin. »Da dachte ich, ich hol dir welche, wenn ich ohnehin einkaufen gehe.«

»Wow, krass, Dad«, sagte ich und nahm die Tampons.

»Na ja, ich dachte nur, warum sollst du extra noch mal losgehen, wenn ich ohnehin da bin. Keine Ahnung, ob das die richtige Marke ist oder ob die Marke überhaupt wichtig ist. Ich dachte mir, die sind sicher alle gleich. Die Frau im Laden meinte, die wären gut.«

»Ja, hervorragende Wahl. Danke.«

Ich legte die Hand auf den Türgriff. Das war für ihn der Wink, zu gehen, doch er machte keinerlei Anstalten. Stattdessen begann er mit der rechten Hand den Türrahmen zu massieren und räusperte sich mehrmals.

»Gracie, du bist kein Nebenprojekt.«

Wenn die Tampons mich nicht schon kalt erwischt hatten, dann spätestens das. Es war das Letzte, was ich von ihm erwartet hätte. Mein Mund blieb leicht offen stehen.

»Das wollte ich nur noch einmal klarstellen, bevor ich fahre«, fügte er hinzu. »Du bist *kein* Nebenprojekt, okay?«

Nachdem ich kurz wie vom Donner gerührt war, dass er freiwillig dieses haarige Thema vertiefte, sagte ich: »Dad, als ich das gesagt hab, war ich angepisst. Nicht wirklich wegen dir, eher wegen Wades Psychoeltern.«

Er nickte. »Ich weiß, dass du wütend warst, aber die Tatsache, dass diese Worte aus deinem Mund gekommen sind – dass sie auch nur in deinem Kopf waren, bereit, gesagt zu werden –, das sagt eine Menge aus.«

Er holte tief Luft, und ich merkte, dass er gern noch mehr gesagt hätte, seine Augen waren vollgepackt mit Gefühlen, die in ihm herumwirbelten, doch er schien nicht zu wissen, wie er anfangen sollte. Also nickte er noch ein paarmal vor sich hin, räusperte sich wieder und sagte irgendwann: »Nun, du weißt doch, dass ich dich liebe, oder?«

»Ja«, erwiderte ich. »Ich hab's mir schon immer gedacht, aber jetzt hab ich einen Beweis.« Ich hielt die Packung Tampons hoch.

Er lachte. Vor lauter Erleichterung ein bisschen zu laut und übereifrig, aber das war vielleicht das Beste von allem.

Und nur so fürs Protokoll, ich hatte keinen Witz gemacht. Eltern können ihre angebliche Liebe durch das Kaufen von teuren Handys, von Klamotten und Schulgebühren faken, aber nicht durch Tampons. Der Scheiß ist echt.

Im nächsten Schuljahr war alles anders. Beth und Derek waren nicht mehr da. Mr. Sorrentino war verheiratet. Ich hatte eine andere Mitbewohnerin. Ich war ein Jahr älter. Die offensichtlichen Dinge.

Wade kehrte nie zurück.

Natürlich war das in Wahrheit die tief greifende Veränderung, die dafür sorgte, dass sich alles anders anfühlte. Ein Farbpixel, das sich verändert und damit das gesamte Universum verzerrt. Der wahre Grund, warum Mrs. Gillespies Dauerwelle anders aussah, warum die abgeblätterte Farbe hinten an der Decke der Bibliothek noch schäbiger wirkte oder das Licht im Speisesaal mir auf einmal blau statt gelb erschien.

Den ganzen Sommer über hatte ich nichts von ihm gehört, was okay war, ich hatte auch gar nicht damit gerechnet, weil er davon gesprochen hatte, dass die Dinge für ihn »kopfstanden«. Außerdem war da immer noch das leidige Thema, dass er noch immer kein neues Handy und ich außerdem seine Nummer gelöscht hatte, als ich gesehen hatte, wie Anju ihm die Nägel lackiert. Aber das war egal gewesen. Der Sommer musste einfach vorbeigehen. Er hatte mich darum gebeten, ihm den Sommer über Zeit zu geben, und das fiel mir sogar leicht angesichts dessen, was mich danach erwartete: wir beide wieder am selben geografischen Ort. Und diesmal stünde bei ihm wieder alles richtig herum, und es gäbe keinen Derek.

Aber nachdem eine ganze Schulwoche vorüber und er immer noch nicht aufgetaucht war, ging ich ins Sekretariat. Wie betäubt stand ich vor Mrs. Martinez, die mir erklärte, dass Wades Eltern ihn nicht für dieses Schuljahr angemeldet hatten. Mein ganzer Körper fühlte sich leblos an. Ich sah mich im Raum um und beobachtete, wie sich das gesamte Gebäude in Luft auflöste. Ohne mich um eine Krankschreibung durch die Krankenschwester zu kümmern, kroch ich ins Bett. Diesmal war ich nicht katatonisch, und es gab keine Beth, die mir die Haare färbte. Ich musste da allein durch. Meine neue Mitbewohnerin fragte mich am Abend gleichgültig, ob bei mir alles okay sei, und als ich »Ja« antwortete, wandte sie sich wieder ihren Hausaufgaben zu, erleichtert, ihre Pflicht erfüllt zu haben. Sie war viel weniger aufdringlich als Georgina. Daran musste ich mich wohl gewöhnen.

Nicht mehr mit Wade zusammen zu sein, war eine Sache. Dieser Riss, so tief er auch gewesen sein mochte, war nur so breit wie ein Klassenraum. Egal, wie sehr er mich ignoriert hatte, immerhin war er da gewesen – seine Stimme, wenn er mit anderen gesprochen, sein Hinterkopf, wenn er mir den Rücken zugedreht hatte, und sein Name, wenn er von Lehrern oder Freunden gerufen wurde.

Doch mit seiner absoluten physischen Abwesenheit konfrontiert zu sein, war etwas völlig anderes. Es kam mir unnatürlich vor. Als wäre er ausgelöscht worden.

Dieses grauenvolle Gefühl entzündete sich und breitete sich in den folgenden Tagen in mir aus, je mehr Zeit ich hatte, die Tragweite dessen zu begreifen, was das bedeutete. Der Ausblick auf ein Leben ohne Wade jagte mir eine Heidenangst ein. Er war einfach ausradiert worden. Aus meinem Leben entfernt, und niemand hatte sich die Mühe gemacht, mich vorher zu fragen.

Ich begann zu rätseln, warum er nicht zurückgekommen war. Er sollte doch wiederkommen. Er hatte mir gesagt, dass er nach dem Sommer wieder da sein würde, warum also war er nicht gekommen? Ich kam zu dem Schluss, dass die einzig logische Erklärung darin bestand, dass er tot war. Mein Grauen wurde dank meiner ungezügelten Vorstellungskraft immer größer. Es quälte mich, dass wir ihn an der Tankstelle einfach so zurückgelassen hatten, zugelassen hatten, dass seine Eltern ihn in ihr Auto schoben. Bestimmt war es meine Schuld. Ich war mir nicht sicher, was »es« überhaupt war, aber ich wusste, es musste sich um etwas Schreckliches handeln. Es gab einfach zu viele mögliche Szenarien. Allen voran natürlich, dass sein Vater ihn noch auf der Rückfahrt umgebracht und seine Leiche in einen Graben geschmissen hatte.

Also ging ich noch mal ins Sekretariat und fragte nach dem Kontakt seiner Mutter, doch er wurde mir aus Datenschutzgründen verweigert. Dann versuchte ich, ihn im Internet zu finden – in den sozialen Medien war er nicht, das wusste ich, aber vielleicht gab es irgendeinen klitzekleinen Beweis, dass er existierte? Schulbucheinträge oder so was? Doch alles, was ich fand, waren ein paar Skateboardvideos auf Calvins Instagram-Account. Und ein Foto mit Anju in ihrem Feed, bei dessen Anblick mir schlecht wurde. Ich suchte Calvin und brachte ihn dazu, mir Wades Nummer zu geben, doch am anderen Ende der Leitung hob eine Frau mit einem leichten spanischen Akzent ab, die noch nie von ihm gehört hatte. Ich versuchte seine Mutter zu googeln und dann sogar seinen Vater, doch ich stieß nur auf einen Typen, der in einer Zahnpflegewerbefirma arbeitete, und war mir bei ihm nicht sicher. Und selbst wenn er der richtige Mike Scholfield war, hatte ich nicht ernsthaft vor, diesen Psychopathen zu kontaktieren.

Also marschierte ich erneut ins Sekretariat und versuchte Mrs. Martinez zu erklären, dass Wade tot sein könnte und ich dringend mit ihm in Kontakt treten müsse.

»Red keinen Quatsch«, widersprach sie. »Seine Mutter hat zwei Wochen vor Schulbeginn angerufen und seine Anmeldung zurückgenommen. Sie klang vollkommen normal. Er wechselt einfach die Schule.«

»Warum?«

»Das hat sie mir nicht gesagt.«

»Aber muss sie Ihnen keine Begründung liefern?«

»Natürlich nicht.«

»Okay, aber auf welcher Schule ist er jetzt?«

Mrs. Martinez unterbrach ihre Arbeit am Computer und warf mir über die Brillengläser einen *Schluss-jetzt*-Blick zu. »Grace, hast du eigentlich eine Erlaubnis, hier zu sein?«

Hatte ich nicht.

Sie seufzte. »Dann würde ich vorschlagen, du bewegst deinen Hintern auf der Stelle zurück ins Klassenzimmer, bevor ich meinen Job mache und dich melde.«

Es dauerte fast eine Woche, bis ich zu dem Schluss kam, dass Wade möglicherweise doch nicht tot war. Aus dem einfachen Grund, dass man es sicher in den Nachrichten gebracht hätte, wenn seine Leiche gefunden worden wäre. Doch in den Nachrichten kam nichts, und mit der schwindenden Angst, dass er tot sein könnte, kam der Schmerz über seine Abwesenheit. Er war fort. Lebendig, aber fort. Das war das Schlimmste, was ich mir vorstellen konnte. Zu diesem Zeitpunkt hatte ich es so satt, an einem gebrochenen Herzen zu leiden, dass ich es kaum noch mit mir aushielt. Aber es half nichts, ich konnte meine Gefühle für Wade nicht ändern.

Im Oktober war der Schmerz bereits etwas gedämpfter. Ein tiefes, beständiges Summen. Im November waren es nur noch kleine, beinahe unmerkliche Erschütterungen in meinem Knochen. Anfang Dezember vergaß ich manchmal tagelang, an ihn zu denken, und wenn ich an ihn dachte, dann war meine Traurigkeit eher poetisch und weniger körperlich. Ich vermisste ihn.

Mein Leben in der Schule verlief ruhig. Ohne Beth und Derek war ich wieder zur Einzelgängerin geworden und verbrachte meine Freizeit mit Lesen und meinen selbst verfassten Romanen, die neuerdings sehr abstrakte, komplizierte Bedeutungsstränge aufwiesen. Es war gar nicht so schlimm. Das vergangene Schuljahr war so anstrengend gewesen, vielleicht tat mir die Einsamkeit gut. Mr. Sorrentino stand mir nach wie vor nahe. Uns verband tatsächlich etwas, und das nicht auf eine pädophile Art. Manchmal besuchte ich ihn in der Mittagspause in seinem Klassenzimmer, und wir unterhielten uns. Ganz egal, worüber. Er versuchte unsere Gespräche überwiegend in förderliche Bahnen zu lenken und redete über Dinge wie Bildung, Zukunftsplanung und Biochemie als mögliche Karriere für mich, doch er war auch gut darin, sich darauf einzulassen, wenn ich vom Thema abkam.

Manchmal lief ich Georgina über den Weg, und wir wechselten ein paar Worte, aber es war nicht mehr wie früher. Sie erzählte mir nicht mehr von ihren Kloträumen. Wir waren höfliche Fremde füreinander geworden, jede mit ihrem eigenen Leben beschäftigt. Dennoch freute ich mich für sie, als sie anfing, sich mit Byron Rosario zu treffen. Er war Leiter des Schachklubs.

Ich hörte auf zu rauchen, nachdem ich den Fötus eines Ferkels seziert, seine kleinen Lungen, die an winzig-zarte Papier-Airbags erinnerten, herausgeholt und Mr. Sorrentino mehrfach betont hatte, dass die Anatomie eines Schweins der eines Menschen sehr ähnelte.

Ich war nicht mehr so ein pubertäres Wrack. Was Beth prophezeit hatte, stimmte in gewisser Weise – mit der Zeit kommst du hinter die Dinge. Ich hatte meine Haare im Sommer hellgrau gefärbt. Ich ließ meinen Pony rauswachsen und befestigte ihn mit Haarspangen an den Seiten. Mein Babyspeck wich noch mehr aus meinem Gesicht. Ich fing an, hin und wieder Lippenstift aufzutragen, und wurde echt gut mit der Umrandung. Ich trug schönere

BHs und Unterhosen. Wie genau es dazu kam, weiß ich gar nicht mehr. Ich kann mich nicht mal daran erinnern, BHs gekauft zu haben. Mein Shampoo und meine Spülung dufteten inzwischen nach künstlichen Früchten.

Auch Anju Sahani war wieder an der Schule. Klar war sie das. Der einzige Mensch, auf den ich gut hätte verzichten können, tauchte zuverlässig wie ein Uhrwerk am ersten Schultag mit größeren Brüsten und einem kurzen Haarschnitt auf, der an den Enden im Stile der 60er-Jahre ausfranste und der Mode aller anderen Frisuren an der Schule komplett zuwiderlief. Leider umwerfend. Ich gab mein Bestes, sie links liegen zu lassen. Bei ihrem Anblick wurde mir immer noch schlecht. Jedes Mal, wenn ich sie sah, musste ich daran denken, wie sie neben Wade im Klassenzimmer oder draußen bei den Tennisplätzen gesessen und ihm mit einem Fineliner süße Sachen aufs T-Shirt geschrieben hatte. Ich fragte mich, ob sie wohl seine Adresse oder Telefonnummer hatte. Die Vorstellung, dass sie vielleicht die ganze Zeit über miteinander schrieben oder telefonierten und ein gemeinsames Leben planten, brachte mich fast um. Ich wusste nicht, ob ich es ertragen könnte, falls Wade und Anju eines Tages heirateten. Ich glaube, ich könnte es nicht. Wenn sie Kinder kriegen würden, müsste ich mich wahrscheinlich umbringen. Meine Vorstellungskraft hatte schon genug mit Wades Verschwinden zu tun, da brauchte es nicht auch noch obendrein Anju. Also ignorierte ich einfach ihre Existenz. Wenn sie in den Raum kam, ging ich raus. Wenn ich sie den Flur hinunterlaufen sah, drehte ich um und nahm einen anderen Weg. Wenn wir in einem Klassenzimmer feststeckten, tat ich, als gäbe es ihre Hälfte des Raumes gar nicht.

Das klappte ziemlich gut, bis wir eines Tages im Kochkurs ein Team bilden mussten, um einen Schoko-Haselnuss-Kuchen zu backen. Als Mrs. Friebe unsere Namen aufrief, fiel ich beinahe vom Stuhl. Eine Schüssel und das Rezept unter den Arm geklemmt, kam Anju auf mich zu – aus Fleisch und Blut, mit endlos tiefen Augen und 60er-Jahre-Frisur. So real, wie man nur sein konnte. Ich spürte, wie sich Ärger und Hass in mir zusammenbrauten. All meine Abneigung. Als sie an meinem Tisch angekommen war, stellte sie ihre Schüssel ab und sah mich zögernd an. Dann seufzte sie.

»Ich hab keine Lust, deine Feindin zu sein«, verkündete sie.

Ich antwortete nicht.

»Im Ernst«, sagte sie. »Ich hab 'ne Menge drüber nachgedacht und bin zu dem Schluss gekommen, dass ich nichts gegen dich hab.«

Ich strich das Rezept auf unserem Tisch glatt und ignorierte sie weiterhin.

»Und nur dass du's weißt, du wirst mich nicht davon abbringen«, fuhr sie dickköpfig fort. »Wir müssen ja keine Freundinnen sein oder zusammen abhängen oder auch nur miteinander reden, aber ich werd' dich nicht hassen. Dachte nur, das solltest du wissen.«

Ich hob die Hand. »Mrs. Friebe, kann ich mit jemand anders backen?«

Mrs. Friebe warf einen Blick über die Schulter. »Die Teams stehen schon fest. Was ist verkehrt an deiner Partnerin?«

Unschlüssig schwieg ich einen Moment. »Ähm ... sie stinkt nach dem Schwanz von meinem Freund.«

Nur um das festzuhalten: Ich war keineswegs cool genug, solche Dinge vor der ganzen Klasse zu einer Lehrerin zu sagen – bei Weitem nicht –, aber ich musste entweder das machen oder mit Anju einen Haselnusskuchen backen. Zweiteres war undenkbar. Nie im Leben würde ich mit meiner Erzfeindin Zucker abwiegen und Eier schlagen. Niemals. Mrs. Friebe schickte mich zum Direktor, und ich war so erleichtert, rauszukommen, dass ich fast über meine eigenen Füße stolperte.

Aber damit war die Sache nicht gegessen. Als ich später am Tag die Mädchentoilette im Erdgeschoss putzte, wegen meiner unangemessenen Sprache und so, ertönte plötzlich eine Stimme:

»Hi …«

Anju stand direkt hinter mir. Mein Herz setzte fast aus. Nicht zu fassen. Die hatte echt Nerven.

Schwungvoll drehte ich mich zu ihr um und ließ den Schwamm zu Boden fallen.

»Ich will nur kurz mit dir reden«, sagte sie mit leicht zittriger, aber entschlossener Stimme. »Nur ganz kurz.«

Da wurde mir klar, dass es keinen Ausweg gab. Ich konnte sie nicht aufhalten.

»Findest du nicht, wir sollten wenigstens darüber reden, was vor den Ferien passiert ist?«, drängte sie. »Wir haben uns schreckliche Dinge an den Kopf geworfen.«

»Alter«, keuchte ich. »Was läuft eigentlich schief bei dir? *Nein.* Nein, ich finde nicht, dass wir jemals wieder über *irgendwas* reden sollten. Ich finde, du solltest das nächste Raumschiff nehmen und in einem anderen Sonnensystem leben. Das wäre eine ziemlich tolle Idee. Ich kann dich nicht ausstehen, okay? Ich wäre wesentlich glücklicher, wenn du nicht in dieser Dimension oder dieser Zeitzone oder zumindest nicht in diesem speziellen Zipfel des Staates leben würdest. Aber wenn du mir wenigstens aus den Augen gehen würdest, wär das auch schon ein Anfang.«

Anju presste die Lippen aufeinander, rührte sich aber nicht vom Fleck. Mit beiden Füßen fest auf dem Boden hielt sie eisern ihre Schlachtordnung von Love und Peace.

»Du musst mich nicht mögen. Das ist okay«, sagte sie. »Mir ist nur nicht wohl bei dem, was zwischen uns passiert ist. Das würde ich gerne klären.«

Ich hob den Schwamm vom Boden auf und machte mich ans nächste Waschbecken. Wenn ich sie nicht beachtete, würde sie vielleicht einfach verschwinden. Schließlich konnte man nicht einfach nur mit sich selbst reden. Irgendwann gehen einem die Worte aus.

»Ich hasse es, wenn Mädchen einander so was antun«, hallte Anjus Stimme hinter mir. »Das fand ich schon immer blöd. Und mir ist klar geworden, dass ich mich ganz genauso verhalten habe. Ich hab schreckliche Dinge gesagt. Du bist keine Nutte, okay? Vergiss einfach alles, was ich zu dir gesagt habe. Ich will kein Mädchen sein, die so was sagt.«

»Tja, tut mir ja leid für dich«, erwiderte ich und scheiterte in meinem Vorhaben, sie zu ignorieren. »Du bist nämlich genau so ein Mädchen, und ich *bin* eine Nutte. Ich hatte Sex mit Derek, schon vergessen?«

»Du bist keine Nutte«, beharrte sie. »Hat Derek dich bezahlt? Hat er dir Geld dafür gegeben?«

Ich presste die Augen fest zusammen. »Hör auf. Im Ernst, sei einfach still!«

»Na ja, es stimmt aber. Du bist keine Nutte.«

Ich quetschte eine absurde Menge Reinigungsmittel in das Waschbecken und begann zu schrubben. »Schön! Selbst wenn ich keine bin, bist du immer noch ein Mädchen, das andere Mädchen Nutte nennt.«

»Wenn ich so ein Mädchen wäre, würde ich jetzt nicht hier stehen. Darum geht's doch gerade. Wir müssen uns nicht so verhalten, wie alle es von uns erwarten.«

Ich hielt inne und drehte mich zu ihr um. »Warum ziehst du mich da mit rein? Wenn du irgendeine religiöse Erleuchtung hattest, dann ist das *dein* Ding. Warum zum Teufel ziehst du mich da mit rein? Findest du das nicht auch ziemlich krank?«

Zum ersten Mal schien sie um Worte verlegen. Im Nachherein kann ich's ihr nicht übel nehmen. Meine Anschuldigungen waren nicht sonderlich logisch. Was das Teilen von religiösen Erwachungsmomenten angeht, gibt es keine festgeschriebenen Regeln, soweit ich weiß.

»Ist mir egal, ob ich das mache, was andere von mir erwarten«, sagte ich zu ihr.

Für einen Sekundenbruchteil senkte sie den Blick zu Boden. Ich dachte schon, wir wären endlich fertig, aber wieder lag ich falsch.

»Du klangst immer so cool, wenn Wade über dich geredet hat«, sagte sie in einem neuen Gesprächsanflug.

Beim Klang von Wades Namen explodierte ein kleiner Teil meines Herzens. An ihn erinnert zu werden, brachte mich nach wie vor aus dem Gleichgewicht. Jedes Mal, wenn jemand seinen Namen erwähnte, erschütterte mich ein kleines privates Erdbeben, und alles um mich herum geriet ins Wanken.

»Und er hat alles viel mehr durchschaut als alle, die ich je getroffen habe«, fügte Anju verträumt hinzu. Sie mochte ihn wirklich sehr. Das merkte ich daran, wie sie versuchte, sachlich zu klingen.

»Wade hatte manchmal nicht mehr alle Tassen im Schrank«, sagte ich herzlos und wandte mich wieder dem Waschbecken zu.

»Ja, aber er war einfach anders«, überlegte Anju laut. »Und das, was er mit uns anderen gemein hatte – die Sachen, die ihn uns ähnlich machten –, ich hatte immer das Gefühl, das spielt er nur.«

»Ach, du meine Güte. Spar dir das für dein Tagebuch.«

Ich hielt es kaum aus, sie so reden zu hören. Er gehörte *mir*. Ich war hier die Einzige, die sich philosophische Urteile über Wade erlauben durfte. Und was noch schlimmer war: An dem, was sie gesagt hatte, war was dran. Es tat weh, dass sie Wade so gut kannte.

»Er stand nicht auf mich«, beeilte Anju sich zu sagen. »Jedenfalls nicht im romantischen Sinne. Er war nett zu mir, weil er ein netter Mensch ist und mit mir reden konnte, wenn's ihm schlecht ging. Du weißt schon, wegen dir. Sachen, über die er mit Calvin nicht reden konnte. Aber mehr war da nicht. Er stand nicht auf mich.« Sie unterbrach sich und sah mich zaghaft an. Ich hatte den Eindruck, dass es das war, was sie mir die ganze Zeit über hatte sagen wollen. »Ich weiß nicht, ob dir klar ist, was für einen krassen Liebeskummer er eigentlich hatte.«

Ich verdrehte die Augen.

»Nein, hör zu, er war wirklich völlig fertig wegen dir«, sagte sie und schlug einen vertraulicheren Ton an. »Ich weiß, er war gut darin, es zu verstecken, aber er war völlig verloren. Es hat mich ziemlich mitgenommen. Zum Beispiel an dem Tag, als du in der Mittagspause angefangen hast, mit Derek abzuhängen, hab ich ihn ganz hinten am Hintereingang hinter dem Geräteschuppen gefunden. Er saß da und hat geweint. Er hat am ganzen Körper gezittert. Mir hat das echt Angst eingejagt, so verletzt hatte ich ihn noch nie gesehen. Ich hab ihn umarmt, und da hat er wie ein kleines Kind losgeheult. Und, keine Ahnung, wahrscheinlich denkst du, das klingt ziemlich romantisch, ihn so zu halten, und er klammert sich an mich, aber das war überhaupt nicht romantisch. Das war hardcore. Einfach megatraurig, und es hat mir Angst gemacht.«

Ich war nicht in der Lage zu antworten. Langsam bewegte ich mich mit meinem Putzzeug zum nächsten Waschbecken, und Anju redete weiter.

»Deshalb habe ich in der Wäscherei diese Dinge zu dir gesagt. Ich hatte mit angesehen, wie er so zusammengebrochen ist, und musste ihn wieder aufbauen. Ich war unendlich angepisst. Du hattest ihm das angetan. Du hattest ihn völlig zerstört, und das machte noch nicht mal was, er war immer noch in dich verliebt. Mich würde er nie so mögen wie dich – obwohl ich alles dafür getan hätte. Das erschien mir so unfair. Aber dann ist mir aufgegangen, dass er dasselbe mit dir getan hat. Ihr habt euch gegenseitig kaputt gemacht, und mir ist klar geworden, dass ich zwischen euch nichts zu suchen habe. Ich war noch nicht mal annähernd Teil des Ganzen, und ganz ehrlich, das wollte ich auch gar nicht.«

Sie holte kurz und zittrig Luft. Ich spürte, wie sie wartete. Sich fragte, ob ich wohl irgendwann reagieren würde. Das tat ich nicht.

»Jedenfalls wollte ich nur, dass du das weißt«, sagte sie. »Ich war nie eine Bedrohung für dich. Wade war unsterblich in dich verliebt. Und ich will nicht, dass du im Nachhinein denkst, es wäre irgendwie anders gewesen, nur weil es auch mich mit meiner blöden Verknalltheit gab.«

Sie wartete noch einen Moment.

»Das war alles«, sagte sie schließlich.

»Sehr gut«, erwiderte ich. Wie versteinert starrte ich auf das Waschbecken vor mir und schrubbte so hart, dass mein Handgelenk wehtat. »Kannst du dich jetzt verpissen?«

Endlich gab sie auf. »Klar.«

Sie ging.

Es ärgerte mich, dass sie all die Dinge gesagt hatte, die ich so dringend hatte hören wollen. Das war nicht fair. Sie durfte nicht dieser Mensch sein. Sie durfte nicht jemand sein, der seine Fehler erkannte und die Verantwortung dafür übernahm, indem sie wie aus dem verdammten Nichts anrührende Monologe hielt. Das war nicht fair. Ich hasste sie zu sehr, um sie ein guter Mensch sein zu lassen. Himmel, allein bei der Vorstellung, nicht mehr in meinem Schwarz-Weiß-Schema über sie denken zu können, wurde mir schlecht. Die restlichen Waschbecken scheuerte ich mit manischer Kampfeslust. Das war schließlich alles gewesen, was mir geblieben war – dass sie ein Stück Scheiße war. Sie hätte die Geistesgegenwart besitzen müssen, das zu sehen.

Trotzdem. Es hatte keinen Sinn, sich was vorzumachen. Was Anju mir gesagt hatte, gab mir eine neue Sicherheit. Als ich an diesem Abend im Bett lag, gingen mir wieder und wieder ihre Worte durch den Kopf. Manchmal hatte ich Mühe gehabt, mich daran zu erinnern, wie echt es wirklich zwischen Wade und mir gewesen war. Je mehr Zeit vergangen war, desto mehr hatte ich mich für verrückt erklärt. Wo war schon der Beweis? Ich hatte nichts vorzuweisen. Es gab nichts außer meiner Erinnerung. Was, wenn ich mich falsch erinnerte? Anju hatte mir alles zurückgegeben. Sie hatte es real werden lassen. Mag sein, dass es zu Ende gegangen war, aber es war echt und schön und ehrlich gewesen, so ehrlich wie die physikalischen Gesetze unserer Existenz – Dinge, an denen es nichts zu rütteln gibt: Schwerkraft, Masse, Licht, Haut, Atome, Neutronen, Bewegung, Cytoplasma, Blut und Wind. Nicht mal jemand so Cooles wie Anju Sahani konnte daran was ändern.

Es war nett von ihr gewesen, mir das zu sagen. Sie hätte es für sich behalten können, aber das hatte sie nicht. Zum Teufel mit ihr.

Ungefähr eine Woche später war ich zufällig in der Nähe, als sie vor dem Geschichtsraum mit jemandem zusammenstieß und ihre Notizbücher zu Boden fielen. Keine Ahnung, was auf einmal in mich gefahren war, aber eins der Notizbücher landete direkt neben meinem Fuß, und ich hob es für sie auf. Die gesamte Rückseite war von einer seltsamen, feinen Druckschrift bedeckt, wie sie Serienkiller im Film benutzen, wenn sie ihre Zimmerwände vollschreiben. Verblüfft starrte ich auf die Worte. Ich kannte sie. Jup.

FREAK OUT AND GIVE IN. DOESN'T MATTER WHAT YOU BELIEVE IN. STAY COOL AND BE SOMEBODY'S FOOL THIS YEAR. 'CAUSE THEY KNOW WHO IS RIGHTEOUS. WHAT IS BOLD. SO I'M TOLD …

Und so weiter und so fort. Alles Lyrics von Smashing-Pumpkins-Songs.

»Himmel«, sagte ich und gab ihr das Notizbuch zurück.

Sie nahm es entgegen und schob es unter ihr Geschichtsbuch, um dann wie ein trauriges, gemobbtes Kind auf dem Spielplatz davonzuschleichen. Ich stieß die Luft aus und kam mir gemein vor. Genau deshalb kotzte es mich so an, dass sie mir all diese Dinge auf der Mädchentoilette gesagt hatte. Alles, was ich jetzt in Bezug auf sie tat oder sagte, machte mich zum Arschloch. Ganz zu schweigen davon, wie beschissen es war, dass sie meine Band mochte.

In unserer letzten Stunde an diesem Tag hatten wir zusammen Informatik. Als wir in dem Pulk vor der Tür wie durch Zauberhand nebeneinander landeten, fragte ich sie: »Und? Welches ist dein Lieblingsalbum von den Smashing Pumpkins?«

Unbehaglich blinzelte sie mich an. Offenbar unsicher, was sie davon halten sollte. Um ehrlich zu sein, ging es mir genauso. Die ganze Sache war ziemlich seltsam – ich versuchte, eine Unterhaltung mit Anju anzufangen. Was zur Hölle.

»Ähm … weiß nicht«, antwortete sie langsam und blickte sich um, als wartete sie auf die Falle. »Ich mag eigentlich alle.«

»Das ist keine richtige Antwort. Du musst schon genauer werden. Ein Song oder ein Album – ganz egal.«

Anju wandte sich vollends zu mir um, und Neugierde mischte sich unter ihren ängstlichen Ausdruck. »Warte mal, du kennst die Smashing Pumpkins? Ich meine, so richtig gut?«

Ich zuckte die Schultern. »Nein. Ich mag's nur nicht, wenn Leute so superallgemein über Musik reden. Wenn du was nicht richtig begründen kannst, taugst du meiner Meinung nach nichts. Dann bist du so wie diese Leute, die bei Urban Outfitters T-Shirts von AC/DC oder Iron Maiden im Used-Look für vierzig Dollar kaufen. Kannst du von mir aus gerne hören, aber ich hab auf jeden Fall ein Problem mit dir, wenn du so 'n T-Shirt trägst und das eigentlich gar nicht hörst.«

Sie nickte immer noch mit einem etwas erschrockenen Ausdruck, aber zugleich wachsendem Interesse. »Okay, ja«, sagte sie. »Es gibt da in diesem Song ›Bury Me‹ auf dem ersten Album – *Gish* – einen Teil, ungefähr nach einer Minute. Es gibt da eine Pause, wo man denkt, der Song ist vorbei, aber dann geht die Gitarre wieder los …«

»›I love my sister so‹«, beendete ich die Lyrics für sie.

Ihre Augen weiteten sich, als hätte jemand gerade einen Luftballon vor ihrem Gesicht zum Platzen gebracht. »Was?! Nicht dein Ernst! Woher weißt du, wovon ich rede?«

»Ist 'ne ziemlich coole Stelle«, sagte ich und kam mir wie eine Idiotin vor.

Sie lachte aufgeregt und sagte noch ein paarmal »Nicht dein Ernst!«. Dann schüttelte sie den Kopf und lachte erneut. *Scheiße. War ja klar.* All meine Freundinnen machen sich darüber lustig, wie besessen ich von dieser Band bin, und dann kommst du, das größte Arschloch der Schule, und checkst es. Ich mein, war ja klar, dass es so kommt!«

Ich lächelte ein wenig und versuchte es schnell zu verstecken, indem ich über die rechte Schulter zu Boden blickte. »Jup«, sagte ich nach einer Weile. »Zum Kotzen.«

»Alter. So was von«, stimmte sie zu.

Das war wahrscheinlich die erste Sache, in der wir uns einig waren. Außer bei Wade, meine ich.

»Hast du ihr erstes Album gehört?«, fragte Anju.

Erschrocken biss ich mir auf die Lippe. Es gibt nichts Schlimmeres, als deine Lieblingsband mit deiner Erzfeindin zu teilen. Von nun an musste ich entweder sie um einiges lieber mögen oder die Smashing Pumpkins um einiges weniger. Eins von beiden.

»Mädels!« Mr. Lee hielt die Tür zu seinem Klassenzimmer auf. »Habt ihr vor, uns mit eurer Anwesenheit zu beehren? Ihr habt noch zwei Sekunden, bis ich die Namen aufrufe.«

Der Flur hatte sich geleert. Wir folgten Mr. Lee ins Klassenzimmer, und ich setzte mich neben Anju, weil, scheiß drauf, die Smashing Pumpkins würde ich niemals weniger mögen.

Dann kam der Brief.

Es war Anfang Dezember, und Florida zeigte sich von seiner schönsten Seite. Die Hitze hatte nachgelassen, und die Luft war wieder frisch und roch süßlich. Jetzt, wo das Wetter nicht mehr so ein Arsch war, schien alles so viel hoffnungsvoller. Man konnte rausgehen, ohne dass die Klamotten einem am Körper klebten oder die Sonne einem wie Säure ins Gesicht brannte. Es fühlte sich an, als würde das Universum einen aus seinem Würgegriff entlassen. Trotz all der Weihnachtsdeko war es einfach, zu dieser Jahreszeit Hoffnung zu schöpfen.

In Erwartung eines Pakets von meiner Mutter war ich ins Sekretariat gegangen, doch stattdessen erhielt ich einen ganz normalen Briefumschlag, der sehr dick und ramponiert aussah, als wäre zu viel Papier hineingestopft worden. Es gab keine Absenderadresse, nur meinen Namen mit der Adresse der Schule vornedrauf, und oben links in der Ecke stand *Wade S*. Einen Moment lang war ich wie betäubt. Keine Ahnung, wie lange ich so erstarrt war, ich kam wieder zu mir, als meine Lungen schmerzhaft nach Sauerstoff verlangten.

»Grundgütiger!«, sagte Miss Klein mit einem Auflachen, als sie vorbeilief. »Alles in Ordnung?«

Ich hatte das Gefühl, dass auf einmal drei Tonnen Adrenalin in meinen Blutkreislauf gepumpt worden waren. Mir wurde schwindelig, als würde ich jeden Moment in Ohnmacht fallen. Mein Körper schien unter dem Eindruck zu stehen, ich befände mich inmitten eines Marathons, und reagierte dementsprechend – Schweiß strömte mir aus allen Poren, und ich atmete heftig und unkontrolliert. Ich musste mich gegen die Wand lehnen.

Nun offenbar ernstlich besorgt, kam Miss Klein zurück. »Ist etwas nicht in Ordnung?«

Es gelang mir, den Kopf zu schütteln. Ich sagte ihr, es ginge mir gut, und machte, dass ich aus dem Sekretariat kam. Kaum war ich draußen, riss ich den Briefumschlag auf. Ich war durch die nächstbeste Tür geschlüpft. Sie führte zum Parkplatz, und mit der frischen Luft kehrte ein Teil meines Verstandes zurück. Ich rutschte die Hauswand neben dem Hinterausgang hinunter, bis ich auf dem Boden saß. Meine Hände waren fahrig, und das Papier zitterte. Ich musste es flach auf meinen Schoß legen. Wades Handschrift zu sehen – dieses große, unordentliche Gekrakel und seine Tendenz, Worte großzuschreiben, um ihnen Nachdruck zu verleihen –, brachte mich fast um.

Hi Gracie.

Ja, ich lebe noch. Ich weiß, du hast bestimmt irgendwann gedacht, ich sei tot. Ich weiß doch, wie du tickst. Nee, war nur ein Witz. Ich hab keine Ahnung, wie du tickst. Aber egal, jedenfalls tut es mir leid. Ich hätte dich längst anrufen sollen. Was zum Teufel stimmt eigentlich nicht mit mir? Tut mir leid.

Weißt du noch, wie ich dir gesagt habe, ich mag dich zu sehr, als dass es einfach sein könnte? Besser kann ich es

nicht ausdrücken. Ich mag dich viiiiiiiel zu sehr. Nimm
das einfach als Grund für all mein Scheißverhalten – dieser
Brief eingeschlossen.

Wie auch immer. Ich fang mal mit dem leichten Teil an:

Ich lebe jetzt bei meiner Tante und ihrer Familie. Sie ist die
ältere Schwester von meiner Mutter und wohnt in Missouri.
Da bin ich jetzt also, falls du dich das gefragt hast. Genauer
gesagt, in Springfield. Ich habe drei Cousinen. Die älteste
von ihnen geht schon aufs College, und die anderen beiden
sind die Mädchen, die mir in den Osterferien die Tattoos
aufgemalt haben, weißt du noch? Na ja, jedenfalls wohne
ich im Zimmer von der ältesten Schwester, während sie am
College ist. Sie meinte, das wäre okay, und es ist ohnehin
nur vorübergehend. Aber ich find's ziemlich cool hier,
außer dass ich mich damit stresse, all ihre Pflanzen am
Leben zu halten. Warum hat sie bloß SO VIELE Pflanzen
im Zimmer?? Außerdem steht direkt über dem Bett an der
Decke RYAN GOSLING – in so Sterne-Leuchtschrift, die
im Dunkeln leuchtet. Und du weißt ja, wie beschissen ich
schlafe. Nachts starre ich oft stundenlang an die Decke –
dementsprechend ist der Typ jetzt echt ein Riesenteil meines
Lebens.

Mein Onkel und meine Tante sind jedenfalls nett.
Manchmal fast ZU nett. Ich hab noch nicht ganz ihren
Rhythmus raus, oder wie man das auch immer nennen
will. Sie reden wirklich UNGEHEUER gern über Dinge und
wollen ihnen immer »auf den Grund gehen«, auch wenn es
da gar keinen GRUND gibt. Aber egal, sie sind nett, und
sie können ja nichts dafür. Echt bescheuert, wenn ich daran

denke, wie okay ich damit war, wie es bei meinen Eltern lief. Es war scheiße, aber immerhin kannte ich mich mit der Scheiße besser aus.

Ach ja, meine Eltern lassen sich übrigens scheiden. Komische Vorstellung. Wie die dämliche Pointe von irgendeinem abgefuckten Witz, der noch vor meiner Geburt angefangen hat. Nicht dass ich dagegen wäre oder so. Und du hattest wahrscheinlich recht mit meiner Mutter, dass sie meinen Vater schon längst hätte verlassen sollen und so. Ohne Frage – hundertpro hattest du recht. Ich denk nur nicht gern drüber nach. Ist nicht witzig, sich einzugestehen, dass Dinge NICHT abgefuckt hätten sein müssen, weißt du? Dass das tatsächlich eine Möglichkeit gewesen wäre. Dann gerät man in die ganzen Was-wäre-gewesen-Wenns, und ich will nicht über mein Was-wäre-gewesen-wenn-Leben nachdenken. Hat eh keinen Sinn. Tut mir jedenfalls leid, dass ich so ein Blödmann war, als wir zuletzt darüber geredet haben.

Na ja, WEITER IM TEXT!!!!!!

Ich hab immer noch nicht gesagt, was ich EIGENTLICH sagen will. Keine Ahnung, wie gut ich es rüberbringen werde, aber ich schreib's einfach so auf, wie dumm es auch immer aus mir rauskommt, und du musst dann einfach damit leben.

Okay:

Ich hatte nie das Gefühl, irgendwo hinzugehören. Oder vielleicht eher so rum: Jeder Ort, an dem ich war, kam mir

falsch vor. Als würde ich nirgendwo hingehören. Ich war an
den Orten von anderen Leuten, wo ihre dämlichen Regeln
herrschten. Alles, was ich tun konnte, war mitspielen oder
die Orte in die Luft jagen. Das waren mehr oder weniger
meine Optionen. Meistens war es ohnehin egal, für welche
von beiden ich mich entschied. Ich war mir scheißegal, und
deshalb kümmerten mich die Folgen, die das für mich hatte,
einen Scheiß. Gibt einem übrigens auf eine kaputte Art eine
Menge Freiheit.

Aber mit dir war es anders. Vielleicht zum ersten Mal in
meinem Leben hatte ich mehr als nur diese beiden Optionen,
zwischen denen ich wählen konnte. Alles fühlte sich richtig
an – nicht nur, mit dir zusammen zu sein, sondern alles.
Mein Leben fühlte sich wegen dir richtig an, und das ist
echt ABGEFAHREN. Glaub mir. Ich hatte nicht mehr diese
kranke Freiheit und wusste vielleicht nicht so richtig,
wie ich damit umgehen sollte, und hab's immer wieder
vermasselt. Tut mir leid.

Die Sache ist die: Mit dir zusammen zu sein, fühlte sich
anders an als alles andere. Vielleicht ist es das, was ich
sagen wollte. Du hast mein Leben lebenswert gemacht. Sorry
für den Kitsch. Mir fällt keine coole Art ein, das zu sagen.
Ich hab's echt versucht.

Na ja. Weiß nicht, was ich noch schreiben soll. Ich liebe dich,
okay? Nur für den Fall, dass das nicht eh schon klar war.
Deshalb überhaupt dieser ganze Brief. Und ich kann dir gar
nicht sagen, wie schlimm es ist, von dir getrennt zu sein –
sehr schlimm –, aber bis die Scheidung durch ist, sitze ich
hier fest. Und keine Ahnung, wo ich danach festsitze. Aber

eines Tages werde ich wohl hoffentlich in der Lage sein, selbst mal eine Entscheidung zu treffen, kannst du dir das vorstellen?

Also ja, keine Ahnung, was nach diesem Brief passiert. Ich hab keinen Schimmer. Lass uns einfach so tun, als könnte alles passieren, okay?

Ich vermisse dich.

Aber genug von dem Bullshit.

Alles Liebe,
Wade

Ich ließ den Brief zu Boden sinken. Für einen Moment war mein Kopf vollkommen leer. Ich lehnte mich zurück an die Wand und beobachtete ein paar Unterstufenschüler, die mit Wasserpistolen herumrannten und sich schreiend gegenseitig nass spritzten. Dann hob ich die Briefseiten und den Umschlag wieder auf und suchte nach einer Adresse oder seiner Telefonnummer. Nichts. Ich stand auf und stopfte den Brief in meine Tasche. Ich wollte bei Wade sein. Er hatte es am Straßenrand versprochen. Er war ein Lügner. Keine Telefonnummer, keine E-Mail-Adresse, keine Adresse. Nichts. Scheiß auf seinen romantischen Puritanismus. Ich wollte was Echtes. Ich wollte, dass Wade mir sagte, wir würden aufeinander warten und ich könnte ihn besuchen oder er würde in den nächsten Ferien zu mir kommen, und bis wir die Schule hinter uns hatten, würden wir nächtelang chatten, telefonieren oder uns Briefe schreiben. Ich wollte konkrete Pläne, Ziele, Deadlines und Tage, die ich im Kalender durchstreichen konnte. Er fuhr uns einfach so herunter und wusste dabei genau, was er tat.

All die Monate, in denen ich versucht hatte, über ihn hinweg-zukommen, waren für die Katz. Ich befand mich wieder ganz am Anfang, mit einem zerfetzten Herzen, blutend, schmerzend und verrottend. Als ich in mein Zimmer kam, stopfte ich den Brief unter meine Matratze und wünschte, er hätte mir nie geschrieben. Dann riss ich die Lampe von meinem Nachttisch und schleuderte sie durchs Zimmer. Der Lampenschirm riss, und die Glühbirne zerbrach. Gut. Auf dem Weg nach draußen knallte ich die Tür hinter mir zu. Keine Ahnung, wohin ich ging. Wahrscheinlich zum Abendessen. Von der Zeit her kam es hin.

Ich sprach den erstbesten Typen an, der mir über den Weg lief. Ein dünner, hochgewachsener Junge. Ich kannte ihn vage aus dem Kunstunterricht. Er hatte einen ziemlich coolen Darth-Vader-Helm aus Pappmaschee gemacht.

»Hey, gehst du mit mir zum Weihnachtsball?«, fragte ich ihn.

Verdattert hielt er an. Dann machte er ein komisches Gesicht, kratzte sich über die pickelige Wange und sagte: »Ja. Auf jeden.«

Erst am Tag, bevor die Weihnachtsferien begannen, zog ich den Brief wieder unter der Matratze hervor. Ich hatte den Tag über ein paar Sachen in der Bibliothek recherchiert und war auf ein Jahr-buch vom vorigen Schuljahr gestoßen, das auf einem der Tische herumlag. Eine Weile starrte ich es an, dann schlug ich es auf unse-rer Seite auf: »Mittelstufe – übersehen, aber nicht vergessen«. Da war Wades Foto ganz unten zwischen Laura Salvaterra und Tim Streeter. Sein Lächeln war kaum erkennbar, aber in seinem Blick lagen die zehntausend Watt, die ihn stets antrieben. Als ich sein Gesicht endlich wiedersah, verspürte ich eine unerklärliche Welle der Erleichterung. Ich meine, zugleich war es ziemlich unerträglich, aber trotzdem. Ich war erleichtert, dass es ihn noch gab. Irgendwo.

Als ich den Brief am Abend unter der Matratze hervorzog, war er ziemlich zerknittert, und die zweite Seite war beinahe komplett entzweigerissen. Ich klebte sie mit Tesafilm wieder zusammen und breitete die Blätter auf meinem Bett aus. Meine Mitbewohnerin traf sich gerade mit ihrer Lerngruppe. Das Zimmer gehörte mir. Ich hob die erste Seite auf und begann zu lesen. Diesmal kam es mir vor wie ein völlig anderer Brief. Beim ersten Mal hatte ich ihn so schnell gelesen, dass ich mich selbst betrogen hatte. Das meiste war gar nicht hängen geblieben. Ich war zu ausgehungert gewesen und hatte gleich alles heruntergeschlungen – die Worte zerrissen und ihre Bedeutung nur vage registriert. Damals hatte nur meine Enttäuschung gezählt.

Diesmal las ich ohne jegliche Hoffnung und ohne Angst.

Ich fing sofort an zu weinen, denn alles an dem Brief war haargenau Wade. Und, verdammte Scheiße, er war einfach wunderschön. Am Ende las ich ihn ungefähr zwanzig Mal, und mit jedem Mal veränderte sich die ganze Welt. Irgendwann hörte ich auf zu weinen. Ich hatte keine Tränen mehr, war in Flammen aufgegangen, geschmolzen, und schließlich war ich wieder in Ordnung. Nicht dass ich dringend wieder in Ordnung sein *wollte* – der Moment war einfach zu schön melancholisch –, aber ich konnte nicht anders. Es ging mir gut. Ich erkannte, dass es sinnlos war, sauer auf Wade zu sein, weil, zum Teufel, dafür mochte ich ihn einfach zu sehr. Viel zu sehr. Was ich in Wahrheit für ihn empfand, war nicht diese synthetisierte Allerweltsliebe, ausgelöst durch einen abgedrehten Hormonüberschuss. Es war eine viel ruhigere Liebe. Beständig und wahrhaftig. Unzerstörbar. Eine Liebe, über die man sich nicht einmal Gedanken zu machen braucht.

Vielleicht ging es nicht mehr nur darum, was ich von Wade wollte. Alles, was zählte, war, dass es ihm gut ging. Ich ließ mich auf meinem Bett zurücksinken und betrachtete die Decke. Es haute mich ein bisschen um, dass ich tatsächlich an dem Punkt angekommen war, jemanden auf eine nicht-Arschloch-mäßige Art zu lieben. Ich war mir ziemlich sicher gewesen, dass ich dazu nicht fähig war.

Die Decke hatte in einer Ecke einen kaum erkennbaren Wasserfleck, den ich konzentriert anstarrte, ohne ihn wirklich zu sehen. Irgendwann kam ich zu dem Schluss, dass ich Wade vielleicht wahrhaft liebte.

Meine Zimmertür wurde aufgestoßen, und ich ließ den Brief fallen.

»Miss Welles, Gerüchten zufolge waren Sie heute bei der Schülerversammlung anwesend, bei der ausgewählte Englischlehrer mit umgedrehten Baseballcaps einen Rap darüber aufgeführt haben, dass Lernen Spaß macht.«

Ihr Handy auf mich gerichtet, stand Anju in der Tür und filmte mich.

»Was sagen Sie zu diesem unglückseligen Ereignis?«, fragte sie, ging auf mich zu und hielt mit der Handykamera auf mein Gesicht.

»Könntest du bitte gerade *keine* krasse Nahaufnahme von meinem fetten, verschwitzten Gesicht machen?«

Anju ignorierte meine Bitte. »Welche Auswirkungen hatte die Performance auf Ihre mentale Gesundheit? Besteht die Chance, dass Sie eines Tages über diese traumatische Erfahrung hinwegkommen und wieder auf ein normales, erfülltes Leben hoffen können?«

Ich warf einen letzten Blick auf den Brief. *Aber genug von dem Bullshit. Alles Liebe, Wade.* Dann faltete ich die Seiten zusammen und schob sie sorgfältig zurück in den Umschlag.

»Nun ja.« Ich ließ den Brief in die Schublade meines Nachttisches gleiten und drehte mich zu Anju um. »Ich fürchte, dazu kann ich zu diesem frühen Zeitpunkt noch keine Aussagen treffen. Es handelt sich hierbei nicht um eine Sache, die man einfach so wegsteckt, aber mithilfe einer präzisen Lobotomie darf ich wohl eines Tages wieder zu hoffen wagen.«

Anju lachte, und ich riss ihr das Handy aus der Hand. »Her damit«, sagte ich und richtete die Kamera auf sie. »Unsere Investigativjournalistin Anju Sahani berichtet live von der Midhurst School über das ernste Thema entfesselter Lehrer und was genau das für die ahnungslosen Opfer bedeutet, die von dieser Art der *Unterhaltung* eiskalt überrascht werden.«

Den Rest des Abends interviewten wir Schüler zu der Lehrerperformance auf der Versammlung. Danach blieben wir noch lange auf und saßen in Chandras und Angelas Zimmer zusammen. Irgendwie war ich ein Mädchen geworden, das mit anderen Mädchen in diesem Zimmer abhing, Musik hörte, redete und ihre Gliedmaßen über die Möbel drapierte. Ich erinnere mich noch gut an die Zeit, als ich an diesen Zimmern vorbeigelaufen war, einen Blick hineingeworfen und sie alle zum Teufel gewünscht hatte. Als meine Verachtung alles gewesen war, was ich besaß. Vor Derek, vor Beth und vor Wade. Damals, als es nur Mr. Sorrentino und Stephen King gegeben hatte.

Inzwischen schien es Ewigkeiten her zu sein, dass ich fünfzehn war.

PLAYLIST

Kapitel 1: »Bullet with Butterfly Wings«
von The Smashing Pumpkins

Kapitel 2: »You'll Never Change« von Betty LaVette

Kapitel 3: »Teenage Wastebasket« von Beck

Kapitel 4: »Sabotage« von The Beastie Boys

Kapitel 5: »Hey« von The Pixies

Kapitel 6: »Stumbleine« von The Smashing Pumpkins

Kapitel 7: »Cheerleader« von St. Vincent

Kapitel 8: »Where I'm From« von Digable Planets

Kapitel 9: »Rocket« von The Smashing Pumpkins

Kapitel 10: »Return of the Rat« von The Wipers

Kapitel 11: »See See Rider« von The Animals

Kapitel 12: »We Can Get Down« von A Tribe Called Quest

Kapitel 13: »Siva« von The Smashing Pumpkins

Kapitel 14: »Lounge Act« von Nirvana

Kapitel 15: »Freedom« von Rage Against the Machine

Kapitel 16: »Sex Beat« von The Gun Club

Kapitel 17: »Better Off Dead« von La Peste

Kapitel 18: »Never Ending Math Equation«
by Modest Mouse

Kapitel 19: »Mama Said« von The Shirelles

Kapitel 20: »What« von A Tribe Called Quest

Kapitel 21: »Geek USA« von The Smashing Pumpkins

Kapitel 22: »Low« von Cracker

Kapitel 23 »Passin' Me By« von The Pharcyde

Kapitel 24: »Cherub Rock« von The Smashing Pumpkins

Kapitel 25: »Dancing the Manta Ray« von The Pixies

Kapitel 26: »Add it up« von Violent Femmes

Kapitel 27: »Marquis in Spades« von The Smashing Pumpkins

Kapitel 28: »Between the Bars« von Elliot Smith

Kapitel 29: »Getchoo« von Weezer

Kapitel 30: »Pennies« von The Smashing Pumpkins

Kapitel 31: »Hell No« von Falling Idols

Kapitel 32: »She's Got You« von Patsy Cline

Kapitel 33: »Sex« von The Urinals

Kapitel 34: »So What'cha Want« von The Beastie Boys

Kapitel 35: »Today« von The Smashing Pumpkins

Kapitel 36: »Locust« von The Black Lips

Kapitel 37: »The Truth« von Handsome Boy Modeling School
ft. Róisín Murphy und J-Live

Kapitel 38: »Disarm« von The Smashing Pumpkins

DANKSAGUNG

Zunächst möchte ich meinen Eltern Gottfried und Renate Helnwein dafür danken, dass sie das komplette Gegenteil von all den Eltern sind, die in der Geschichte vorkommen – und für die Freiheit, die Inspiration und die Möglichkeit, mit Kunst als Mittelpunkt unseres Lebens aufzuwachsen.

Ein großer Dank geht an all die Menschen, die dieses Buch möglich gemacht haben, allen voran an meine Agentin Elizabeth Bewley, deren Begeisterung den wahren Beginn dieser Geschichte begründete, aus der dann schließlich ein Buch wurde. Außerdem danke ich meiner Lektorin Sara Goodman, die mich so geschickt durch dieses Abenteuer gelenkt hat. Ich danke euch beiden für eure unglaubliche Unterstützung und euren Rat.

Vielen Dank an alle bei Wednesday Books.

Danke an Olga Grlic und Ana Hard für das Cover.

Und vielen Dank an Berni Barta, dass du schon so früh an diese Geschichte geglaubt hast.

Ein Dank geht auch an folgende Menschen:

An Christopher Watson für deine Brainstorming-Begabung, obwohl du nichts lesen durftest, während ich an dem Buch geschrieben habe.

An Vivian Gray, meine offizielle Ratgeberin in allen Dingen, schon bevor eine von uns in die Pubertät gekommen ist.

An Michelle Green und Gina Ribisi für ihre wohlüberlegten Antworten auf meine Fragen wie zum Beispiel: »Gibt es noch ein anderes Wort für ›Schwachkopf‹?«

An Francesca Serra, die dieses Buch Kapitel für Kapitel als Erste gelesen hat, noch während ich es schrieb. Vielen Dank für die vielen tollen, erhellenden und tiefgründigen E-Mails, als noch niemand anders die Charaktere kannte.

An Alex Prager und Jodi Leesley dafür, dass sie ebenfalls die verrückte erste Version überlebt haben und für ihre hochgeschätzten Ermutigungen.

An Olugbemisola Rhuday-Perkovich für deine Anmerkungen und dein unschätzbares Feedback.

An Brandi Milne, Sirene Evans, Eve Darling und Jamie Marvin dafür, dass sie in zahlreichen Entwicklungsstadien Versuchskaninchen gespielt haben.

An Tiffany Steffens, die mich in ihr brillantes Werk an Teenagerlyrik eingeführt hat und mir erlaubte, ein paar ihrer Verse für dieses Buch zu verwenden.

An Amadeus Helnwein für die vielen literarischen Diskussionen in der Küche in Irland.

An Paul D'Elia für die legendäre Punkmusik-Playlist.

Und schließlich geht ein ganz besonderer Dank an The Smashing Pumpkins, A Tribe Called Quest und The Beastie Boys – die heilige Dreifaltigkeit, die den Soundtrack dieser Geschichte bildet.